사랑에 관한

특별법

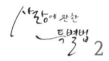

초판 1쇄 인쇄일 2014년 3월 25일
초판 1쇄 발행일 2014년 3월 27일

지은이 ｜ 임희정
펴낸이 ｜ 김기선
펴낸곳 ｜ 와이엠북스(YMBOOKS)

출판등록 ｜ 2012년 7월 17일 (제382-2012-000021호)
주소 ｜ 경기도 의정부시 의정부동 490-4 삼승프라자 10층 102호
전화 ｜ 031)873-7768 / **팩스** ｜ 031)873-7764
E-mail ｜ ymbooks@nate.com

ISBN 979-11-5619-097-4 04810
ISBN 979-11-5619-095-0 (set)

사랑에 관한 특별법

YMBOOKS ROMANCE STORY

2

임희정 지음

YM
BOOKS

목차

6부_ 거슬리는 녀석

에어컨이 고장 났다.

"정신 차려! 일어나!"

안간힘을 다해 에어컨을 고쳐보려 애쓰던 아인은, 오히려 애를 쓰면 쓸수록 더 더워진다는 걸 깨닫고는 에어컨을 놓아주었다. 그리고 의자에 앉아 책상에 털썩 쓰러졌다.

늦은 밤이니 수리기사를 부를 수도 없다. 아니, 수리기사가 올수 있다 하더라도 도착해 에어컨을 고칠 때까지 버틸 자신이 없다. 아인은 푹푹 찌는 열기에 늘어진 채 그냥 퇴근을 할까 망설이다가, 산더미처럼 쌓인 서류를 보곤 퇴근을 포기했다.

그래, 다른 방으로 가자…… 에어컨이 살아 숨 쉬는 낙원을 찾아가자.

다른 선배들은 모두 퇴근을 했지만, 혜수는 분명 오늘 늦게까지 야근을 한다고 했었다.

　박 선배님 방에 가서 같이 일해야지. 그 전에 땀부터 좀 씻어야겠다.

　아인은 녹초가 된 몸을 일으켜 느릿느릿 화장실로 향했다.

　"어?"

　어?

　"거봐, 막내잖아."

　"어어?"

　아인은 점차 눈을 키우며 손가락을 뻗었다.

　"아, 아인아, 이게……."

　세면대에 비스듬히 걸터앉은 혜수와, 셔츠의 단추는 이미 다 풀어 헤치고 어깨마저 드러낸 채 그녀를 안고 있던 강주의 모습을 보고선 아인은 그대로 굳어버렸다.

　"죄, 죄송해요! 죄송해요!"

　아인은 허둥거리며 화장실 칸 안으로 들어갔다가, 내가 왜 이리로 들어온 거야! 후회를 하고선 얼른 입구로 되돌아왔다. 그러고는 하얗게 질린 얼굴로 화장실 출입문의 손잡이를 붙잡고선, 쾅 하고 세게 닫으며 밖으로 빠져나왔다.

　손잡이를 잡은 채 서 있는데 땀이 비 오듯 흘렀다. 더운 것도 더운 거지만, 아니 순간 덥다는 건 잊었다. 그저 당황하여 흘리는 땀이었다. 아인은 손으로 가슴을 꾹 누르며 진정을 하고는 휴 하는 한숨과 함께 돌아섰다.

　"엄마!"

　넘어지지 않은 게 용했다. 아인은 화장실 문에 부딪힌 몸을 겨우 추스르곤 제 앞에 서 있는 도진을 바라보았다. 그러면서 마치 누가 시킨 듯 손잡이를 꾹 잡아당기며 온몸으로 화장실 출입구를 막았다.

봤을까? 못 봤을 거야. 저 위치에선 이 안쪽 안 보여……. 나도 못 봤으니까 그냥 들어간 거 아냐.

아무것도 눈치 못 챘을 거야. 그러니 그냥 자연스럽게!

"하하, 권 선……!"

"아인아!"

"으아!"

갑자기 화장실 문이 열리는 바람에, 손잡이 하나에 온몸을 지탱하고 있던 아인이 크게 비틀거렸다. 강주는 얼른 그녀를 붙잡아 주다가 도진을 발견했다.

"어? 권 선배, 다시 오셨네요? 아까 퇴근하시는 것 같더니."

"봐야 할 자료가 있어서."

도진은 간단하게 대답한 후 아인과 강주를 번갈아 보았다. 겨우 다시 정신을 차린 아인은 도진의 시선을 따라 강주를 보고선 움찔 뒷걸음질을 쳤다.

나름대로 옷매무새를 만진다고 만진 것 같은데, 누가 봐도 벗었던 옷을 방금 급히 입은 기색이 역력했다. 아인은 죄다 풀린 단추 사이로 보이는 강주의 속살에 슬쩍 얼굴을 붉혔다가 아차 하고는 도진을 바라보았다.

"이, 이게……."

설명을…… 설명을 해야 하는데.

도무지 이 상황을 설명할 만한 그럴싸한 변명이 떠오르지 않았다. 그렇다고 사실대로 강주와 혜수가 사귀는 사이라 화장실에서 이상한 데이트를 하고 있었다고 일러버릴 수도 없고.

"더워서!"

갑자기 아인이 소리를 버럭 질렀다.

"강주 선배님이 너무 더워서 씻으러 왔대요. 그런데 여자화장실인 줄 모르고."

그래, 말 안 되는 거 알아……. 하지만 이거 말고 다른 건 말이 되겠느냐고.

"아하하, 너무 웃기죠? 매일 다니던 화장실을 못 찾아서……."

아인은 재미있다는 듯 손으로 강주의 팔을 탁탁 치며 웃어 보였다. 그러자 강주도 어색하게 따라 웃으며 맞장구를 쳤다.

"하하, 오늘 날씨가 보통이 아니잖아요. 제가 더위 먹었나 봐요. 하하하."

"방에 에어컨 있지 않나?"

"그게! 고장! 고장이 났어요! 그러니까…… 제 방 에어컨이 고장이 났거든요. 강주 선배님이 계속 제 방에 있었는데 그걸 못 참고 나가시더라고요. 어휴, 저도 너무 더워서 세수하러 왔다가 깜짝 놀랐지 뭐예요, 하하하."

어색한 웃음이 계속해서 흘렀다. 도진은 강주와 아인을 한 번씩 더 번갈아 본 후 쓱 몸을 돌려세웠다. 그리고 온다 간다 인사도 없이 제 검사실이 있는 곳으로 움직였다.

그가 문을 열고 사라진 후, 아인은 지친 듯한 한숨을 쏟아내며 가슴을 쓸어내렸다. 그러다가 강주를 원망스러운 눈길로 바라보았다.

"선배님! 왜 그러고 계셨던 거예요?"

"미안. 놀라게 할 생각은 없었는데."

오늘 이 층의 다른 사무실은 다 불이 꺼져 있다고, 올 만한 사람은 막내뿐인데 우리 사이 다 아는 사람한테 들키면 뭐 어떠냐고 워낙 과감하게 유혹을 해와서.

그걸 뿌리치지 못한 내 잘못이지. 강주는 미안함을 가득 실어 웃으며 마지막 단추를 잠갔다. 그러다 화장실 밖으로 살금살금 나오는 혜수를 보고는 피식 웃으며 말을 덧붙였다.

"참고로 난 적어도 화장실 칸 안에는 들어가자고 했어. 알아 줘야 돼."

"됐어요! 화장실 칸 안은 뭐, 공공장소 아닌가요?"

"어? 우리 막내 뿔났다. 귀여워."

혜수고 강주고, 계속 웃는 얼굴을 보니 화도 안 난다. 아인은 심통 난 표정을 거두고 한결 누그러든 목소리를 뱉었다.

"그런데 강주 선배님도 퇴근하셨던 거 아니에요? 왜 거기 계셨던 거예요?"

"아, 박 선배가 배고프다고 해서 야식 좀 사 들고 왔다가."

음, 그건 좀 부럽네.

아인은 눈을 쭉쭉 찢었다.

"그거 남았어요?"

"야식? 아직 손도 안 댔는데."

"저도 먹어도 되죠?"

"응?"

"저도 먹을래요. 그래도 되죠?"

강주는 얼떨결에 응, 하고 대답했다. 아인은 그날 혜수의 방에서 가장 에어컨 바람이 시원하게 닿는 곳에 자리 잡고는 강주가 혜수를 위해 챙겨온 야식을 야금야금 모조리 까먹는 걸로 톡톡히 보상을 받았다.

그로부터 며칠 뒤 아인이 현장조사를 마치고 돌아갈 때쯤 갑자기 소나기가 퍼부었다.

"어떻게 해!"

아인은 난감하게 하늘을 올려다보다가, 우선 서류부터 가방에 넣었다. 그녀의 옆에 서 있던 신 계장은 외투를 벗어 비를 가려주려다가, 오늘은 너무 더워 외투를 입지 않았다는 사실을 깨닫고는 외투 대신 서류 가방을 들어 우산을 대신하려 했다. 그러자 아인이 기겁을 하며 가방을 손으로 집어 내렸다.

"안 돼요! 서류 젖어요!"

"가방 안에 넣었으니까 괜찮을 텐데요?"

"혹시 모르잖아요! 얼른요!"

아인은 저처럼 하라는 듯 등을 둥글게 휘며 가방을 품에 꼭 안아 보였다. 신 계장은 저는 홀딱 젖을지언정 가방은 무슨 돈 보따리라도 되는 것처럼 소중하게 껴안고 총총히 달려가는 아인을 보면서 저도 똑같이 흉내를 냈다.

차를 멀리 주차해놓고 돌아다니는 바람에 차 안에 탔을 땐 이미 흠뻑 젖은 이후였다.

"무슨 비가 이렇게 내리나. 장마도 끝났는데."

운전석에 앉은 신 계장은 차창 밖을 내다보며 혀를 내둘렀다.

"와! 다행이다. 안 젖었다."

아인은 가방에서 서류 봉투를 꺼내보곤 방긋방긋 웃었다. 그녀는 손의 물기가 닿지 않도록 조심하며 서류를 다시 가방에 넣고는 뿌듯하게 밖을 바라보았다.

"어? 자동차 시트 물 젖어서 어떻게 해요?"

참 빨리도 걱정한다. 신 계장은 픽 웃고는 손을 흔들어 보였다.

"뭐, 말리면 되죠."

아인은 고개를 끄덕이곤 비 내리는 풍경을 내다보았다. 두 사람은 그래도 현장 조사가 거의 다 끝나갈 때쯤에 비가 와서 다행이라는 이야기를 주고받으며 곧 검찰청에 도착했다. 신 계장은 잠깐 어디 들를 데가 있다며 다시 운전대를 붙잡았고, 아인은 조심히 다녀오시라는 말을 전한 후 홀로 총총 뛰어 청사 안으로 들어섰다.

"뭐야? 우산 안 가지고 갔었어?"

복도에서 마주친 강주가 놀란 표정으로 물었다.

"아까까지만 해도 쨍쨍했거든요."

"그래도 오늘 일기예보에서 비 온다고 했었는데 챙겨 나가지."

"하하, 저 일기예보 잘 안 봐서요."

"앞으로는 봐봐. 일기예보도 보면 재밌어. 감기 걸릴라, 가서 쉬어."

강주는 웃어 보인 후 제 검사실 안으로 들어갔다. 아인은 이대로는 의자에 앉기도 불편할 것 같아 일단 좀 말릴 생각으로 휴게실로 향했다.

자신이 좋아하는 율무차와, 감기를 예방해줄 것 같은 따뜻한 우유를 놓고 고민하던 그녀는 감기 걸리면 업무에 지장이 올 거란 판단에 과감하게 우유를 골랐다. 그리고 텅 빈 휴게실을 홀로 차지하고 앉아서 김이 나는 우유를 야금야금 마시기 시작했다. 그러던 중 휴게실에 도진이 들어섰다.

아인이 반가운 표정으로 도진을 올려다보았다. 도진은 온통 젖은 채 앉아 있는 그녀를 물끄러미 내려다보았다.

"일기예보 정도는 봐라."

그러다 툭, 뱉고는 자판기를 꾹꾹 눌렀다. 아인은 민망해지는 걸 느끼며 괜히 우유 마시기에 집중했다.

커피가 나오는 동안 도진은 계속해서 그녀를 바라보았다. 아인이 '왜요?' 하고 묻자 그는 대답 않고 시선을 회피했다. 그러면서 주머니 안쪽으로 손을 뻗었다.

"어이, 김아인. 여기 있었네. 어? 권 선배도 계셨네요."

갑자기 강주가 모습을 드러냈다. 그는 도진에게 잠깐 알은체를 한 후 바로 아인에게로 시선을 돌렸다. 그러면서 손에 들고 있던 걸 휙 던져주었다.

"어? 수건? 어디서 나셨어요?"

"박 선배 방에 몇 개 있거든. 빌려 왔어. 제일 뽀송뽀송한 걸로 가져온 거야."

"와, 고맙습니다."

아인은 신이 나서 수건으로 머리와 몸을 닦기 시작했다. 그녀의 웃는 얼굴을 바라보면서, 도진은 손에 쥔 손수건을 쓱 놓고는 주머니에서 맨손만 뺐다. 그리고 그 손으로 방금 다 준비된 커피를 집어 들었다.

"옷 갈아입고 싶다……. 옷이라곤 법복밖에 없는데. 어? 법복
으로 갈아입을까요?"

아인이 자신의 기발함에 솔깃해하자 강주가 쿡쿡 웃었다.

"겉옷은 법복으로 갈아입는다고 쳐도 속옷은 어쩌려고?"

"어어……."

"벗고 있게? 이야, 무슨 바바리맨처럼 안에는 아무것도 안 입
고 법복으로 가리는 거야? 상상해도 돼?"

"선배님!"

"하하, 농담이야. 수건 다 쓰면 내 방에 던져놔."

강주는 말을 끝낸 후 다시 사라졌다. 아인은 미소를 지은 채 수
건으로 몸을 닦다가, 도진의 시선을 느끼고는 바라보았다.

"아까부터 왜 그렇게 쳐다보세요?"

내 얼굴에 뭐가 묻었나?

아, 묻었다, 물.

"너 어디 김씨냐?"

"예?"

"본관."

갑자기 이런 건 왜 묻나 하면서도 순순히 대답해주었다.

"본관이요? 김해요. 김해 김가예요."

대답을 듣고 난 후, 도진은 이렇다 저렇다 말없이 움직이기 시
작했다. 아인은 사라지는 도진을 보며 의아한 표정을 짓다가 곧
우유를 다 마시고 제 검사실로 급히 돌아갔다.

감기에 걸려버렸다.

"에취."

아인은 비실거리며 책상 위에 엎어졌다. 요사이 추울 정도로 에어컨을 틀어놓은 데다 얼마 전엔 비까지 맞아, 생각해보면 감기에 걸리는 게 당연했다. 아인은 담요를 끌어다 덮으며 끙끙거리다가 신 계장과 미영의 걱정스런 얼굴을 보고는 괜찮은 척 슬쩍 일어나 앉았다.

참고인 조사를 무슨 정신으로 했는지도 모르겠다. 아인은 조서가 제대로 작성되었는지 살피지도 못하고 비틀비틀 일어선 후 밖으로 나섰다. 점심시간이 되었으니 점심을 먹으러 가야 했다.

"아인아, 어디 아파?"

티 내지 않으려 했건만, 역시 섬세한 강주는 눈치채고 물어봐주었다. 아인은 고개를 내젓다가 어지러운 걸 느끼고는 인상을 썼다.

"진짜 그러네. 많이 아파 보이는데?"

혜수가 거들었다.

"아니에요. 괜찮아요. 조금 쉬면 나을 거예요."

괜찮다는 걸 증명이라도 하듯 일부러 씩씩하게 밥을 퍼먹었다. 하지만 그럼으로써 오히려 더 손이 바들바들 떨린다는 걸 알릴 뿐이었다.

조퇴하라는 권유에 조금 있으면 괜찮아질 거란 말로 버텼지만, 정시 퇴근 시간이 될 때까지도 좀처럼 나아질 기미가 보이지 않았다.

아인은 결국 야근을 포기하고 느릿느릿 검사실을 나섰다. 그러다 어째서인지 제 검사실 문 앞에 서 있는 도진과 마주쳤다.

"데려다 줄게."

요즘 도진이 바쁘다는 걸 알기에 거절하려 했지만 도진은 이미 저만치 나아가고 있었다. 아인은 미안한 마음보다 그와 함께 있고 싶은 마음이 더 커지는 걸 느끼며 모르는 척 그의 호의를 받기로 했다.

원래라면 계속해서 종알거릴 텐데 한마디도 못 할 정도로 그녀는 힘들어했다. 자는 듯 눈을 감고선 의자에 기댄 몸을 뒤척이지도 않고 숨만 색색 내쉬었다. 그러다 불현듯 뭔가를 떠올렸는지, 아인은 아! 하는 탄성과 함께 눈을 떴다.

"어떡하지……."

혼잣말을 뱉더니 다시 눈을 감는다. 도진은 그녀를 바라보던 눈을 살짝 찌푸렸다.

아파 보인다.

"있잖아요, 선배님."

아인의 여린 입술이 달싹거렸다. 도진은 목젖을 크게 움직이며 정면을 보았다.

"남자들…… 귀엽고 예쁜 거 좋아하나요?"

도진은 핸들을 휙 꺾었다.

"어."

"어…… 그렇구나. 다행이다……."

아인은 눈을 게슴츠레하게 뜨더니 자세를 고쳐 앉았다. 간단한 움직임인데도 쉽지 않은지 계속 인상을 썼다.

"저, 여기 잠시만 세워주세요."

도진이 차를 멈추자 그녀는 안전벨트를 풀고 밖으로 내렸다. 그리고 신호등을 건너려는 듯 횡단보도 앞에 가서 섰다.

도진은 차 안에서 그녀를 계속해서 눈으로 좇다가, 그녀가 밀려드는 사람들에게 치이면서 기침을 하는 걸 보고는 밖으로 내렸다. 그가 그녀 옆으로 가서 서자, 더는 그녀를 어깨로 밀치거나 그녀의 자리를 차지하기 위해 무리하게 발을 들이미는 사람이 없었다.

녹색 불이 들어온 후, 아인은 횡단보도를 건너 바로 앞에 위치한 팬시점 안으로 들어갔다. 그러더니 휴대폰 고리를 구경하기 시작했다.

그러다 팔을 간신히 뻗어 힘겹게 하나를 골랐다. 그녀는 힘겹게 계산을 한 후, 힘겹게 차까지 돌아왔다.

"옛날엔 저기 귀여운 거 정말 많이 팔았는데…… 오늘은 그다지 썩 마음에 드는 건 없네요. 하, 그래도 뭐 나쁘지 않으니까."

아인은 포장지에 싸인 휴대폰 고리를 바라보다가 도진에게 씩 웃어 보였다. 그러더니 다시 눈을 감았다. 그들은 곧 아인의 집 앞에 도착했고 아인은 비틀거리며 차에서 내렸다.

"안녕히 가세요."

언제나 아인이 더 오래 남아 도진이 가는 걸 지켜보았지만, 오늘은 도진이 그녀가 집 안으로 들어가는 모습을 지켜봐 주었다. 도진은 버거운 와중에도 포장한 선물을 소중한 듯 챙기는 아인의 모습을 눈에 담은 후 저도 집으로 향했다.

엄마가 끓여준 죽과 약을 먹고, 아빠의 약손을 느끼며 한숨 푹 자고 나니 어제에 비해 한결 편해졌다. 죽과 약은 이해하겠는데,

아프지도 않은 배를 계속 문지르던 아빠의 약손은 과연 효과가 있었는지 의문이다. 아인은 어쨌거나 많이 나아서 다행이라고 생각하며 상쾌하게 출근을 했다.

"강주 선배님!"

"좀 나았나 보네? 어젠 종일 기력 없이 돌아다니더니."

"네, 덕분에요. 저, 이거."

아인은 작게 포장된 상자를 내밀었다.

"뭐야?"

"선배님 생일인 거 계속 생각은 하고 있었는데 왠지 깜빡 잊고 있었지 뭐예요. 어제 겨우 다시 생각났는데 너무 여유가 없어서…… 죄송해요. 좀 더 좋은 걸 드리고 싶었는데."

"아니야. 신경 써준 게 어딘데."

강주가 제 생일에 일부러 선물을 챙겨주었으니 저도 보답을 해야 했다. 그에 아픈 몸을 겨우 움직여 산 선물이라지만, 아무래도 강주에게 받은 거에 비하면 좀 초라한 감이 있어 민망한 손가락으로 머리를 긁적이는데 강주가 포장을 뜯고는 환하게 웃어 보였다.

"오, 귀엽네. 그런데 좀 크다?"

"마음에 안 들면 안 쓰셔도 돼요! 일부러 쓰실 필요 없어요! 저 그런 걸로 기분 나빠하고 그런 사람 아니에요."

강주는 훗 하고 웃더니 제 휴대폰을 꺼내 아인의 선물을 달기 시작했다.

"솔직히 말하면 너무 큰 건 불편하니까 계속 달고 다니진 못할 것 같고. 그래도 생일 선물인데 오늘 하루 동안은 달고 다닐래.

내일부턴 내 방 장식장에 전시한다? 그래도 되지? 나 이거 너한테 받은 거라고 박 선배한테 자랑해도 돼?"

강주는 참 거절도 기분 나쁘지 않게 하는 재주가 있다. 아인은 고개를 끄덕이며 웃었다.

"너 눈썰미 좋다? 나 폰줄 없는 건 또 언제 보고. 센스 있네, 우리 막내."

칭찬에 기분 좋은 표정을 짓자 강주가 휴대폰과 휴대폰 고리를 동시에 내밀었다.

"나 이런 거 잘 못 단다. 내가 왜 폰줄 안 달고 다니는지 알겠지?"

아인은 머리에 꽂고 있던 핀까지 동원해 강주의 휴대폰에 폰줄을 달아주었다. 강주는 휴대폰에 달린 인형을 살살 흔들어 보이며 고맙다고 말했다.

점심시간이 되자 어김없이 모두가 한자리에 모였다. 아인은 선배들이 몸은 좀 괜찮으냐고 한차례씩 던지는 질문에 일일이 괜찮다고 대답하며 식당으로 향했다.

"박 선배, 이것 봐요."

식사를 기다리는 동안, 강주가 주머니를 뒤졌다. 그러더니 혜수 앞에 휴대폰을 꺼내 보였다.

"이거 아인이가 나한테 사준 거."

다른 곳을 보고 있던 도진의 고개가 강주에게로 향했다.

"이거 뭐야? 왜 이렇게 깜찍해? 너랑 안 어울리잖아."

"왜요? 잘 어울리는데."

"무슨 소리야? 이런 건 나랑 어울려. 나 줘."

"안 돼요. 아인이한테 선물 받은 거라니까."

강주가 혜수의 손이 닿지 않는 높이로 휴대폰을 들며 놀리듯 웃었다.

"어차피 너무 커서 못 달고 다니신다면서요? 그냥 박 선배님 드리세요."

아인이 말하자 강주가 단호하게 거절했다.

"집에 전시한다니까? 나중엔 가보로 물려주려고."

강주는 절대 빼앗길 수 없다는 듯 휴대폰을 요리조리 움직이며 혜수의 손을 피했다. 도진은 그 모습을 바라보며 천천히 얼음물을 삼켰다.

그러다 아인을 향해 눈길을 힐끗 던졌다. 그녀는 강주를 보며 즐거운 듯 웃고 있었다. 도진은 무표정한 얼굴로 얼음을 깨물어 부쉈다.

그날 해 지기 직전, 퇴근 준비를 모두 마친 듯 가방을 멘 강주가 도진의 검사실 안을 슬쩍 살폈다. 그는 혜수를 찾는 듯했다. 강주는 '여기도 없으면 어디 있는 거지.' 하며 통화를 시도했고 도진은 그런 강주의 모습을 빤히 쳐다보았다.

엄밀히 말하자면 강주가 아니라 강주의 휴대폰, 좀 더 엄밀히 말하자면 휴대폰에 달린 인형을 바라보는 중이었다.

달랑거리는 인형을 보고 있자니 어제 아인이 힘들어하던 모습과 그런 와중에도 굳이 횡단보도를 건너던 모습이 떠오른다.

"왜 안 받지……. 권 선배, 혹시 박 선배 보면 저한테 연락하라고 좀 알려주세요."

자리를 뜨려던 강주는 도진이 자신을 향한 살짝 비낀 시선을 거두지 않는다는 걸 깨닫고는 고개를 갸웃거렸다.

"권 선배?"

"김강주……."

도진이 달랑거리는 인형을 끝없이 바라보며 강주의 이름을 되뇌었다. 강주는 의아한 눈을 떴다.

"어디 김씨냐?"

"저요? 연안 김가요. 왜요?"

도진의 미간이 살짝 찌푸려졌다.

"왜 물으세요? 어디 쓰시게요?"

"김해 김씨일 가능성은?"

"예? 선배, 갑자기 왜 그러세요?"

도진은 눈동자를 들어 강주의 눈을 정확하게 바라보았다. 이해할 수 없다는 표정의 강주를 한참이나 마주 보던 그는, 시선을 은근히 책상 위의 서류로 돌리며 입술을 달싹거렸다.

"박혜수 보면 연락하라고 할게."

제 할 말만 하곤 입을 꾹 다물고 필기를 시작한다. 강주는 본관은 왜 물었는지 더 캐물을까 하다가, 혜수를 찾는 게 우선이라는 생각에 포기하고 자리를 떴다.

홀로 남은 도진은 중요한 필기를 하듯, 종이 위에 '8촌 이내 혈족'이라 쓴다. 그러곤 인상을 쓰며 글씨 위에 줄을 쓱쓱 긋곤 볼펜을 픽 던진다.

왠지 요즘 들어 도진이 저를 잘 쳐다보지 않는다. 무뚝뚝하게 구는 거나 묻는 말에나 겨우 대답하는 건 예전에도 그랬다지만, 그래도 그땐 사람 민망할 만큼 빤히 쳐다보는 건 자주 했었는데.

요즘은 아무리 긴 질문을 해도 눈길 한 번 안 던지고 듣다가 대답만 쓱 던져주고는 나갈 때까지도 안 쳐다본다.

무섭고 민망할지언정 바라봐주는 게 좋은데. 그 눈길 한 번 받아보려고 일부러 앞에서 알짱댄 게 하루 이틀이 아닌데.

내 꼴이 보기 싫은가. 그러고 보면 전에는 웃는 얼굴도 보기 싫다고 했었지.

아인은 거울을 보며 한 번 생글 웃어 보았다.

흉한가…….

섭섭함과 함께 무거운 우울함이 찾아왔다. 아인은 거울에서 시선을 거두고 흐르는 수돗물에 힘 있게 손을 벅벅 씻었다. 그리고 잡념을 떨치듯 손을 탈탈 털고는 밖으로 나왔다.

복도 한쪽에 사람들이 모여 있었다. 아인은 호기심이 이는 걸 느끼며 그리로 가보았다.

"뭐예요?"

무리 중 미영이 있는 걸 보고는 그녀를 향해 물었다.

"족구대회 대진표 나왔어요."

9월 초에 족구대회가 열릴 거란 이야기를 들었었다. 아인은 호오, 하는 감탄을 내지르며 벽보를 살펴보았다.

벽보 중앙쯤에서 형사2부란 글자를 발견했다. 아인은 반가움을 느끼며 우리 부서가 어디랑 붙나 눈동자를 살짝 옮겨보았다. 1차전 상대는 특수2부였다.

"특수2부라."

뒤에서 들려온 목소리에 고개를 돌려보았다. 언제 왔는지 강주와 혜수가 벽보를 보고 있었다. 강주는 방금 목소리를 흘린 입술을 살짝 닫으며 혜수를 힐끗 보았다. 그러다 어깨로 혜수를 살짝 밀며 또 한 번 말을 던졌다.

"특수2부래요."

"그게 왜?"

"나 좀 신경 쓰이는데."

"신경 쓸 거 뭐 있어? 오히려 잘됐네."

"잘돼요?"

강주를 따라 아인도 무슨 소리냐는 듯한 눈빛을 띠었다. 혜수는 입꼬리를 슬쩍 올리더니 약간은 사악해 보이는 미소를 강주에게로 흩뿌렸다.

"네가 더 잘났다는 걸 증명해."

그리 말하고는 유유히 사라졌다. 아인은 혜수의 뒷모습을 보다가 강주에게로 시선을 돌렸다. 그리고 바로 흠칫 놀랐다.

어, 어쩐지 불타는 것 같아.

의욕에 눈을 빛내던 강주도 곧 멀어져 갔다. 아인은 쿡 하고 웃고는 곧 미영과 함께 검사실 안으로 들어갔다.

족구대회에 관한 열의는 생각보다 뜨거웠다. 어쩌면 아인의 부서만 뜨거운 것인지도 모르지만.

"아! 리시브! 리시브!"

특히 혜수의 열정이 남달랐다. 올해엔 팀을 꾸릴 때 6인조로 하되 여성, 여성이 없는 팀은 5급 이상 간부를 반드시 한 명 이상 넣어야 한다는 방침에 따라 혜수가 선수로 결정이 되었다. 처음엔 재밌겠다는 말로 가벼운 흥미를 보이던 그녀는 시간이 지나면 지 날수록 점점 더 의욕이 붙어 주말엔 선수들 죄다 불러놓고 연습에 작전 회의까지 했다.

아인은 누구보다도 열성적으로 움직이는 혜수를 신기한 눈으로 쫓았다. 볼 때마다 느끼는 거지만 대단하다. 그녀의 말에 따르면 그녀 사전에 운동화는 없단다. 자아의 완성은 구두에서 이루어진단다. 맨발보다 하이힐이 편하다니 그럴 수도 있나 싶지만, 저렇게 잘 뛰는 걸 보면 빈말이 아닌 거다.

트레이닝복이랑 하이힐이 저렇게 잘 어울리는 줄은 또 처음 알았네.

"리시브가 중요하다니까!"

"아이고, 누가 우리 이쁜 박 검사 입 좀 막아라. 시끄러워서 못 뛰겠다."

자칭 족구의 왕이라는 소 검사가 고개를 절레절레 젓다가 공을 힘껏 찼다. 그 공을 강주가 부드럽게 받아 멋지게 날리자 혜수가 엄지를 들어 보이며 환호했다.

"김강주 멋져! 김강주 사랑해!"

모두가 그저 혜수의 호들갑이려니 웃고 넘기지만 강주에게 있어선 전설의 영약만큼이나 힘을 주는 말 한마디일 게 분명했다. 강주는 족구의 왕이 지쳐 헐떡거릴 때도 저는 여유롭게 몸을 움직이며 모두의 기대를 한껏 고조시켰다.

목표는 무조건 우승이었다. 소 검사와 강주 덕분인지 아인의 부서가 유력한 우승 후보 중 하나로 거론되고 있으니 영 말도 안 되는 자신감은 아니었다.

"에잇, 우승하면 한우다!"

분위기에 들떠서 부장님이 과감한 발언을 던져버렸다. 이로써 혜수의 의욕은 한층 더 커졌고, 이윽고 예선 경기를 치르는 날짜가 오늘로 다가왔다.

혜수는 예선전 따위 가볍게 이기고 우승까지 한 큐에 가자고 했지만, 상대는 또 다른 우승후보로 거론되는 특수2부였다.

소 검사는 시드 배정을 했어야지 우승후보 둘을 붙여놓으면 어쩌느냐고 투덜거렸지만 혜수는 어차피 결승에서 만날 상대를 지금 만났을 뿐이라며, 거기서 이기나 여기서 이기나 이기는 건 똑같다는 자신감을 드러냈다. 그러면서 몸을 풀기 위해 간단한 체조를 했다.

혜수는 참 트레이닝복 하나도 대충 입지 않는다. 글래머러스한 몸에 핏이 딱 맞는 예쁜 트레이닝복을 차려입으니 꼭 연예인이 광고를 찍는 것 같다. 게다가 사람들의 눈을 사로잡는 하이힐. 모든 이의 시선이 그녀에게 꽂히는 게 무리가 아니었다.

그녀가 허리를 뒤로 유연하게 꺾자, 갑자기 특수2부 측에서 야유 비슷한 소리가 흘러나왔다. 대놓고 휘파람을 부는 사람도 있었다. 혜수는 몸을 세우며 소리가 난 쪽을 바라보았다. 아인을 비롯한 형사2부의 다른 모든 이들도 슬금슬금 혜수와 시선을 일치시켰다.

방금 야유를 흘린 사람들이 쿡쿡 웃는가 싶더니 누군가를 밀쳤다. 밀려 나온 사람은 쑥스러운 척하면서도 자신만만한 표정으로 이쪽으로 다가오기 시작했다.

생김새며, 근육질 몸매며, 걸음걸이며, 뒤에 마치 보좌관이라도 되는 양 쫄래쫄래 따라오는 사람들이며, 누가 봐도 사나이들 사이에서 형님으로 추앙받는 그런 성격의 사람이었다.

그가 혜수 앞에 서자 저 멀리 뒤에서 누군가 잘해라! 하고 소리를 질렀다. 아인은 의아하다는 눈을 뜨며 옆 사람을 바라보았다. 누군데 저러느냐고 물으려던 그녀의 귀에 다가온 남자의 굵직한 목소리가 들려왔다.

"박 검사, 오늘 선수로 뛰는 거예요?"

"그런데요?"

"아, 이거 큰일이네. 박 검사처럼 예쁜 사람이 돌아다니면 내가 집중을 어떻게 해…. 야, 이거 오글거려서 못 하겠다, 이야, 이거, 미치겠다."

남자는 자신의 동료를 돌아보며 멋쩍게 웃어 보였다. 그리 부끄러운 척하면서도 금방 다시 돌아서서는 혜수를 향해 강렬한 눈을 떴다. 아인은 흥미로운 눈길로 그를 빤히 바라보다가 일순간 아, 하고 탄성을 내뱉었다.

특수2부!

만날 부장님이 특수2부 그놈, 특수2부 그놈, 하며 혜수를 놀렸더랬지.

저 사람이었구나!

"그럼 눈 감고 하시든가요."

혜수가 도도하게 말하고는 다시 체조를 시작했다. 그런 혜수의 모습에서 눈을 떼지 못하는 특수부 검사를 보면서, 강주는 손목을 살살 돌렸다. 그러다 특수부 검사가 아무도 눈치채지 못할 만큼 작게 무의식적으로 혀를 날름거리자, 혜수와 그의 사이에 쓱 끼어

들어가며 웃어 보였다.

"저희 연습해야 되니까 좀 가주십시오."

아이쿠, 그리고 보면 강주가 대진표 보고 신경 쓰인다고 했었지…… 그럴 만하네.

아인은 왠지 아슬아슬해 보이는 강주의 미소를 보면서 눈을 찡긋거렸다. 그러다 특수2부 측에서 들려오는 고함 소리를 들었다.

"형수님! 이제 그만 튕기고 데이트 좀 해주세요!"

"이번에 우리 양 검사 침대 큰 거 좋은 거 하나 샀다는데. 그거 혼자 쓰기 외롭대."

누군지 몰라도 거들기까지 했다.

"올해 안에 시집오면 혼수 필요 없는데!"

워, 하는 야유가 흐르더니 저들끼리 웃기 시작했다. 양 검사라고 불린 남자는 '야, 야.' 하고 저희 부서 사람들을 진정시키나 싶더니 다시 혜수를 향해 자신만만한 눈을 떠 보였다.

"쟤들 저러는 건 내가 대신 사과할게요. 끝나면 식사나 합시다. 근사한 데 아는데."

"혼자 가서 드세요."

"아, 이제 그만 좀 넘어오지."

남자가 능글거리며 웃어 보였다. 혜수는 무시하며 계속 체조를 했지만, 강주는 아인이 본 이래 가장 딱딱한 표정으로 변했다.

"아! 특수2부!"

뒤늦게 코트에 도착한 부장님이 양 검사를 보고 알은체를 했다. 양 검사는 예의 바른 모습으로 부장검사가 내미는 손을 붙잡았다.

"이야, 우리 박 검사랑 이야기 중이야? 어때? 요즘 두 사람 잘 지내?"

"잘 지내긴 뭘 잘 지내요? 몇 달 만에 처음 보거든요?"

"왜? 사귀는 사이에 그래도 되는 거야?"

혜수가 그런 거 아니라고 발끈하려 했지만 양 검사에게 선수를 빼앗겼다.

"앞으로는 제가 어떻게든 시간 좀 내서 자주 만나도록 하겠습니다. 대신 문 부장님도 우리 박 검사 배당 좀 적게 해주셔야 됩니다? 그래야 얼굴 볼 시간이 있죠."

"어어, 그래, 그래."

부장검사는 그저 좋다고 껄껄 웃었다. 강주는 양 검사를 보며 손에 들고 있던 공을 괜히 멀리 뻥 차버리더니 그 공을 다시 줍기 위해 자리를 떠났다.

곧 게임이 시작되었다. 저쪽은 응원상도 노리는지 여직원들이 전부 옷까지 맞춰 입고 응원 도구를 흔들었다. 아인은 신기한 풍경이라고 생각하며 경기를 지켜보았다.

왠지 그럴 것 같더니 상대팀의 에이스는 역시나 양 검사였다. 리더십이 꽤 좋은지 팀원들이 잘 따라주었고, 덕분에 그는 훨훨 날아다녔다.

하지만 이쪽도 만만찮았다. 다들 연습할 때만큼 잘해주고 있었다. 특히 강주는 저쪽에서 본다면 꽤 긴장할 만한 플레이를 자주 선보였는데, 그럴 때마다 미영은 소리를 지르며 팔짝팔짝 뛰었다. 원래 김강주 검사님 멋있다는 말을 자주 달고 다녔던 그녀인데 오늘로써 완전히 반해버렸지 싶다.

한데 혜수가 좀 이상했다. 연습할 땐 누구보다도 활동적인 그녀였는데 어째 소극적이고 움직임도 뻣뻣했다.

"아, 짜증 나."

혜수는 작게 인상을 쓰며 뒤로 살짝 물러났다. 방금도 양 검사의 시선이 저에게 꽂힌 탓이었다.

게임을 시작하기 전까지만 해도 별로 대수롭지 않게 생각했었는데 오늘따라 양 검사의 시선이 훨씬 더 찐득하고 부담스러웠다. 평소에는 그저 느끼한 시선을 던질 뿐이니 그 정도는 여유롭게 무시할 수 있었다.

한데 오늘은 미묘하게 혀를 날름거리거나 침을 삼킨다. 도저히 무시할 수가 없었다. 착각일지도 모르고, 과대망상일지도 모르지만 분명 욕정이 담겨 있다. 그리 생각하니 꼭 발가벗고 선 것만 같은 기분이라, 아무리 당당하려 해도 평소처럼은 안 되는 게다.

그녀가 느낀 시선을 강주 또한 분명히 느끼고 있었다. 강주는 혜수의 앞을 은근히 막아서며 주먹을 꾹 쥐었다. 상대 팀에서 노닐던 공이 양 검사의 발을 떠나 이쪽으로 날아왔다.

저 자식은 아까부터 계속 틈만 나면 혜수가 있는 방향으로 공을 보낸다. 일부러 그러는 거다. 강주는 작게 욕지거리를 뱉으며 공을 받았다.

1세트는 특수2부의 승리로 끝났다. 잠깐의 휴식 시간 동안 강주는 물을 연거푸 두 병이나 들이켰다. 그러면서 특수2부 사람들이 저들끼리 대화하며 이쪽을 힐끔거리는 꼴을 보았다. 또 혜수를 보고 저러나 싶어 그들의 시선을 좇아보았다.

역시나 시선 끝에 혜수가 걸렸다. 혜수는 다른 사람에게 맡겨

두었던 자신의 트레이닝복 재킷을 돌려받아 껴입고 있었다. 그녀는 옷을 맡고 있던 이가 덥지 않겠느냐고 묻자 괜찮다며 고개를 끄덕여 보이더니 휙휙 움직여 보였다. 강주는 방금 입에 물었던 물을 삼키고는 2세트를 준비했다.

"박 선배님, 파이팅!"

저쪽은 열심히 응원하는데 이쪽은 조용한 게 좀 미안해서 언제고 한 번은 파이팅을 외쳐야지 하고 기회를 보던 아인은, 게임이 막 시작하기 전에 얼른 외쳤다. 그러자 혜수가 아인을 향해 엄지를 들어 보였다. 아인도 씩 웃으며 엄지를 똑같이 들어 보였다.

한 겹 더 가린 덕을 톡톡히 보기 시작했다. 혜수는 연습할 때의 실력을 점차 발휘해 나갔고, 그녀의 탁월한 운동신경이 돌아온 덕분에 2세트는 1세트에서 과연 접전 끝에 진 게 맞나 싶을 정도로 우위를 확실하게 점령했다.

다만 부작용은 그녀의 움직임이 커지면 더 커질수록 그녀의 몸매는 훨씬 더 잘 드러났고, 그에 따라 양 검사의 눈빛도 더 끈끈해졌다는 거였다. 혜수는 다행히 거기서 벗어났지만, 강주는 점차 더 기분이 가라앉았다.

그에 몇 번이나 주먹을 불끈불끈 쥐었지만, 며칠간이나 우승이란 말을 입에 달고 다니던 혜수가 이긴다며 저렇게 좋아하는 걸 보니 차마 실격패를 초래할 수가 없었다. 강주는 혜수를 위해 참자고 생각하며 억지스러운 미소를 지어 보였다.

2세트는 형사2부의 승리였다. 혜수는 누구보다도 좋아하며 부장검사과 얼싸안고 좋아했다.

"부장님, 저 잘했죠?"

"그럼! 아이고, 잘한다, 우리 박 검사!"

오, 2세트로 봐서는 3세트도 쉽게 이기겠다. 아인은 흥이 나는 걸 느끼며 양손을 맞잡았다.

이러다가 정말 우승하면 부장님 돈 엄청 깨지실 텐데, 하는 생각을 하며 무심결에 고개를 돌리던 그녀는 저 멀리 와 있는 도진을 발견했다.

혜수가 족구 선수로 뛰라며 아무리 강요를 해도 오늘 해야 할 일이 있다며 거절한 이였다. 일하느라 바쁠 줄 알았더니 잠시 와 볼 여유는 있었나 보다. 아인은 조금 전보다 더 흥이 나는 걸 느끼며 재빨리 그에게 다가갔다.

"선배님! 언제 오셨어요?"

"방금."

옆얼굴로 대답한다.

"그럼 경기 못 보셨죠? 첫 번째 판은 졌는데요! 두 번째 판은 완승이었어요!"

여기까지 말한 후 살짝 목소리를 낮췄다.

"와, 저쪽 여자 선수는 정말 못하거든요?"

그러고는 다시 목소리를 높였다.

"박 선배님은 정말 잘하세요!"

아인은 꼭 반한 듯한 눈빛으로 혜수를 바라보았다. 도진도 슬그머니 아인을 따라 혜수를 보았다.

혜수는 잠깐 재킷을 벗은 채 부장님이 부쳐주는 부채 바람을 맞으며 땀을 식히고 있었다. 부장님은 혜수가 주문하는 대로 상하좌우 강약을 조정하며 코치 노릇을 톡톡히 했다. 그러던 중 강주가 그녀에게로 다가갔다.

"박 선배, 다음 게임에선 쉬는 게 어때요?"

"왜? 나 잘하잖아."

"아니요. 힘들까 봐."

"안 힘들어. 그리고 힘들어도 내가 안 뛰면 누가 뛰어? 나 안 뛰면 지는데."

혜수가 의욕을 드러내며 물을 마셨다. 강주는 작게 한숨을 삼키며 그녀를 바라보았다.

"그렇게 이기고 싶어요?"

"당연하지. 내 성격 몰라? 나 누구한테 지면 잠도 못 자는 사람이야."

강주는 손에 들고 있던 공을 바닥에 탁 튕겼다. 그러더니 알았다는 말과 함께 멀어져 갔다.

아인은 왠지 기운이 없어 보이는 강주의 모습을 측은하게 바라보았다. 도진은 그런 그녀를 바라보다 코트로 눈길을 돌렸다.

혜수는 다시 재킷을 차려입고 구두를 고쳐 신었다.

"부장님, 잊지 마세요, 한우!"

"오케이, 콜!"

선수끼리 모두 하이파이브를 한 후 마지막 경기가 시작됐다. 3세트는 2세트보다 더 승기가 강했다. 왠지 강주의 플레이가 더 화려해졌고, 혜수의 움직임도 더 좋아졌다. 아인은 지난번 소 선배님이랑 갔던 데는 별로였으니 다른 값싸고 좋은 한우 가게를 알아놔야지, 하는 생각을 하며 씩 웃었다.

"아!"

그러던 중 갑자기 양 검사가 뺨에 공을 맞았다. 잘못 스쳤는지 꽤나 아파했다. 경기는 잠깐 중단되었고, 모두가 그의 안녕을 살피기 위해 슬금슬금 다가갔다.

"괜찮아요?"

소 검사가 물었다.

"이야, 이거 폭행죄로 입건해야 되는 거 아니야?"

특수2부 중 누군가 농담을 던졌다. 그의 어투가 재미나 모두가 와 하고 폭소를 터트리자 양 검사가 피식 웃으며 턱을 움직여 보였다.

"아, 괜찮긴 한데 꽤 아프네요."

그러더니 혜수를 향해 씩 웃어 보였다.

"박 검사가 뽀뽀 한 번 해주면 나을 것 같은데."

우우, 하는 부러움 섞인 야유가 터졌다. 부장님은 젊은 것들이란, 하는 표정으로 끌끌 웃다가 혜수를 툭 쳤다. 좋아하는 사람 아픈데 뽀뽀 한 번 해주라고 말하려던 찰나였다.

"아, 내가 진짜 좋게 넘어가려고 참아주니까…… 야!"

혜수가 허리에 손을 짚은 채 양 검사에게 버럭 소리를 질렀다. 순식간에 야유도 그치고 부장님의 말문도 닫혔다.

"당장 고소해라! 나도 성희롱으로 확 고소해줄 테니까! 도대체 싫단 말을 몇 번이나 해야 돼? 어지간히 말해서는 못 알아듣지? 애인 있단 말이 장난으로 들려? 내가 마지막으로 말한다. 똑똑히 들어!"

당황한 양 검사를 향해 이를 악물어 보였다.

"당신 얼굴 보면 토 나올 것 같아. 너랑 마주 보고 밥 먹을 바에 그냥 농약을 먹겠다. 지금 내가 한 말 잘 기억해놔라. 모욕죄로 고소할 때 과장하지 말고."

어색한 분위기가 흐른 후 혜수가 구두굽으로 바닥을 탁 차며 자신의 포지션으로 돌아갔다. 그녀는 심판을 향해 단호하게 말했다.

"계속 진행하셔도 될 것 같은데요? 많이 안 다쳤더라고요."

뽀뽀해주란 소리 밖으로 안 뱉어서 참으로 다행이란 생각을 하며 제자리로 돌아가는 부장검사를 선두로 다들 제가 있어야 할 곳으로 슬금슬금 돌아갔다.

그러다 갑자기 소 검사가 풉 하고 웃음을 터트렸다. 소 검사는 급히 입을 막았지만 한번 터진 웃음을 멈추지 못했고, 그와 함께 특수2부 팀의 분위기는 점점 더 가라앉았다.

양 검사는 자존심이 상한 듯 보였고, 다른 특수2부 선수들도 기분이 상한 듯 표정이 뚱했다. 그 상태에서 경기가 재개되었다.

"재밌네."

도진이 말했다. 그는 진심으로 그렇게 생각하는 듯 험악한 공이 오가는 코트를 뚫어져라 바라보았다. 아인은 눈을 껌뻑거리며 그를 바라보다가 긴장한 듯 마른침을 삼키며 코트의 선수들을 살펴보았다.

이러다가 크게 다치는 사람 나올 것 같은데…….

주고받는 공에 점점 감정이 실리는가 싶더니, 결국 분위기가 너무 험악해졌다. 족구니 그나마 다행인데 축구나 농구였으면 벌써 몸싸움이 나지 않았을까 싶다. 공에 실리는 힘이 거칠기 짝이 없었다. 점수를 내고 이기려고 공을 차야 할 텐데, 꼭 누구 하나

다치게 하려고 차는 것 같다. 욕을 하다가 심판에게 경고를 받는
사람도 나왔다.

그러다 결국.

"타임!"

혜수의 구두굽이 부러지자마자 부장님이 얼른 작전타임을 불
렀다. 발을 삐었을지도 모른다. 아니, 그보다 더 중요한 건 혜수에
게 그토록 소중한 구두가 부러졌다! 부장님은 그녀의 개인 매니저
라도 되는 것처럼 곧바로 다가갔다.

"아야……."

"그러게! 운동화를 신지! 그럼 덜 다쳤을 거 아냐? 발목 봐
봐."

"발목이 중요한 게 아니에요. 아, 내 구두…… 어떻게 해. 많
이 다쳤네."

"내 참, 이 처자 참."

부장님이 꾸중을 해도 혜수는 평소보단 낮은 굽이라며 당당하
기만 했다.

"그런데 저 빠지면 누가 해요? 큰일이네."

부장님이 여직원들을 휘휘 둘러보았다. 다들 난 못한단 말로
몸을 사렸다. 그에 혜수가 비틀거리며 일어섰다. 제가 하겠단다.

"그 발로 어떻게 뛰어?"

"그래도 여자 선수 없으면 기권해야 되잖아요."

가만 내버려두면 정말 저 발로 뛸 참이다.

"저기……."

아인은 용기를 냈다. 다치는 건 별로 무섭지 않다. 다만 제 몸

이 운동과는 전혀 상관없는 정적인 몸이란 걸 스스로 잘 알기에 빠진 것이었건만 다친 사람보다야 안 나을까.

"제가 할까요?"

그렇게 입장한 코트.

"막내, 파이팅!"

아까 아인이 혜수에게 그랬던 것처럼 혜수가 응원을 해주었다. 아인은 그녀의 손짓을 따라 엄지를 들어 보인 후 몸을 어정쩡하게 낮췄다.

아무것도 안 하고 도망만 다니면 되지, 뭐. 잘할 수 있어!

그리 스스로를 격려한 후, 상대편을 바라보았다. 저들끼리 모여 온갖 인상을 다 쓴 채 이런저런 이야기를 나누고 있었다. 그러다 곧 호각 소리가 들려왔다. 경기는 다시 시작되었다.

이제 와서 후회되는 게 하나 있다면…… 아까 권 선배님 앞에서 상대편 여자 선수 정말 못한다고 비웃었던 거?

나…… 밖에서 보면 엄청 웃길 것 같아.

"아인아, 피해!"

강주의 목소리를 듣는 순간 몸을 피했지만 공이 더 빨랐다. 아인은 공에 세게 맞은 어깨를 문질렀다.

"괜찮아?"

"네!"

스스로 한다고 해놓고선 아픈 기색 드러내서 폐 끼칠 순 없다. 아인은 최대한 안 아픈 척 웃으며 일부러 손뼉을 탁탁 쳤다.

다시 네트를 중심으로 공이 왔다 갔다 했다. 왠지 공이 살짝 부드러워진 기분이라 아인은 긴장을 약간 풀었다. 그녀는 경기의 흐름을 살펴볼 참으로 굽혔던 허리를 살짝 세워보았다.

"헉."

그러다 세차게 날아온 공에 맞고 고꾸라졌다.

너무 아프다. 아인은 이를 악물었다. 그러면서 장이 다 터질 것만 같은 배를 손으로 감싸 쥐었다. 일어나고 싶은데 너무 아파서 다리에 힘이 안 들어갔다.

"막내야! 괜찮냐?"

소 검사가 얼른 다가와 아인의 팔을 붙잡았다. 강주는 방금 아인에게 공을 날려 보낸 상대 팀 선수를 노려보았다. 연약한 여자 선수가 배를 맞고 아파 데굴데굴 구르는데도 와서 괜찮으냐고 묻거나 미안하단 말 한마디 하지 않는다.

유치한 자식들, 진짜 패버릴까, 하는 마음에 또 주먹을 쥐다가 혜수를 보고는 참았다. 그러곤 소 검사처럼 아인에게 다가가 아인을 일으켜 주었다.

"아유, 저 괜찮아요…… 흐으, 안 아파요. 하하하. 경기하다 맞을 수도 있죠."

말과는 달리 그녀의 눈에선 눈물이 뚝뚝 떨어졌다. 아인은 그 눈물을 닦을 생각도 않고 비틀비틀 일어섰다. 제가 눈물을 흘린다는 자각이 없으니 당연했다. 그녀는 그저 폐를 끼치면 안 된다는 일념 하나에 미소를 유지하며, 아픈 배를 움켜쥔 채 앞을 보았다.

아, 왜 앞이 잘 안 보이냐……. 아, 눈물. 눈물 때문이구나.

그제야 눈치채고 손으로 쓱쓱 닦은 후 공이 어디 있나 찾아보았다. 신 계장이 서브를 할 준비를 하고 있었다. 아인은 이젠 정말 실수하지 않겠다고 생각하며 눈물이 거둬진 눈을 크게 떴다.

신 계장은 눈에 불을 켠 채 방금 아인을 맞힌 놈을 정확히 노려 공을 찼다. 불행인지 다행인지 상대편 놈은 정통으로 맞지 않고 살짝 비꼈다. 맞은 사람이 항의하려는 듯 나서자 양 검사가 말렸다.

그 후로 공은 계속해서 누군가를 노리며 날아갔다. 심판이 저지했지만 소용없었다. 다행히도 건장한 남자들은 리시브를 해내거나 공을 잘 피해 큰 문제가 없었다.

하지만 여자는 달랐다.

"이얏!"

족구의 왕이 양 검사를 날카롭게 조준해 힘껏 찬 공이, 양 검사가 피하는 바람에 그만 여자 선수의 얼굴을 맞혀버렸다.

"아아!"

여자 선수는 아픈지 순식간에 눈물을 터트렸고, 소 검사는 화들짝 놀라며 얼른 상대편으로 다가갔다.

"미안합니다! 어떻게 해, 괜찮아요? 진짜 미안해요. 고의가 아닌데!"

"아니긴 뭐가 아닙니까? 고의 맞잖아요?"

저쪽의 젊은 선수가 인상을 쓰며 대들었다.

"아니야! 말 함부로 하네. 실수야. 진짜 실수!"

소 검사는 고의가 아니라고 계속 사과했지만, 심판에게 결국 경고를 받았다. 아인은 살벌하기까지 한 경기장을 보며 긴장을 하고 또 했다.

잘 피해야지.

하지만 소용없었다.

다음 차례에 아인은 콧대가 내려앉는 기분을 느끼며 얼굴을 감싸 쥐었다.

"아인아!"

강주는 아인이 코를 가린 손 밖으로 피가 새어 나오는 걸 보고는, 누가 봐도 고의적으로 아인을 노려 공을 찬 양 검사를 노려보았다. 양 검사는 미안한 기색 하나도 없이 제 옷을 털고 있었다. 강주는 절로 튀어 나가려는 몸을 간신히 붙들고 아인부터 살폈다.

"하하, 저 괜…… 괜찮으…… 흑."

도무지 웃음이 안 나간다. 아인은 어깨를 들썩이며 흐느낌을 쏟아내기 시작했다.

"많이 아파요? 미안, 실수했네."

양 검사의 웃음기 담긴 목소리가 강주의 이성을 픽 하고 끊었다.

"이 새끼가!"

강주가 결국 모든 인내를 일시에 내버리며 양 검사를 향해 사납게 몸을 돌려세웠다.

하지만 그보다 먼저 코트 밖에서 공 하나가 세차게 날아들어 양 검사의 얼굴을 정확하게 때렸다. 강주는 내딛던 걸음을 멈추고 공이 날아온 방향을 바라보았다. 주머니에 손을 꽂은 도진이 방금 날린 공 외에 새로운 공 하나를 발로 끌고 있었다.

특수2부 사람들이 '뭐야? 뭐야?' 하며 모두 도진에게 시선을 꽂았다. 도진은 공에 발을 올린 채 양 검사를 바라보았다. 그러다 양 검사가 입을 벙긋거리는 순간, 틈도 주지 않고 바로 양 검사의 얼굴로 공을 날려 찼다. 공에 맞은 양 검사의 고개가 저편으로 훅 꺾였다.

"아, 실수."

도진은 덤덤하게 말한 후 주머니에서 손을 빼 또 하나의 공을 새로 집어 들었다. 그러면서 바닥에 탁탁 튀기기를 반복했다. 양 검사는 어이없다는 듯 웃다가 곧 입에 욕을 물며 그에게 다가왔다. 뒤에 서 있던 특수2부의 다른 부원들이 양 선배니 양 검사니 소리를 지르며 따라왔다.

양 검사는 모두를 무시하고 도진의 얼굴 앞에 제 얼굴을 바짝 들이밀었다. 그리고 위압감을 주는 미소를 지으며 입을 열었다.

"야, 장난해? 지금 해보자는 거냐? 이게 눈에 뵈는 게……."

도진이 들고 있던 공으로 그의 얼굴을 퍽 찍었다. 그에 양 검사가 충격에 비틀거리다 제 코에서 흐르는 피를 닦는 순간.

"실수."

순식간에 양 검사가 도진에게 달려들었다. 도진은 기다렸다는 듯 그의 배를 발로 힘껏 차버렸다. 양 검사는 특수부라는 이름과 덩치가 아까울 만큼 쉽게 나가떨어져 신음을 내며 아픈 가슴을 어루만졌다. 도진은 주먹을 풀며 그에게로 성큼성큼 다가갔다.

"권검아!"

"아이고, 권도진!"

부장님과 소 검사가 도진을 말리느라 정신이 없을 때, 혜수는 활짝 웃으며 소리를 쳤다.

"권도진 내 사랑! 멋있다! 나이스! 패! 패버려! 내 구두 원수 갚아줘!"

강주는 혜수를 보며 쥐고 있던 주먹을 풀었다. 복잡한 얼굴을 혜수에게서 도진으로 옮기던 그는 다시 힘이 들어가는 주먹을 주머니 속으로 숨겼다.

2

폭력을 일으켰으니 당연히 실격패였다. 그에 그리 갈망하던 승리를 눈앞에서 놓쳤는데도 혜수는 연신 싱글벙글 웃는 얼굴이었다.

"아, 권도진, 이쁜 자식. 아무리 생각해도 기특하네. 네가 내 구두 원수 갚아주려고. 우리 도진이! 누나가 뽀뽀해줄까?"

도진이 휙 하고 고개를 피했다. 그 모습을 보면서 강주는 컵에 담긴 사이다를 마치 맹물이라도 되는 양 꿀꺽꿀꺽 마셨다.

"권도진이! 이 자식이! 넌 내일부터 깡치 사건 전담이다. 내가 서 부장이랑 협상한다고 얼마나 고생한 줄 알아?"

부장님은 떽! 하고 호통을 치면서도 혜수만큼이나 싱글벙글 웃었다. 법적으로 문제없게 서로 잘 해결하자고 특수2부 측과 이야기하면서 미안하단 말을 수없이 했었지만, 그러면서도 속으로는 고소하다고 끌끌 웃은 부장검사였다. 사지 멀쩡한 도진 앞에서 온몸의 고통을 호소하는 양 검사를 보고 있자니 어찌나 통쾌하던지.

그에 혜수가 제 손으로 한우 쏜다고 하는 걸 굳이 거절하고, 아껴둔 비상금 탈탈 털 각오로 모두에게 고기를 먹이는 중이었다.

"그런데 참말로 특수2부 그놈 박혜수 애인 아니었네?"

"제가 아니라고 했잖아요."

"아, 그럼 누구지? 사내연애는 확실한데 말이야."

"열심히 찾아보세요."

혜수는 그리 말하곤 잠시 화장실에 간다며 자리를 떴다. 그녀가 떠난 사이 부장님은 다른 후보들을 물색하기에 여념이 없었다. 증거물과 그놈인가 차장실 직원 그놈인가…….

"누구랑 사귀는 거지?"

"권검인가 보다!"

갑자기 소 검사가 손뼉을 탁 치며 말을 뱉었다. 도진과 강주가 동시에 인상을 찌푸렸다.

"응? 권도진이?"

"아까 양 검사 그놈이 박검 쳐다보는 거 보셨잖아요? 이거는 보통 눈빛이 아니더니만. 그래서 권검이 못 참고 나선 거 아냐?"

"에이, 우리 부서는 아닐 건데? 그럼 내 이 매의 눈이 눈치를 못 챌 리가 없는데."

"왜요? 우리 부서일 수도 있지. 우리 부서라고 생각하면 권도진이가 제일 유력하잖아요. 나이도 동갑에, 또 뭐냐, 둘이 연수원동기라면서요? 그리고 보면 둘이 투덕투덕 싸우는 척해도 얼마나 친해요?"

소 검사가 확신을 가지고 도진을 보았다. 아인은 강주가 왜 사이다를 마시는지 조금은 알 것 같다는 기분을 느끼며 제 컵에 사이다를 졸졸 따랐다.

"박 검사랑 친하기로 따지면 김 검사도 유력하지 않습니까?"

조용히 있던 정 수석이 눈웃음을 지으며 끼어들었다. 그는 눈꺼풀을 들어 강주를 힐끗 보며 묘한 미소를 지었다.

"아니야. 박검은 권검이랑 더 잘 어울려. 그리고 내가 볼 때 강주는 임자 따로 있어."

"누구?"

소 검사의 말에 부장님이 귀를 쫑긋 세웠다. 소 검사는 끌끌 웃으며 아인과 강주를 번갈아 가리켰다.

"김강주 막내랑 잘된다는 거에 오만 원! 어때, 정수철?"

사이다 마시다 체할 뻔했다. 아인은 흔쾌히 내기를 받는 정 수석의 목소리를 들으며 휴지를 찾았다.

"선배님! 아니에요, 아니에요!"

휴지를 쥔 채 소 검사를 향해 손을 마구 흔들었다. 그사이 혜수가 돌아와 아인을 보고 웃었다.

"왜요? 무슨 이야기 하는데 이래요?"

"아무것도 아니에요!"

화제를 돌려야 했다. 무슨 이야깃거리를 꺼내야 하나, 아인은 어지러운 머리를 복잡하게 마구 뒤졌다.

"왜? 넌 내가 마음에 안 들어?"

강주가 턱을 괴며 부드러운 표정으로 아인을 바라보았다. 아인은 이야깃거리를 찾던 뇌 회로가 순식간에 뚝 끊기는 걸 느끼며 그를 마주했다.

"이야, 김강주 진짜 마음 있나 본데?"

"저야 고맙죠, 아인이 정도면."

강주가 아인을 지그시 바라보았다. 아인은 왜 이러느냐는 눈빛을 보내다가 눈동자를 살살 굴려 혜수를 쳐다보았다. 혜수는 꼭 저와는 상관없는 일이라는 듯 흥미로운 표정으로 둘을 지켜보다가 입을 열었다.

"왜요? 둘이 좋아한대요?"

"아무래도 그런 것 같거든. 내가 둘이 잘된다는 거에 오만 원 걸었어. 야, 정수철, 오만 원 내놔."

"아니죠. 막내 검사가 받아줘야 승부가 나는 거죠."

정 수석이 웃는 얼굴로 소 검사의 손을 밀쳤다. 그러자 소 검사가 아인을 닦달하기 시작했다.

"받아줘라, 막내야. 강주 저거 집에 돈도 많아. 잡으면 봉 잡는 거야."

"선배님!"

이제 그만하시라고 목소리를 짜내려던 순간이었다.

"그래, 받아줘. 나 잡으면 봉 잡는 거야."

강주가 아인의 손을 제 손가락 끝으로 슬쩍 건드렸다.

"싫어?"

부장님이 강주의 행동을 보고는 얼씨구 하고 혀를 내밀었다. 소 검사는 끌끌 웃으며 둘을 지켜보았다.

"받아줘. 소 선배님 저번에 한우 쏜다고 돈 엄청 쓰셨잖아. 오만 원이라도 벌게 해드려야지."

혜수가 반짝반짝 빛나는 눈으로 아인을 바라보며 말했다. 아인은 모두의 시선 속에서 식은땀을 줄줄 흘리다가 갑자기 자리에서 벌떡 일어섰다.

"저, 화장실 좀 다녀올게요!"

그리고 도망치듯 자리에서 벗어났다.

화장실 칸에서 숨을 후후 몰아쉰 후 밖으로 나와 거울을 바라보았다. 살아오면서 넌 참 놀리는 재미가 있다는 소리를 자주 들었었는데 정말 그런가 싶었다.

혹시 내가 놀리고 싶게 생긴 얼굴인가? 놀림 받으면 나도 모르게 이상한 표정을 짓는 건가?

거울을 보며 제 얼굴을 요리조리 따져보던 그녀는 찬물에 손을 씻으며 고개를 내저었다. 그러고는 선배들이 또 강주와 저를 놓고 놀리면 그땐 정말 화내야지, 굳은 마음을 먹은 후 화장실 밖으로 빠져나왔다.

다행히 선배들의 화제는 다른 걸로 바뀌어 있었다. 아인은 안도하며 제자리를 찾아가 앉았다. 그리고 조용히 선배들의 이야기를 듣기 시작했다.

그러다 강주가 제 잔에 스스로 소주를 따르는 모습을 보았다. 아인은 어쩐지 대화에는 관심이 없어 보이는 듯한 강주를 주시하다가 혜수를 힐끔 살폈다. 혜수는 선배들과 이야기를 나누느라 정신이 없었다. 아인은 강주가 또 한 번 소주병을 드는 걸 보고는 얼른 옆에 있는 다른 병을 집어 들었다.

"제가 따라드릴게요."

강주가 미소를 짓고는 병을 놓고 잔을 내밀었다. 아인은 조심스럽게 소주를 따라주었다. 그리고 소주병을 놓으려는데 뭔가 딱 하는 소리가 났다. 바라보니 아무래도 도진이 방금 비운 소주잔으로 식탁을 내려찍은 듯 보였다.

화났나? 화났다……. 왜 화났지?

하긴…… 오늘 사람이랑 주먹다짐하며 싸웠으니 기분이 나쁠 만도 하다. 폭행으로 잡혀온 사람들 보면 전부 다 화를 내고 있질 않던가.

말을 붙일 엄두까진 나지 않고 조용히 눈동자만 굴렸다. 그녀가 도진의 빈 잔을 자신이 채워줘도 될까 고민하며 병을 멍청히 들고만 있을 때, 도진이 강주를 향해 손을 뻗었다. 옆에 놓인 병을 달라는 뜻이었다.

"제가 한 잔."

강주는 도진에게 병을 건네주는 대신, 제가 따르겠다는 듯 왼손으로 병을 든 오른팔을 받쳤다. 도진은 거절하지 않고 빈 잔을 들었다.

도진의 잔을 채워준 후, 강주는 자신의 잔을 들어 도진의 잔에 살짝 부딪고는 고개를 돌려 한입에 털어 넣었다. 그 모습을 보면서 도진도 천천히 잔을 입으로 가져갔다.

"선배, 아까 멋있던데요."

도진이 소주를 마시면서 강주를 힐끗 쳐다보았다. 강주가 말을 마친 후 무표정한 얼굴로 저를 바라보고 있었다. 도진은 시선을 되돌리며 소주잔을 깨끗하게 비웠다.

"공 차는 거 보니까 축구 잘하시겠던데."

"못한다."

"못해요?"

"어. 농구보단."

강주는 비워진 도진의 술잔으로 술병을 기울였다. 한데 소주가 술잔 끝에 닿을 때까지도 멈추지 않았다. 기어이 소주가 흘러넘치고 나서야 천천히 손을 뗐다.

"저도 농구 못해요. 축구보단."

도진은 가만히 강주를 바라보았다. 강주도 평소답지 않은 굳은 얼굴로 계속 도진을 마주 보았다. 아인은 갑자기 이 선배님들이 왜 이러나 조마조마해하며 몸을 살짝 웅크렸다.

그러다 도진이 아직 뜯지도 않은 새 소주병으로 손을 뻗었다. 그는 말없이 뚜껑을 뜯더니 강주의 잔에 술을 붓기 시작했다.

콸콸, 쏟아져 나오는 투명한 액체를 보고 아인이 놀라 입을 딱 벌렸다.

"서, 서……."

채 잔에 담기지 못한 소주가 아래로, 또 강주의 팔을 타고 줄줄 흘렀다. 아인은 기겁한 표정으로 휴지를 마구 뜯어 식탁 위에 놓았다. 도진은 아랑곳하지 않고 계속 술병을 기울인 채 들고 있었다. 팔을 타고 흘러 내려온 술이 옷을 적시는데도, 강주 또한 전혀 아랑곳하지 않고 술잔을 들고 있기만 했다.

"쟤들 왜 저래……."

부장님이 놀란 눈으로 물었다. 하지만 누구 하나 제대로 대답하지 못하는 상태에서 결국 소주병이 바닥을 드러냈다.

도진이 소주병을 놓고 제 잔을 들어 마셨다. 강주도 지지 않고 마셨다. 강주가 잔을 비우고 팔을 내리자마자 도진은 다시 새 소주병을 땄다. 그리고 강주에게 맥주컵을 내밀더니 병을 기울였다.

아인의 얼굴이 하얗게 질렸다.

예전의 기억이 나는 까닭이었다. 처음 출근했던 날, 도진에게 받았던 딱 그 잔이다.

그 끔찍했던 잔을 또 보게 될 줄이야.

강주는 컵에서 술병이 떨어지자마자 입으로 가져와 쭉 마시기 시작했다. 아인은 아찔함마저 느끼며 점점 비워져 가는 맥주컵을 쳐다보았다.

우유…… 우유…… 우유가 필요한데!

굉장히 단시간에 소주를 모조리 비운 후, 강주는 컵을 도진에게로 내밀었다. 도진은 순순히 받아 들었고, 강주는 후배 된 도리로 팔목만 받쳤다 뿐, 조금 전 도진이 그랬던 것과 하나도 다를 바가 없이 잔을 콸콸 채우기 시작했다. 그리고 도진 역시 그 잔을 한 번에 비웠다.

"선배님, 선배님…… 안주, 안주……."

아인이 젓가락으로 아무거나 집어 강주에게로 도진에게로 번갈아 내밀었다. 하지만 아무도 받지 않고 서로를 쳐다보기만 했다. 아인은 결국 도로 안주를 내려놓아야만 했다.

굳이 이번 잔이 아니더라도 둘 다 오늘 마신 술의 양이 장난이 아닌데. 특히 강주는 정 수석이 오늘따라 왜 이리 과음을 하느냐며 주의를 줄 정도였다.

도진은 눈을 깊게 감았다가 떴고 강주는 고개를 한 번 살짝 내저었다. 그러더니 또 술을 붓기 시작했다. 그렇게 또 한 잔씩 더 나눠 마신 후, 강주가 결국 손으로 이마를 짚었다. 그러면서 또 술병을 쥐자 이제까지 방관하던 부장님이 슬쩍 입을 열었다.

"이제 고만. 술값 더 없다."

부장님은 이제 그만 자리를 나가자며 계산대로 향했다. 아인은 모두가 일어서는데 계속 앉아서 힘들어하는 강주를 살짝 건드려 보았다.

"괜찮으세요?"

강주도 일어서기 시작했다. 그러다 비틀거리자 아인은 어쩔 줄을 모르고 혜수만 찾다가, 강주가 넘어지기 직전 얼른 잡아주었다. 그 모습을 본 도진은 누구보다도 먼저 밖으로 나가버렸다.

다음 장소는 회식의 꽃 노래방이었다. 언제나 그렇듯 혜수의 최신곡과 소 검사의 흘러간 명곡 퍼레이드로 분위기가 후끈 달아오르면 부장님이 구슬픈 트로트로 분위기를 망친다. 혜수는 부장님이 사랑하는 어머니를 울부짖는 걸 보고는 취소 버튼을 꾹 눌렀다.

"야, 박혜수!"

"아, 어떻게 띄운 분위긴데 이건 아니잖아요, 부장님."

"에잇."

토라진 척해도, 혜수가 목청 높여 소리를 지르며 부장님 손을 붙들고 방방 뛰면 부장님은 금세 즐거워 어깨춤을 추신다. 소 검사는 예약하느라 바쁘고, 정 수석은 권유에 못 이기면 한 곡씩 부르는 수준이었다. 아인도 정 수석과 마찬가지였다.

그리 한창 흥에 겨울 때, 부장님이 갑자기 집에서 온 전화를 받더니 가봐야겠다며 미안한 표정을 지었다. 그러자 정 수석도 가보겠다는 말을 했다. 정 수석은 요즘 바빠서 오늘 족구대회 관람도 못 한 터였다. 그가 이대로 집에 가서 서류 검토나 좀 더 하겠다고 말하자, 다 가고 젊은 애들만 남는데 나만 남아 무엇 하냐며 소 검사도 아쉬운 마이크를 놓았다.

그에 네 사람만 남게 되었다. 아인은 방 안의 풍경을 바라보며 속으로 어색한 웃음을 끝없이 흘렸다.

혜수마저 화장실에 가버린 바람에 방 안에는 아인과 도진, 강주 세 사람뿐이었다.

도진과 강주는 서로에게 말 한마디 없이 앉아 있는 중이었다. 도진이야 원래 말이 없다지만 강주가 저러는 건 분명 아까 상한 기분이 아직 안 풀린 게다. 그에 아인은 도진보다도 평소답지 않은 강주가 훨씬 더 신경이 쓰이는 걸 느끼며 그에게 슬그머니 노래 목록 책자를 내밀어보았다.

"강주 선배님, 노래 한 곡 하셔야죠?"

강주가 아인을 슬쩍 쳐다보았다. 아인은 내 행동 때문에 화났나, 하는 마음에 책자를 움찔 뒤로 뺐다. 그러다 뜻밖에 강주가 받겠다는 듯 손을 내미는 걸 보고는 극도의 반가움을 느끼며 책자를 건네주었다. 그러고는 평소의 강주가 즐겨 부르던 신 나는 노래를 기대하며 탬버린을 손에 단단히 쥐었다.

한데 예상과는 사뭇 달랐다. 아인은 잔잔한 전주가 흐르는 걸 들으면서 뜻밖이라는 표정을 지어 보였다. 그러다 강주의 노래가 본격적으로 시작되자 가사가 나오는 화면에 홀린 듯 시선을 박았다.

"와."

이제껏 강주가 노래방에서 보여준 모습이라곤, 회식 끝자락에 술에 거나하게 취해 혀 꼬인 소리로 아무렇게나 소리 지르고 방방 뛰어 선배들을 즐겁게 해준 모습뿐이었다. 물론 노래 실력이 어느 정도는 있는 사람이라는 건 눈치채고 있었지만 차분하게 노래하는 목소리가 이토록 감미로울 거라곤 미처 상상하지 못했었다.

"와, 강주 선배님 목소리 정말 좋아요."

노래가 끝나자 아인이 동경이 가득 담긴 목소리를 뱉었다.

"정말 잘하시는데요? 노래 따로 배우신 거예요?"

"아니."

"보통 실력이 아니신데요?"

"학교 다닐 때 밴드 보컬 했었어."

"정말요? 학교 밴드요?"

"응. 학과 사람들끼리."

"어? 오와, 그렇구나……. 경영학과라고 하셨죠? 아, 그쪽에 친구 있어서 경영대 갈 일 많았는데 귀찮다고 안 간 거 후회된다. 그때 좀 다녔으면 선배님 노래하는 거 봤을 수도 있을 텐데."

"지금 봤으면 됐지."

"그래도요, 밴드랑은 다르잖아요. 우와, 멋있다. 노래 잘하는 사람 너무 멋있어요. 멋있어……."

마치 주문처럼 멋있다는 말을 되뇌고 있을 때 캔이 찌그러지는 소리가 들려왔다. 도진이 방금 다 마신 사이다 캔을 찌그러뜨리고 있었다. 그에 아인은 정신을 번쩍 차리며 멋있다는 말을 멈췄다.

보아하니 노래하면서 강주의 기분이 많이 풀린 듯했다. 아인이 안도감을 느끼며 뿌듯하게 웃을 때 휴대폰에 메시지가 왔다. 화장실에 간 혜수로부터 온 메시지였다.

[강주 혹시 권도진한테 질투하는 거야?]

왜 이런 당연한 걸 묻지? 그리 생각했다가 아, 하고 탄성을 터트렸다.

그러고 보면 혜수는 다른 선배들이 도진과 혜수가 잘 어울린다며 둘이 애인 사이일 거라고 말하는 자리에 없었다. 그러니 강주가 도진에게 시비를 걸어도 그게 질투일 거라곤 생각하지 못한 모양이다.

그래서 강주 선배님을 달래줄 생각도 안 하신 거구나. 어쩐지 이상하더라.

[네! 그러니까 선배님이 와서 강주 선배님 기분 좀 풀어주세요!]

이제 혜수가 돌아오면 강주를 달래줄 거다. 그럼 강주 기분은 완전히 풀릴 테고, 그리되면 더는 도진에게 시비를 걸지 않을 거다.

그럼 이 어색한 분위기도 가시겠지?

얼른 와주세요, 박 선배님!

"권도진! 너를 위해 준비했어!"

듣기에 쿵 하고 맞는 기분이 들었다. 아인은 석상이 되어 혜수를 바라보았다.

화장실에서 돌아온 혜수는 섹시한 몸동작을 하나도 놓치지 않고 재현하며 꼭 도진을 유혹하는 듯한 모양새로 춤을 추고 노래를 했다. 아인은 반사적으로 강주를 살폈다.

어떻게 해…… 아까 겨우 풀린 기분이 다시 꽁꽁 얼어붙고 있어.

노래를 하기 전보다도 더 굳은 강주의 얼굴을 보면서 아인은 캄캄한 앞을 헤집었다. 박 선배님이 왜 저러시는 거지? 강주 선배님이 심통 부려서 화나셨나? 아니면 강주 선배님이 질투를 하든 말든 구두의 원수를 갚아준 권 선배님을 맘껏 기특해하시겠다는 건가?

아니, 그보다도 나는 어떻게 해야 하지?

"어때, 즐거웠어, 권도진?"

혜수가 노래를 마친 후 도진과 강주 사이에 다리를 꼬고 앉으며 말했다. 아인은 하얗게 질린 얼굴로 강주를 보다가 혜수를 향해 목소리를 높였다.

"박 선배님, 강주 선배님 대학 다닐 때 밴드 하셨대요!"

"응, 알아. 그게 왜?"

"아니, 멋있어서……."

"뭘 새삼스레. 김강주 대학 다닐 때 공부 안 하고 딴짓만 한 거야 세상이 다 아는 이야긴데. 야, 권도진, 노래 한 곡 해."

아인은 난감한 표정으로 강주와 혜수를 번갈아 보았다.

"경험 많은 거 부럽지 않나요? 전 강주 선배님이 대학 다닐 때 이것저것 해보신 게 많아서 되게 부럽다고 생각했었는데."

"부럽긴 뭐가 부러워? 그 덕에 성적 안 나와서 졸업도 못 할 뻔했는데."

"그래도 강주 선배님 누구보다 대학 생활 멋있게 하신 거예요."

"그래? 그게 멋있어? 난 공부 열심히 하는 애들이 좋던데."

아인은 고개를 마구 내저었다.

"에이, 아니에요! 학교 다닐 때 공부만 한 사람들 보면 답답해요. 이것저것 다 해본 사람이 훨씬 더 매력적이에요."

"난 그렇게 생각 안 해. 난 올 에이뿔에 전체 장학금 이런 게 멋있더라. 안녕, 수석 씨?"

혜수가 도진의 팔을 만지며 윙크를 해 보였다. 아인은 말문이 막히는 걸 느끼며 강주의 눈치를 살폈다. 강주는 무표정한 얼굴로 앞을 보고 있었다.

"야, 빨리 노래해. 내가 너를 위해서 준비했다니까? 그럼 너도 답례를 해야지."

혜수의 안중에 강주는 없었다. 아인은 안타까워지는 걸 느끼며 또 내가 여기서 어떻게 해야 하나 계산을 하기 시작했다.

강주 선배님 기분을 풀어줘야 해, 강주 선배님 기분을……

"강주 선배님! 저 신청곡!"

그래, 노래하니 기분 풀리더라. 노래를 시키자.

"뭔데?"

강주가 반응을 보였다. 아인은 얼른 대답해주었다.

"이적의 '다행이다' 요!"

아는 노래인 듯 강주가 고개를 끄덕였다. 아인은 그야말로 다행이라 생각하며 리모컨을 꾹꾹 눌렀다.

아인은 강주의 노래가 시작된 후, 나의 선곡은 정말 탁월하다,

그리 뿌듯해했다.

강주의 목소리와 정말 잘 어울리는 노래였다. 강주는 물 만난 것처럼 시원하게 목소리를 뽑았고, 아인은 빠져드는 표정으로 그를 바라보았다.

"와."

노래가 끝난 후 또 강주를 보며 찬사 어린 눈빛을 보내고 있을 때 혜수의 목소리가 들려왔다.

"야, 답가."

그녀는 아직도 도진에게 답가를 요구하고 있었다. 아인은 기껏 일으켜놓은 강주의 기분을 가라앉혀서는 안 된다고 생각하며 급히 혜수를 향해 입을 열었다.

"강주 선배님한테 해달라고 하세요. 강주 선배님이 노래 잘하시잖아요."

"나는 권도진 노래 듣고 싶은데."

"권 선배님은 원래 노래 안 하시잖아요."

검사가 된 지 6개월여. 물론 때려치우고 나간 기간이 포함되어 있다지만 어쨌거나 길다면 긴 시간. 그간 선배들과 가진 회식 자리 수차례.

하지만 단 한 번도 들어본 적 없었다. 언제나 다른 선배들이 노는 모습을 빤히 보기만 할 뿐. 초창기에 멋모르고 노래 한 곡 하시라고 권했다가 따가운 눈빛에 찔려 죽을 뻔했다.

도진은 절대 노래하지 않는다.

"아, 노래 못하는 남자 매력 없는데. 그렇지 않아, 막내?"

"예?"

"노래 못하는 남자 싫지?"

아인은 이때다 하고 얼른 맞장구를 쳤다.

"네! 노래 못하는 남자 좋아하는 여자가 어디 있어요? 제 이상형 중 하나였는데요. 노래 잘하는 남자."

"야, 권도진, 너 솔직하게 말해. 너 강주만큼 부를 자신 없어서 안 부르는 거지?"

순간 강주는 저도 모르게 입꼬리를 슬쩍 올렸다. 의도한 건 아니라 바로 지우려고 애쓰긴 했지만, 술기운 때문인지 표정 제어가 잘 안 된다. 강주는 손가락 끝으로 입술 주변을 만지는 걸로 표정을 가리다 문득 도진과 눈을 마주쳤다.

"에이, 권 선배님이 어떻게 강주 선배님만큼 불러요?"

"그렇지? 강주만큼은 못 할 것 같지?"

강주의 웃음이 더욱 짙어졌다. 그는 웃음기를 더욱 드러내며 우월한 눈빛을 화면으로 돌렸다.

"그럼요, 강주 선배님이 얼마나……."

갑자기 말문이 뚝 막혔다.

도진이 아인을 빤히 쳐다보며 마이크를 켜고 있었다. 아인은 이 사람이 웬일이지? 하는 생각에 놀란 눈을 떴다가 뒤에서 전주가 들려오자 더 큰 눈을 띄웠다.

설마 하며 돌아본 화면에 노래 제목이 크게 떠 있었다.

이적의 '다행이다'.

아! 선배님!

원래 노래방 가면 누가 먼저 부른 건 안 부르는 게 기본 룰이에요. 그래서 최신곡 나오면 노래방에 제일 먼저 뛰어 들어가고 그러는 거라고요!

바보! 강주 선배님처럼 잘하는 사람 바로 뒤에 부르면 비교당할 텐데. 스스로 이런 불행을 초래하다니…… 그리 안타까운 눈을 떴건만.

"어……."

잘한다. 아인은 뜻밖이라는 눈으로 도진을 바라보았다.

분명 노래는 못할 거라, 아니, 음치는 아니겠지만 썩 잘 부르는 편은 아닐 거라 그리 생각했었는데.

잘한다, 입이 절로 벌어질 정도로.

아인은 넋을 놓은 표정으로 도진을 응시했다. 도진은 노래하는 틈틈이 아인을 힐끗거리다가 노래가 끝나자 살짝 시선을 회피하며 마이크를 툭 던졌다. 아인은 고개를 흔들어 정신을 차리며 두근거리는 가슴을 꾹 눌렀다.

노래…… 잘하는구나.

"우와, 권도진! 너 왜 이때까지 노래 못하는 척하고 있었어? 야야, 너 노래할 줄 알면 나 답가 해줘!"

강주가 기분 나쁜 표정으로 도진을 뚫어져라 바라보았다. 도진은 덤덤히 그를 마주하면서 혜수가 내미는 책자를 받아 들었다. 혜수는 굉장히 신 난 목소리로 즐거워하며 도진이 노래를 찾는 동안 서비스를 해주겠다며 앞으로 나섰다. 그리고 요즘 유행하는 여자 아이돌의 댄스곡을 열창하며 열심히 춤을 췄다.

도진은 신 난 혜수의 목소리 속에서 노래를 찾더니 아직도 저를 바라보고 있는 강주를 향해 나직이 뱉었다.

"공팔이사사."

강주가 어쩌라고? 하는 얼굴로 살포시 인상을 썼다.

"예약해라."

아, 선배라 이거지……. 아인은 어깨를 살짝 움츠리며 강주를 지켜보았다. 강주는 도진을 몇 초간 더 바라보더니 리모컨을 들어 시키는 대로 예약을 했다.

혜수의 노래가 끝난 직후 곧 도진이 선곡한 노래의 반주가 흘러나오기 시작했다. 아인은 꽤나 낭만적인 멜로디라는 데 내심 놀라며 화면에 시선을 꽂았다.

'With Or Without You'.

평소 좋아하던 팝송의 제목이었다. 아인은 떨리는 걸 느끼며 살짝 숨을 죽였다.

원래 전주가 이리 길었던 노래인가. 약간은 초조한 마음으로 기다리던 중 드디어 도진의 음색이 터졌다. 아인은 귀를 쫑긋 세우며 그의 목소리에 집중했다.

아, 구름을 밟는 것 같다.

이 사람 노래를 이렇게 듣는 날이 오는구나.

잘한다. 멋있어…….

아까는 너무 급작스러워 제대로 감상하지 못한 게 아쉽다. 이번엔 잘 듣고 귀에 묻고 뼈에 새겨야지, 아인은 그리 다짐하며 상기된 표정으로 도진의 노래를 하나도 놓치지 않고 정성 들여 들었다.

"호오, 영어 좀 하는데? 헬로, 미스터 엘리트?"

혜수가 도진을 향해 입술을 살짝 내밀어 보였다. 그 모습을 보고 있던 강주가 발을 탁 구르더니 다리를 반대로 꼬았다. 그러면서 무표정한 얼굴로 리모컨을 눌러 노래를 검색하기 시작했다.

아인은 화면 가득 뜨는 노래 목록을 보면서 순간 웃음을 참기 위해 입술을 깨물었다.

검색 목록이 팝송이다. 강주는 불만 가득한 눈으로 도진을 쓱 쳐다보더니 검색어를 쓰기 시작했다.

검색어를 본 후 아인은 입술을 더 세게 깨물었다.

에미넴이라. 에미넴이라면 유명한 랩퍼가 아닌가. 영어로는 그냥 노래도 힘들던데 랩을 해보이겠다라…….

아이쿠, 선배님, 무리수는 두는 게 아니에요.

곧 리드미컬한 음악이 흘러나오고 아인은 불안감과 기대감이 뒤섞인 표정으로 강주를 지켜보았다. 그러다 그의 입을 통해 나오는 영어가 본토인이라고 해도 믿을 정도로 완벽하다는 사실에 깜짝 놀라며 입을 벌렸다.

음정, 박자, 지금 가슴에 가득 품은 분노를 마구 발산하는 감정 처리까지 하나도 놓치지 않는다. 아인은 우와, 우와 하는 탄성을 계속 쏟아냈다.

"선배님, 미국에서 살다 오셨어요?"

"아니."

"그런데 어떻게 저런 노래를 해요!"

"그냥 자주 가서 지내."

아…… 그냥 자주 가시는군요.

강주는 취기가 오르는 걸 느끼며 소파에 몸을 늘어뜨렸다. 그러면서도 꼿꼿이 도진을 바라보았다. 도진은 강주의 도전적인 눈빛을 가만히 받아주다가 저도 소파에 몸을 편안히 기댔다. 그 상태로 리모컨을 눌렀다.

강주는 도진이 과연 어떤 노래를 선곡했을 것인가 가만히 살펴보았다. 그리고 곧 티 나게 인상을 찌푸렸다.

'로보트 태권브이'.

도진은 뻔뻔하게도 덤덤한 표정으로 태권브이 주제가를 부르기 시작했다. 그러면서 강주를 빤히 쳐다본다. 강주는 이를 맞물며 그에게서 시선을 거두어버렸다.

왠지 진 기분이 든다. 기분이 더럽다. 강주는 숨을 삼키며 손바닥으로 눈을 가렸다. 그런 그의 귀에 혜수가 도진의 노래를 듣고 즐거이 웃는 소리가 들려왔다. 강주는 더럽다 못해 울컥하기까지 하는 기분을 느끼며 눈을 가린 손을 치워보았다.

혜수가 도진의 팔을 탁탁 치며 그에게 환한 표정을 짓고 있었다. 강주의 눈에 우울함이 스쳤다.

"선배님⋯⋯."

강주의 모든 동작을 지켜보던 아인이 안타까움을 가득 담은 표정으로 강주를 조심스레 불렀다. 강주는 아인을 쳐다보았다. 아인이 어설픈 미소를 지은 채 저에게 책자를 내밀고 있었다.

"노래⋯⋯ 노래해주세요."

선배님, 미안해요. 제가 선배님 기분 푸는 법을 이거밖에 몰라요.

강주는 아인을 향해 픽 웃더니 손을 내밀어 받았다. 그리고 곧 선곡을 했다. 아인은 위로하는 듯한 표정을 짓고 있다가 얼른 그가 무슨 노래를 하려는 건지 확인했다.

'내 여자라니까'.

아이쿠, 이것은 연하남이라면 꼭 한 번쯤은 사랑하는 누나에게 바친다는 그 노래?

꼭 주인의 관심을 끌기 위해 안달을 내는 강아지 같다. 노래를 하면서 점차 시선을 혜수에게로 옮기는 강주를 보니 딱 그렇게 느껴진다. 아인은 누난 내 여자라는 가사를 읊으며 촉촉한 시선을 보내는 강주를 측은하게 쳐다보았다.

불행히도 혜수는 별 관심이 없는 듯 강주를 외면하고 있었다. 그래도 강주는 술기운의 힘을 빌려 꿋꿋하게 혜수를 바라보며 노래를 불렀다. 민망함 같은 건 생각하지도 않고 약간은 절실하게 느껴질 정도로 혜수를 향해 촉촉한 눈빛을 보냈다.

그 모습을 보면서 도진은 눈을 가늘게 떴다. 그는 혜수를 향한 강주의 진심 어린 눈빛을 보며 심각한 표정을 지었다.

"권도진, 너 이 노래도 알아?"

혜수가 물었다. 도진이 강주를 의식하며 어, 하고 대답하자 그녀가 강주 앞에 놓여 있던 리모컨을 가져와 꾹꾹 눌렀다.

강주는 혜수의 태도를 보면서 피식 웃어버리곤 고개를 돌렸다. 그리 노래를 끝내곤 도진에게 마이크를 내밀었다. 그 마이크를 혜수가 냉큼 받아 도진에게 건네주었다. 강주는 넥타이를 풀어 던진 후 소파에 편안하게 늘어졌다.

강주가 신경 쓰여 도진의 노래가 시작되었는데도 온전히 감상할 수가 없다. 아인은 도진의 목소리에 흠뻑 빠져 저도 모르게 고개를 옆으로 기울이다가도 흠칫거리며 강주를 흘낏거리길 멈추지 않았다.

그러다 결국 그녀가 거슬림을 못 참고 바닥에 떨어진 강주의 넥타이를 줍는 순간 도진의 노래가 뚝 끊겼다. 아인은 아쉬운 표정으로 도진을 바라보다가 손에 든 넥타이를 탁자에 올려두었다.

강주가 잠깐 화장실에 다녀올 참인지 밖으로 나갔다. 노래가 흐르지 않는 삭막함 속에서 아인은 난 이제 어찌해야 하나 고민하기 시작했다.

"제가! 노래 한 곡 할까요?"

용기를 내어 말을 뱉었다. 그랬더니 혜수가 얼굴 가득 반가움을 드러내며 신청곡을 외쳤다.

"엄정화 초대! 춤도 춰야 돼!"

초대라니…… 나, 그 노래는 좀 부끄러운데. 게다가 춤까지?

선뜻 대답하지 못하자 혜수가 실망한 기색을 드러냈다.

"왜? 몰라?"

그래, 원래 막내란 위치가 그런 거다. 선배들에게 기쁨을 선사하고 분위기를 띄우기 위해 제 한 몸 불사르는 것.

나 오늘 술도 마셨어.

"아니요! 알죠!"

이왕이면 제대로 하자는 생각에 앞으로 나섰다. 위험한 느낌의 반주가 아슬아슬하게 이어지고, 아인은 친절하게 숫자를 알려주는 화면을 보면서 살짝 긴장을 했다. 그리고 수줍은 듯 과감하게 노래의 시작을 열었다.

가락도 그렇고 가사도 그렇고 모두 민망하지만, 그보다 가장 민망한 건 도진이고 강주고, 그렇게들 노래 잘하는 사람들 바로 뒤에 이어 불러야 한다는 사실이었다.

에이, 뭐, 언제부터 노래방에 노래 자랑하러 왔던가. 그냥 재밌게 놀자고 오는 거지. 아인은 다리 하나를 옆으로 살짝 빼며 손으로 손뼉을 짝짝 쳤다.

　노래를 부르다 보니 흥이 난다. 아인은 뻣뻣한 팔로 최선을 다해 율동을 하며 후렴구를 이어갔다. 의자에 앉아 환호를 하며 분위기를 맞춰주는 혜수에게 뇌쇄적인 표정을 지어 보이는 장난도 쳤다.

　그러던 중 문이 열리며 강주가 돌아왔다. 아인은 강주를 향해 반기듯 웃어 보였다. 강주는 그녀를 향해 마주 웃더니 점차 가까이 다가왔다.

　어느새 강주는 아인의 앞에 바짝 다가와 살짝살짝 리듬을 타고 있었다. 과하지 않게 자연스럽게 움직이는 모습을 보니 강주는 춤도 출 줄 아는 것 같다. 아인은 점점 더 신이 나는 걸 느끼며 그를 파트너 삼아 춤을 추고 노래를 했다.

　한데 어째 자꾸 뒤로 밀린다. 아인은 또 한 번 뒷걸음질을 쳤다. 이상하다는 걸 느꼈을 땐 이미 늦은 이후였다. 아인은 저에게 바짝 붙어 저를 지그시 내려다보고 있는 강주를 향해 놀란 눈을 떠 보였다.

　"선배…… 선배님."

　강주는 부드러운 손길로 아인의 머리를 쓸었다. 그러다 아인의 턱을 쥐고 서서히 다가가기 시작했다.

　"김강주."

　도진의 가라앉은 목소리가 들려왔다. 강주는 아인에게로 입술을 가져가던 행동을 멈추었다.

　"여자들 갖고 노는 게 취미였냐?"

　혜수를 향한 눈빛에 분명 진심이 실려 있다, 그리 생각했건만.

도진은 차가운 눈으로 강주를 응시했다.

"이제 아셨어요? 제가 제일 좋아하는 취미인데."

강주가 도진을 향해 씩 웃으며 대꾸했다.

"학교 다닐 때 제대로 배웠죠. 왜요, 선배는 공부만 하느라 이런 취미는 안 키우셨어요?"

도진은 말없이 강주를 쳐다보기만 했다. 강주도 서서히 웃음기를 지우며 그를 마주했다.

결국 도진이 앉은 자리에서 일어섰다. 그는 눈높이를 맞춘 후 강주를 한참이나 더 쳐다보더니 서서히 다가가기 시작했다.

강주는 분노가 가득 담긴 그의 눈을 보며 준비하듯 오른쪽 손목을 풀었다. 그러다 그가 코앞에 당도했을 때, 강주는 예상치 못한 전개에 인상을 썼다.

도진이 주먹이 아닌 제 넥타이를 내밀고 있었다. 강주가 인상쓴 표정 그대로 도진의 눈을 쳐다보자, 도진은 그 넥타이를 펼쳐 그의 어깨에 툭 걸쳐주었다.

"더 크면 까불어라."

사나운 눈으로 조용히 말한 후, 도진은 겁에 질린 아인의 손목을 잡았다. 그리고 그대로 밖으로 빠져나가버렸다.

두 사람이 사라져 텅 비어버린 듯한 공간 속에서, 강주는 탁자에 비스듬히 걸터앉아 어깨에 걸린 넥타이를 손으로 걷었다. 그리고 양 손바닥으로 얼굴을 쓸었다. 한숨과 함께 그 손을 치우고 나자 혜수가 바로 앞에 와 있는 게 보였다. 강주는 고개를 옆으로 돌려버렸다.

혜수는 그의 얼굴 앞으로 제 얼굴을 들이밀었다. 강주가 고개를 돌리자 또 따라갔다.

"왜요?"

"화 많이 났어?"

"무슨 상관인데요?"

"왜 상관이 없어? 너 화나라고 일부러 그런 건데."

일부러 그랬다는 말에 강주의 표정이 일그러졌다. 혜수는 기죽지 않고 씩 웃더니 그의 품 안으로 파고들었다.

"질투해서 화나라고. 난 너 질투하는 거 보기 좋아. 그만큼 나 좋아한다는 거잖아."

강주는 하, 하고 한숨을 쏟아냈다. 그러고는 꽤 오랜 시간 침묵을 지키더니 한참 후 입술을 열었다.

"선배는 질투 안 하잖아요."

"응?"

"선배는 나 안 좋아해요?"

"바보야, 질투할 이유가 없잖아."

강주는 납득이 되지 않는지 입을 다물었다. 혜수는 그를 안은 채 고개를 들어 그의 얼굴을 바라보았다.

"내가 누구를 질투해? 네가 나 이렇게 좋아하고 막내는 권도진 좋아하는 게 눈에 훤한데. 너도 내가 너 이렇게 좋아하고, 또 권도진이 막내 좋아한다는 거 알면 질투 덜 날걸?"

뜻밖의 말에 강주의 눈이 가늘어졌다. 아인이 그렇다는 거야 진즉 눈치챘지만.

"권 선배가요?"

"그럼! 그러니까 내가 그렇게 장난을 치지. 정말로 나 좋아할지도 모르는 사람한테 그러겠어? 내가 이렇게 안 했어봐. 권도진 막내 손 잡는 데 백 년 걸리겠다! 지금도 속 터지는데 그 꼴을 어떻게 봐? 이게 다 박혜수 검사님의 치밀한 작전이야. 우리 강주 질투해서 씩씩거리는데 내가 모른 척하면 막내 성격에 당연히 우리 강주만 챙겨주겠지? 그럼 권도진 열 받지? 강주는 강주대로 속상해서 권도진한테 시비 걸겠지? 그럼 권도진 또 열 받지? 술도 취했겠다, 가만히 안 있겠지?"

"뭐야, 그럼 나한테 미리 말해줬어도 좋았잖아."

"그럼…… 너 놀리는 재미가 없잖아."

"뭐?"

"질투하는 거 보고 싶단 말이야. 질투하는 거 귀여워. 우리 강주 귀여워서 누나가 장난친 거지. 이게 다 누나가 강주 좋아서 그런 거야. 에이, 그러니까 기분 풀어. 누나는 네 거야. 너라고 불러. 누나는 네 여자야. 자, 빨리 꽉 안아줘."

강주는 허탈하게 웃어버렸다.

정말 우습다. 그렇게 꽁꽁 묶였던 마음이 한순간에 녹는 게 내가 바보인지, 이 여자가 마녀인지.

"그러니까 나 갖고 논 거네?"

"응. 난 원래 귀여운 거 보면 갖고 놀아. 내 취미야. 학교 다닐 때 제대로 배웠…… 엄마!"

"다신 귀엽다 소리 안 나오게 해줄게."

강주는 혜수를 거칠게 소파로 밀어붙이며 그녀의 위에 몸을 실었다.

"선배님, 선배님, 선배님, 선배님······."

내가 분명히 기억하건대 예전에 이렇게 손목 잡혔을 때 왜 손목 아프다는 말 안 했냐고 나한테 화냈었어!

그래서 이번엔 말하려고 하잖아. 그럼 말할 기회를 줘야 하는 거잖아!

"손목 아파요!"

그제야 도진이 놓아주었다. 아인은 울상을 지으며 손목을 어루만졌다. 그래도 예전만큼 눈물이 날 정도로 아프진 않다.

그녀는 안도의 한숨을 내쉬다가 문득 제 위로 그림자가 드리워지는 걸 느끼고는 무심결에 힐끗거렸다. 그리고 바로 소스라치게 놀라며 제대로 다시 바라보았다.

당장에라도 코가 닿을 만한 거리에 도진의 얼굴이 와 있었다. 아인은 눈을 크게 키운 채 그와 눈을 마주하다가, 그가 다시 다가오자 얼른 옆으로 고개를 돌렸다.

뭘까······ 지금 뭐지?

"왜 피해?"

심장이 미친 듯이 뛰어 대답을 할 수가 없었다.

그보다도 우선 상황 파악이 안 된다.

지금 이 사람이 나한테 뭘 하려고 한 거야?

"왜 나는 피하는데?"

무슨 뜻일까. 파악이 되질 않는다.

도진의 말이 어려운 건지, 뇌가 마비된 건지.

그저 사고가 혼미하기만 했다. 아인은 아찔함에 덜덜 떨리는 가슴을 안은 채 연신 숨을 삼키기만 했다.

"왜 김강주는 안 피했는데?"

도진이 또 한 번 질문을 던졌다. 아인은 그제야 도진의 말을 이해하고 숨 삼키기를 멈췄다.

조금 전 강주가 다가왔을 때를 두고 말하는 거겠지. 강주를 피하지 않은 이유는 하나였다.

"걱정 마. 안 할 거야…… 부탁해."

작지만 분명하게, 그는 그리 말했었다. 그에 거부하지 못하고 그가 하자는 대로 가만히 있었다.

아인은 혼미한 정신을 다잡으며 겨우 입을 달싹거렸다.

"가, 강주 선배님은…… 안 할 걸…… 안 할 거란 걸 알았으니까요."

"그럼."

도진이 그녀의 뺨에 손가락을 가져가 저를 보게 했다.

"난 진짜 할 거란 걸 안다는 거네."

아인의 눈이 커졌다. 도진은 그녀를 물끄러미 보다가 다시 입을 열었다.

"해도 돼?"

아인이 대답하지 못하고 입술을 달싹이기만 했다.

"싫으면 피해."

눈동자가 하염없이 흔들렸다. 도진은 그녀의 눈을 바라보며 천천히 다가갔다.

피하지 않는다. 입술이 맞닿기 직전, 도진은 한 번 더 기회를 주었다. 마지막이라는 듯 빤히 쳐다보자 아인이 눈을 질끈 감았다.

"김강주 좋아하냐?"

고개를 살짝 젓다 입술이 옅게 스치자 움찔거린다. 도진은 더는 참지 않겠다는 듯 그녀의 입술을 덮었다.

입술의 하늘거리는 스침마저도 그토록 아찔했건만.

도진이 온통 저를 뒤덮고 있다는 사실에 아인의 머릿속이 아마득해졌다.

너무도 갑작스럽고, 갑작스러운 만큼 정신이 하나도 없다. 그런 와중에도 도진의 입술을 통해 전해오는 열기가 거칠고 뜨겁다는 것만큼은 너무도 생생했다.

꼭 굶주린 짐승 같은 모습. 도진이 흘려보낸 낯설고 이질적인 느낌이 입안뿐 아니라 온몸으로 퍼져 나가는 것만 같다. 아인은 어깨를 더더욱 움츠렸다.

도진의 입술을 비집고 나온 말캉함이 열어달라는 듯 아인의 입술을 두드렸다. 맥없이 입술 사이를 열어주자, 부드러운 입술 뒤에 어떻게 숨어 있었는지 그의 혀가 저돌적으로 파고들어 와 아인의 치열을 건드렸다.

안 돼, 무리야.

경직된 다리에 힘이 풀렸다. 아인은 저도 모르게 도진의 옷자락을 움켜쥐었다.

그러자 갑자기 도진의 기세가 한결 부드러워졌다. 그는 마치 달래듯 아인의 입술을 제 입술로 쓸며 천천히 그녀의 허리를 손으로 받쳐주었다. 아무리 옷이 가로막고 있다고는 하나 민감한 부분이었다.

그의 손길이 와 닿았으니 오히려 더 굳어야 정상일 텐데, 어째서일까, 거짓말처럼 진정이 된다.

아인이 움켜쥐었던 손의 힘을 풀자, 도진이 그녀의 허리를 감싼 팔에 조금 더 단단한 힘을 주었다. 그러면서 그녀의 입술 속으로 다시 천천히 침범했다.

두근두근, 낯설고 무섭기까지 했던 그의 숨결에 묘하게 동화되는 느낌이 들기 시작했다. 아인은 그제야 도진의 심장이 제 심장만큼이나 빠르게 뛰고 있다는 걸 깨달았다.

이 사람도 나만큼 떨고 있다는 걸까? 이 사람의 떨림을, 긴장을, 이런 걸 느낄 수 있는 날이 오리라곤 차마 상상조차 하지 못했었는데.

벅차지만 감격스러워. 따스하다.

사람들이 흥에 겨워 춤추고 노래하는 소리가 먼 듯 가까운 듯 들려온다. 탬버린 소리가 자잘하게 귓속으로 파고들면서 간지러운 느낌을 준다. 그녀가 어깨를 움찔거리자 벽에 붙어 있던 신곡 포스터가 위로 밀리며 바스락거리는 소리를 냈다.

그 소리에 도진은 천천히 눈을 뜨면서 그녀에게서 슬쩍 물러났다. 그러면서도 미련이 남아 몇 번이나 더 그녀의 입술을 건드렸다.

"하아."

붉게 열뜬 뺨 아래 새빨갛게 젖은 입술을 보니 또 한 번 다가가고 싶다는 충동이 일었다. 하지만 간신히 참아낸 후, 아인의 양어깨를 붙들고 지그시 내려다보기 시작했다. 아인은 눈을 못 마주치고 눈길을 이리저리 휘돌렸다.

"야."

"예…… 예?"

깜짝 놀라며 저와 눈을 마주쳤다가 또 얼른 시선을 피해버린다. 그러더니 저도 티 나게 급하게 피했다는 건 알았는지 은근히 딴청을 피우기 시작했다.

"나 학교 다닐 때 기타 쳤는데."

"네?"

딴청을 부리던 걸 멈추고 저를 슬쩍 바라본다. 그녀의 얼굴에 가득 담긴 의아함을 보면서 도진은 다시 한 번 입을 열었다.

"공부만 한 거 아니라고."

한참 더 의아해하다가 나중에서야 이해했다는 듯 당황한 눈을 뜨는 걸 보니 주먹을 쥐지 않고선 버틸 수가 없다. 그러다 결국 그녀가 아, 하는 탄성을 내뱉으며 얼굴을 붉히는 걸 보곤 아무래도 안 되겠단 생각에 다시 다가가려 할 때였다.

휴대폰이 울렸다. 도진은 인상을 쓰며 잠깐 갈등한 후 아인을 놓아주었다. 그가 후, 하고 숨을 뱉어내는 그녀를 보며 전화를 받은 순간.

그토록 기다렸던 한마디가 귓속으로 파고들었다.

—검사님, 찾았습니다.

7부_ 사랑해

어젯밤 일을 생각하면 자꾸만 눈이 질끈질끈 감기고, 마음이 쿵쾅거려가던 걸음을 멈추게 되고, 온몸을 싸하게 훑고 지나가는 짜릿한 기분에 호흡마저도 가쁘고.

그래서 평소보다 훨씬 오래 걸려 출근을 했다. 간신히 지각하지 않고 청사의 현관을 아슬아슬하게 통과한 아인은, 오늘 도진과 마주치면 어떤 표정을 지어야 하나 수없이 고민하며 입술을 깨물고 눈을 찡긋거렸다.

엘리베이터에서 내린 이후에는 마치 도둑질하러 가는 것처럼 긴장된 마음으로 살금살금 걸음을 옮겼다. 그러다 도진의 검사실 문이 열리려는 순간, 간이 떨어질 것 같은 기분을 느끼며 부리나케 제 검사실로 도망쳤다.

"휴."

그와 마주친 것도 아니건만 그의 방으로 통하는 문이 슬쩍 움직였다는 것만으로도 이리도 떨리다니. 아인은 진정하기 위해 가슴을 톡톡 쳤다. 그러자 미영이 의아함이 담긴 걱정스런 눈빛을 보냈다. 아인은 어색하게 웃어 보이고는 의자로 다가갔다.

이후로 일부러 휴게실도 가지 않고, 화장실에 갈 때도 조심스럽게 주변을 살피며 움직였다. 검사실로 돌아올 땐 매번 쫓기듯 들어섰다. 미영은 오늘 아인이 아무래도 이상하다고 생각하다가, 그녀가 하하하, 하고 쓸데없는 화제를 꺼내는 걸 보고는 모르는 척 웃어주었다.

아직까지는 안 마주치고 잘 버텼는데 점심시간엔 어찌해야 하나. 아프다고 하고 빠질까? 다른 약속 있다고 둘러댈까?

아인은 별의별 핑계를 다 떠올리며 고민을 했다. 그러다 도진의 실무관으로부터 오늘 도진은 점심시간에 다른 사람을 만나러 간다는 연락을 받고는 안도감이 섞인 한숨을 뱉었다.

한데 우스운 게 그리 다행스러우면서도 한편으로는 허무하고 아쉬운 느낌이 든다는 거다.

그래도 심장 터지는 것보다는 낫다. 아인은 도진이 오후 늦은 시각에나 돌아올 거라는 소식에 고맙다는 말로 답변을 하고는, 오늘이 열린 이후 처음으로 여유롭게 의자에 몸을 기댔다.

"검사님?"

"예?"

이런. 또 멍하게 있었나 보다.

어제 저에게 일어났던 기적과도 같은 일을 도무지 지울 수가 없다 보니 업무에 지장이 온다. 아인은 아무래도 머리를 좀 식혀

야겠다고 생각하며 휴게실로 향했다.

율무차를 한 잔 뽑아 든 후 의자에 앉아 천천히 마시기 시작했다. 잡념을 떨치러 나왔는데, 이리 앉아 있으니 이젠 잡념이 망상이 되어 다가온다. 아인은 잔뜩 상기된 얼굴을 휘휘 저으며 종이컵을 입으로 가져왔다.

"막내, 어제 가방 두고 갔던데 집엔 잘 들어간 거야?"

혜수가 들어서며 인사를 전했다.

"아, 네. 깜빡했어요."

"가방 나한테 있으니까 이따 가져가."

"네, 고맙습니다."

혜수는 방긋 웃는 아인을 보고 피식 웃더니 어깨를 주무르며 자판기에서 커피를 뽑았다. 아인은 오늘따라 수척해 보이는 그녀를 향해 걱정스러운 표정을 지었다.

"선배님, 피곤해 보이세요."

"응? 아아."

혜수는 지친 표정으로 아인의 곁으로 다가왔다. 그녀가 의자에 앉기 직전 강주가 휴게실 안으로 들어섰다. 강주는 둘을 보며 웃더니 자판기에 동전을 넣었다.

"무지 피곤해."

강주가 커피를 뽑아 드는 모습을 보면서 혜수가 말했다. 아인은 다시 걱정스러운 표정으로 혜수를 보았다.

"어제 과음하신 거예요?"

"아니."

혜수는 나른한 표정을 짓더니 강주가 컵을 입으로 가져가는 순간 다시 말을 뱉었다.

"내가 키우던 귀여운 강아지가 있었는데 어제 갑자기 짐승으로 변하는 거 있지?"

갑자기 강주가 마시던 커피를 뿜었다. 그 모습을 보면서 혜수는 천연덕스럽게 한숨을 후 내쉬었다.

"짐승 상대했더니 피곤해."

강주는 한참이나 더 콜록거리다가 겨우 진정했다. 그는 날짝지근한 혜수의 시선과 염려가 어린 아인의 시선을 못 본 척 커피를 홀짝이다가 헛기침과 함께 화제를 돌렸다.

"권 선배한테 사과를 해야 하는데."

"어제 일 때문에요?"

"응. 미안하단 말을 하긴 했는데……. 알잖아, 그냥 어, 하고 말더라고. 뭐, 가타부타 말도 없고 표정 변화도 없으니까 화가 풀렸는지 안 풀렸는지도 모르겠고."

음, 미안하단 말을 했더니 어, 하고 받아주기까지 했단 말이야? 내가 사과할 땐 귀찮으니까 사과하지 말란 말만 했었는데.

어째 좀 부럽다. 아인은 강주를 물끄러미 올려다보았다.

"미안하단 말 한 번 했으면 됐지. 너 할 도리 했으니까 그냥 신경 꺼."

"그래도 찝찝한데."

"사과!"

아인이 뭔가를 깨달은 듯 외쳤다. 그녀는 이상하다는 눈빛으로 저를 보는 혜수와 강주를 향해 밝은 표정으로 말을 뱉었다.

"사과 갖다 드리세요."

강주는 음? 하고 되묻고 혜수는 소리 내어 웃기 시작했다. 아인은 순식간에 당황하며 변명을 늘어놓았다.

　"아니…… 제가 권 선배님한테 실수 많이 했잖아요. 그런데 사과해도 안 받아주시고 오히려 더 화내시니까 어쩌나 하다가 사과 갖다 드렸었거든요?"

　"그게 먹혔단 말이야?"

　혜수가 눈을 동그랗게 떴다.

　"음, 확실하진 않지만, 그 뒤로 평소처럼 대해주셨으니까 먹힌 거 아닐까요? 안 해보는 것보다는 낫지 않아요?"

　동의를 구하는 그녀의 얼굴을 보고, 혜수는 뭐가 그리 재밌는지 꽤 오랫동안 웃었다.

　"내가 좀 이따 가서 당장 사과 하나 사 올게. 권도진한테 줘."

　"됐어요. 싫어요."

　강주가 어이없다는 듯 웃으며 거절했다. 혜수는 후배가 선배한테 실수를 했으면 발가벗고 춤을 춰도 모자랄 판에 싫은 게 어디 있느냐며 강요하다가, 그래도 강주가 끄떡없이 무시하자 결국 사악한 미소를 드러냈다.

　"우리 짐승, 앞으로 먹이 안 주는 수가 있는데."

　"싱싱한 걸로 사 와요."

　강주는 눈 하나 깜짝 않고 바로 태도를 바꾸더니 은근히 사라졌다. 아인은 그제야 그 짐승이 그 짐승이었구나, 하하 어색한 웃음을 지으며 율무차를 비웠다.

오후 늦은 시각.

도진이 탐탁지 않은 시선으로 강주를 올려다보았다. 그러다 그 시선 그대로 제 앞에 놓인 사과를 내려다보았다.

"제대로 사과하고 싶으면 사과 갖다 주래요."

"누가."

"아인이가요."

도진은 역시, 하는 표정을 지으며 사과를 집어 들었다.

"드세요. 제일 싱싱한 거예요, 아마도."

강주의 웃음이 평소보다 억지스럽다. 도진은 그 얼굴을 마주하다가 사과를 그에게로 내밀었다.

"너나 먹어."

"에이, 그냥 받아줘요. 저도 이러기 쉽지 않은데요……."

"사과는 아까 받아줬잖아. 두 번이나 할 필요 없다."

"그래도 갖고 왔으니까 먹어요."

"너 먹어."

"깎아줄까요? 과도 챙겨 왔는데."

강주가 인상 쓴 도진을 무시하고 사과를 깎기 시작했다. 그러고는 뭉툭하게 베어 내밀었다. 그래도 안 받기에 재촉하듯 손을 흔들자 그제야 도진이 슬그머니 받아 들었다.

"한 번만 더 사과 가져오면 진짜 팬다."

"저도 다시 가져올 일 없을 거예요."

사이좋게 나눠 먹는다.

아인은 퇴근 시간이 되자 오늘 종일 몸에 익힌 고양이 걸음으로 슬그머니 움직여 검사실의 문을 빼꼼 열었다. 그 상태로 혹시 복도에 도진이 있나 없나 조심스럽게 살핀 후 밖으로 나섰다.

잰걸음으로 멈추지 않고 걷다가 엘리베이터 앞에 당도해서야 휴, 하고 한숨을 내쉬었다. 오늘 권 선배님과 한 번도 마주치지 않다니 난 대단해, 그리 생각하며 뿌듯해하고 있을 때였다.

"김 검사님, 퇴근하세요?"

익숙한 목소리에 화들짝 놀라며 고개를 들었다. 엘리베이터 안쪽에서 도진과 한 계장이 걸어 나오고 있었다.

어떻게 해…… 어떻게 해! 여기서 만날 거라곤 생각도 못 했는데!

어떤 표정을 지어야 하지? 말을 걸면 어떤 목소리로 대답을 해야 하지?

혼란스러워하며 겨우 한 계장의 인사에 네, 하고 대답하자 도진의 목소리가 들려왔다. 한데 저를 향한 목소리가 아니었다.

"일단 구속기간 연장부터 신청해."

"그래도 시간 못 맞출걸요?"

"그건 내가 전화해서 최대한 빨리 처리해달라고 부탁해볼 테니까."

"알겠습니다."

아인은 저를 한 번 힐끗 보기만 했을 뿐, 한 계장에게 지시를 내리며 그냥 지나쳐 가는 도진의 뒷모습을 멍하니 바라보았다.

나 못 본 건가? 아닌데, 눈 마주쳤는데.

저는 온종일 긴장하고 떠느라 일도 제대로 못 했는데, 저이는 평소와 한 치도 다름이 없다. 아인은 미묘하게 마음이 복잡해지는 걸 느끼며 도진에게서 시선을 거두었다. 그리고 엘리베이터에 올라탔다.

혹시 어제 일은 실수였던 걸까? 어제 화가 난 상태였고 술도 많이 취했었으니까. 날 다른 사람이랑 착각하기라도 한 걸까?

아, 그래도 그런 실수를 할 사람 같진 않은데. 학교 다닐 때 공부만 한 거 아니라고 변명까지 한 거 보면, 날 좋아하는 것 같기도 한데.

실수? 진심? 실수? 진심?

잠들기 직전까지도 고민하다가 그의 입을 통해 저를 좋아한단 말을 들은 적이 없단 사실을 깨달았다. 아인은 아무래도 실수라는 쪽에 더 무게가 실리는 마음을 느끼면서 베개에 얼굴을 파묻었다.

이튿날 점심시간이 되었다. 아인은 맨 뒤에서 걷는 도진을 못 본 체하며 혜수와 강주의 곁으로 다가가서는 그들이 대화를 나누는 걸 유심히 듣는 척했다.

"야."

뒤에서 도진의 목소리가 들려왔다. 야라고 불렀으니 나 아니다, 하고 모르는 척해보려 했지만, 누가 봐도 저를 부르는 소리가 분명하니 무시할 수가 없었다. 아인은 슬그머니 뒤돌아보았다.

"예…… 예?"

"너 왜 거기서 걷냐?"

"네?"

"이리 와."

혜수가 호오, 하는 감탄사를 뱉으며 눈을 가늘게 뜨더니, 아인을 도진에게로 슬쩍 밀었다. 그러더니 강주를 데리고 앞으로 총총히 걸어갔다.

도진은 어쩔 줄 모르고 서 있는 아인의 옆에 멈춰 섰다. 그러더니 그녀를 내려다보기 시작했다.

"안 가?"

"예? 아아, 먼저…… 먼저 가세요."

"남자가 먼저 가는 거 아니라며."

"예? 아아."

얼떨결에 아인이 걷기 시작하자 그제야 도진도 발맞추어 걸었다. 아인은 묘한 기분에 사로잡히는 걸 느끼며 의아함을 품었다.

뭐지? 날 좋아하는 건가? 그저께 실수가 아니었던 거야?

아니, 그보다도 방금 행동은 누가 봐도 남자 친구 이상일 때만 할 수 있는 행동 같은데.

음, 우리 사귀는 건가? 아직 고백을 주고받지도 않았으니 사귀는 사이라고 보긴 힘들지 않은가?

혼란스럽다. 저를 좋아하는지도 모르겠고, 도진과 제가 어떤 관계인지도 잘 모르겠다.

서로 좋아하면서 사귀는? 좋아하지만 사귀지는 않는? 안 좋아하지만 사귀는? 좋아하지도 않고 사귀지도 않는?

아인은 인상을 굳히며, 평소와 다름없는 도진의 옆얼굴을 올려다보았다.

좋아한다는 말 한마디만 먼저 해주면 명확해질 텐데.

내가 먼저 물어볼까 하다가 아무래도 그건 용기가 나지 않아 포기했다. 아인은 결국 며칠 두고 보면 알게 되겠지, 그리 생각하며 마음을 접었다.

은밀한 조명 아래, 웬 낯선 손님이 저리 혼자 왔을까, 한가한 아가씨들이 호기심 반, 흥미 반으로 던지는 시선을 모두 무시하며 찬찬히 걸었다. 걸음을 더할수록 짙어지는 향수의 향기에 인상을 쓰면서, 깊은 곳에 위치한 문 하나를 열었다.

오래 알고 지내 익숙한 이가 반가운 얼굴로, 그 옆의 처음 보는 중년의 여인이 흥미진진한 표정으로 저를 올려다보았다. 도진은 문을 열었던 표정 그대로 그들에게 다가갔다.

인사말 따위는 오가지 않았다. 도진은 저를 위해 준비된 듯한 술은 거들떠보지도 않고 챙겨 온 서류를 여인에게 내밀었다. 여인 또한 권하거나 아쉬워하지 않고 서류를 받기만 했다.

여인은 서류를 눈으로 훑기 시작했고 도진은 가만히 기다렸다. 두 사람 사이에 침묵만이 가득했다. 간혹 여인이 서류를 읽다 말고 마시는 술 한 모금 소리만 들려올 뿐이었다.

"나한테 접근했다가 실패하면 오히려 더 어려워질 텐데, 용감하시네?"

여인이 먼저 침묵을 깼다. 도진은 대꾸하지 않았다.

"이거 거절하고 육종호한테 정보 파는 것도 꽤 큰 장사라서 말이지."

도발해봤지만 눈앞의 젊은 검사는 전혀 끄떡없다. 오히려 더 여유로운 눈빛을 띠더니 말문까지 연다.

"어느 게 더 남는 장사인지 정도는 계산하실 수 있을 텐데요."

여인은 피식 웃으며 서류를 챙겨 봉투 안으로 집어넣었다. 그러면서 도진을 향해 빨간 입꼬리를 올려 보였다.

"오늘 생각해보고 내일 답변 드릴게."

여인의 옆에 앉아 있던 남자가 도진을 향해 고개를 끄덕여 보였다. 도진은 의미심장한 눈빛으로 그를 마주하다가 곧 공간을 벗어났다.

며칠 두고 보면 둘 사이가 어떻다, 명확하게 답이 내려질 거라 기대했었건만 일주일이 흘러도 모호하긴 매한가지였다. 도진은 언제나 그렇듯 과묵하고, 아인 또한 이 사안에 대해 말을 꺼낼 용기가 없으니 서로에 대한 감정이라든가 관계에 대해 정리를 하지 못하고 흐지부지하기만 했다.

−검사님! 홍 마담이 협조하겠답니다.

"그래?"

−저는 혹시라도 거절할까 봐 정말 간 졸였는데. 홍 마담 매수했으면 뭐 이제 이야기 다 끝난 거 아닙니까? 검사님 정말 대단하십니다.

"내가 한 게 아니잖아. 윤 형사가 다 한 건데."

−저야 검사님이 시키는 대로 한 것밖에 더 있나요. 뭐, 일단 말로는 약속을 했지만 뒤로 딴짓할지도 모르니 오늘부터 잠복하면서 밤새우려고요. 홍 마담이나 육종호나 혹시 이상한 움직임 보이면 바로 연락드리겠습니다.

"어. 수고가 많네."

−지금은 수고스럽단 생각도 안 듭니다. 3년을 쫓은 놈이잖습니

까? 3년 동안 허탕만 친 거 생각하면 잠복하고 감시하는 건 일 같지도 않아요. 후, 전 3년이지만 검사님은 5년 넘으셨잖습니까? 정말 검사님은 저보다 고생 더하셨는데…….

도진은 전화기 너머에서 들려오는 안타까운 목소리를 들으며 문밖으로 힐끗 시선을 던졌다. 근처에서 얼쩡거리던 아인이 부리나케 벽 뒤로 숨는 모습이 보였다.

도진은 곧 통화를 끝내고 밖으로 나와보았다. 아인이 벽에 바짝 붙어서는 저도 벽인 척하고 있었다.

"어, 그게…… 여쭤볼 게 있어서요."

캐묻지도 않았는데 먼저 변명을 늘어놓았다. 도진은 잠자코 들어주었다.

"저, 그러니까, 저……."

아인은 주변을 휘휘 살폈다. 사람이 있나 없나 확인하는 것이었다.

아무도 없었다. 절호의 기회이니만큼 이번엔 반드시 묻는 거다!

그때 키스 왜 하신 거예요? 저 좋아하시는 거예요? 좋아하면 좋아한다고 말을 하셔야죠. 좋아한다고요? 알겠어요, 그럼 저랑 사귀실래요?

"식사! 식사는 하셨어요?"

부끄럽고 창피해서 도저히 말을 못 꺼내겠다. 결국 또 이리되었다. 도진은 요 며칠 계속하던 행동을 또 반복하는 아인을 보면서 눈을 가늘게 떴다.

"너 나한테 하고 싶은 말이 뭐야?"

"예? 아니, 오늘도 점심 식사 불참하셨잖아요. 요즘 엄청 바빠 보이시던데 밖에서 식사는 하셨나 해서…… 어, 물론 선배님의 식사 하나하나를 제가 신경 쓸 자격 같은 건…… 없지만 그래도 제가 밥 총무니까 선배님들 식사하시는 건 제가 체크를 해드려야 할 것 같아서…… 물론, 제가 하는 일이라곤 예약하고 수금하는 거지만 그래도 저는 선배님들 건강도 생각하면서 식단을 정하고 그러니까……"

나 지금 뭐라고 떠드는 거지?

"식사하셨으면 됐어요. 어? 저, 가요?"

도망쳐버렸다. 도진은 조금 전 벽 뒤로 숨을 때보다 훨씬 더 빠르게 사라진 아인의 잔상을 물끄러미 좇았다.

혜수가 말하길, 너 요즘 왜 그리 바쁜 척이냐고. 막내가 계속 네 눈치 보던데 네가 바쁘니까 놀아달란 말도 못 하는 거 아니냐 며, 아무리 바빠도 시간 내서 좀 놀아주란다.

역시 그 때문인가.

도진은 아인의 잔상에서 시선을 슬쩍 거둔 후 달력을 보았다. 하루 정도는 괜찮겠지, 그리 생각한 후 다시 일에 몰두하기 시작 했다.

집으로 돌아온 아인은 인터넷을 서핑하며 연거푸 한숨을 내쉬 었다. 아무리 봐도 도진과 저는 연애 중이 아니었다. 다른 이들은 휴대폰 메시지로 잘 자란 말도 하고 내 꿈꾸란 소리도 한다는데, 저는 용건이 없으면 그의 번호를 보는 것만으로도 땀이 흐르니.

요즘 왜 그리 바쁘냐, 무엇 때문에 바쁘냐고 묻지도 못한다. 예전 같았으면 그냥 질문을 마구 쏟아부었을 테지만, 요즘엔 내가 그의 일에 간섭할 권리가 있는지 없는지부터 먼저 따지게 되는 게다. 결국 함부로 애인인 척할 순 없다는 생각에 웬만해선 말도 못 붙이고 움츠러들게 되는데, 그의 일거수일투족이 의식되는 건 예전보다 심하면 심했지 못하진 않으니 그야말로 답답해 죽을 지경이었다.

아아, 사생활에 대해서 묻고 싶어. 용건 없이 전화해보고 싶다고!

제발 좋아한단 말 좀 해줘요. 사귀자는 말 좀 해달라고!

털썩. 잘래. 자는 게 제일 마음 편해. 잠들면 안 일어날 테야…… 그랬건만.

참 일찍도 깬다. 아인은 휴일이라 일찍 일어날 필요가 없는데도 새벽같이 뜨인 눈을 원망하며 다시 잠을 청했다. 하지만 정신이 너무 맑아서 누워 있는 게 고역이었다. 아인은 어슬렁거리며 씻고, 괜히 엄마가 미루어놓은 설거지까지 끝냈다.

이젠 뭘 하지? 하고 멍한 눈을 뜨고 있는데 휴대폰이 울렸다. 아인은 느린 손길로 휴대폰을 집었다가 발신자가 도진인 걸 보고는 화들짝 놀라며 가슴을 꾹 눌렀다.

"여보세요?"

—나와.

"예?"

—집 앞이야.

"예? 왜, 왜, 왜……."

—놀자. 나와라.

뚝. 아인은 통화가 종료된 휴대폰을 내려다보며 멍청한 표정을 짓고 있다가, 얼른 정신을 차리며 자리에서 벌떡 일어섰다. 방금까지만 해도 왜 이리 일찍 일어났을까 원망했던 마음은, 일찍 일어나서 미리 씻어두어 다행이란 생각으로 바뀌었다. 아인은 급한 손길로 머리를 빗으며 도진에게 전화를 걸었다.

"선배님! 십 분만! 아니, 삼십 분만 기다려주세요!"

-어.

그러고는 또 뚝 끊겼다. 아인은 차라리 시간 끌지 않아 다행이라고 생각하며, 본인이 낼 수 있는 가장 빠른 속도로 외출 준비를 하기 시작했다.

화장은 평소와 별다를 바 없으니 빨리 끝냈다. 기껏해야 아이라인을 좀 더 짙게 그릴까, 볼터치를 할까 말까 고민했을 뿐. 그건 옷을 정한 후에 결정해도 될 테니 대충 마무리하고 옷을 꺼냈다.

한데 옷이 문제다. 예쁘게 보이고 싶은데 치마는 너무 오버 같기도 하고, 그렇다고 포기하자니 아쉽고. 옷에 따라서 머리를 풀지 묶을지도 정해지는데. 어떻게 할까 한참 고민하던 그녀는 용기를 내어 하늘거리는 원피스를 선택했다.

화장하느라고 높이 묶어두었던 머리도 가지런히 풀어 곱게 늘어뜨렸다. 좀 화사한 느낌이 어울릴 테니 화장도 조금 더 과감하게 해보았다. 물론 이건 너무 과하다며 지웠다가 다시 하길 몇 번이나 반복하면서.

허전한 목에 목걸이도 달았다가 뺐다가, 김두성 검거 작전 때 뚫은 귀에 귀걸이도 걸었다가 뺐다가, 그러다 보니 약속한 삼십 분은 어느새 훌쩍 지났고 사십 분을 향해 달려가고 있었다. 아인은 가방을 챙겨 들며 거울 앞에서 제 모습을 이리저리 비추어 보았다.

이상하지 않겠지? 으으, 다시 바지로 갈아입을까? 고민하다 보니 어느새 오십 분. 아인은 더는 갈등할 틈도 없이 현관으로 나갔다.

신발은…… 신발은 어떻게 해야 하지? 운동화는 안 되고, 구두…… 무슨 색을 신어야 하지? 나 신발 왜 이렇게 없지? 나가서 새로 하나 사야 하는 거 아닐까?

"으악!"

어느새 도진이 전화한 시점에서 한 시간이나 지났다. 아인은 급한 마음에 평소에 잘 신지도 않던 불편하고 높은 구두를 신고는 밖으로 나섰다.

"엄마, 나 나가!"

"갑자기 어딜 가? 마늘 다듬어야지!"

"내일 해. 나 가요!"

그리 급하게 현관 밖으로 뛰쳐나와 놓고선, 대문 밖에 도진의 뒷모습이 보이자 차분한 척 걸었다. 당황해서 우왕좌왕했던 걸 들키고 싶진 않은 까닭이었다.

"선배님, 오래 기다리셨죠?"

조심스럽게 말을 걸자 도진이 제 시계를 힐끗 보더니 뒤돌아섰다. 그러더니 꽤 오래도록 그녀의 차림새를 빤히 보았다.

이상한가 봐. 역시 갈아입어야 하나?

"예쁘네."

귀가 쫑긋 섰다. 아인은 좋은 기색을 숨기지 못하고 부끄러운 듯 웃다가 흠흠, 하고 헛기침을 했다. 그녀는 곧 도진의 차에 올라 탔고 두 사람은 어디론가 출발했다.

"어디로 가시는 거예요?"

도진은 대답을 해주지 않았다. 뭐, 어차피 기대도 하지 않았다. 아인은 어련히 알아서 잘 가겠지, 그리 마음을 놓고선 창밖으로 시선을 던졌다.

날씨 참 좋다. 바람도 좋고. 기분 좋게 웃던 그녀는 도진을 힐 끔 쳐다보았다.

오늘은 다른 선배들 없이 둘만 있으니 기대해볼 만하지 않을 까? 오늘 놀자고 말한 것도 어쩌면 제대로 고백을 하려고 하는 걸 지도 모른다. 아인은 기대감에 가슴이 잔뜩 부풀어 오르는 걸 느 끼며 상상을 해보았다. 도진이 저에게 좋아한다거나 혹은 사랑한 다는 말까지 한다면······.

"후."

언제 또 숨을 멈췄는지 모르겠다. 아인은 계속해서 도진을 힐 끗거리다 홀로 히죽 웃었다.

"에?"

목적지에 도착한 후 아인은 기겁을 했다.

"선배님! 놀이공원 오실 거였으면 말을 해주셨어야죠! 그럼 치마 안 입었을 거 아니에요?"

"그럴까 봐."

도진은 할 말을 잃은 아인의 손을 붙들었다. 아인이 움찔거리 자 힐끗 쳐다보고는 손을 더 꽉 쥐었다. 그러고선 천천히 걸어 안 으로 입장했다.

처음엔 당황스럽기 짝이 없더니, 치마가 훨훨 날릴 만한 것만 안 타면 된다는 생각을 하니 마음이 편해졌다. 게다가 이렇게 누가 봐도 데이트 장소가 분명한 곳에서 손을 잡고 걷는다니 마음이 설레어 즐겁기까지 했다. 아인은 점차 걸음에 자신감을 붙이며 도진과 함께 걸었다.

　"선배님이 이런 데 좋아하실 줄 몰랐어요."

　"안 좋아해."

　"그런데 왜 이리로 오신 거예요?"

　아인이 고개를 갸웃거리며 물었다. 도진은 아스라이 먼 곳을 보더니 넌지시 입을 열었다.

　"내가 세상에서 제일 좋아하던 사람이 좋아하던 데라서."

　"인마, 권도진!"

　쾅쾅 현관문을 치는 소리가 들려왔다.

　"문 열려 있는데."

　"이 자식이! 냉큼 쪼르르 안 달려와?"

　어린 도진은 귀찮다는 표정을 지으며 손에 들고 있던 책을 놓았다. 그리고 현관으로 가 문을 직접 열어주었다.

　"아이고, 우리 아들, 아직 안 자고 있었어요? 왜 아직 안 자?"

　"아버지 올 때까지 자지 말라며."

　"그래서 안 잔 거야? 우리 아들 효자네."

　아버지가 무릎을 굽히며 도진을 품에 덥석 안았다.

　"술 냄새 나."

"이 자식이! 무슨 냄새가 난다고 그래? 아버지 오늘 머리도 감았는데."

"가서 씻어. 자야 돼."

"뭐 벌써 자? 아, 새벽이구나. 너 인마, 이렇게 늦었는데 왜 아직 안 자고 있었어?"

도진은 한숨을 살짝 뱉고는 아버지의 손을 걷어냈다. 그러고는 제 방으로 터덜터덜 돌아갔다.

"빨리 자. 또 내일 늦게 일어나서 호들갑 떨지 말고."

"저노무시키! 아버지한테 말버릇하고는! 인마, 너 내일 회초리 맞을 줄 알아!"

"맘대로 해."

도진은 그렇게 말하고는 이불 속으로 들어갔다. 피식 웃던 아버지도 씻으라던 도진의 말을 듣지 않고 잠을 청하러 들어갔다.

아침이 되자 아버지는 역시나 호들갑을 떨었다.

"으아! 또 늦었다! 권도진! 일찍 일어났으면 아버지를 깨웠어야지!"

도진은 정신 사나운 아버지의 목소리를 들으면서 밥통의 취사 버튼을 꾹 눌렀다. 그러고는 식탁으로 돌아와 앉아서는 읽던 책을 다시 읽기 시작했다.

"밥 한 거야?"

"어."

"아, 만날 아버지가 한다고 해놓고 못 지키네. 보자, 설거지는 아버지가 할게!"

하지만 설거지통도 이미 깨끗했다. 아버지는 책을 읽는 도진을 미안한 표정으로 바라보았다.

"밥 먹고 설거지는 아버지가 한다! 약속!"

"가서 씻기나 해. 냄새나."

아버지는 셔츠를 들어 냄새를 맡더니 고개를 갸웃거렸다.

"안 나는데."

"나."

아버지는 끝없이 냄새 안 나는데, 하고 구시렁거리며 욕실로 향했다. 아버지가 씻는 사이 도진은 시간을 확인한 후 미리 끓여 놓았던 국에 불을 붙여 데웠다. 아버지가 다 씻고 나올 때쯤엔 밥도 국도 딱 먹기 좋게 완성되었다.

"아들, 좀 있으면 운동회 하지?"

"어."

"며칠이야? 아버지가 갈까?"

"됐어."

"왜? 아버지 학부모 달리기 이런 거 하면 무조건 1등인데. 1등 하면 공책 주는 거 아니냐?"

"공책 많아. 필요 없어."

"이 자식이, 섭섭하게. 왜 오지 말래? 아버지가 창피해?"

"아버지 바쁘잖아."

"인마, 잠깐은 시간 낼 수 있어."

"올 수 있으면 와봐."

아버지는 머쓱해하며 대화를 멈추었다.

"자식이 괜히 미안하게 만드네. 야, 그런데 이거 국 아버지가 끓여놓은 게 아닌데? 상민이네 아줌마가 와서 한 거야?"

"아니."

"아니야? 뭐냐, 설마 네가 끓였어?"

"어."

"네가 이런 걸 어떻게 알고 끓여? 안에 뭐 들어가는 줄 알고?"

"보면 알지."

아버지는 침을 쓰, 하고 당기며 고개를 내저었다.

"아니야. 아무리 생각해도 이 자식 열한 살 아니야. 안에 팔십 먹은 구렁이가 들었는데. 야, 권도진, 너 솔직히 말해라. 너 열한 살 아니지?"

"아버지가 낳았잖아."

"응?"

"왜 아버지가 낳아놓고 나한테 물어?"

아버지는 고개를 절레절레 저었다.

"아니야. 이놈 열한 살 아니야. 절대 아냐."

도진이 무시하자 아버지는 쿡쿡거리며 식사를 이어갔다. 그 이후로도 계속해서 이런저런 화제를 던지다가 식사를 끝낸 후엔 약속대로 아버지가 설거지를 했다.

"우리 저녁에는 국수 먹을까?"

"어."

"국수 말고 다른 건? 뭐 맛있는 거 먹고 싶은 거 없어?"

"없어."

"물국수 해 먹을까, 비빔국수 해 먹을까?"

"물."

"오케이. 아버지가 오랜만에 실력 발휘 제대로 해줄게. 설거지하고 청소 끝나면 같이 장 보러 가자?"

"어."

아버지는 만족스러운 듯 웃으며 수도를 틀었다. 떨어지는 물소리를 반주 삼아 휘파람을 불기 시작했고, 도진은 각종 소음 속에서 식탁에 턱을 괴고 앉아 책을 읽었다.

시장에서 장을 다 보고 돌아오는 길.

"이리 와, 하나만 먹자."

"집에 가서 국수 먹을 거잖아."

"국수랑 핫도그가 같냐?"

성화에 못 이겨 왔던 길을 되돌아가자 아버지는 싱글벙글 웃으며 핫도그 두 개를 주문했다.

"아주머니, 설탕 많이! 케첩도 많이. 오, 맛있겠다. 자."

"설탕 싫은데."

"싫어? 케첩도?"

"케첩은 괜찮아."

"설탕 없이 케첩만?"

"어."

"식성 이상하네. 설탕이 왜 싫지?"

설탕이 듬뿍 발린 핫도그를 입에 넣으면서 다음 핫도그는 설탕 없이 달라고 주문했다. 아버지와 도진은 핫도그를 하나씩 물고선 집으로 돌아왔다. 아버지는 곧 최고의 국수를 만들어 보이겠다며 수선을 떨기 시작했고, 도진은 장을 본 물건들을 정리했다.

"앗, 뜨거 뜨거 뜨거!"

도진은 내 저럴 줄 알았지 하는 표정으로 행주를 내밀었다. 아버지는 호 해달라며 손을 내밀다가 도진이 입 꽉 다물고 반응이 없자 행주만 받아 들었다.

계란은 다 타고 간은 안 맞는데, 아버지는 이렇게 맛있어도 되는 거냐며 자찬을 늘어놓기에 여념이 없었다. 도진은 자신감 가득한 아버지의 목소리를 들으며 짜디짠 국수에 맹물을 쓱 부었다.

어젯밤부터 읽던 책이 두꺼워 아직도 다 못 읽었다. 식사를 마친 도진은 또 책을 읽기 시작했고, 아버지는 그런 도진의 옆에서 놀자며 쿡쿡 찔렀다.

"책 읽을래."

"인마! 넌 사내놈이 뭐 하루 종일 책만 읽어? 아버지랑 총싸움하자."

"내일까지 도서관에 반납해야 돼."

"이노무 자식이! 너 만날 책 읽고 그러니까 인간미 없이 계속 1등만 하고 그러는 거 아냐? 너 한 번만 더 상 타오면 아버지가 화낸다고 했어, 안 했어?"

아버지는 도진의 손에 들린 책을 빼앗으며 대신 장난감 총을 쥐여주었다. 그러곤 도진이 뚱한 표정을 짓건 말건 무시하며 의자 뒤로 가서 숨으며 아들에게 총을 쐈다.

"두두두두…… 인마, 맞았으면 으악 해야지."

"으악."

마지못해 해주면 아버지는 신 난다고 수류탄까지 쏜다. 도진은 슬쩍 몸을 피하며 아버지에게로 총을 겨누었다.

"으어어어억!"

쏘지도 않았는데 아버지는 벌써 저만치 나가떨어졌다. 도진이 뒤늦게 빵, 소리를 내자 아버지는 갓 건져 올린 생선처럼 펄떡이며 컥컥 신음을 흘렸다.

그 모습이 너무 자연스러워서, 장난인 줄 알면서도 혹시 진짜 아픈가 하는 마음으로 다가가 보았다. 아버지는 눈까지 까뒤집으며 고통스러운 연기를 하다가 도진이 손을 슬쩍 가져다 대자 잡았다! 하며 아들을 품에 안고 뒹굴었다.

"아버지랑 노니까 재밌지?"

"숨 막히는데."

"재미있다고 말해! 말 안 하면 쏜다!"

그에 재미있다는 말 한마디 해주니, 그날 밤늦을 때까지도 '아버지랑 노는 거 재미있다며!' 하고 우기면서 온갖 놀이를 다 했다.

"아버지."

이젠 노는 것도 지쳤는지, 밤하늘을 바라보며 조용하기만 한 아버지를 불러보았다. 아버지는 누워 있는 상태에서 고개만 돌려 씩 웃었다.

"왜?"

"우리 할아버지 의사야?"

아버지가 주섬주섬 몸을 일으켜 앉았다.

"할머니 왔다 가셨어?"

도진이 고개를 끄덕였다.

"에이, 말하지 말라니까 할머니 나빴네. 가뜩이나 우리 아들

의사 한다고 바람 잔뜩 들었는데 할아버지 의사라고 그러면 아버지보다 할아버지 더 좋아할 거 아냐? 그러면 안 되는데."

"할아버지 안 좋아."

"진짜? 그렇지, 아버지가 훨씬 좋지? 의사보다 검사가 더 멋지니까, 그지?"

"그건 아니야."

딱 잘라 말하는 도진의 태도에 아버지는 머쓱한 표정을 지었다.

"인마, 검사도 멋진 거야. 어? 인정 못 해?"

아버지는 도진을 끌어다 다리 사이에 앉혔다.

"봐라, 의사는 아픈 사람 생기면 안 아프게 고쳐주는 게 다지만, 검사가 사람 괴롭히는 놈 잡아 가두면 아픈 사람 더 안 생기는 거야."

도진이 피식 웃자 아버지도 따라서 픽 웃었다. 아버지는 아들의 손을 감싸 쥐며 멀리 하늘로 시선을 박았다.

"도진아, 아버지가 이제부터 좀 바빠질 것 같은데."

"원래 바빴잖아."

"더 바빠질 거야. 집에도 잘 못 올 거야. 그래도 아버지가 운동회, 갈 수 있으면 꼭 갈게. 알겠지?"

"어."

"운동회 못 가면 저번에 너 가고 싶어 했던 문화제! 그거 구경 꼭 시켜줄게. 약속."

기대 없이 아버지의 손가락에 고사리 같은 손을 엮었다.

"너 진짜 의사 할 거야?"

"어."

"나쁜 놈. 나중에 엄마 만나면 다 일러야지."

아버지는 그리 말하며 다시 하늘에 시선을 꽂았다. 도진도 아버지의 가슴에 머리를 기대며 하늘을 쳐다보았다.

이후로 아버지는 며칠에 한 번씩 집에 들어오더니 나중엔 몇 주에 한 번, 결국 스스로 한 약속을 지키지 못했다. 기대도 하지 않았고, 딱히 바라던 바도 아니었기에 도진은 아무렇지도 않은데, 전화기 너머 아버지는 미안해 죽을 것만 같은 목소리로 한숨을 후후 쉬었다.

─도진이 생일 선물은 아버지가 진짜 근사한 걸로 챙겨줄 테니까!

"필요 없는데."

─인마! 아버지가 이건 진짜 사나이로서의 명예를 걸고 하는 약속이야! 알겠지?

"알았어."

생일까지는 아직 한 달도 더 남았는데, 그 전에 집에나 왔으면 좋겠다. 도진은 급히 전화를 끊고 사라진 아버지 대신 뚜뚜 울어주는 전화기를 붙든 채 한참 서 있다가 무거운 표정으로 수화기를 놓았다.

사나이의 명예를 걸었다면서, 결국 생일에도 아버지는 그림자조차 내비치지 않았다. 도진은 익숙하게 혼자만의 식사를 끝낸 후 학교에서 내준 숙제를 마무리했다.

도진의 생일로부터 열흘 정도 지난 11월 말의 어느 일요일.

"권도진!"

도진은 귀를 세우며 자리에서 일어섰다. 현관으로 달려가 문을 열자 지친 아버지가 활짝 웃으며 팔을 펼쳤다. 한데 팔 뻗는 모습이 좀 이상하다. 도진이 불편해 보이는 아버지의 왼쪽 팔을 보며 멀뚱히 서 있기만 하자 아버지는 손짓을 해 다가오게 만들었다.

자신을 안아 들면서 살짝 신음을 삼키는 걸 보니 정말 다친 게 분명했다. 도진은 모르는 척하며 아버지를 보았다. 아버지는 잠시 후 스스로 도진을 내려주며 웃어 보였다.

"옷 입고 와. 가자!"

"어딜?"

"도진이 생일 선물! 아버지가 챙겨주기로 했잖아!"

"생일 지났는데."

"지났어도 받으면 되지! 아버지가 사나이로서 한 약속은 무조건 지키잖아! 가자!"

그리 도착한 곳이 개장한 지 얼마 안 된 커다란 놀이공원이었다. 크고 넓었고 모든 게 새것이라 그런지 반짝반짝했다. 그걸 제외하면 몇 번 가봤던 어린이 공원에 비해 크게 다를 것도 없어 보이건만, 아버지는 신세계라는 둥, 별천지라는 둥, 여기가 세상에서 제일 좋으니 여기서 살 거라는 둥, 찬사를 늘어놓기에 여념이 없었다.

"오, 물총! 아버지랑 집에 가면 이걸로 물총 싸움하자."

그거 샀으면 됐지.

"자, 풍선!"

들고 다니기 귀찮다고 해도 굳이 사준다. 도진은 은색의 커다란 풍선을 올려다보다가 어쩔 수 없다는 듯 건네받았다. 그러자 아버지는 토끼 귀 달린 머리띠까지 사려 했다.

"싫어."

단호하게 딱 잘라 거절해보아도 아버지는 막무가내였다.

"왜 싫어? 귀여운데."

"안 귀여워."

"애기들은 이런 거 껴야 돼!"

"애기 아닌데."

"이리 와!"

도망쳐도 소용없었다. 아버지는 물총으로 도진에게 물을 뿅뿅 쏘며 도진에게 억지로 머리띠를 씌우려 했고 도진은 그 어느 때보다도 불만 가득한 표정으로 타협을 보기 시작했다.

"다른 거."

"다른 거 뭐? 기린?"

"분홍색만 아니면 돼."

"인마! 사나이라면 핑크지."

도진이 그 무슨 어이없는 소리냐는 듯 쳐다보자 아버지는 토끼 머리띠를 제 머리에 끼며 따봉을 지어 보였다.

"아버지는 분홍색 껴도 사내답다! 자신 있으니까 끼는 거야! 아버지는 세상에서 핑크색이 제일 곱고 좋더라. 어때, 아버지 이쁘냐?"

도진은 아버지를 두고 먼저 가버렸다. 아버지는 아들, 아들! 하고 뒤를 쫓았다. 그리고 눈에 보이는 대로 이것도 타자, 저것도 타자 성화를 부리기 시작했다.

"아버지 괜찮아?"

"아…… 잠시만."

어지러워 비틀거리더니 결국 벤치에 털썩 앉는 아버지를 보면서 도진은 한숨을 쉬었다.

"내가 타지 말자고 했잖……."

"야, 저거 재밌겠다!"

정신 못 차린 아버지를 또 따라나섰다. 아버지는 힘들어하면서도 최선을 다해 놀이기구를 탔다.

"저거 타자!"

"싫어."

"왜? 줄 길어서? 좀 기다리면 되지. 기다리면서 사진 찍자."

팔 다쳤으니 병원이나 갔으면 좋겠건만. 이렇게 사람 많은 데서 부대끼는 건 딱 질색인데, 집에 가서 책이나 읽고 싶다는 생각에 그날 사진은 죄다 퉁퉁 부은 얼굴로만 찍었다.

"아으……."

아버지는 아픈 팔을 붙들고 신음하다가 도진의 시선을 느끼고는 얼른 아무렇지도 않은 척했다. 도진은 머리에 끼고 있던 머리띠를 벗어 아버지에게 내밀었다.

"집에 가자."

"벌써? 아버지 아직 저 열차 못 탔는데. 저거 마지막에 타려고 일부러 남겨놓은 건데?"

아버지의 눈에 아쉬움이 가득했다. 그래도 도진은 완강히 거부했다.

"난 안 탈래. 가서 아버지 혼자 타고 와."

"너 안 타면 아버지 혼자 무슨 재미야? 에이, 가자, 아들! 키

안 될까 봐 그래? 걱정 마. 아까 봤는데 너도 탈 수 있어."

"늦었어. 집에 갈래."

"저거 타야 되는데. 아버지 저거 타려고 왔는데?"

워낙 애절해서 들어줄까 싶기도 했지만, 아버지가 무의식적으로 아픈 팔을 붙드는 걸 보니 그 마음이 싹 사라졌다.

"다른 거 많이 탔잖아. 나 배고파."

"에이, 짜식이……. 어이, 아들, 같이 가. 같이 가자니까? 아아, 저거 타야 되는데."

훗날 가장 후회한 두 가지, 사진 속 활짝 웃는 아버지 옆에서 저는 심통 난 표정만 짓고 있다는 것과, 그날 아버지가 그토록 타고 싶어 했던 롤러코스터를 함께 타주지 못했다는 것.

"선배님?"

도진이 가만히 롤러코스터를 올려다보던 중, 아인이 긴장되는 표정으로 그를 불렀다. 도진은 슬며시 눈길을 돌려 아인을 내려다보았다.

"이거 타시게요?"

"어."

"안 돼요!"

아인은 고개와 손을 마구 내저었다.

"저 롤러코스터 못 타요!"

도진은 아인의 손을 붙들었다. 아인이 하얗게 질린 표정으로 입술을 파르르 떨었다.

"절대 못 타요. 저 학교 다닐 때 친구들이랑 오면 친구들이 무서운 거 탈 동안 가방만 맡아준 사람이란 말이에요! 회전목마……

회전목마 타러 가요!"

순간 도진의 입가에 아련한 미소가 번졌다.

"너 저거 안 타면 나중에 후회할 일 생길지도 모르는데."

아인은 흔치 않은 그의 미소에, 게다가 어쩐지 슬픔이 묻어나는 그의 눈빛에 반항을 할 모든 의욕을 잃고 손목에 힘을 빼버렸다.

"내가 절대 죽을 일은 없게 해줄게."

그의 미소가 점점 더 커져서 도저히 거부할 수가 없었다. 정신 차려보니 어느새 롤러코스터에 탑승하고 있었다.

"으아! 선배님! 저 진짜 안 되는데! 저 진짜 못 타는데!"

"안 죽어."

"으아, 으아! 선배님…… 선배님, 저 손에 힘이 빠지는 것 같아요!"

"안 죽어."

"으으으아!"

출발하느라 살짝 덜컹거렸을 뿐인데 벌써 소리를 질렀다. 사람들 보기 창피하다는 생각조차 들지 않았다. 아인은 눈을 꾹 감으며 고개를 숙였다. 그리고 죽어라 손에 힘만 주었다.

오히려 본격적으로 쌩쌩 달릴 땐 조용했다. 기가 질려서 소리를 지를 여력조차 없었던 거다. 아인은 순식간에 녹초가 되어 벤치에 털썩 무너졌다. 도진은 그녀 앞에 서서 주변을 휘휘 둘러보더니 어딘가를 가리켰다.

"저거 타러 가자."

"안 돼요, 선배님! 선배님! 선배님! 선배님! 선배님!"

끌려갔다. 또 탔다. 또 녹초가 되었다.

"아, 진짜⋯⋯."

결국 아인이 눈물을 글썽거리며 이를 꽉 깨물었을 때에야 비로소 회전목마 타러 가잔 소리가 나왔다. 아인은 아이스크림 사준다는 소리에 뿔났던 마음이 풀어지는 걸 느끼며 천천히 그를 따라 걸었다.

회전목마의 줄이 길었다. 어릴 때 친구들이나 가족들과 함께 왔을 땐 줄이 길면 지루해 짜증밖에 안 났었는데 오늘은 짜증은커녕 오히려 행복하다. 아인은 제 옆에 바짝 붙은 도진을 흘낏거리다 그와 눈이 마주치자 괜히 먼 곳을 보며 흠흠 헛기침을 했다.

놀이기구도 실컷 타고, 커피도 하나씩 사 마시고, 지나가다 사격장을 스치곤 선배님 저거 할 줄 아시냐며 은근히 권해보기도 했다. 그 덕에 도진이 인형을 하나 따 저에게 툭 던져주자 아인은 세상 다 가진 것처럼 생글생글 웃으며 가방에 넣지도 않고 손에 들고 다녔다.

"와, 이것 보세요. 거꾸로 비치네."

거울을 보며 좋아하다가 주변의 꽃이 흐드러진 풍경을 휘둘러보았다.

"가을꽃도 예쁘네요. 어릴 때 여기 왔을 땐 봄이었거든요. 그때 벚꽃 화사하게 펴서 정말 예뻤는데."

추억을 회상하듯 아련한 표정을 짓던 그녀는 불현듯이 뭔가를 떠올리고는 도진을 힐끔 보았다.

"있잖아요⋯⋯."

빨대를 잘근잘근 씹는 게 긴장한 듯했다. 도진이 말해보라는 듯한 표정을 짓자 아인이 머뭇거리다 은근히 시선을 회피했다.

"아니에요."

"왜?"

"아니에요. 신경 쓰지 마세요."

도진이 말하라고 강요하듯 뚫어져라 쳐다보기 시작했다. 아인은 결국 우물쭈물 말을 뱉었다.

"같이 사진 한 장만 찍어도 될까…… 싶어서."

"찍어."

"진짜요?"

도진이 말을 바꾸기라도 할까 봐 얼른 휴대폰을 꺼내 들었다. 그리고 이리저리 움직이며 사진을 찍을 최고의 위치를 정한 후 도진을 잡아끌었다.

"여기 보시면 돼요."

렌즈의 위치를 가르쳐주며 도진에게로 얼굴을 가까이 가져갔다. 아인은 긴장된 미소를 지으며 사진을 찰칵 찍은 후 어찌 나왔나 확인해보았다.

"선배님."

"왜."

"웃으셔야죠."

아인이 이건 아니라는 듯 눈을 가늘게 떠 보이곤 다시 활짝 웃었다.

"다시 찍어요. 하나, 둘!"

새로이 찍은 사진을 확인해보았다. 도진이 렌즈가 아니라 저를 보며 피식 웃고 있었다. 제대로 하자면 다시 찍어야겠지만, 저를 보고 웃는 모습이 참 좋아서 그냥 만족해버렸다. 아인은 수줍은 손길로 휴대폰을 꾹꾹 눌러 사진을 저장했다.

걷다 보니 꽤 오붓한 산책로에 들어와 있었다. 하늘엔 노을이 붉고, 길 위엔 노란 낙엽이 곱게 깔려 있었다. 아인은 방금까지만 해도 높은 구두 때문에 아파했었다는 사실을 잊고 정취에 취했다. 그녀는 눈꺼풀을 슬쩍 닫은 채 솔솔 불어오는 바람의 향기를 맡다가 기분 좋은 표정으로 다시 눈을 떴다.

"음, 상쾌하……."

그러다 도진이 멈춰 선 채 저를 지그시 보고 있다는 걸 깨달았다. 아인은 말을 멈추며 살짝 긴장했다.

가슴이 뛰기 시작했다. 그와 함께 혹시 때가 온 건가, 하는 은근한 기대감이 고개를 들었다.

좋아한다는 말, 하려는 걸까?

내가 그토록 듣고 싶은 말, 해주려는 걸까?

아인은 기대하는 눈빛을 보내며 살짝 웃었다. 그러다 도진이 다가오기 시작하자 입가의 웃음기를 지웠다. 그리고 그가 아무 말 없이 입을 맞추려 하는 순간 고개를 외면했다.

"왜."

도진이 나직이 물었다. 아인은 입술을 꾹 깨물며 대답하지 않았다.

도진은 물러나며 그녀의 머리 위에 손을 가져갔다. 그러자 아인이 고개를 아래쪽으로 푹 숙였다.

"저는요……."

나 지금 속상하다고 알리는 듯한 목소리가 새어 나왔다.

"저는 사실 잘 모르겠어요."

아인은 아프리만큼 세게 입술을 꾹 깨물었다.

"남자들은 안 좋아해도 스킨십 할 수 있다면서요…… 술김에 아무 뜻 없이 그럴 수 있는 거라면서요? 전 선배님도 그런 걸까 봐…… 저한테 놀자고 하신 거 보면, 그런 거 아닐 거라고 생각은 하면서도 진짜 불안해요……."

주먹을 아무리 세게 쥐어도 부족했다. 결국 눈물이 방울져 떨어져 내렸다.

"저는 선배님 진짜 좋은데, 정말 선배님 너무 좋아서 하루하루…… 그런데 선배님은 어떤지 전 모르겠어요. 저 좋아한다고 말해주시면 좋겠는데 말 안 하시잖아요. 그리고 선배님이 좋아한다고 말을 해주셔야 저도 어떻다고 말을 하죠!"

주먹으로 뭉친 손이 여리게 떨렸다. 아인은 주먹을 포기하고 손바닥으로 눈을 가렸다.

"저 요즘 선배님이 왜 그렇게 바쁘신지, 뭘 그렇게 조사하고 다니시는지, 묻고 싶은데 못 묻겠어요. 제가 선배님한테 뭐가 되는 것도 아닌데 그런 거 함부로 물을 수 없단 생각만 들어요. 집에 가면 뭐 하시는지, 제 생각은 하시는지 묻고 싶은데…… 세상에서 제일 좋아했다던 사람이 누구인지, 여자인지 남자인지 묻고 싶은데…… 물을 수가 없어요. 선배님이 저 좋아한다고 고백을 안 하시니까, 제가 여자 친구 행세를 할 수가 없다고요."

다시 입술을 깨물어보려 해도 힘이 들어가지 않아 무리였다. 아인은 결국 흐느낌을 쏟아냈다.

"저요……."

손으로 눈을 가린 채 도진에게로 고개를 들었다.

"다른 사람한테 선배님은 내 거라고 말하고 싶어요."

도진은 악물고 있던 이에 힘을 풀어버렸다. 그와 동시에 그의 입 밖으로 웃음소리가 새어 나왔다. 아인은 당황하며 눈을 가렸던 손을 치워보았다. 도진이 어느 때보다도 즐겁게 소리 내어 웃고 있었다.

"선배님……."

난 당연히 내 거라고 생각하고 있었는데, 이 여자는 달랐던 모양이다. 도진은 한참이나 더 웃다가 주먹으로 입을 가려 웃음을 참으며 아인의 얼굴을 제 얼굴 앞으로 끌어왔다.

"네 거라고 말해. 허락해줄게."

아인이 눈길을 슬쩍 피했다.

"그럼 우리 사귀는 사이 맞는 거예요?"

"어."

"그…… 사귀는 사이에서는 기념일도 챙기고 그러더라고요. 뭐, 그런다더라고요. 그래서……."

"그래서?"

"오늘부터 사귀는 거예요? 아니면…… 저번에 그……."

쉽게 말을 못 뱉고 눈동자를 이리저리 굴리기만 했다. 도진은 그 모습에 얼굴 가득 미소를 걸며 그녀의 입술로 제 입술을 가져갔다.

"저번에 키스한 날부터."

그리고 입을 맞추자 아인이 눈을 감는 게 보였다. 도진도 따라 눈을 감으며 그녀를 품에 안아주었다.

키스가 끝난 후에도 한참 더 안고 있었다. 그러다 슬며시 놓아주자 아인이 시선을 피하며 바닥을 탁탁 차기 시작했다. 그러더니 은근히 입을 열었다.

"용건 없이 전화해도 돼요?"

"어."

"저 그럼 오늘 집에 가서 문자 보내고 그래도 되는 거예요?"

"어."

아인은 대답이 만족스러운지 붉은 얼굴로 생글거리며 웃었다. 무슨 생각을 하는지 혼자 눈을 감았다 뜨며 좋아하더니 도진을 빤히 보기 시작했다.

"저 해보고 싶은 거 있는데 말해도 돼요?"

대답도 안 듣고선 한쪽 구두를 벗더니 옆에 놓인 돌 위에 올라섰다. 다른 쪽 구두도 마저 벗더니 도진을 향해 씩 웃었다.

"신발 벗어주세요."

도진의 눈이 가늘어졌다.

"발 아파서요…… 저는 박 선배님이 아니라서…… 이번 기회에 하이힐 한번 신어보세요! 남자 친구들 그런 거 해주던데."

도진이 돌아섰다. 거절하는 건가 싶어 민망해하는데 도진이 등 뒤로 팔을 뻗었다.

"업혀."

"예? 아, 아니에요! 그냥 구두 신고 가면 돼요."

"안고 간다."

당장 업혔다.

"선배님, 제가 잘못했어요. 내려서 갈게요. 발 안 아파요."

씨알도 먹히지 않았다. 아인은 주변 사람들이 쳐다보는 시선에 창피해하며 고개를 숙였다. 몇 번이나 잘못했다고 빌었지만 도진은 듣지 않았고, 자동차가 주차된 데까지 와서야 비로소 그녀를 차 안에 곱게 내려주었다. 아인은 내리자마자 얼른 구두를 발에다 신겼다.

놀이동산을 벗어나 함께 저녁 식사까지 한 후, 두 사람은 아인의 집 앞에서 작별을 고했다. 아인은 먼저 들어가보란 도진의 말에 조심히 가시란 말로 대답하며 아쉬운 얼굴을 그에게서 거두었다.

집 안에 들어와 오늘 있었던 일을 하나하나 상기하며 기분 좋게 샤워를 끝낸 아인은 곧장 침대 위에 허리를 바르게 펴고 앉아 휴대폰을 들었다.

지금쯤이면 집에 도착했겠지? 도착했으면 씻겠지? 언제쯤 메시지를 보내나, 미리 보내놔도 보는 덴 지장 없으니 미리 보낼까?

그녀는 오늘 함께 찍은 사진을 보며 헤실헤실 웃다가 곧 손톱을 깨물며 메시지를 작성하기 시작했다. 이대로 보내도 되는 건가, 몇 글자 안 되는 메시지를 몇 번이나 손을 보고 교정을 했다.

샤워를 마치고 나온 도진은 문자메시지가 도착했음을 알리는 휴대폰을 손에 낚아챘다.

[권검아 네 말대로 하자 자세한 건 월요일 날 이야기하자]

부장님으로부터 온 메시지였다. 도진은 휴대폰을 꾹 쥐었다가 놓으며 침대 옆 서랍장 위에 놓인 액자를 물끄러미 바라보았다. 액자의 사진 속에선 인상 좋은 남자가 환하게 웃고 있었다.

"예, 나해식이 보통 주먹이 아니었으니까요. 검찰 윗선은 죄다 나해식 동무란 말도 나돌았어요. 그냥 수사하게 놔두지도 않는 사람들이 나서서 도울 리가 없죠."

"그래서 권인학 검사 혼자……."

"그렇죠. 나해식 일 년 넘게 쫓아서 일부러 인연 만든 것도, 그 인연 빌미 삼아 몰래 접근한 것도 전부 권 검사님 혼자 하셨죠. 아무도 안 도와줬어요. 도와주긴요, 정 그럴 거면 다른 사람한테 폐 끼치지 말고 경찰 인력 하나 쓰지 말라고 못을 딱 박던데요."

도진은 액자에서 시선을 거두며 침대에 털썩 누웠다.

나는 운이 좋다, 그리 생각했다. 적어도…… 방해하는 사람은 없으니까.

짙은 어둠을 흡수한 듯 까만 천장이 눈에 들어왔다. 도진은 피로한 걸 느끼며 슬며시 눈을 감았다.

그리 숨소리만 가득한 가운데 또 하나의 문자메시지가 도착했다. 도진은 누운 자세 그대로 손만 뻗어 휴대폰을 집어 왔다.

아인이었다. 도진은 가만히 메시지의 내용을 확인해보았다.

[집에는 잘 들어가셨어요? 그런데 저 아직 선배님한테 좋아한단 말은 못 들었는데)_⟨|

씻은 듯이 어둠이 걷힌다. 도진은 탄성 섞인 숨결을 뱉어냈다. 저절로 입꼬리가 올라가고 머릿속이 맑아졌다.

"큰일이네……."

좋아한다는 말 같은 거 할 줄 모르는데 큰일이다. 살면서 그 누구에게도 해본 적이 없는데.

도진은 눈동자를 또르르 굴려 환하게 웃는 아버지를 바라보았다.

연습, 해볼까.

몇 번 시도해봤지만 입술만 달싹일 뿐 목소리는 나가지 않았다. 그에 포기하고 시선을 거두는데 귀에 아버지의 목소리가 쟁쟁하게 울렸다.

"인마, 그게 뭐가 어려워? 빨리 아버지한테 사랑한다고 해봐. 냉큼 쪼르르 와서 뽀뽀 쪽 해봐, 인마!"

머뭇거리던 끝에.

"……사랑해."

나지막한 목소리가 울렸다. 도진은 흔들리는 눈동자를 눈꺼풀로 가렸다.

마음이 뜨끈하게 차오르며 눈가까지 데웠다. 도진은 울대뼈를 크게 움직이며 차오르는 열기를 삼킨 후 입을 굳게 다물었다. 그리 고집스럽게 어둠 속에 저를 내맡긴 채.

"별로 안 어렵네."

담담한 척 읊조린다.

2

월요일이 되자 회의가 열렸다.

"육종호라면 해식이파의 그 육종호 말씀하시는 겁니까?"

정 수석이 인상을 쓰며 물었다.

"맞아, 그 육종호."

"하지만 육종호는 벌써 육 년째 잠적 중인데."

6년 전, 갓 세력을 떨치기 시작하던 신흥 조직 하나가 몰살을 당했다. 족히 스무 명은 되는 이들이 떼죽음을 당했다. 워낙 끔찍한 사건인 데다 뒷골목 세계의 일이라 일반인들에겐 쉬쉬되었지만 아는 이들 사이에선 아직도 회자될 정도로 유명한 이야기였다.

그 사건을 일으킨 범인이 바로 당대 최고의 뒷골목 세력이던 해식이파의 두목 육종호였다. 해식이파가 저질러온 다른 어지간

한 사고는 해식이파의 영향력 아래 놓여 있던 검찰들이 힘을 쓰는 걸로 무마가 되었다지만, 당시의 사건은 규모가 워낙 커 아무리 힘 있는 검경이라 해도 덮어줄 수 없는 일이었다. 결국 죗값을 치러야 할 상황에 놓이자 육종호와 해식이파의 핵심 인물들은 조직을 와해시킨 후 홀연히 잠적해버렸다.

"찾았대."

"예?"

정 수석과 소 검사가 믿을 수 없다는 눈으로 부장검사를 바라보았다.

"권검이 찾았대."

그 눈 그대로 옮겨 도진을 바라보았다.

"어떻게……."

정 수석은 놀라워하다가 마른침을 삼키며 다시 부장에게로 시선을 돌렸다.

"하지만 부장님, 아무리 세력이 많이 죽었고 옛사람이라곤 해도, 아직도 육종호의 영향력은 무시할 수가 없습니다. 괜히 건드렸다가……."

정 수석이 걱정 가득한 목소리로 조심스럽게 뱉었다.

"정 검사."

"예."

"이 문호필이, 검사 오래 했다. 할 만큼 실컷 했으니 이제 와서 옷 벗어도? 아쉬울 거 없지. 앞으로 평생 변방에서 썩으라고 그러면 뭐, 거기서 낚시나 하면서 사는 거고."

"부장님, 역시 사나이……."

소 검사가 감격에 겨운 눈길로 부장님을 바라보았다.

"저 권도진이 저 질긴 놈이, 무려 오 년을 뒤져서 찾아냈다는데 그걸 어떻게 모른 척하나. 내 이름으로 수사하면 자네들한테는 불이익 안 돌아갈 거니까 그렇게 해."

다들 쉽게 말을 못 던지고 머뭇거리고 있을 때 도진의 입이 열렸다.

"제 이름으로 해주십시오."

"이 화상아, 네 이름으로 한다고 난 책임 면할 수 있을까 봐? 어차피 마찬가지야. 그냥 내가 하는 걸로 하지."

"제 이름으로 해야 할 이유가 있습니다."

"이유? 뭔데?"

도진은 대답하지 않았다. 부장님도 더 캐묻지 않고 그럼 그리하라며 허락을 내렸다.

아인은 심각한 표정으로 도진을 바라보았다. 요즘 계속 바쁘던 게 이 일 때문이었는가 보다.

오 년을 쫓다니. 대체 어떤 사람이기에.

왠지 모르게 마음이 무거워지는 걸 느끼며 도진을 계속 보던 중에 선배들의 대화가 다시 시작되었다는 걸 깨달았다. 아인은 잡념을 거두고 회의에 집중했다.

"준비 참 기가 막히게 했네. 좋아, 그렇게 해."

부장검사의 말과 함께 회의는 끝이 났다. 아인은 정 수석이 그 많은 조사를 어찌 혼자 했느냐며 도진을 격려하고 소 검사가 독한 놈이라며 혀를 쯧쯧 차며 도진을 툭툭 치는 걸 훔쳐보다가, 도진이 혼자가 되자 그에게로 총총히 다가갔다. 하지만 도진은 너무 바빠 멈춰 설 시간도 없다는 듯 걸음을 재촉했고, 아인은 가던 걸음을 멈추고 멀뚱히 그를 보기만 했다.

검사실로 돌아온 아인은 고민하다가 메신저를 통해 도진에게 말을 걸었다. 한참이나 말을 고르고 또 골라 그에게로 메시지를 보냈다.

[선배님, 육종호란 사람 꼭 잡아야 하는 남다른 이유가 있으신 거예요?]

메시지를 보내놓고 초조하게 기다리자, 웬일로 오늘은 빨리도 답변을 한다.

[나중에]

내용이 마음에 안 들 뿐.

아인은 손가락으로 탁자를 탁탁 쳤다. 더 캐물을 수도 없고, 그렇다고 호기심을 죽일 수도 없고.

신경 쓰인다. 대체 무슨 사연이기에 오 년씩이나 매달린 걸까? 굳이 자기 이름으로 조사해야 한다고 한 거 보면 분명 뜻깊은 사연이 있는 건데.

일단은 일이 바쁜 모양이니 나중에 다시 물어보자, 그리 생각하며 부랴부랴 업무를 준비했다.

며칠 후.

도진이 화장실 입구에 도착했을 때 안쪽에서 시끄러운 말소리가 들려오고 있었다.

"조사받다가 지리는 거 아니냐? 와, 무슨 검사 년이 그렇게 여리여리해?"

안 좋은 느낌이 들어 들어가지 않고 밖에서 가만히 귀를 기울였다.

"살살 웃는 거 봤냐? 환장하겠더만."

"미친놈. 너 보고 웃었냐? 우리한텐 이 꽉 깨물고 무서운 척하드만."

"그게 더 귀엽잖아. 아오, 진짜 기다렸다가 가는 길에 따먹을까?"

"미친 새끼. 검사한테 미친 짓 하다 인생 골로 보내게?"

"말이 그렇다는 거지. 아오, 씨."

도진이 들어서자 약속이나 한 듯 입을 꾹 다물었다. 그들은 곧 밖으로 나갔고, 도진은 그들을 가만히 지켜보았다.

한참 후 화장실에서 나와 다시 걷는 길에 조금 전의 그들을 다시 발견했다. 그들이 조사받는 곳이 아인의 검사실임을 확인한 도진은 차가운 눈빛을 띠며 제 검사실로 돌아갔다.

그날 오후 도진은 또 외출을 했고 아인은 심각한 표정으로 그 소식을 들었다. 진짜 바쁜 것 같다. 왜 바쁜지는 안다. 육종호라는 거물을 잡는 거니까 준비를 철저히 하는 거겠지.

다만 그 사람을 왜 그리 잡으려 하는 걸까? 다시 샘솟은 의문에 흠뻑 젖은 채, 아인은 휴게실에서 멍한 시선을 띠고 있었다.

"어?"

그러다 도진이 이쪽으로 다가오는 걸 발견했다. 아인은 반가운 표정으로 그를 바라보았다.

"나가셨다고 들었는데 지금 들어오신 거예요?"

"어."

도진은 기분이 좋지 않은 표정으로 대답을 했다. 아인은 살짝 걱정스러운 표정을 지으며 그의 눈치를 살피다가 넌지시 물어보았다.

"저, 육종호란 사람이요. 왜 그렇게까지……."

"내가 나중에 이야기하자고 했잖아."

도진이 매서운 눈으로 아인을 휙 바라보았다. 아인은 순식간에 말문을 잃고 입을 꾹 다물었다. 그사이 도진은 커피를 한 잔 뽑아 든 채 제 검사실 안으로 사라져 버렸다.

홀로 남은 아인은 눈물이 왈칵 솟을 것 같은 기분으로 입술을 깨물었다.

바쁘고 그래서 지치고, 오래 준비해온 만큼 신경이 곤두섰다는 건 알겠는데…… 그래도 난 애인이잖아.

도진과 관련된 일이라는 이유 하나만으로 온통 그쪽에만 관심을 두는 저와는 달리, 도진은 함께 공유하기는커녕 저를 귀찮아한다. 아인은 떨리는 입술로 커피를 마시며 끓는 마음을 겨우 잠재웠다.

오늘은 왠지 자꾸 마음이 무겁고 속상해서, 안 마셔도 되는 커피를 틈날 때마다 찾게 되었다. 멍하니 홀로 마음을 달래기엔 휴게실에 혼자 앉아 있는 게 최고니까.

그래도 이번엔 커피 말고 율무차를 뽑아다가 멀뚱히 앉아 있는데 혜수와 강주가 함께 다가오는 모습이 보였다. 혜수가 강주를 한 대 톡 치는 걸 보니 강주가 또 뭐라고 놀린 모양이다. 그리 투덕거려도 참 다정해 보인다. 아인은 부러운 눈길로 둘을 쳐다보았다.

"맞다, 내가 계산해봤었는데."

혜수는 뜻 모를 소리를 뱉더니 갑자기 지갑을 꺼냈다. 오늘은 웬일로 스스로 커피를 뽑아 드시려는 건가, 하고 보는데 혜수가 지갑에서 2천 원을 꺼내더니 아인에게로 내밀었다. 아인이 이해하지 못하고 고개를 갸웃거리자 혜수가 입을 열었다.

"다음 주 월요일에 22일 기념일 아냐?"

"예?"

"막내랑 권도진이랑. 저번에 회식하던 날부터 세면 내 계산이 맞을 텐데. 그때부터 사귄 거 맞을 텐데? 아니야?"

혜수가 놀리듯 물었다. 그러더니 지폐를 팔랑팔랑 흔들며 얼른 받으라는 듯 재촉했다. 아인은 얼떨결에 돈을 받아 들었다.

"돈은 왜?"

"투투데이. 몰라? 사귄 지 22일 되면 주변 친구들한테 이백 원씩 받아서 선물 사주는 거야."

혜수가 가르치듯 말하자 강주가 픽 웃었다. 참, 애들도 아니고…… 그리 생각하고 있는 중에 혜수가 강주를 쿡 찔렀다.

"뭐 해?"

"뭐가요?"

"돈 안 꺼내?"

뭐, 나쁘지 않다는 생각에 강주도 주섬주섬 지갑을 꺼내 들었다. 그리고 저도 혜수처럼 2천 원을 꺼내려 하자 혜수가 저지했다.

"우리 강주 쪼잔하네? 돈도 많은 게."

어이없다는 듯 웃는데 혜수가 지갑에서 2만 원을 쏙 빼 갔다.

그러더니 아인에게로 건네주었다.

"권도진한테 챙겨주라고 말하고 싶은데, 요즘 엄청 바쁘잖아. 그래서 말도 못 걸겠더라. 그러니까 그놈이 기념일 안 챙겨도 너무 속상해하지 말고. 알겠지? 혼자 챙기는 거 속상하면 선물 주지 말고 나가서 맛있는 거 혼자 사 먹어. 그래도 돼."

"왜 돈은 내가 열 배로 주고 생색은 박 선배가 내는데?"

"원래 이런 건 아이디어 값이야. 시비 걸지 말고 따라오기나 해."

"어? 같이 가요."

두 사람이 사라진 후 아인은 손에 들린 지폐들을 내려다보았다. 학창 시절에 남자 친구를 사귀는 친구들이 22일째라며 돈을 거두고 다니는 걸 몇 번 본 게 기억이 났다.

그땐 별 기념일이 다 있구나, 하고 웃어넘기고 말았었는데.

자그마한 이벤트를 열어주면 도진에게 응원이 될지도 모르겠다. 아인은 강주와 혜수가 준 돈들을 고이 챙기며 저도 곧 휴게실을 떠났다.

혜수가 말했던 기념일이 되자, 아인은 종일 긴장하며 도진의 눈치를 살폈다. 육종호를 잡으러 가기까지 얼마 남지 않았으니 한층 더 분주한 모습이었다. 아인은 적당한 기회를 노리다가 저녁 시간이 훌쩍 지났을 때쯤 그의 검사실을 찾아갔다. 모두 퇴근하고 도진만 혼자 남아 어딘가에 전화를 하고 있었다.

"저기, 선배님."

그가 전화를 끊자마자 불렀지만, 그는 기다리라는 듯 검지를 세워 보이곤 또 어디론가 전화를 걸었다. 아인은 그를 기다리다가 탁자 위에 챙겨 온 것들을 조심스럽게 펼쳤다.

어제 미리 만들어두면 맛없을 것 같아서 일부러 오늘 새벽에 일어나 만든 음식들이었다. 그래도 벌써 저녁 시간이라 굳어버리진 않았을지 걱정하며 한 상 차린 후 도진을 보았다. 도진이 이쪽을 보고 있었다. 아인은 일부러 크게 씩 웃어 보였다.

"뭐야?"

"아, 그게……."

"지금 바쁘다."

"조금만 드세요. 제가 일부러 만든 건데."

"나중에 먹을게."

"시간 더 지나면 정말 맛없을 텐데. 오 분도 시간 못 내시는……."

"……야."

소리를 지르고 싶은 걸 참는다는 게 느껴졌다. 나름대로 인내하는 그의 모습에 평소 같았으면 무서워 몸을 사렸을 테지만 오늘은 무섭지가 않다.

"잘 시간도 없어. 오 분 아니라 일 분도 아깝다고."

다만, 마음이 아프다. 마음이 너무도 아프다.

아인은 다시 어디론가 전화를 거는 도진을 물끄러미 바라보았다. 그러다가 음식을 모조리 챙겨 밖으로 터덜터덜 나왔다.

홀로 검사실에 앉은 아인은 텅 빈 공간을 쳐다보다 손으로 얼굴을 감싸 쥐었다.

짝사랑을 할 때 작은 것에 마냥 행복했다.

우연히 눈이라도 마주치면 세상을 다 가진 것 같고, 실수로 손이라도 스치면 그날 밤 잠을 못 이루고.

그저 내 옆에 서 있다는 상상 하나에 흠뻑 젖어 웃음이 나고, 나에게 말을 걸어주는 상상 하나에 온 마음이 녹아내리고.

바라는 것 없이, 그저 그이가 존재한다는 이유만으로도 행복하고, 모든 것이 만족스럽고 세상이 아름다웠는데.

나의 것이라 이름 붙인 순간부터 욕심이 생겨. 날 바라봐주면 행복한 게 아니라, 날 바라봐주지 않으면 불안해. 나에게 말을 걸어주면 기쁜 게 아니라 말을 걸어주지 않으면 슬프다.

좋아한다는 말이 듣고 싶다. 다른 사람과는 다른 대우를 받고 싶다. 아무리 바쁜 와중에도 내 생각을 해주면 좋겠다.

나에게 속마음을 털어놔주었으면 좋겠어.

정말 날 좋아하는 거라면 그리해주는 게 당연하다는 계산을 지울 수가 없다. 그러니 그리하지 않는 이, 결국 날 좋아하지 않는 게로구나, 그 결론이 따라오는 걸 막을 수가 없다.

차라리 혼자 좋아하는 게, 내 것 아닌 상태로 홀로 마음 끓이는 게 더 낫지 않을까.

마음이 뻥 뚫린 것 같다. 아인은 눈물을 흘리지 않으려 애쓰며 음식을 먹기 시작했다. 역시 굳어버려 맛이 없다. 차라리 도진이 먹지 않은 게 다행인 듯하다.

그리 먹고 있을 때, 부장검사가 검사실로 슬쩍 찾아왔다. 아인은 먹다 말고 콜록거리며 자리에서 일어섰다.

"아직 퇴근 안 하셨어요?"

"지금 퇴근하는 길이야. 지금 저녁 먹는 거야? 뭐 그리 맛있다고 혼자 먹어?"

"아. 뭐, 그냥……. 하나 드실래요? 맛은 없지만."

"나는 저녁 먹었잖아."

고개를 저으며 거절하면서도 아인이 내미는 샌드위치를 받아 들었다. 부장님은 맛있다는 말을 연발하더니 아인을 슬쩍 쳐다보았다.

"부탁할 게 있어서."

"저한테요? 뭐요?"

"이게 함부로 소문을 냈다가는 육종호 귀에 들어갈까 봐 최대한 은밀하게 인력을 찾다 보니까 말이야, 여경이 모자라. 이게 조건이 까다롭다 보니까 찾기가 쉽지 않거든. 그래서 말인데, 우리 부 여검사들이 좀 나설 수 있나 싶어서. 내가 박 검사한테는 말을 해봤는데 박 검사가 원래 이런 일에 빼고 그럴 사람이 아닌데 못 하겠다고 하더라고. 그래서……."

말뜻을 파악했다. 아인은 제 눈치를 살피는 부장님에게 조심스럽게 입을 열었다.

"제가 했으면 하시는 거예요?"

"그래줄 수 있으면 편하긴 하지. 안 되면 내가 다른 사람 찾으면 되긴 한데, 말했다시피 그러다가 말이 샐 수가 있으니까."

아인은 가만히 생각에 잠겼다. 예전 같았으면 이까짓 한 몸, 하고 거리낌 없이 달려들 수 있었을 테지만 아무리 작전이래도 다른 남자들 접대하는 자리에 들어가자니 도진이 영 마음에 걸린다. 하지만 이건 여자의 마음일 뿐, 여자 김아인이 아닌 검사 김아인으로서 사고하면 당연히 정의를 위해 받아들여야 할 것 같고.

"우선은 생각 좀 해봐. 그동안 다른 사람 찾을 수 있을지도 모르고. 너무 부담 갖지 말고."

부장은 격려하듯 말하고는 문을 향해 돌아섰다. 그러다 문 앞에 도진이 서 있는 걸 발견하고는 반가이 말을 던졌다.

"권도진이! 아직 퇴근 안 했어? 적당히 하고 쉬어. 그러다가 정작 거사일에 쓰러져."

부장검사가 도진의 어깨를 툭툭 쳐주곤 퇴장했다. 아인은 잘 가시란 인사를 한 후 도진에게로 시선을 옮겼다.

도진은 아인을 뚫어져라 바라보았다. 조금 전 육종호 검거 인력을 찾는 과정에 약간의 문제가 생겨 너무 예민해져 버렸다. 그에 아인에게 과민하게 군 것 같아 은근히 변명이라도 할 겸 일부러 찾아왔건만, 용건은 온데간데없이 조금 전 부장님이 아인에게 했던 말만 귓가에 맴맴 돈다. 도진은 입을 꾹 다문 채 아인을 바라보다가, 아인이 가방을 챙기기 시작하자 그제야 입을 열었다.

"할 거냐?"

아인은 퇴근 준비에 여념이 없는 척 대답하지 않았다. 그러다 도진의 시선이 따가워 더는 버티지 못하게 되었을 즈음 조용히 대답했다.

"네."

사실 아직 갈등 중이지만, 조금 더 엄밀히 말하자면 안 하는 쪽으로 마음이 더 기울지만 왠지 모를 오기와 객기가 치솟아 불쑥 대답해버렸다.

"하지 마."

"왜요?"

"네가 할 만한 일이 아니야."

기분이 가라앉는다. 늘 저런 식이다. 정 수석이나 소 검사에겐 함께 의논하자 청하기도 하더니, 저에겐 육종호에 관해 한마디도 먼저 한 적이 없다. 저는 한낱 초임이고 어설프니 아무런 도움이 안 된다는 걸 안다. 하지만…… 아무리 그렇다고 해도 이렇게 찾아와서 무시할 것까진 없잖아.

"저 그렇게 무능한 사람 아니에요."

"하지 말라면 하지 마."

"제가 할 만한 일이니까 부장님이 저한테 부탁하신 거겠죠. 제가 할 거예요."

"그 자식들이 얼마나 더러운 자식들인데!"

버럭 내지른 도진의 목소리를 들으면서, 아인은 입술을 깨물었다. 그녀는 여전히 도진의 시선을 회피하며 가만히 숨을 삭였다.

"괜찮아요. 어차피 다른 사람들도 다 각오하고 하는 거잖아요."

아인은 인위적인 미소를 띠며 가방을 어깨에 멨다. 그리고 도진이 서 있는 문 쪽으로 다가갔다. 그녀는 잠깐 그를 올려다본 후 그를 스쳐 밖으로 나가려 했다.

하지만 도진이 그녀의 팔을 덥석 붙들어 막았다.

"하지 마."

속에 응어리진 멍울이 점점 크고 단단해지면서 가슴을 찌르는 기분이 들어, 아인은 차마 도진을 바라보지 못하고 침묵만 지켰다. 아픔을 달래고 있을 때, 도진의 목소리가 또 한 번 들려왔다.

"하지 말라고!"

"왜요!"

아인도 똑같이 소리쳤다. 그녀는 눈을 부릅뜬 채 도진을 올려다보았다.

"다칠지도 몰라."

"무슨 상관이에요? 김두성 잡을 때는 저 다치더라도 범인 잡는 게 더 중요하다고 하셨던 분이?"

"그때 후회해봤으니까 이러는 거 아냐!"

잠깐의 정적이 흘렀다. 아인은 흥분한 도진의 눈을 세차게 마주하다가 결국 고개를 홱 틀었다.

"결과적으로는 안 다쳤잖아요."

"그 자식들이 맘먹고 덤비면!"

"괜찮아요. 저 잘할 수 있어요."

도진은 아인의 팔을 세게 움켜쥐었다. 그에 아인이 아픈 듯 인상을 썼다.

이렇게 여리면서, 이렇게 가느다라면서!

"넌 무리야."

"왜요! 왜 그렇게 생각하시는데요?"

도진은 이를 세게 악물었다.

쉽다. 아인은 쉬워 보인다. 한눈에도 약한 게 눈에 훤해.

아인을 두고 쉽게 말하던 녀석들의 목소리가 귓가에 쟁쟁 울리면서, 녀석들이 하고자 했던 몹쓸 짓에 처절하게 당하며 우는 아인의 모습이 또 한 번 선명하게 연상이 됐다. 벗어나지 못하고 운다. 도진은 화가 치미는 걸 느끼며 아! 하고 짜증 섞인 고함을 질렀다.

"무시하지 마세요."

도진은 분노가 가득 담긴 눈으로 아인을 보았다.

"저 무시받으라고 태어난 사람 아니까."

아인은 사나운 눈길로 도진을 바라보다가 그의 손길을 뿌리치려 몸을 틀었다. 하지만 도진은 놓아주지 않고 오히려 더 세게 힘을 주었다.

"그럼 한번 해봐."

도진이 아인을 검사실 안쪽으로 던지듯 밀며 저도 문 안쪽에 들어섰다. 그는 문을 세게 닫아 잠그더니 당황한 아인에게로 거침없이 다가섰다.

"선……."

말할 틈도 주지 않고 그녀의 입술을 제 입술로 우악스럽게 틀어막았다. 도진은 그녀를 벽으로 밀어붙이며 저를 밀어내려는 아인의 양팔을 제 한 손으로 속박해버렸다. 그러면서 그녀의 몸에 제 몸을 눌러 밀착시킨 후, 입속을 범하던 혀를 그녀의 턱 아래로 내렸다.

목에 닿자 몸이 굳더니, 목을 마구 핥자 결국 무너져 내렸다. 도진은 잡아주지도, 놓아주지 않고 그녀에게 올라탔다.

아인의 몸부림을 무시하며 그녀의 옷을 열기 시작했다.

"벗어나 보라고. 할 수 있다며."

결국 아인의 입에서 울음이 터졌다. 도진은 무시하고 그녀의 브래지어가 드러나게 했다. 쇄골에 입술을 박으며 그녀의 가슴 아래 옆구리를 손바닥에 가득 움켜쥐었다. 그러다 속옷 아래쪽을 들어 손을 넣으려던 찰나 아인의 목소리가 들려왔다.

"흐윽, 선배님 진짜 싫어요······."

도진의 모든 동작이 일시에 멈추었다. 아인은 가만히 숨죽인 그를 밀어낸 후 앞섶을 움켜쥐었다.

"그래요, 저 멍청이에요. 저 누가 선배님처럼 이런 짓 하면 아무것도 못해요. 그래도요······ 그렇게 하더라도 범인 잡을 수 있으면 할 거예요. 제 몸 좀 상해도 상관없다고요. 그게 제가 검사로 사는 방식이에요."

아인은 비틀거리며 일어섰다.

"제가 제 방식대로 하겠다는데 선배님이 왜요······ 왜 저를 선배님 마음대로 하려고 하세요? 선배님은 정작 제가 바라는 거 단 하나도 안 해주면서······ 육종호랑 무슨 사연인지, 왜 그렇게 혼신을 다해 잡으려고 하는지, 한마디도 안 해주면서! 왜 전 끝없이 이해하고 하염없이 기다려야 하는데요?"

눈물이 마구 흘러 시야를 가렸다.

"그거 아세요? 선배님은 아무것도 안 하면서, 아무것도 말 안 해주면서, 상대는 선배님 뜻대로 움직이길 바라는 거······. 진짜 이기적인 거예요. 저, 그거 힘들어요. 싫어요. 안 할 거예요."

말 없는 도진에게서 시선을 거두었다.

"우리 그냥 아무것도 아닌 사이 해요."

도진이 아인을 올려다보았다. 아인은 도진을 보지 않고 문을 열었다.

"아무 사이도 아니니까 저한테 신경 끄시라고요."

사라져 버렸다. 도진은 멀어지는 아인의 소리를 들으며 가만히 그 자리에 멈추어 있었다.

택시의 차창 밖 밤 풍경을 바라보면서, 아인은 울음을 삼키고 또 삼켰다.

눈물이 멈추질 않는다. 아무리 닦아도 소용이 없어, 이젠 손도 대지 않고 흘려보내기만 했다.

이젠 아무 사이 아니니까, 거리낄 것 없으니까, 여자 아닌 오직 검사로서 당당하게 나서도 되는 거겠지만.

"죄송해요…… 죄송해요, 부장님."

─뭐 그렇다고 울기까지 해? 다른 사람 알아보면 되는데. 뚝.

"죄송해요."

할 수가 없어.

분명 여자 아닌 검사로 돌아왔는데, 그리 선언했는데, 마음은 아직 따라오질 못해.

한참이나 더 울면서 차창 밖을 뿌옇게 물들였다.

다시 출근한 아인은 의도적으로 도진을 피했다. 심지어 점심마저도 몸이 좋지 않다는 핑계로 빠졌다. 휴게실에서도 못 마주쳐, 결국 도진이 그녀의 검사실로 찾아갔다.

"잠깐 이야기 좀 하자."

"바빠서요."

내가 누군가에게 이리 쌀쌀맞게 굴 줄도 아는구나, 깨달음마저 얻으면서 아인은 도진에게 눈길 한 번 제대로 주지 않았다. 도진은 물끄러미 바라보다가 더는 아인에게 할애할 시간이 없는지 곧 제 방으로 사라졌다.

그 이후로도 그가 몇 차례나 더 찾아와 그녀를 지그시 지켜보았지만 아인은 꿋꿋이 무시했다. 그러면 도진은 달리 말을 못 뱉고 제 검사실로 돌아가곤 했다.

그리 시간이 흘러 결국 해식이파 검거일이 당일로 다가왔다. 부서 전체에 묵직한 긴장감이 감돌고 저마다 오늘 작전의 성공을 바라며 초조한 말 한마디씩 던지느라 여념이 없었지만, 아인은 저와는 상관없는 일이라는 듯 입 밖으로 한마디도 내지 않고 평소보다도 빨리 퇴근 준비를 했다.

그리 복도를 총총히 벗어나고 있을 때였다.

"미안해."

전혀 예상치 못했던 목소리에 아인의 발걸음이 우뚝 멈췄다. 그녀는 차마 돌아볼 생각은 못 하고 가만히 숨을 죽였다.

"내가 잘못했어."

마음이 짠하게 아파온다. 평소와 같은 무뚝뚝한 말투. 하지만 평소와 다른 미세한 떨림.

"내가……."

아인은 고개를 살짝 저었다.

잠깐일 뿐이야. 힘들어. 내 것이라 이름 붙이면 난 또다시 바라게 될 거고, 충족되지 않으면 또 반복될 테니까.

무시하고 앞으로만 걸었다. 단 한 번도 뒤돌아보지 않고 앞으로만 걸었다.

그리 냉정하게 외면했건만, 일 분마다 곱절로 초조해졌다.

오늘, 성공할 수 있을까? 잘해내겠지? 무려 권 검사잖아, 권도진 검사.

잘하겠지. 잘할 거야.

준비도 많이 했으니까, 분명 실수 없이, 안 다치고…….

손톱을 입으로 가져갔다. 아인의 눈빛이 흔들리기 시작했다.

혹시라도 다치면? 조폭…… 조직폭력배잖아. 검거작전 그리 치밀하게 세우고 조심할 수밖에 없었던 이유도, 육종호 일당들이 전부 흉기를 소지하고 있다니까, 그래서 함부로 못 덤빈 거잖아.

만약에 다치면?

……에이, 아닐 거야. 권 선배님이잖아.

"아인아?"

가슴이 울렁거린다. 아인은 흔들리는 눈으로 엄마를 보았다.

다치면? 많이 다치면? 혹시라도 잘못돼서……!

"미안해."

마음이 쿵쾅쿵쾅 뛰기 시작했다.

"내가 잘못했어."

혹시 내가 들은 그 사람의 마지막 말이 '미안해, 잘못했어.'라면?

그 입을 통해서는 절대 안 나올 줄 알았던 그런 말이 내가 들은 그 사람의 마지막 말이라면?

내가…… 내가 그걸 받아주지 않은 거라면?

"얘, 아인아?"

"어, 엄마……."

아인은 갑자기 다급한 손길로 서랍을 열었다.

가야 한다. 가서 뭐라도 해야지. 그 사람 다치지 않게, 내가 뭐라도 해야지.

도움이 안 되더라도 발목은 잡으면 안 되니까. 나 때문에 다치거나 그러면 안 되니까 내 한 몸은 내가 지킬 수 있게!

가방 안에 이미 몇 가지 호신용품이 들어 있건만, 그것만으론 모자라다는 듯 서랍에 있는 호신용품을 죄다 꺼내 가방에 쑤셔 넣었다. 나중엔 손을 벌벌 떨면서 서랍을 통째로 가방 안에 쏟아부었다.

"아인아!"

가방을 둘러멘 후, 외투를 챙길 생각도 않고 집 밖으로 달렸다. 엄마의 부름에 대답할 정신도 없이 계속해서 달렸다.

오늘 육종호가 실주인인 고급 룸살롱에 육종호와 그의 부하들이 나타나기로 되어 있었다. 도진은 육종호 대신 표면적으로 사장 행세를 하고 있는 마담의 협조를 받아 수사 인력을 배치했다.

굉장히 오랜 정성과 시간을 들여 준비한 작전이라지만 내용 자체는 간단했다. 평소 육종호 주변에는 늘 경호 인원이 여럿 붙어 다니는 데다, 본인 또한 무기를 소지하고 있을 가능성이 굉장히 높았다. 6년 전에도 총기를 난사했던 놈이다. 섣불리 움직였다간 사상자가 나오고 최악의 경우엔 이쪽만 피해를 보고 저쪽을 놓칠지도 모르니 놈을 덮칠 만한 최적의 순간을 따로 마련해야 했다.

그 순간이 바로 그가 이 룸살롱에 들르는 순간이었다. 사전 조사에 의하면 육종호가 이 룸살롱을 방문하는 이유는 감시와 관리를 하기 위해서, 그리고 무엇보다도 이곳에서 은밀하게 의사를 만나 제 몸 상태를 점검받기 위해서.

육종호에게는 가벼운 지병이 있다고 했다. 이는 육종호와 마담, 그리고 육종호를 진찰해주는 의사만이 알 뿐, 육종호의 최측근 부하들도 잘 모르는 사안이라 했다. 육종호는 행여나 분란이 일까 봐 제가 의사를 만난다는 사실을 쉬쉬하며, 의사를 기다릴 땐 마치 중요한 손님을 만나는 듯 혼자만 룸에 남고 부하들은 다른 방으로 보내버린다고.

그 순간을 노려야 했다.

"쟤들도 저렇게 꾸며놓으니 예쁘죠?"

오랜 시간 도진과 함께해온 형사가 긴장을 풀어 볼 목적으로 도진에게 농담 삼아 던졌다. 도진은 대답 없이 차창 밖 여경들의 모습에 시선을 던졌다.

육종호의 부하들에게 접대부로 변장한 여경들을 붙여줄 계획이었다. 놈들이 난동을 피우면 주변인이 다칠 수도 있고, 또한 검거 과정을 수월하게 할 수 있으므로.

"그래요, 저 멍청이에요. 저 누가 선배님처럼 이런 짓 하면 아무것도 못해요. 그래도요…… 그렇게 하더라도 범인 잡을 수 있으면 할 거예요. 제 몸 좀 상해도 상관없다고요. 그게 제가 검사로 사는 방식이에요."

노출이 심한 짧은 치마와 화장으로 무장한 여경들 속에 아인이 섞여 있는 환영이 눈앞에 어른거렸다. 도진은 살짝 인상을 쓰다가 곧 눈꺼풀을 닫아버렸다.

우선 중요한 건 육종호를 잡는 일이었다. 절대 실패해선 안 된다. 도진은 눈을 감고 마음을 다스린 후 차분하게 지시를 내렸다.

그리 얼마나 기다렸을까.

"검사님."

형사의 긴장 섞인 목소리가 도진의 귀에 꽂혔다. 도진은 차가운 눈으로 차 앞 유리를 훑었다.

육종호였다. 그가 부하들에게 인사를 받는 모습을 보면서, 도진은 주먹을 꾹 쥐었다.

"권도진! 여기서 절대로 나오면 안 돼! 기침도 하면 안 돼. 알겠지?"

잠에서 깨어나자, 한 달여 만에 다시 보는 아버지의 초췌한 얼굴이 눈앞에 있었다. 아버지의 얼굴이 얼마나 더 초췌해졌는지 가늠할 틈도 없이, 도진은 옷장에 숨겨졌다.

"아버지……."
"쉿! 알았어, 몰랐어?"

처음으로 아버지의 무서운 눈을 보았다. 도진은 입을 꽉 틀어

막은 채 몸을 잔뜩 웅크렸었다.

　"육종호!"

　탕! 어깨를 흠칫 떨었더랬다.
　육종호…… 육종호…… 육종호.

　"왜 총을 꺼내? 사람들 깰 텐데."
　"선물 받았는데 써봐야지. 이야, 성능 좋네."

　그 목소리를 잊지 않고 있다. 도진은 피가 날 만큼 입술을 깨물
며 룸살롱 안으로 들어가는 육종호의 뒷모습을 지켜보았다.
　"검사님……."
　형사가 도진을 보고 안타까운 표정을 지었다. 도진은 눈을 감
았다가 뜨며 준비된 물을 마셨다. 곧 육종호가 룸 안에 들어섰다
는 보고가 들어왔다.
　"지금 바깥에 있는 녀석들부터 정리하도록 합니다."
　도진은 차분하게 지휘를 했다. 곧 내부의 여경으로부터 육종호
가 룸에 들어갔다는 보고가 들어왔고 도진은 신호를 주었다. 그러
자 바깥에 대기하고 있던 수사관들이 모습을 드러냈다.
　육종호가 바깥의 소란을 눈치채지 못하도록 최대한 조용하게,
검찰들은 일사불란하게 움직여 룸살롱 주변에 서성이던 육종호
의 조무래기 부하들을 처리했다. 신속하고 재빠른, 굉장히 성공
적인 체포였다.

도진은 한순간에 붙잡혀 끌려가는 육종호의 부하 겸 경호원들의 모습을 보다가 룸살롱의 입구로 가만히 시선을 돌렸다. 이제 곧 있으면, 육종호가 혼자가 되기만 하면 끝이다. 도진은 손에서 땀이 나는 걸 느끼며 손바닥을 쫙 폈다가 다시 주먹으로 뭉쳤다.

"이제 곧 오실 시간 된 것 같은데요?"

홍 마담이 매력적인 미소를 띠며 육종호의 잔에 술을 따랐다. 육종호는 시간을 확인하고는 방 안의 부하들을 휘둘러보았다.

"나가 있어."

다들 고개를 숙이곤 군말 없이 빠져나갔다. 모두가 빠져나가자, 육종호는 조금 전 홍 마담이 따라준 술을 마시지 않고 슬그머니 탁자 위에 내려놓았다. 그 모습을 보던 홍 마담은 조심스럽게 입을 열었다.

"그러지 마시고 병원에 한번 가보시지 그래요?"

"왜? 닥터 황이 나 죽을병 걸렸다던가?"

"아니요. 심각한 건 아니래도 내버려두면 큰 병 될까 봐 그러죠. 증세 심각해지셨다니까 마음이 좀 그래요."

홍 마담이 걱정이 가득 서린 표정으로 육종호의 얼굴을 쓸었다. 육종호는 피식 웃으며 그녀의 손을 붙잡았다.

"괜찮아. 나 그렇게 일찍 안 죽어. 그런데 대체 얼마나 심각하다는 거야? 저 말고 다른 의사를 보내줄 정도면."

"많이 위험한 건 아닐 거예요. 닥터 황 말로는 자기 전공이 아니라 좀 확실하게 보려면 어쩔 수 없다니까요. 심각한 거면 아무리 전공 아니라도 큰 문제라는 거 눈치챘을 거라네요. 그러니까 너무 걱정하지 마세요."

육종호는 홍 마담의 목소리를 들으며 담배를 꺼내 물었다. 하지만 담배에 불을 붙이기 직전 인상을 쓰고는 물었던 담배를 뱉어버렸다. 그리고 조용히 의사를 기다리기 시작했다.

문이 열렸다. 육종호는 고개를 들어 들어서는 이를 바라보았다.

"이렇게 젊은 선생이실 줄은 몰랐는데."

육종호의 두 눈에 흥미가 가득했다. 홍 마담은 은근히 그의 눈치를 살피다 슬쩍 미소를 걸어 보였다.

"이리로."

홍 마담의 권유에 따라 도진이 육종호에게 천천히 다가갔다. 육종호는 한참이나 더 도진의 얼굴을 올려다보다가 그가 곁에 다가오자 순순히 몸을 내주었다. 도진은 간단히 살펴보는 척하다가 적당히 입을 열었다.

"엎드리십시오."

육종호는 군말 없이 엎드려 누웠다. 도진은 무방비 상태로 누워 있는 그를 지그시 내려다보았다.

혹시 그가 몸에 소지하고 있을지도 모를 흉기를 찾아야 했다. 도진은 평소의 자신에 비해 상당히 감정적으로 앞서는 손길을 최대한 자제하면서 육종호의 한쪽 팔을 붙잡았다. 그러면서 들고 온 왕진 가방을 찰칵 소리가 나게 열었다.

"무슨 의사 선생이 이리 말이 없으신가? 이것저것 묻기도 하고 그래야지."

가방에서 수갑을 천천히 꺼내 들었다.

"최근에 통증을 느끼셨습니까?"

도진이 은근히 육종호의 몸을 검사하는 걸 보면서, 홍 마담이 천천히 뒷걸음질을 치기 시작했다.

"딱히 통증이랄 건 없었고."

홍 마담의 구두가 점차 물러난다. 최대한 소리를 내지 않고 멀어져 가는 홍 마담의 구두를 보면서 육종호는 살짝 인상을 썼다.

"밤에 수면은……."

상의에는 흉기가 없다. 도진은 수갑을 가까이 가져가며 하체 쪽으로 손을 옮겼다.

"으아!"

일순간 육종호의 고함과 함께 퍽 소리가 나며 도진의 몸이 비틀거렸다. 하지만 바로 다음 순간 육종호가 도진의 발길에 나가떨어져 바닥에 엎어졌다.

도진은 지체 없이 다가가 그를 억압하며, 수갑을 채우기 위해 자세를 낮췄다.

"아악!"

홍 마담이 기겁을 하며 주저앉았다. 그녀는 양손으로 입을 가리며 덜덜 떨었다.

칼에 깊게 베인 도진의 옆구리에서 피가 줄줄 흘렀다. 결국 도진은 육종호를 붙든 손에 힘을 잃었고, 육종호는 도진을 밀친 후 그대로 줄행랑을 쳤다.

"육종호!"

도진은 옆구리를 움켜쥔 채 달리기 시작했다. 홍마담은 도진이 달리는 길을 따라 줄줄 흘러내리는 굵은 핏자국을 보며 마구 비명을 질렀다.

육종호는 경찰 인력이 배치되어 있지 않은 창문을 통해 탈출을 시도했다. 2층인데도 아래쪽으로 훌쩍 뛰어내리는 걸 보고 다른 이들 모두 당황했지만 도진은 거침없이 따라 뛰어내렸다. 육종호는 뛰면서 다리를 다쳤는지 절뚝거리기 시작했고, 그 덕에 도진은 그와의 거리를 점차 좁힐 수 있었다.

내장이 모조리 터져 나오는 듯하고 다리에 충격이 얼큰하게 스치지만 지금 그게 중요한 게 아니었다. 지금 여기서 온몸이 다 터지더라도, 그래서 죽는다 하더라도, 저놈은 잡아야 했다. 무조건, 모든 걸 걸고 잡아야 했다.

"하아, 인마, 아버지가 나오지 말랬지……."

아버지…….

"뭐 이런 걸로 울고 그래…… 사내자식이. 뚝!"

내 아버지.

"울지 마, 도진아……."
"아버지, 죽지 마."
"죽기는! 아버지가 왜 죽어…… 흐윽, 우리 도진이 두고……
아버지가 어떻게 죽어……."
"아버지 죽지 마!"
"안 죽는다, 인마! 하아, 아버지 안 죽어……. 크흑, 아버지 지금 총싸움 하는 거야……. 알잖아, 아버지 총싸움 기가 막히는 거……. 하하, 권도진 뭐 해? 수류탄 쏴야지! 너 그러다 아버지 일어나면…… 흑, 너 인마, 네가, 하아, 지는 거야, 인마……."

"아버지, 죽지 마……."

"안 죽는다니까……흐윽."

"죽지 마…… 죽지 마!"

"흐억, 도진아…… 도진아……."

"아버지!"

"도진아…… 도진아, 미안하다, 아버지가……."

"아버지…… 아버지…… 아버지! 하아, 아버지!"

"……."

"아버지!"

육종호가 쓰러졌다. 도진은 온몸을 그에게로 내던졌다.

"여보세요? 할머니…… 우리 할아버지 의사죠……. 할머니…… 우리 아버지 좀 살려주세요……. 할아버지한테, 흐윽, 우리 아버지 좀 살려달라고 해주세요……."

"저리 가! 이 개새끼야!"

육종호가 발버둥을 치며 도진을 떨쳐냈다. 도진은 이를 악물어 밀려나지 않고 버티며 옆구리를 쥐었다. 그리고 피가 흥건히 묻어나는 손으로 그의 팔을 붙잡아 뒤로 꺾었다. 육종호가 엎드린 채 몸부림을 쳤지만 도진은 놓아주지 않고 그를 억세게 짓눌렀다.

"야! 아악!"

"당신을······."

철컥, 피 묻은 수갑이 열렸다. 도진은 육종호의 왼팔을 당겨 수갑을 채웠다.

"살인 혐의로 체포합니다."

하늘이 아득해지고 몸이 휘청거린다. 도진은 눈을 감았다가 뜨며 육종호의 오른팔도 잡아끌었다.

"당신은······ 변호사를 선임할 수 있으며."

찰칵, 육종호의 양손이 모두 등 뒤로 속박되었다.

"도진이 장래희망이, 의사네? 공부도 잘하고."

"······."

"할아버지도 의사시라며? 도진이도 할아버지처럼 훌륭한 의사가 되고 싶은 거야?"

"아니요."

"응?"

"저 의사 안 해요."

하아, 아버지······ 아버지 내가······.

"검사 할 거예요."

내가 잡았어.

"변명을 할 ……."

내가…… 잡았는데…….

"하아, 변명을 할……."

육종호와 저 사이에 수갑을 채우기 직전, 도진이 힘을 잃고 고꾸라져 버렸다. 그와 함께 아인의 눈이 텅 비었다.

쓰러지지 마…… 쓰러지지 마. 안 돼, 일어나!

"선…… 선배…… 선배……."

아인이 입술을 달싹거리며 앞으로 나아가기 시작했다. 비틀거리며 휘청거리며 계속해서 나아가던 그녀는, 육종호가 정신을 차리고 도진을 공격하려는 걸 보고는 미친 듯이 내달렸다.

"야! 아악!"

앞뒤 재지 않고 육종호에게 무조건 몸을 날렸다. 성한 상태가 아닌 데다 양손은 뒤로 속박된 터라 육종호는 쉽게 넘어졌다. 아인은 그의 몸 위에 마구잡이로 주먹질을 하고 잡동사니를 던져댔다.

"때리지 마. 때리지 마, 이 나쁜 자식아!"

육종호가 꿈틀거리며 일어나서는 아인을 세차게 밀어 넘어뜨렸다. 그 바람에 맨땅에 팔이 온통 긁혔지만 아인은 아랑곳하지 않고 다시 육종호에게 달려들었다.

"안 돼!"

권도진 더 다치게 하지 마. 손끝 하나 대지 마!

내가 지켜줄 거야. 내가 구해줄 거라고!

"이게 미쳤나!"

악착같이 버텨보지만 무리였다. 저만치 튕겨나가 부딪친 아인은 아파서 울음을 삼키다가 육종호가 달아나려는 걸 보고는 다시 그에게로 가 거머리처럼 붙었다.

놓치면 안 된다.

권 선배님이 얼마나 잡고 싶어 했던 사람인데! 어떻게 준비한 사건인데!

"놔!"

안 놔. 내가 왜 놔? 나 검사야…… 검사가 어떻게 범인을 놔!

못 놔. 절대 못 놔.

"아악!"

아인은 살점을 뜯어낼 기세로 육종호의 다리를 깨물었다. 그가 고통스러워하는 틈을 타 바닥에 놓인 제 가방으로 손을 뻗었다. 그리고 아무거나 집히는 대로 꺼내 들었다.

가스 스프레이였다. 아인은 육종호의 눈을 향해 스프레이를 뿌리기 시작했다.

"악!"

어딜 도망가? 죄지었으면 벌을 받아.

못 가! 아무 데도 못 가!

"아무도 없어요? 아무도 없냐고요! 형사님…… 형사님! 형사님!"

육종호는 눈물을 흘리며 비틀거리다 결국 무너졌다. 아인은 그가 눈을 뜨지 못하고 괴로워하는 걸 보면서도 한참이나 더 스프레이를 뿌리다가, 육종호가 완전히 저항을 멈추자 그제야 스프레이 통을 놓았다.

"하아…… 하."

스프레이가 내 눈에도 들어갔나. 눈물이 하염없이 흐른다. 아인은 흐느껴 울며 눈물을 줄줄 흘리다가 육종호를 내려다보았다.

죽은 듯이 조용하다. 아인은 이제야 쓰라리기 시작하는 팔의 상처를 감싸 쥐며, 육종호를 향해 조금 전 도진이 미처 다 뱉지 못했던 말을 또박또박 뱉었다.

"당신은…… 흐윽, 변명을 할 권리가 있습니다, 흑."

눈물이 멈추질 않는다. 아인은 눈물 닦기를 포기하고 목에 걸린 호루라기를 입에 물었다. 그리고 혹시나 육종호가 정신을 차리고 도망갈까 봐서, 마치 엎드리듯 그의 다리에 꼭 매달려 붙어서는 고막이 터질 만큼 세차게 호루라기를 불기 시작했다.

휘익, 휘이익!

참 소란스럽다. 저 모습조차 마냥 귀여워 보이는 건 내가 정말 혼이 나간 건지.

그저 약하게만, 여리게만 여겼는데…… 내가 틀렸네.

김아인 검사…… 잘했어.

가느다란 시야에 겨우 아인을 담고 있던 도진은 덜덜 떨리는 손을 슬그머니 내뻗었다. 그리고 조금 전 채우지 못했던 수갑을 육종호의 손목에 찰칵 걸었다.

아직도 정신없이 울리는 호루라기 소리 너머, 먼 곳에서 사이렌 소리가 들려왔다. 도진은 엷게 웃으며, 아인이 담긴 시야를 슬그머니 닫았다.

8부_ 사랑에 관한 특별법

　아인은 경찰들이 피투성이의 도진을 옮기는 걸 보면서 손으로 입을 틀어막았다. 그리 끽소리 하나 내지 않고 숨을 죽이며 희뿌연 시야만 헤집었다. 그러다 도진이 완전히 차에 실렸을 때 저도 모르게 한 발 앞으로 내디뎠다.

　따라가야 해. 하지만…….

　"우리 그냥 아무것도 아닌 사이 해요."

　그를 지킬 자격 같은 거 없는걸. 그의 옆에 있을 이유 같은 거 없는걸.

　도진의 허리를 흥건하게 물들인 피를 보며 아인은 내디뎠던 발걸음을 되돌렸다. 그러면서 입을 더 세게 틀어막았다.

도진을 태운 차는 급히 병원으로 출발했고 아인은 바닥에 주저
앉았다. 자동차가 코너를 돌아 완전히 사라지고 나서야 조금씩 소
리를 짜내어 울다가, 모두의 위로 속에 집으로 돌아왔다.

　"아인아⋯⋯."

　만신창이가 된 아인의 모습에 아빠의 눈이 더없이 휘둥그레졌
다.

　"흐윽, 아빠, 나 어떻게 해⋯⋯ 권 선배님 어떻게 해."

　아빠가 달래주는데도 잠을 못 청한 건 태어나 처음이지 싶다.
아인은 그날 밤새도록 울며, 병원에 간다고 나섰다가 못 나서고
주저앉길 반복했다. 그러다 새벽 늦게 부장님으로부터 도진의 수
술이 잘 끝났으니 너무 걱정 말라는 연락을 받고서야 안도감에 취
해 한숨을 연거푸 뱉어냈다.

　아침엔 좀 진정된 모습으로 부은 얼굴을 가라앉혀보려 노력도
하고, 씻기도 하고, 상처도 돌보고, 밥도 한 술 떠보았다. 물론 넘
기지 못하고 어제 먹은 것까지 죄다 토해낸 후 겨우 출근길에 올
랐지만.

　오늘 선배들이 도진에 대한 소식을 접할 거다. 그럼 다 함께 병
문안을 갈 테고, 그때 도진을 보고 와야겠다.

　퇴근할 때까지 조금만 참자, 아인은 허벅지를 꾹꾹 찔러가며
튀어 나가고 싶은 다리를 잠재웠다. 무슨 정신으로 사건을 처리했
는지도 모르겠다. 부장님이 어제 험한 일을 겪었다는 이유로 배당
을 좀 줄여주었으니 망정이지, 만약 조금이라도 중요한 사건을
맡았다면 분명 실수했을 거다.

　무사하다고는 해도 많이 아프겠지? 피를 그렇게 흘렸는데. 나

는 손만 베여도 따가워서 하루 종일 거슬리던데.

사실 무사하다는 게 거짓말이면 어떡하지? 부장님이 나 안심시키려고……. 지금쯤 아파하면서 헉헉대고 있으면 어떻게 하지? 죽어가는 중인데 나는 여기에 이러고 있는 거라면!

아인은 머리를 세차게 내저었다. 진정하기 위해 계속해서 심호흡을 하는데 어째서인지 또 눈물이 났다. 아인은 눈물을 참다가 오히려 이기지 못하고 흐느낌을 흑 하고 흘렸다.

보고 싶어. 내 눈으로 확인하고 싶어.

먼발치에서 잠깐만이라도.

"어?"

화장실에서 눈물을 씻고 나오던 아인은 눈꺼풀을 위로 높이 들었다.

내가 어제 잠을 못 자서 꿈을 꾸나? 아니면 눈이 부어서 앞을 잘 분간을 못 하는 건가? 너무 보고 싶어서 헛것을 보는 걸까?

분명 도진의 뒷모습이었다. 아무리 눈을 감았다가 뜨고 비볐다가 다시 보아도 그대로였다. 아인은 멍청하게 굳어버렸다.

"권 검사님!"

도진의 등장에 너나 할 것 없이 모두가 기겁을 하며 자리에서 벌떡 일어서고, 각자의 방에서 일을 하던 이들도 나와보았다. 도진은 무시하고 앞으로 천천히 걸어 나갔다.

"권검아…… 권도진아! 그 몸으로!"

부장님이 기가 막혀 말도 제대로 못 뱉는 중에, 도진은 부장님께 직접 조사를 받고 있는 육종호 앞에 도착했다.

"꼭 물어봐야 할 게, 있습니다."

부장님은 흐음, 하고 신음을 흘리다가 고개를 끄덕였다.

"육종호."

육종호는 도진을 가만히 올려다보았다. 도진 또한 가만히 육종호를 보다가 다시 천천히 입을 열었다.

"당신은 21년 9개월 전 권인학 검사를 총으로 살해했다. 인정합니까?"

육종호는 도진을 유심히 보며 시간을 끌더니 한참 후에야 대꾸했다.

"글쎄. 내가 인정하나 안 하나, 이미 22년이나 지난 일, 공소시효 다 끝나서 이제 와 벌을 내릴 수도 없을 텐데."

"그러니 이젠 속이지 말고 말해보십시오."

도진이 눈을 차갑게 떴다.

"내 앞에서 거짓을 말한다 해봐야, 소용없습니다."

육종호의 눈이 가느다랗게 변했다.

"소용없다?"

"내가 그 살해 현장을 목격했으니까."

육종호의 눈에 이해했다는 눈빛이 흘렀다. 그는 흐음, 하는 신음을 흘리더니 자세를 고쳐 앉았다.

"권 검사…… 라고 했던가? 그렇구만."

잠깐 망설이다가 눈을 슬쩍 감았다.

"내가 죽였지."

"권인학 검사를 죽인 이유, 당시 그가 조사하던 해식이파의 전 두목 나해식의 마약 밀매와 살인 교사, 협박 및 감금 혐의, 그것이 입증될까 두려웠기 때문이다. 맞습니까?"

육종호는 대답하지 않았다.

"당시 권인학 검사가 조사했던 그 모든 게 사실이었던 거다. 맞습니까?"

"후."

"권인학 검사가 모았던 그 모든 증거들, 실은 효력이 있었던 거다. 맞습니까?"

육종호가 가만히 눈을 감았다.

"권인학 검사는 쓰레기 증거를 모으려고 목숨을 버린 바보가 아니다. 그걸 쓰레기로 만든 건 부패한 검찰들이었다."

도진이 주먹에 힘을 꾹 주었다.

"……권인학 검사는 틀리지 않았다. 맞습니까?"

무섭게 몰아붙이는 도진을 보면서 부장검사가 뒤로 슬쩍 물러났다. 모두가 숨죽인 가운데, 이윽고 육종호의 입이 떨어졌다.

"권인학 검사가 옳았지."

도진은 주먹을 떨지 않으려 노력하며 뒤쪽을 바라보았다. 한 계장이 멍청한 표정으로 두꺼운 서류봉투를 들고 서 있었다. 도진은 옆구리를 쥐며 그에게 다가가 서류봉투를 건네받았다. 그리고 그걸 부장님 앞에 내밀었다.

"혹시라도 해식이파를 검거한 걸 두고 압력이 들어온다 해도."

22년 전 아버지가 모았던 해식이파에 대한 모든 자료를 건네받은 채, 부장님은 멍한 표정으로 도진을 올려다보았다.

"그거면 될 겁니다."

그의 손이 닿은 허리에서 피가 새어 나오기 시작했다.

"권 검사! 권 검사, 피!"

부장님의 눈이 제일 먼저 커지고 붉은빛을 본 다른 사람들의 눈도 덩달아 커지는 가운데, 도진이 비틀거리며 밖을 향해 걷기 시작했다. 도진은 사람들의 소란 속에서 한 걸음, 두 걸음 천천히 내디뎠다.

"선배님! 바보죠?"

세 걸음째 내디뎠을 때, 문밖에 있던 아인이 눈물범벅이 된 얼굴로 버럭 소리를 질렀다.

"나보고 돌대가리라고 하더니 자기가 더 돌대가리네! 그런 건 나중에 물어도 되잖아요! 몸 좀 낫고 물으면 저 아저씨가 참말할 거 거짓말할까 봐요!"

아인은 눈물을 쓱쓱 훔친 후 도진에게로 다가갔다. 기껏 닦아 낸 게 소용없도록 눈에선 다시 눈물이 흘러, 아인은 다가가는 중에도 몇 번이나 눈을 닦았다. 그러다 도진의 앞에 도착하자 눈물을 닦을 손을 남기지 않고 모조리 내밀어 그를 붙잡아 끌었다.

"가요! 병원 가요! 얼른 가요!"

도진이 멀뚱히 서 있자 아인은 그의 팔을 제 양어깨에 하나씩 둘러메 업으려 들었다. 업고서라도 얼른 병원에 데려가야겠다는 생각에 등 뒤로 팔을 뻗어 그를 붙잡은 채 최선을 다해 움직이기 시작했다.

"막내, 지금 뭐 하는 기야?"

소 검사가 이해할 수 없다는 표정으로 아인과 도진의 뒷모습을 보며 물었다.

"업고 가는 것 같은데요?"

강주가 훗, 하고 웃으며 대꾸했다. 소 검사는 저게? 하는 표정으로 고개를 절레절레 저었다.

도진은 아인에게 몸을 잔뜩 기댄 채 다리를 질질 끌며 그녀에게 업혀갔다. 이런 업고 가는지 끌고 가는지도 모를 자세라니, 아인도 힘들고 제 상처도 더 벌어질 듯하지만 내색하지 않았다. 도진은 일부러 더 몸을 실으며 입을 열었다.

"나 한숨 잘게."

"지금 자면 안 돼요! 지금 자면 죽어요."

"죽기 전에 병원까지 업고 가."

그러곤 눈을 감았다. 도진은 그대로 의식을 잃으며 아주 깊은 잠에 빠져들었다.

다정한 말소리가 들려온다. 도진은 포근한 기분을 느끼며 가만히 귀를 기울였다.

"남편이 제일 나빠요. 물론 불륜은 같이한 거지만 저 여자는 그래도 순수하게 사랑하는 건데."

듣고 싶었던 목소리다.

아, 듣고 싶은 목소리다.

"어? 둘이 자매였어? 말도 안 돼. 선배님, 쟤들 자매래요. 말도 안 돼!"

도진은 슬며시 눈을 들어보았다. TV에 시선을 꽂은 아인의 옆모습이 눈에 들어왔다.

"에이, 이건 너무 막나갔다. 그죠? 나 이거 안 볼래. 드라마 재미없다. 책 읽을까요?"

아인은 TV를 끄고 고개를 돌리다가 도진과 눈이 딱 마주치자 화들짝 놀라며 자리에서 벌떡 일어섰다.

이리 맘 편히 곁에 있을 수 있었던 건 그간 그가 의식이 없었기 때문이다. 자신이 옆에 있어도 모를 테니 내가 여기 있을 자격이 있나 없나, 그런 건 따지지 않고 있었던 건데.

이제 와 다시 자격을 찾게 된다. 아인은 도진의 시선을 피하면서 어정쩡하게 몸을 돌려세웠다.

"잠깐 문안 왔어요. 하하, 전…… 저는 그럼."

아인은 허둥거리며 가방을 찾았다. 내가 가방을 어디에 뒀더라.

"이리 와."

도진의 목소리가 들려옴과 동시에 그녀의 허둥거림도 거짓말처럼 멈췄다. 아인은 왠지 모르게 마음이 콕콕 쑤시는 걸 느끼며 숨을 죽였다.

"할 말 있다."

아인은 아픈 마음을 꾹 누르며 어색한 미소와 함께 돌아섰다. 그리고 천천히 그에게 다가가 의자에 차분하게 앉았다. 도진은 인상을 쓰며 몸을 일으켜 앉더니 아인을 빤히 쳐다보았다. 아인은 차마 그를 마주 볼 자신이 없어 고개를 아래로 살짝 숙였다.

"아, 뭐부터 이야기해야 하지? 뭐라고 해야 하지? 하."

도진이 이런 식으로 말문을 여는 건 처음 본다. 아인은 약간 놀란 눈을 떴다.

"약속했으니까 육종호 이야기부터 해야겠지? 우리 아버지다…… 권인학 검사."

정면으로 고개를 돌리는 도진을 향해 아인은 미안한 눈빛을 보냈다.

얼핏 예상은 했었다. 예상을 할 수 있었던 시점부터 참 후회했더랬다. 육종호와 그리 마음 아픈 사연으로 얽힌 줄 모르고, 저에게 왜 이야기를 해주지 않느냐 철없이 투정 부린 것 같아 미안하고 죄스러웠더랬다.

"우리 아버지 원래는 의사 하려고 했대. 할아버지가 의사셨거든. 우리 할아버지 유명하다더라. 큰 병원도 갖고 있는데…… 할아버지 때문에 의대 갔나 봐. 가서 잘했다더라. 의대 다닐 때만 해도 사람들이 할아버지보다 나은 의사가 될 거라고, 그랬다더라."

남 이야기하듯 툭툭 던지지만, 목소리에 숨은 그리움은 어쩌질 못했다. 아인은 마음이 아리는 걸 느끼며 잠자코 듣기만 했다.

"그래서 우리 아버지 그렇게 돌아가셨을 때 사람들이 뭐라고 한 줄 아냐? 바보, 머저리, 그냥 의사나 하지, 왜 능력도 안 되는 검사 같은 걸 해서. 세상 무서운 줄 모르고 날뛰던 등신, 허튼 증거 모은다고 목숨 버린 멍청이."

아인은 아리던 마음이 쿡쿡 아픈 걸 느끼며 입술을 깨물었다.

"그래서 나는 검사 하기로 했다. 당신들이 그렇게 비웃는 그 바보, 난 세상에서 제일 멋있는 사람이라고 생각하니까 그 사람처럼 살 거라고."

"흐윽."

아인은 손으로 입을 가려 막았다.

"육종호, 잡아봐야 내 손으로 죽일 수 있는 것도 아니지만……

나는 꼭 잡아야 했다. 봐라, 우리 아버지 바보 아니었다, 제대로 된 검사였다, 증명하고 싶어서."

도진의 고개가 다시 아인에게로 꽂혔다.

"왜 우냐?"

"죄송해요…… 선배님 죄송해요……. 다신 사과하지 말라고 하셨는데, 그래도 너무 죄송해요."

뭐가 죄송한지 모르겠지만, 너무 미안해서 고개를 들 수가 없다. 아인은 울음을 끅끅 삼켰다. 그러자 머리 위에 도진의 커다란 손이 와 닿았다.

"우리 아버지가 왜 의사 안 하고 검사 한 줄 아냐?"

"흐윽."

도진의 손길이 닿자 울음이 더 크게 터진다. 아인은 눈물을 후두둑 흘리며 눈을 질끈 감았다.

"우리 어머니를 만났거든. 우리 어머니가 고시촌 분식집 점원이었는데, 아버지는 어머니 보려고 사시 준비하는 학생인 척하면서 매일 거기까지 가서 떡볶이를 먹었대. 아버지 말로는 일 인분 시켜도 삼 인분 양을 주는 게 어머니가 자기한테 반해도 보통 반한 게 아니라던데, 모르지. 그러다가 한 날 어머니가 그러더래. 공부하셔야지 자꾸 오시면 안 돼요, 시험 합격하면 오세요."

울다가 웃으면 안 되는데 왠지 웃음이 난다. 비웃으려는 게 아니었다. 얼굴 한번 뵌 적 없는 분들의 풋풋함이 느껴져서, 눈물을 뚫고 웃음이 치밀었다.

"다른 건 몰라도 정말 그래서 사시 공부 시작한 거면 우리 아버지 진짜 바보 맞다, 나는 그렇게 생각했었는데……."

머리에 가만히 닿아 있던 도진의 손이 아인의 머리를 뒤로 쓸어 넘겨주었다. 아인은 용기를 내어 그의 눈을 바라보았다.

"이젠 그렇게 생각 안 해. 우리 아버지 마음, 이해할 수 있을 것 같다."

도진의 눈동자가 흔들리기 시작했다. 마주 보는 아인의 눈도 함께 흔들렸다.

"사랑해."

아인의 눈이 다시금 부풀었다. 아인은 흐느낌을 삼키며 양손을 모두 사용해 얼굴을 가렸다.

"사랑해, 김아인."

미안하고 아픈 와중에, 설레고 행복한 마음이 함께 차오른다. 어느 것 하나 짚을 수가 없어 하염없이 눈물만 흘릴 때 도진의 손이 얼굴을 가린 손에 와 닿았다. 얼굴을 가린 손을 굳이 치워 내더니, 흉할 게 분명한 얼굴을 빤히 쳐다보기 시작했다. 아인은 민망했지만 결국 웃음이 나는 걸 느끼며 어렵사리 조금씩 웃기 시작했다.

"내가 할아버지랑 안 친한데."

"왜요?"

웃는 듯 우는 듯 물었다.

"아버지가 의사 안 하고 사시 공부한대서 두 분 인연 끊었었거든. 아버지 돌아가실 때 할아버지 처음 봤다. 그 뒤로 같이 살긴 했는데, 안 친해."

"그래도 몇 안 되는 핏줄인데 안 친하면 어떻게 해요?"

안타깝다는 표정을 짓자 도진이 픽 웃었다.

"나 할아버지한테 육종호 잡았다고 자랑하러 가야 되는데 혼자 가기 싫다."

"자랑이요?"

"같이 갈래?"

마음이 따뜻해졌다. 굉장히 특별한 대우를 받는 기분이다. 그 사실이 날아갈 듯 기뻐서, 그 길을 함께 따른다는 게 얼마나 무섭고 중한 발걸음인지 알지만, 망설이지 않고 고개를 끄덕였다.

그 정도 다쳤으니 좀 더 쉬어도 될 텐데, 도진은 남은 입원 기간을 굳이 줄여가며 출근을 했다. 선배들이 독한 놈이라고 한마디씩 던지는 걸 보고 마음을 졸이던 아인은 그가 이전과 다름없이 멀쩡하게 움직이고 생활하는 걸 보고는 안심했다.

그래도 영 신경이 쓰여, 업무에 온전히 집중하지 못하고 계속 휴게실에 들락거렸다. 이번엔 뭘 마시나 고민하며 자판기 앞에 서 있는데 뒤에서 정 수석 목소리가 들려왔다.

"내가 한 잔 대접할까?"

본래 휴게실엔 잘 안 오는 사람이라 그런지 이렇게 보니 반갑다. 아인은 거절하지 않고 선배님 드시는 걸로 달라는 말을 했다.

정 수석은 웃으며 아인에게 커피를 한 잔 건넸다. 정 수석을 만난 김에 현재 맡은 사건에 대해 이런저런 지혜를 구하는데, 갑자기 이야! 하는 큰 소리가 들려왔다. 고개를 들어보니 소 검사였다.

"이야! 권도진, 독해, 독해. 진짜 독해. 지금 권도진 방에 누구

와 있는 줄 알아? 홍 마담."

"홍 마담이라면 이번에 수사 협조해준 여자 말입니까?"

"그래! 이야, 듣자 하니 홍 마담한테 육종호 잡으면 그 가게는 온전하게 그 여자 거 된다고 꼬셨었나 봐? 홍 마담이 약속이랑 다르지 않느냐고 쌀쌀맞게 몰아붙이는데 기 하나도 안 죽어. 약속대로 가게는 가지십시오, 죄를 사해드린다는 약속은 하지 않았습니다, 그러는데! 한 계장한테 들으니까 성매매 위반에 마약에, 또 뭐더라 옛날 사기죄까지 죄다 턴다더라."

"권 검사야 뭐 원래 그런 사람인걸요."

정 검사가 훗, 하고 웃으며 대꾸했다.

"아, 독해, 독해. 저런 놈 적으로 안 만난 게 참말 다행이야."

소 검사가 고개를 절레절레 내젓는 중에 혜수가 막 들어섰다.

"소 선배님! 저는 따뜻한 우유!"

혜수가 당당하게 요구했다.

"그거 말고 우유. 옆에 있잖아요. 따뜻한 우유."

"얻어먹는 주제에 가리기는. 이거? 이거 맞아?"

"아니! 율무차 말고 우유!"

소 검사는 구시렁거리며 우유를 뽑아주었다.

"박 검사, 오늘은 커피 안 마시네? 항상 밀크커피만 마시던 사람이."

"정 선배님 저한테 관심 많으시네? 그런 것도 알고 있으시고."

정 검사는 피식 웃더니 소 검사를 올려다보았다. 오늘 정 선배님이 되게 즐거워 보이시네, 그리 생각하며 아인도 따라 웃는데 정 수석이 소 검사를 향해 말을 뱉었다.

"저번에 내기한 거 아직 안 잊으셨죠?"

"내기? 무슨 내기? 아아, 강주랑 막내랑? 안 잊었지! 돈 준비해놔! 떼먹기만 해봐."

정 수석은 묘한 미소를 띠며 어깨를 으쓱거려 보였다.

그날 도진의 귀환과 해식이파 검거를 축하하는 뜻에서 회식자리가 마련되었다. 도진이 수술한 지 얼마 지나지 않았으니 술자리는 나중에 가지는 게 좋지 않을까 아인이 조심스럽게 권하고, 웬일로 혜수도 맞장구를 쳐주었건만 부장님은 막무가내로 모두를 끌고 왔다. 다 먹는 술 권도진만 못 먹는 꼴 보는 게 얼마나 재미나느냐는 이유에서였다.

"막내! 우유 있지? 만날 갖고 다니더니만. 우유 있으면 권도진이 우유 줘라."

아인은 어색하게 웃으며 도진의 앞에 놓인 컵에 우유를 따랐다. 도진은 혼자만 뽀얀 우유가 마음에 안 드는지 옆에 밀어놓고는 그나마 소주 색과 닮은 사이다를 집었다.

도진의 다음 행동을 보고 아인은 입을 가리고 웃었다.

사이다를 소주잔에 붓는다. 꼭 어린애가 소꿉놀이하는 것 같잖아. 귀엽다. 아인은 그리 생각하며 얼굴을 화르륵 불태웠다가 도진이 휙 쳐다보자 모르는 척 딴청을 피웠다. 그러던 중 혜수가 도진이 거부한 우유를 향해 손을 뻗었다.

"이거 내가 마셔도 되지?"

"선배가 웬일로 우유를 다 마셔요?"

강주가 놀랍다는 듯 말했다.

"왜? 난 우유 마시면 안 돼?"

"아니, 신기해서 그러죠. 우유 별로 안 좋아하는 사람이."

"오늘은 우유가 끌리네."

혜수는 그리 말하곤 도진의 잔을 뚫어져라 보더니, 저도 흥미가 돋았는지 제 소주잔에 우유를 붓기 시작했다. 그러고는 만족스러운 듯 뽀얀 소주잔을 높이 들었다.

부장님의 선창 아래 다 같이 건배를 했다. 모두가 한순간에 잔을 비웠다.

술잔이 몇 번이나 도는 동안 도진은 계속해서 제 잔에 사이다를, 혜수는 우유를 따랐다.

"야, 건배."

혜수가 도진을 쿡 찔렀다.

"아까 했잖아."

"우린 특별하니까 한 번 더 해."

혜수의 주장 아래 하얗고 거품 보글보글 올라오는 이상한 잔들을 딱 맞부딪친다. 그러고는 똑같이 입으로 가져갔다. 나란히 앉아서는 꼭 어린애 놀듯이 그리 행동하는 이들의 모습에, 아인은 결국 술을 마시다 말고 풋, 하고 웃어버렸다.

"왜?"

급하게 휴지를 찾으면서도 계속해서 웃자 강주가 물었다.

"아니요…… 선배님들이 귀여우셔서."

누구를 두고 이야기하는지 알 듯했다. 강주는 또 제 잔에 우유와 사이다를 따르는 도진과 혜수를 보다가 피식 웃었다. 그러더니 일순간 눈을 번뜩이며 멀리 앉은 부장님께 손을 들어 보였다.

"부장님!"

"뭐야?"

"우리 그거 한번 하죠?"

"뭐? 파이팅?"

"아니요. 그건 만날 하는 거고…… 야자타임이요."

"뭐? 그게 뭐야?"

소 검사가 손바닥을 딱 쳤다.

"그거 있잖아요, 왜! 나이 어린 사람이 나이 많은 사람한테 말 놓는 거. 그거 맞지?"

"예."

강주가 기대가 가득 담긴 눈으로 고개를 끄덕였다. 부장님이 여전히 이해가 안 된다는 표정을 짓자 소 검사가 답답하다는 듯 친절하게 설명하기 시작했다.

"그러니까 나이를 바꾸는 거라니까? 쉽게 말해서 부장님이 막내가 되고, 막내가 큰 형님이 되는 거예요!"

"아, 그거?"

"해요, 해요!"

"요것들이! 부장 갖고 놀라고!"

부장님은 빼는 척하면서도 내심 흥미가 돋았는지 이내 콜! 하고 소리치셨다.

"그럼 뭐, 이거 이제 어떻게 해야 되는 거야?"

"인마! 어디서 반말이야? 어떻게 해야 되는 거야가 아니라 어떻게 해야 되는 거예요! 따라 해봐!"

아인은 아슬아슬한 기분으로 소 검사를 쳐다보았다. 아무리 장난이라곤 해도 부장님한테 저래도 되는 건가, 은근히 마음을 졸이며 초조해했다.

"그런 거예요? 아, 소 형님, 제 잔 한 잔 받으십시오."

"이 자식, 이거 귀여워? 귀여운 맛이 있어. 이리 와. 볼 한번 꼬집어보자."

"예, 예."

우리 부장님 역시, 이런 거 좋아하신다. 소 검사가 부장님의 머리까지 쓰다듬어주는 걸 보고 아인은 즐거운 듯 생글생글 웃었다.

"어이, 소명학이. 어디서 선배 행세야? 이리 안 와?"

갑자기 혜수가 어깨를 쭉 펴며 소 검사를 불렀다. 소 검사는 부장님의 볼을 꼬집다 말고 냉큼 혜수에게 다가왔다.

"예, 누님."

"주물러봐. 어깨 아파."

"여기 말입니까, 누님?"

"어, 시원하다. 왼쪽, 왼쪽."

학교 선후배 사이에서도 야자타임 잘못했다가 큰코다치기 일쑤인데, 우리 부서는 역시 분위기가 좋다. 아인은 가만있는 정 수석을 일부러 건드려 형님, 좀 드십시오, 형님, 하며 술을 자꾸만 따르는 부장님을 보며 참지 못하고 계속해서 웃었다.

그러다 소 검사가 안마를 마치고 자리에 돌아가자 강주가 아인을 쿡쿡 찔렀다. 아인은 웃는 얼굴 그대로 강주를 보았다. 강주는 눈짓으로 도진을 가리켰다. 아인은 이해하지 못하고 고개를 갸웃거리다가 한참 후에야 그게 도진에게 반말을 해보라는 뜻이란 걸 알고 기겁하며 고개를 손을 내저었다. 그러자 강주가 흠흠, 하고 목소리를 가다듬더니 도진을 빤히 바라보았다.

사이다를 정확하게 계량하고 있던 도진이 강주와 눈이 딱 마주치는 순간 강주의 입이 열렸다.

"권도진."

강주가 즐거움이 잔뜩 묻어나는 눈빛을 흘렸다. 그에 도진이 탐탁지 않은 눈을 뜨자 혜수가 그의 어깨를 탁 쳤다.

"너는 오빠가 부르시는데 어디서 메기 눈이야? 네, 안 해? 네? 오라버니한테 네, 해 빨리!"

도진이 입을 꽉 다물고 있자 혜수가 강주를 향해 눈꼬리를 살짝 내려 보이고는 그의 곁으로 쪼르르 다가갔다.

"오빠, 죄송해요, 저놈이 숫기가 없어서. 대신 제 잔 한 잔 받으세요."

아인은 분명 강주의 얼굴이 붉어지는 걸 봤다. 혜수의 오빠 소리가 듣기 좋은 게 분명하다. 아인은 웃는 눈을 찡긋거리면서 유심히 그들을 보았다. 강주는 얼굴 가득 미소를 지은 채 혜수를 보고 있었다.

"너 예쁘다?"

"이 오빠 보는 눈 있으시네."

혜수가 젓가락으로 안주를 집어 내밀었다.

"오빠, 아."

"아."

"오빠, 나도 아."

"아."

참 잘들 논다. 강주는 혜수의 극진한 대접을 받으며 만족스러운 표정으로 다시 도진을 보았다.

"권도진."

그리고 다시 이름을 불렀다. 그에 도진이 시선을 치워버리자 강주가 씩 웃었다.

"노래 한 곡 해봐."

"문 부장, 뭐 하냐! 형님 노래하신다는데!"

소 검사가 냉큼 강주를 도와 닦달하자, 정 수석에게 저도 안마 해드릴까요? 하던 부장님이 얼른 젓가락을 놓고 손바닥을 탁탁 치며 환호를 했다.

"이야, 권 형님 노래 듣는 날이 다 오고. 막내 인생에 영광입니다!"

부장님의 호들갑에 정 수석도 휘파람을 불며 박수를 함께 보냈다. 아인 역시 우스워 어쩔 줄 몰라 하면서도 도진에게 기대 가득한 눈을 보냈다.

모두가 이루어내는 부담감 속에서 도진은 결국 자리에서 일어섰다. 아인은 뜨거운 것 삼킨 표정으로 조마조마하게 도진을 올려다보았다.

설마 정말 노래를 할까, 저러고 화내면서 나가버리는 건 아냐?

그런 아인의 걱정이 무색하게끔 도진은 순순히 목청을 터트렸다. 아인은 처음엔 놀랐다가 나중엔 전보다 더 크게 웃으며 손으로 입을 마구 틀어막았다.

이등병의 편지라니…… 선배님, 분위기 망치려고 작정하신 거죠?

노래를 다 끝낸 도진이 뻔뻔한 표정으로 자리에 쓱 앉았다.

"오빠, 죄송해요. 제가 대신 사과드릴게요. 쟤가 저렇게 눈치가 없어요. 오빠 제 맘 아시죠?"

혜수가 울상을 지으며 강주에게 매달렸다.

"아, 권 검사 못 쓰겠네."

강주가 고개를 절레절레 저으며 혜수가 주는 안주를 날름 받아먹었다. 그러면서 혜수를 향해 물었다.

"어떻게 할까? 벌줘야겠지?"

"당연하죠. 그냥 내버려두면 안 되죠."

"무슨 벌을 줄까? 나가서 운동장 세 바퀴 뛰라고 해?"

강주의 말끝에 혜수가 끌끌 웃으며 맥주잔 두 개를 제 앞으로 끌어왔다. 뭐하려고 저러는 걸까, 모두가 흥미진진하게 지켜보는 가운데 그녀는 잔 두 개를 채우기 시작했다. 하나는 폭탄주, 하나는 사이다.

그녀는 폭탄주는 강주에게로, 사이다는 도진에게로 내민 후 힘차게 외쳤다.

"벌주!"

도진이 잔을 들어 마시려 하자 혜수가 손을 내밀어 막았다. 그러더니 씩 웃었다.

"러브샷으로."

강주가 풋, 하고 웃더니 잔을 들고 일어섰다. 그러자 혜수가 꺅악 하고 소리를 지르며 러브샷을 연호하기 시작했다.

"왜? 싫어?"

강주의 도발과 선배들의 성화에 결국 도진도 자리에서 일어섰다. 그러자 강주가 도진의 쭉 찢어진 눈을 웃는 눈으로 마주하면서 도진의 팔에 제 팔을 엮었다. 이 상황이 재미난 아인은 혜수를 따라 함께 러브샷을 응원했다. 다른 선배들도 함께 러브샷을 합창했다.

"원샷이야."

도진은 흠, 하고 헛기침을 하더니 사이다를 마실 준비를 했다. 그러다 강주가 술을 마시기 시작하자 저도 사이다를 쭉 들이켰다.

사이다를 한 번에 마시니 탄산이 역류한다. 불편한 표정을 짓는 도진을 보고 끌끌 즐거워하던 강주는 도진을 향해 아, 하고 입을 벌렸다.

"나 안주. 아."

도진은 빠직, 하고 인상을 쓰다가 젓가락 아니라 숟가락으로 아무거나 푹 퍼서 강주에게로 내밀었다. 그러자 강주가 어깨를 뒤흔들며 앙탈을 부렸다.

"그거 말고 저거. 아."

빤히 쳐다보다가 결국 강주가 가리키는 안주를 퍼서 입에 쑤셔 넣어주었다. 강주는 만족스러운 미소를 짓더니 도진의 머리로 손을 가져갔다.

"잘했어, 우리 권 검사."

그리 쓰다듬어주자 도진이 어이없다는 표정을 지어 보였다. 강주와 도진의 모습을 보면서 아인은 아픈 배를 움켜쥐었다.

아, 너무 웃어서 배가 터질 것 같다. 만약 칼 찔린 사람이 권 선배님이 아니라 나였다면 벌써 칼 찔린 데 다 터졌을 거야.

"큰누님! 큰누님도 한마디 해봐요."

부장님의 목소리가 들려왔다. 한참 후에야 그게 저에게 하는 말이란 걸 알고 아인이 고개를 젓자 부장님이 혀를 쯧쯧 찼다.

"에이, 저 누님 놀 줄 모르시네. 에이, 실망스러워, 에이!"

어찌할 바를 모르고 손을 내젓자 혜수가 손가락으로 아인을 쿡쿡 찌르며 아까 강주가 그랬던 것처럼 또 도진을 흘낏거렸다. 아인이 못 하겠다는 듯 계속 고개를 내젓자 혜수 반대쪽에 앉아 있던 정 수석도 해봐, 해봐, 하고 충동질을 했다. 아인은 난감하다는 표정을 지으며 도진을 바라보았다. 도진이 가만히 저를 쳐다보고 있었다.

"안마하라 그래, 안마."

혜수가 지시를 했다.

"술시중 시켜."

정 수석도 거들었다.

"소리 한번 꽥 질러!"

부장님도 신이 나서 한마디 하고.

"머리 박아! 하십시오. 뒷감당 제가 해드립니다, 누님!"

소 검사가 가슴을 탁탁 치고.

"모두가 이렇게 바라는데."

강주가 은근하게 압박을 했다. 아인은 모두의 눈치를 살피며 머뭇거렸다. 할까, 말까, 해야 될 것 같은데, 어쩔까, 해도 되는 걸까, 화 안 낼까, 그래, 강주 선배님한테도 화 안 냈으니까!

"권도진!"

혜수가 풉, 하고 손으로 입을 가렸다. 그리고 도진을 바라보았다. 모두가 혜수와 같았다. 다들 흥미진진하게 지켜보는 가운데 도진은 무표정한 얼굴로 아인을 가만히 보았다.

어, 어, 어떻게 해야 하지?

부르긴 불렀는데…… 너, 너무 충동적으로 부른 걸까?

얼굴이 홍당무처럼 빨개진다. 아인은 입술을 깨물며 도진을 마주하다가 눈을 세게 감았다.

"우, 웃어!"

도진 빼곤 다 웃었다. 아인은 얼굴이 탈 듯이 화끈거리는 걸 느끼며 자리에서 일어섰다.

"저, 저, 저, 저, 화, 화자, 화장실 좀!"

얼른 자리를 피해 도망을 쳤다. 당황한 나머지 가는 길에 놓인 상에 이리저리 치여 재빨리 사라지지도 못하는 그녀를 보면서, 도진은 사이다를 들어 마시며 피식 웃었다.

그새 날이 매우 쌀쌀해졌다. 아인은 손으로 뺨을 어루만지며 살짝 발을 굴렀다. 얼마 지나지 않아 도진의 차가 도착했다. 아인은 얼른 올라탔다.

"아직 시월인데 이렇게 추운 거 보면 올겨울 장난 아니겠다. 그렇죠?"

아인이 웃으며 물었다. 도진은 간단하게 어, 하고 대답했다.

내일 도진의 조부모님 댁에 방문하기로 되어 있었다. 두 사람은 내일 방문길에 드릴 선물을 마련하러 가는 길이었다.

"있잖아요, 할머님은 어떤 거 좋아하세요? 음식 같은 거요. 과자 종류 좋아하시나?"

"글쎄."

"음, 아무래도 음식보다는 좀 남는 게 낫겠다. 옷 같은 건 어때요? 사이즈 아세요?"

"아니."

"옷은 좀 과한가. 신발? 신발 사이즈는요?"

"몰라."

"꽃 같은 것도 의외로 괜찮다던데. 꽃 좋아하시겠죠?"

"글쎄."

"아니다. 꽃만 드리는 건 좀 그래. 꽃은 그냥 덤으로……. 어떤 꽃 좋아하세요?"

"몰라."

아는 게 없구나. 아인은 어이없다는 듯 웃다가 머릿속으로 이런저런 선물 후보들을 꼽아보았다.

선뜻 이거다 정하지 못한 채 백화점에 도착했다. 아인은 좀 돌아다녀 보면 눈에 들어오는 게 있겠지, 하는 마음으로 이리저리 둘러보기 시작했다. 그러면서 도진에게 넥타이를 대보기도 하고, 좋아서 생글생글 웃다가 모자도 한번 씌워보고.

"한 번만. 아, 한 번만요."

칭얼거려 겨우 허락을 따낸 후 그의 머리에 커다란 핀을 턱하니 꽂아주었다. 입을 가리며 웃다가 얼른 휴대폰을 꺼내 사진으로 찰칵 찍었다.

"아, 선배님, 한 번만!"

"아까 한 번이라며."

"한 번만요!"

검지를 세워 보이며 사정하는 표정을 지었다. 아인은 아까보다 더 큰 꽃핀을 얼른 그의 머리에 꽂아준 후 사진으로 남겼다.

"아아, 선배님!"

"싫어."

"정말 마지막! 삼세번이요. 마지막이에요."

"너."

"네?"

"대신 너도 내가 하라는 거 하나 해야 돼."

"알겠어요!"

아인의 답이 떨어지자 도진이 커다란 숙녀용 모자를 스스로 끌어와 머리에 썼다. 아인은 좋아서 어쩔 줄을 몰라 하며 휴대폰을 들었다. 사진을 찍자마자 도진은 얼른 모자를 치우고 자리를 벗어났다.

그 후 한참 돌아다니다가 갑자기 도진이 멈춰 섰다. 그는 마네킹을 보고 있었다. 아인이 살펴보니 그의 시선을 잡아끈 건 마네킹이 두르고 있는 목도리였다.

"이 목도리가 마음에 드세요?"

아인은 가만히 생각을 해보았다.

목도리 정도면 크게 과하지도 않고, 겨울이니 쓸모도 있고 괜찮은 듯하다. 옷 같은 건 취향을 많이 탄다지만 목도리는 덜할 테고. 사람들이 왜 그리 선물로 목도리를 많이 준비하는지 알 것 같다. 잘 모르는 사람한테 선물하기엔 이게 제일 낫네.

"그래도 너무 흔하지 않나? 성의 없어 보이지 않을까요?"

"괜찮아."

"으음, 이걸로 해요?"

아인이 마네킹의 목도리를 가리키며 물었다.

"이거 아니어도 그냥 목도리면 돼."

아인은 고개를 끄덕인 후 목도리들을 유심히 보고 다녔다. 그러다 고풍스러운 느낌을 주는 목도리 하나에 사로잡혔다.

"이거 어때요?"

도진은 가만히 보다가 점원에게 물었다.

"저거 핑크색 있습니까?"

"핑크요? 있죠. 여기."

핑크라니. 할머님께 드리려나 보다. 그리 생각하던 중 도진의 말소리가 들려왔다.

"두 개 주십시오."

응? 두 개?

"두 개요? 같은 걸 드리게요?"

"어."

"할아버님한테도 핑크를요?"

"어."

"괜찮을까요?"

"괜찮아."

왠지 말릴 수가 없다. 아인은 도진이 지갑을 꺼내 드는 걸 보다가 얼른 손을 내뻗어 막았다.

"선물은 제가 준비하는 거예요! 제가 계산할래요."

도진은 그러라는 듯 물러섰다. 아인은 배시시 웃으며 목도리 두 개를 받아 나왔다.

백화점 밖으로 나오는 길에 도진이 또 멈춰 섰다. 혹시 목도리보다 더 좋은 걸 발견한 건가? 그리 생각하며 고개를 빼꼼 내밀자 갑자기 도진이 아인을 확 낚아챘다.

"왜요?"

"너 내일 저거 입어."

급히 그의 시선을 좇아보았다.

"예? 한복을요? 웬 한복을요!"

"너 아까 내 사진 찍었잖아. 내가 시키는 대로 한다며."

"그래도 한복은!"

아무리 퓨전한복이라고 해도 아니, 내가 무슨 새색시도 아니고!

고개를 절레절레 젓는데 도진의 따가운 눈길에 꽂혔다. 아인은 혹시 화가 났나 싶어 뜨끔 놀라며 뒤로 한발 물러섰다.

"우리 할아버지……."

갑자기 도진이 목소리를 나직하게 깔았다.

"한복 좋아하신다."

왜, 왠지 거부할 수가 없다. 아인은 어느새 매장 안에 깊숙하게 들어와 있었다.

"제가 그냥 사진 지우고 없었던 일로 하면 안 돼요?"

"안 돼."

"아무한테도 선배님 삔 꽂았다고 말 안 할게요."

"안 된다."

타협의 여지가 없다. 아인은 점원이 권하고 도진이 고른 옷을 품에 덥석 받았다.

입어보고 나왔더니 점원이 잘 어울린다며 웃어주었다. 장사를 하는 사람이니 실로 그리 생각하지 않고 던지는 말일 거라 여기면서도 칭찬에는 약한지라 생글생글 웃어 보였다. 그러면서 제 모습을 거울에 이리저리 비춰보았다.

한복이라고 해서 굉장히 부담스러워했더니 아무래도 퓨전한복이라 그런지 생각보다 덜 어색하다. 그리고 생각보다 예쁘다. 의외로 잘 어울리는데, 그리 생각하며 거울 속 자신을 향해 고개를 까딱 꺾어 보였다. 한복 같기도 하고 드레스 같기도 하고, 이대로 밖에 입고 나가도 될 것 같기도 하고 안 될 것 같기도 하고.

"으음."

설령 이대로 입고 거리를 나다닐 순 있다 쳐도, 처음 뵈러 가는 자리에 한복은 역시 오버겠지? 사귄 지 얼마 되지도 않았고.

"선배님, 아무래도 한복은……."

응? 도진은 벌써 계산하고 있었다. 아인은 휘청거리다가 도진의 손에 이끌려 밖으로 질질 끌려 나왔다.

"나중에 데이트할 때 입으면 안 될까요? 선배님, 선배님!"

"내일 입어."

마지막 타협조차도 물 건너갔다. 아인은 한숨을 후 내쉰 후 도진에게 다시 입을 열었다.

"두 분 성함이 어떻게 되세요?"

"왜?"

"하나도 다른 거 없이 똑같은 거 드리면 무성의해 보일까 봐요. 이니셜이라도 따로 새기면 좋을 것 같아서."

"괜찮은데."

"에이, 그래도 선물은 정성인데요. 왜요? 설마 두 분 성함도 몰라요?"

성함은 안다니 다행이다. 아인은 고운 색실로 이니셜이 수놓아진 목도리를 들고 기분 좋게 집으로 향했다.

2

아인은 긴장되는 마음으로 잠에서 깨어, 왠지 창포 달인 물에
머리라도 감아야 할 것 같은 기분을 느끼며 평소보다 조심스럽게
몸을 씻었다. 그리고 단정하게 외출 준비를 한 후 밖으로 나섰
다.

"야."

뜨끔 놀라며 시선을 홱 치웠다.

"갈아입고 나와."

"선배님……."

"약속은 지켜야지. 약속 안 지키는 사람 싫어한다."

어이쿠, 무섭다. 아인은 마지막 고집을 꺾고 집 안으로 돌아갔
다. 그리고 어색한 손길로 어제 도진이 사준 옷을 입었다.

옷을 갈아입는 데는 별로 시간이 걸리지 않았지만 민망해하다

보니 시간을 꽤 오래 끌게 되었다. 아인은 더는 도진을 기다리게 할 수 없다는 생각에 큰마음을 먹고 방문 손잡이를 잡았다.

문틈 사이로 슬며시 밖을 살핀 후, 두다다다 뛰던 중 엄마의 목소리가 들려왔다.

"엄머, 저 기집애! 너 그렇게 차려입고 어디 가는 거야?"

"응? 아아, 친구 만나러."

"여보! 나와봐. 우리 딸 꼴 좀 봐."

"뭘 나와봐. 나 나가요!"

"아이고, 우리 딸 오늘 왜 이리 예뻐?"

아빠가 슬렁슬렁 따라 나왔다. 아인은 아빠에게 들어가라는 듯 손짓을 하다가 시계를 보고는 현관문 밖으로 나왔다.

아빠는 들어가기는커녕 마당까지도 쫓아 나왔다. 그러다 도진이 차에서 내려 인사를 하자 충격 받은 표정으로 그대로 굳었다.

"김아인!"

아인은 아빠가 따라 나오지 못하게 마치 울타리를 치듯 대문을 꽉 닫아버렸다. 그러자 아빠가 문살을 붙들고 소리를 쳤다.

"김아인! 너 그러고 어디 가는 거야?"

"응? 아, 그, 그냥 놀러……."

"저희 할아버지 할머니 뵈러 가는 길입니다."

뜨아! 그리 정직하게 말씀하실 필요 없잖아요!

"아인아, 너 언제……. 너 아빠한테 말도 안 하고 언제 그렇게…… 너, 이 아빠밖에 모르던 애가……."

"어머, 권 서방 댁 가는 거였어?"

"엄마! 권 서방은 무슨! 무례하게 다짜고짜!"

"무례 같은 소리 하네. 댁에 가는 거면 진작 말을 하지! 엄마가 선물이라도 준비했을 텐데! 왜 말 안 했어?"

이럴까 봐 말 안 한 거야……. 우리 부모님 유별난 걸 내가 모르나.

"김아인! 너 권 검사는 우리한테 소개 안 시키고 너 먼저 그 댁에 인사하러 가는 거냐? 아빠보다 권 검사네가 더 중요하다는 거야, 뭐야!"

"그런 거 아니야! 그냥 가볍게 가는 거야!"

"한복 입고 그런 소리 하지 마, 이 나쁜 것!"

이것 봐요, 한복의 의미가 이렇다고, 하는 표정으로 도진을 바라보았다. 도진은 아무것도 못 느끼는 듯 그저 아빠를 바라보고만 있었다.

"너 오늘 집에 들어오지 마."

"둘이 외박시키게? 네 아버지 화끈하다?"

엄마가 놀리자 아빠가 입을 닷 발이나 내밀었다.

"오늘 일찍 들어와."

"알았어."

"나쁜 것…… 딸자식 키워봐야 아무 소용없다더니, 날름 저쪽에 먼저 인사하러 가고."

그런 거 아니라고 아무리 말해도 안 통할 거다. 아인은 그냥 손사래를 쳤다.

"권 서방은 저번에 우리 집 놀러 왔었잖아. 우리 집이 먼저구만, 뭐. 가. 가요, 권 서방."

엄마가 가란 듯이 손짓을 했다. 아인은 냉큼 차 문을 열고 탔고, 도진 또한 고개를 숙여 보인 후 차에 오를 준비를 했다.

"나쁜 것…… 언제는 아빠가 세상에서 제일 좋다더니."

"평생 딸자식 끼고 살 거야? 들어와. 날 추워. 얼른!"

"너! 혼수는 네 돈으로 해! 아빠 돈 쓰지 마! 쓰기만 해봐."

"아이고, 아이고, 참 어른답다."

엄마가 아빠를 끌고 집 안으로 들어갔다. 아인은 자꾸만 뒤돌아보는 아빠에게 웃음기 섞인 미안한 표정으로 손을 흔들어주었다.

부모님 때문에 정신없는 머리를 절레절레 흔드는 중에 차가 출발했다. 한참 후 두 사람을 태운 차가 목적지에 도착했다.

"와."

집 진짜 크다. 아인은 목을 꺾어 위를 바라보았다.

하긴 할아버지가 의사라 했지. 저번에 말하는 거 듣자 하니 큰 병원도 갖고 있으시다 했던가. 제일 처음 도진의 집에 방문했을 때의 감상이 새록새록 떠올랐다. 집 좋네, 돈이 많나, 했더니 진짜 돈 많은가 보네. 다들 만날 강주 선배님더러 돈 많은 놈, 돈 많은 놈 하기에 강주 선배님 돈 많다는 것만 생각했지.

아, 아빠가 혼수는 내 돈으로 하라고 했는데…… 이런 집에 시집오려면 내가 앞으로 몇 년을 더 벌어야…….

얼굴을 화르륵 붉혔다. 나도 어쩔 수 없는 우리 부모님 자식인가 보네. 별생각을 다 한다.

손으로 얼굴을 만져 열기를 식힌 후 뒤돌아섰다. 가방에서 주섬주섬 거울을 꺼내 몇 번이나 봤던 얼굴을 또 확인했다. 그 이 집 안으로 통하는 문이 열렸고, 도진이 들어가자는 듯 쳐다보았다.

아인은 얼른 거울을 다시 집어넣고 조심스럽게 발을 뗐다.

"도진아! 오늘 온단 말…… 응?"

음…….

"이 처자는?"

하, 하하, 하하하, 아, 나, 이 선배…….

"할아버지는요?"

나 온다는 거 말 안 했어. 말 안 했어!

"방에 계셔. 그런데 누구…….."

민망하고 당황스러워 가만히 서 있기조차 힘들다. 사람을 한순간에 불청객으로 만들다니. 적어도 미리 통보는 했어야 할 거 아냐!

"안녕하세요? 처음 뵙겠습니다. 김아인이라고 합니다."

일부러 더 허리를 깊게 숙여 인사를 했다. 낯이 화끈거려 한참이나 그러고 있다가 괜히 더 환하게 웃으며 몸을 일으켰다.

"그래요. 어서 와요. 어쩌나, 나는 손님 오는 줄 모르고."

"아닙니다. 불쑥 찾아온 제 잘못이에요. 불편하게 해드려서 죄송해요."

"아니에요. 도진이가 친구 데려온 건 처음이라. 반가워요. 난 도진이 할미예요. 애, 미리 말을 해주지 그랬니?"

제 말이 그 말이에요. 동감이라는 표정을 짓자 할머니께서 아인을 향해 웃어 보이셨다.

그냥 처음 딱 봤을 때도 그렇지만, 저리 웃으니 참 고우시다. 소싯적에 정말 미인이셨을 것 같아…….

"처자가 참 참하네."

"할머님도……."

아인이 살짝 멍한 시선으로 할머니를 향해 미소를 지었다.

"참 단아하세요."

반한 듯한 얼굴을 옆으로 살짝 꺾다가 제가 방금 실수한 건 아닌가 하는 생각에 정신을 번쩍 차렸다.

"아니! 전, 너무 고우셔서…… 어어?"

왠지 변명을 해야 할 것 같은데 도진이 잡아끄는 바람에 말을 더 이을 수가 없었다. 아인은 당황하며 말을 멈추고 그를 올려다보았다.

"선배님! 할머님한테 말씀드리고 있는데!"

제멋대로다. 아인은 대꾸도 않고 저를 이끄는 그에게서 시선을 거두어 할머니를 힐끗 뒤돌아보았다. 할머니는 괜찮다는 듯 고개를 끄덕여 보였다. 아인은 안심하며 목례를 했다.

두 사람은 곧 집 안 깊숙한 곳에 위치한 방문 앞에 도착했다.

"할아버지."

음, 여기가 할아버지 방인가 보다. 아인은 심호흡을 했다.

"들어오너라."

문이 열렸다. 아인은 내가 이 문턱을 넘어도 되는 건가, 안 되는 건가 머뭇거렸다. 그러자 도진이 그녀를 잡아당겼다.

할아버지는 들어서는 두 사람을 빤히 쳐다보았다. 도진은 할아버지와 경쟁하듯 내려다보더니 바닥에 방석을 두 개 깔고는 아인을 힐끔 보았다.

"앉아."

아니, 보통 앉으라는 건 방 주인이 허락해주는 건데요.

난감한 표정으로 고개를 살짝 저으며 도진에게 마구 텔레파시를 보냈다. 날 소개해줘요. 내가 누구라고 소개 좀 해주시라고. 그렇게 혼자 먼저 앉지 말고!

"안녕하세요? 김아인이라고 합니다. 연락 없이 찾아와서 죄송합니다."

결국 또 허리를 꾸벅 숙이며 스스로 난관을 헤쳐 나갔다. 아인은 날도 추운데 등에 땀이 나는 걸 느끼며 숨을 크게 삼켰다.

"어디 연락 안 한 게 처자 뜻이었겠나? 내가 손자를 잘못 둔 탓이지."

할아버지는 앉으라는 허락 없이 아인을 뚫어져라 쳐다보았다. 아인은 뻣뻣하게 서서 긴장이 잔뜩 서린 표정으로 할아버지를 마주 대했다. 눈을 똑바로 쳐다봐도 되는 건가, 그렇다고 시선을 피할 수도 없고. 결국 미소만 가득 지었다.

웃는 얼굴엔 침 못 뱉어. 안 뱉으실 거야.

"옷이 곱구만."

정말 곱다고 생각해서 던지시는 말씀이 맞나 싶을 정도로 무뚝뚝하게 그리 뱉으셨다.

"고맙습니다."

일단 인사부터 확실히 하고 봤다.

"그리 차려입고 왔으니 인사는 제대로 받아야겠지. 임자, 이리 들어오시게."

할아버지의 허락에 방문 앞에 서 있던 할머니가 방 안으로 들어왔다.

"손님한테 뭘 시키려고 그러세요?"

할머니가 웃는 얼굴로 조심스레 물었다. 할아버지는 옆에 앉으라는 듯 눈짓을 할 뿐, 대답하지 않았다. 할머니는 미안한 표정으로 아인을 올려다보며 할아버지 옆에 앉았다.

할아버지는 아무 말 없이 아인을 가만히 올려다보기만 했다. 할아버지의 지시가 있을 때까지 기다리던 아인은 한참 후에야 스스로 뭔가 해야 한다는 걸 깨달았다.

어떻게 해야 하지? 손에도 땀이 스민다.

인사를 받겠다고 하셨지. 그냥 안녕하세요, 하는 인사는 아까 했는데…… 할머니를 옆에 앉으라 하신 거 보면…….

아인은 숨을 계속해서 삼키다가 손으로 가슴을 꾹 눌렀다. 그러고는 큰마음을 먹고 양손을 겹쳤다.

왼손이 위였나, 오른손이 위였나. 다리는 왼발이 먼저였나, 오른발이 먼저였나.

머릿속도 캄캄하고 눈앞도 캄캄하다. 아인은 일단 하고 보자는 생각으로 겹친 손을 이마에 가져다 댄 후 천천히 몸을 낮추었다.

"어유, 무슨 절을!"

할머니는 함께 허리를 숙였지만 할아버지는 꼿꼿하게 앉아 절을 죄다 받았다. 아인은 다소곳하게 절을 하고 일어선 후 스스로 만족하여 크게 웃었다. 넘어지지도 않았고, 비틀거리지도 않았다. 성공이다! 그리 생각하는 순간이었다.

휘청.

아인의 얼굴이 순식간에 달아올랐다. 그녀는 넘어지려던 몸을 간신히 지탱한 후 애원하는 표정으로 할아버지를 바라보았다.

"죄송해요! 제가 다시!"

"살아서 절 두 번 받는 법은 없네."

"그럼 세 번은?"

이대로 미움 받을 순 없다는 생각에 필사적으로 매달렸다.

"그냥 앉게."

에그, 잘 보이고 싶었는데.

아인은 실망이 가득 묻어나는 표정으로 방석 위에 무릎을 꿇고 앉았다. 그나마 안심인 건 할머님이 연신 미소를 지으며 저를 바라봐준다는 것. 편하게 앉으라는 말까지 해주셨다는 것. 아인은 할머니에게 고마운 눈길을 보냈다.

하지만 희망의 샘터인 할머니가 방 밖으로 조용히 나가버리고 말았다. 아인은 어둠 속에 홀로 내팽개쳐진 기분을 느끼다가 멈칫거리며 할아버지를 보았다.

"용케도 살아 있구나."

할아버지가 도진에게 말했다. 아인을 지켜보던 도진은 할아버지에게로 시선을 돌렸다.

"안 죽고 살았다고 자랑하러 왔느냐?"

도진은 대답하지 않았고 할아버지는 인상을 썼다. 할아버지는 앞에 놓인 낮은 탁자를 옆으로 쓱 밀더니 다시 도진에게 입을 열었다.

"이리 와라."

"싫습니다."

"내가 가는 방법도 있다."

도진은 흠, 하고 숨을 뱉더니 할아버지 앞으로 슬며시 다가갔다. 할아버지는 도진의 눈을 빤히 쳐다보더니 도진의 옆구리 쪽

옷을 위로 들추어 보았다. 아인은 고개를 홱 돌렸다가 호기심이 들어 슬금슬금 다시 고개를 돌려보았다.

커다란 상처가 보였다. 저절로 인상이 쓰이는데 할아버지는 일말의 표정 변화 없이 상처 주변을 손으로 짚어보셨다.

"어떻게 아셨습니까?"

"왜? 네놈이 연락 안 하면 내가 모를 줄 알았더냐?"

"할머니도 아십니까?"

"모른다."

할아버지는 옷을 내린 후 도진을 놓아주었다. 도진은 제자리로 돌아왔다.

"어쩌다 그리 못난 짓을 했느냐?"

아인은 조마조마한 마음으로 도진을 보았다. 저기, 옷 정리는 대답 먼저 하시고 하셔도 될 텐데.

"저 그놈 잡았습니다."

"누구."

"육종호요."

순간 침묵이 흘렀다. 할아버지는 옆으로 물렸던 탁자를 앞으로 쓱 끌어온 후에야 천천히 입을 여셨다.

"그리 다치고 그 정도도 못 했으면 그보다 못한 천치가 없지."

"할아버지."

할아버지가 도진을 쳐다보았다.

"아버지가 옳았대요."

또다시 흐르는 침묵.

"……그놈도 천치는 아니었던 모양이로군."

한참 만에 침묵을 깨고 담담한 어조가 흘렀다.

"수고했다."

아무렇지 않은 척하셔도 슬프시겠지, 아인은 측은한 표정으로 할아버지를 응시했다. 그러다가 할아버지의 시선이 저에게로 홱 꽂히자 티가 나게 놀라며 숨을 훅 들이켰다.

할아버지는 아인의 모습을 찬찬히 훑어보았다.

일전에 도진이 찾아왔을 때, 마음에 드는 여자를 찾았다, 분명 그리 말했더랬다. 그에 뭐 하는 처자냐 물어 얻어낸 답이, 후배 검사라지.

검사라면 인상부터 찌푸려지는 할아버지였다. 아들이 의사 않겠다고 집에서 나가 검사가 되더니, 손자 녀석 또한 의사 하란 말들은 척도 않고 결국 검사가 됐다.

못마땅해. 검사라니 어디서 꼭 저 같은 걸 데려오겠지, 그리 생각했건만.

"처자."

"예?"

저리 깜짝깜짝 놀라는 모습이 영 생각했던 것과 다르다. 아무리 봐도 검사 같지는 않은데. 그에 의심이 가득 담긴 눈으로 슬며시 물었다.

"검사 일 하는가?"

이 처자가 도진이 말한 그 처자라고?

"네! 검사입니다."

대답을 들으니 확실하긴 한데, 방긋 웃는 모습을 보니 상상에서 더 멀어졌다. 할아버지는 묘한 신음을 흘리며 도진과 아인을 번갈아 보았다. 그러다 아인을 향해 다시 입을 열었다.

"장기 둘 줄 아는가?"

"네!"

할아버지는 탁자 아래에 놓여 있던 장기판을 꺼내 펼쳤다. 그리고 아인에게 다가오라는 듯 턱짓을 했다. 아인은 배시시 웃으며 방석을 들고 할아버지 앞에 다가가 앉았다.

곧 장기가 한 판 시작되었다. 도진 또한 슬그머니 다가가 두 사람의 대결을 지켜볼 준비를 했다.

"어?"

시작한 지 오 분도 안 지난 것 같은데 벌써 장군이다.

"할아버님……."

아인이 입술을 깨물며 할아버지를 올려다보았다.

"한 번만 물러주세요."

할아버지는 눈을 가늘게 떴다.

"한 번만……."

"허음."

도진은 신기한 눈빛으로 할아버지를 바라보았다. 이제껏 할아버지한테 물러달라고 떼써본 적이 없긴 하지만, 그래도 할아버지라면 절대 물러달라는 청 같은 거 안 받아줄 줄 알았는데.

"고맙습니다."

아인은 방긋 웃으며 얼른 생각했던 대로 수를 두었다. 하지만 소용없었다. 얼마 안 가 공격이 가로막히고 궁이 위험해졌다.

"할아버님, 어디서 장기 따로 배우신 거예요?"

"음?"

"정말 잘하셔서요. 제가 제 친구들 사이에선 그래도 제일 잘하거든요. 물론 친구는 몇 없지만."

"따로 배운 적은 없네."

"와, 그럼 타고나신 거예요?"

아인의 눈에 부러움이 가득 찼다.

"선배님 막 수석 하고 그랬다던데 머리 좋은 거 할아버님한테 물려받았나 봐요."

"사법시험 통과해서 검사 된 사람이 남 머리 좋은 걸 이야기하나."

내가 말실수한 건가? 그런 생각에 눈동자를 또르르 굴려 할아버지의 눈치를 살피던 아인은, 잘은 모르지만 도진의 할아버지인 만큼 그와 같다고 생각해보면 저 정도 무표정은 화가 난 건 아니다, 그리 결론을 내린 후 미소를 지으며 다시 입을 열었다.

"저는 썩 명석한 편은 아니라서요. 검사 되려고 남들 놀 때 안 놀고 공부했어요. 그래서 말인데……."

배시시 웃으며 할아버지에게 애원하는 눈빛을 보냈다.

"한 번만 더 물러주시면 안 될까요?"

절절한 눈빛 발사 끝에, 할아버지가 결국 물러나주었다.

"더는 안 되네."

그 후 최선을 다해 대결에 임했지만 보기 좋게 패했다. 할아버지는 시무룩한 기색을 애써 숨기는 아인을 보면서 다시 장기 알을 장기판 위에 늘어놓았다. 그러고는 오른쪽의 차와 포를 하나씩 뗐다.

"어? 봐주시는 거예요?"

금세 생글거린다.

"무시하는 건 아니네."

"아니에요. 음, 할아버님, 이왕 봐주시는 거라면……."

아인이 수줍은 손가락을 살짝 내밀었다.

"마도 하나……."

참 얼토당토않은데 안 들어줄 수가 없다. 할아버지는 흠흠, 헛기침을 하며 마까지 치워버렸다. 그리 할아버지의 오른쪽 진영이 텅텅 빈 상태로 싸움이 시작되었다.

처음엔 아인이 좀 우세한가 싶더니 결국 또 궁지에 몰렸다. 아인이 끙끙거리자 결국 도진이 입을 열었다.

"포."

"네?"

"포로 막아."

"어디…… 아! 여기."

아인이 냉큼 시키는 대로 하고 할아버지를 바라보았다. 할아버지가 거침없이 다음 수를 두자 아인이 또 답을 찾지 못하고 고민을 했다. 그러다 졸을 옮기려 하자 도진이 또 말을 뱉었다.

"그거 치우면 장이잖아."

"아아."

아인이 졸에서 손을 뗀 후 다시 고민하기 시작했다.

"차."

"차요?"

"다음번에 할아버지 포장이야. 차 미리 옮겨놔야 돼."

"어? 그러네. 우와."

아인은 경이로운 표정으로 도진을 바라보았다. 그러자 할아버지가 탐탁지 않은 눈길로 도진을 바라보았다.

"네놈, 훈수도 둘 줄 알더냐?"

아인이 뜨끔 놀라며 도진을 향해 더는 훈수 두지 말라는 듯 고개를 살짝 저어 보였다. 그에 도진이 더는 돕지 않자 결국 얼마 지나지 않아 승패가 기울었다.

할아버지는 두 판 내리 이긴 걸로도 모자라는지 또 진을 치기 시작했다. 아인은 자신 없는 표정으로 장기 알을 배열하다가 할아버지를 힐끔 보았다.

"제가 너무 부족해서 재미없으시죠? 죄송해요……."

정말 민망하고 죄송하다.

"죄송할 것까지야."

"앞으로는 어디 가서 장기 둘 줄 안다고 하면 안 되겠어요. 아하하."

씁쓸한 얼굴로 장기판을 보고 있는데 문득 도진과 아빠가 알까기를 하던 모습이 떠올랐다. 씁쓸한 표정은 온데간데없이 저도 모르게 풋, 하고 웃던 그녀는 할아버지의 시선에 당황하며 아무도 안 물었는데 변명을 줄줄 늘어놓기 시작했다.

"아니! 제가, 전에 선배님이 알까기 하던 게 생각이 나서……. 아, 그러니까 알까기가 뭐냐면 이렇게 장기 알을 탁 퉁겨서 상대편 말을 밖으로 다 밀어버리면 이기는 거예요……. 그게 의외로 재미가 있는데……. 어, 제가 그거는 정말 잘할 자신이 있는데, 제가 자꾸 져서 재미가 없으실 테니 혹시 괜찮으시다면 알까기라도……."

나 지금 한국말 하는 거 맞아?

"아니! 제 말은 할아버님께 알까기를 해주십사 청하는 게 아니고 제가 웃은 게 불쾌하실 것 같아서……."

진땀이 난다. 아인은 이마를 닦으며 마른침을 삼켰다. 그러다 눈을 휘둥그레 떴다.

"이렇게 하는 건가?"

방금 할아버지가 장기 알을 튕겼다. 아인은 믿을 수 없다는 표정으로 할아버지를 바라보다가 곧 환하게 웃어 보였다.

"네! 그렇게 할아버님 말을 치셔서 제 말을 다 내보내면 되는 거예요. 이게 쉬워 보여도 은근히 어렵거든요. 잘못 치면 손가락도 아프고 힘 조절도 쉽지 않아요."

"그래?"

"그렇게 치시면 손톱 아파요. 엄지로 하세요. 엄지가 제일 덜 아프더라고요."

아인은 친절하게 허공에서 시범까지 보이며 설명을 했다. 그러자 할아버지가 장기판을 다시 정리한 후 아인이 가르쳐준 대로 손가락을 움직였다.

탁 소리와 함께 장기 알이 밀려 나갔다. 하지만 밀어내지는 못하고 중도에 멈췄다. 아인은 생글거리며 고개를 좌우로 꺾더니 방금 치고 들어온 알을 조준했다. 그리고 탁 튕겨냈다.

"우와!"

한 번에 세 개나 튕겨냈다. 할아버지는 판을 유심히 살핀 후 다시 손가락을 가져갔다.

아인도 어설픈데 할아버지는 더 어설프다. 가만히 지켜보던 도진은 결국 입을 열었다.

"그거 말고."

할아버지가 기분 나쁜 표정으로 도진을 보았다. 도진은 아랑곳하지 않고 말 하나를 손으로 가리켰다.

"이걸로 치십시오."

할아버지는 무시하고 제 고집대로 말을 골랐다. 그러고는 뜻대로 되지 않자 눈살을 찌푸렸다. 아인은 신 나는 표정을 숨기지 못하고 정확하게 손가락을 튕겼다. 할아버지의 말이 또 죽었다.

할아버지가 차례를 준비하자 도진이 또 슬며시 입을 열었다.

"그 방향으로 치시면 안 되는데."

"……."

"그럼 튕기는데."

"……."

"그럼 자살인데."

"……."

"자살골 아시죠? 같은 겁니다."

할아버지는 쭉 찢은 눈으로 도진을 바라보았다.

"네놈 언제부터 그리 훈수 두는 걸 좋아했느냐?"

도진은 은근히 시선을 거두었다.

"그냥 답답해서요."

할아버지는 고집스럽게 제 뜻대로 했다. 결국 나중엔 아인의 말은 아직 여럿 남았는데 할아버지의 말은 하나밖에 남질 않았다. 할아버지는 고심하며 방향을 조준했다. 그러다 표정 변화 없이 손가락을 툭 움직였다.

결과는 자살.

"다음에 할 땐 처자가 차포 떼야겠네."

"네? 아하하…… 마도 뗄게요."

흐뭇하게 웃더니 자랑스러운 표정으로 도진을 바라본다. 할아버지는 그녀의 얼굴을 유심히 보며 장기판을 정리했다.

"식사 준비 다 돼가요."

할머니의 목소리가 들려왔다. 그러자 아인이 할아버지께 양해를 구하더니 얼른 자리에서 일어나 밖으로 나갔다.

할아버지는 무릎께까지 오는 풍성한 치마를 인형처럼 흔들며 나가는 아인의 뒷모습에서 좀처럼 시선을 떼지 않았다. 그러다 그녀가 완전히 사라지자 의심이 서린 표정으로 도진을 보았다.

"저 처자 평소에도 언행이 저러하더냐?"

"예."

그 뒤로는 말이 오가지 않았다. 두 사람은 서로를 쳐다보다가 곧 자리에서 일어섰다.

"이게 정말 우리 도진이에요?"

할머니가 아인의 휴대폰 속 도진의 사진을 보고는 놀랍다는 듯 물었다. 식사 준비를 돕던 중, 옷이 불편하지 않으냐는 물음에 여차여차 옷을 입게 된 경위를 설명하다 보니 도진이 머리에 삔 꽂은 사진을 찍었더랬다 하고 설명한 터였다.

"다른 사진도 있어요."

아인은 다른 사진을 펼쳤다. 할머니는 신기하고 즐거운 표정으로 휴대폰을 가만히 들여다보셨다. 신이 나는 기분으로 마지막 사진도 보여드리려고 휴대폰을 막 건드리려는 찰나, 도진과 할아버지가 주방에 모습을 드러냈다. 아인은 흠끔 놀라며 손을 치웠다. 할머니는 뒤늦게 아인이 죄지은 표정으로 도진을 보고 있다는 걸 깨닫고는 쿡쿡 웃으며 몰래 휴대폰을 건네주었다.

"검사였구나. 나는 도진이한테 선배라고 하길래 학교 후배인 가 했더니. 검사라고는 생각도 못 했어요."

"학교 후배이기도 해요. 선배님이랑 같은 과 나왔어요."

"어어, 처자도 참 똑똑한가 봐요."

"하하, 아니에요. 저는 그냥 어릴 때부터 검사 되려고 남들 세 배로 했어요."

"어릴 때부터?"

"네."

"어쩌다가 검사가 되기로 했대?"

"그게, 나쁜 사람들은 잡고 싶은데 경찰을 하려고 보니까, 제 가 몸이……."

"어디 아픈 거예요?"

할머니가 걱정이 가득 담긴 표정으로 물었다. 아인은 다소 민 망한 표정으로 수줍게 웃었다.

"아니요. 건강하긴 한데, 제가 툭하면 넘어지고 운동도 잘 못 하고 그래서 경찰은 못 할 것 같더라고요. 그래도 검사가 하는 일 은 저도 할 수 있을 것 같았어요."

"어유, 생각도 참 곱네."

항상 삭막하던 식탁에 이리도 이야기꽃이 폈다. 물론 할아버지 와 도진은 언제나 그렇듯 침묵이지만 아인이 저리 방실방실 웃으 며 대화를 받아주고 이야기를 펼쳐주니 할머니로선 꿈만 같다.

할머니는 끊임없이 질문을 던지며 이야기를 걸었고, 아인 또한 할머니가 저에게 관심 가져주신다는 생각에 기뻐하며 최선을 다해 답변을 했다.

그리 식사를 마친 후 아인은 설거지를 돕겠다며 팔을 걷어붙였다. 인터넷 검색해보니 어른들한테 잘 보이려면 제가 할게요, 하고 나서서 싹싹 돕기도 하고 그래야 한단다. 게다가 오늘 저는 불청객인데 이렇게라도 민폐를 줄여야지.

설거지마저 모조리 끝낸 후 아인은 할머니를 도와 과일상을 준비해서는 할아버지의 방으로 향했다. 그새 할아버지와 도진은 또 바둑을 두고 있었다.

"항상 손자 앉혀놓고 저리 바둑 아니면 장기만 두시니."

문턱을 넘기 직전 할머니가 아인을 향해 아쉬운 표정을 지었다. 아인은 도진이 바둑과 장기를 그리 잘 두는 데는 이유가 있었네, 그런 생각을 하며 할머니에게 안타까운 미소로 화답을 했다.

과일을 먹으며 바둑을 구경했다. 할머니도 웬일로 나가란 소리를 않는 할아버지의 모습에 반가움을 느끼며 두는 법도 모르는 바둑판을 유심히 보셨다. 그러다 바둑 한 판이 끝나자 할아버지가 할머니를 획 쳐다보셨다. 할머니는 혹시 또 나가라고 하시려나, 하는 생각에 마음을 잔뜩 졸였다.

"저! 선물을 준비했는데!"

아인이 할아버지의 시선을 끌어가 주었다. 할머니는 안도하며 아인을 바라보았다.

"별건 아니지만, 오자마자 드렸어야 하는데, 온다는 연락을 못 받으신 것 같아서 제가 당황하는 바람에⋯⋯."

주섬주섬 변명을 늘어놓으며 종이가방 안으로 손을 뻗었다. 곧 두 개의 상자와 장미꽃 하나가 그녀의 손을 따라 나왔다. 할머니에게 꽃을 먼저 드리자 할머니가 환하게 웃으며 받으셨다. 아인은 뿌듯함을 느끼며 두 분께 상자를 하나씩 내밀었다.

"어떤 걸 좋아하시는지 몰라서 선배님하고 같이 골랐는데, 혹시 마음에 안 드시면 제가 바꿔오도록 할게요."

"아유, 아려하네."

할머니께서 좋아하시며 할아버지의 손을 바라보셨다. 할아버지는 뭘 받으셨나 보던 할머니는 두 개가 같다는 걸 깨닫고는 의아한 표정을 지으셨다.

"선배님이 두 분께 같은 걸 드리자고 하더라고요."

"왜 같은 걸?"

할머니가 웃는 얼굴에 의아함을 가득 담아 도진을 바라보았다. 도진은 할머니의 얼굴을 보며, 할머니가 언젠가 집으로 찾아온 젊은 부부 손님을 부러운 눈길로 바라보던 때를 떠올렸다. 할머니가 부러워한 건 정작 다른 것일지 몰라도, 어린 도진이 그 부부를 관찰해 알아낸 가장 큰 사실은 둘이 똑같은 목도리를 하고 있더라는 것.

"마음에 안 드시면 말씀해주세요."

"아니, 너무 예쁘고 마음에 들어요. 젊은 사람이 보는 눈이 있네."

아인은 만족스러운 듯 미소를 지었다. 그리고 긴장되는 눈길을 할아버지에게 돌렸다. 할아버지는 양손 가득 목도리를 펼쳐 마치 검사하듯 훑어보시더니 도진에게로 눈을 휙 들었다.

"색은 네놈이 골랐구나."

"예."

"할아비 골탕 먹이려고 작정을 한 게지."

역시 핑크는 무리수였던 걸까!

"다른 걸로 바꿔드릴까요?"

아인이 조심스럽게 물었다. 할아버지는 끙, 하는 신음을 흘리며 목도리를 차곡차곡 접어 상자 안에 넣었다.

"됐네. 잘 쓰겠네."

아인은 실망과 미안함이 동시에 묻어나는 눈을 떴다. 역시 아까 내가 절을 완벽하게 했어야 하는 건데, 그런 후회를 잔뜩 품은 채 손가락을 만지작거렸다.

얼마 후 두 사람은 방문을 끝내고 돌아갈 채비를 했다.

"처자."

"네?"

"다음에 올 때도 그 옷 입고 오게."

할아버지의 인사는 그걸로 끝. 현관을 지나는 걸 보지도 않고 방 안으로 들어가셨다.

낙엽이 하늘거리며 머리에 내려앉는 길.

땅에 떨어진 낙엽이 바스락거리는 소리는 자칫 쓸쓸하게 들릴 법도 하건만, 그저 즐겁다.

"다음엔 진짜 연락 미리 하세요! 제가 얼마나 낯 뜨거웠는지 아세요?"

토라진 척 투정을 부리지만 얼굴 가득 샘솟는 미소는 어쩌질 못하고 도진을 향해 환하게 웃어 보였다.

"일부러 그런 거야."

"일부러요? 왜요!"

"우리 할아버지 약속 안 하고 찾아가는 거 엄청 싫어하시거든. 약속한 시간보다 먼저 오는 것도 정말 싫어하신다. 준비 안 된 상태에서 손님 맞아야 한다고."

문득 예전에 도진이 제 집을 방문했을 때 일찍 도착해놓고서도 집에 안 들어오고 밖에서 한참이나 기다리던 모습이 떠올랐다.

아. 그래서 엄마가 식사 준비 덜 됐다고 조금 기다리라고 했을 때 그리 어두운 표정이었구나.

"그걸 알면서 왜 그러셨어요?"

"재밌잖아."

왠지 할 말이 없다.

"그래도 저 숨 막혀 죽을 뻔했다고요. 다음부터는 절대 그러지 마세요. 알겠죠?"

"알았어."

"약속하세요. 자, 손가락."

손가락을 걸고 나서야 안심한 듯 고개를 끄덕였다.

"그래도 할아버님한테 다음에 또 오란 소리 들었다, 그죠? 집에 가서 절하는 연습 좀 더 해야겠어요."

생글거리는 아인을 보면서 도진도 따라 피식 웃었다.

"그럼 난 집에 가서 절하다 넘어지는 너 잡아주는 연습 좀 해야겠네."

"놀리시는 거예요?"

"어."

"놀리지 마세요."

"머리가 무거운가 왜 항상 넘어지는 거지?"

"어어?"

"돌머리 맞나 보다. 무거운 거 보면."

"하지 마요? 어어?"

두 손을 꼭 맞잡은 채, 투덕거리며 걸어간다. 두 사람의 뒤로 나뭇잎이 하늘하늘 떨어진다.

도진과 아인이 떠난 후.

"안 더우세요?"

할머니가 희한하다는 표정으로 할아버지를 보았다. 할아버지는 대꾸 없이 책장만 넘겼다.

난방 잘된 집 안에서 굳이 목도리를 저리 매고 몇 시간째 풀지 않는 할아버지를 보면서, 할머니는 신기하다는 듯 웃었다.

그다음 날 외출해서도, 할아버지는 저를 잘 알던 사람들이 분홍색이란 걸 신기해하건 말건, 실내인데도 추우시냐고 묻건 말건, 대꾸도 않고 굳세게 목도리를 고수했다. 할머니는 살면서 이런 모습도 다 보는구나, 그리 생각하며 할아버지의 것과 똑같은 목도리를 보기 좋게 매만졌다.

3

시월 말이 되자 정말 쌀쌀했다. 그래서 오늘의 점심 메뉴는 몸을 따뜻하게 녹이는 뜨거운 감자탕이었다.

"맞다, 밥 먹고 누구 변사체 검시 가야 돼."

"에이, 부장님은 꼭 식사 중에!"

소 검사가 버럭 불만을 토해도 가뿐하게 무시하고 모두를 휘둘러보았다.

"누구 차례인지 까먹어서 물어보고 보내려고 그랬지. 누구야? 이번에 누구 차례야?"

"거 매번 잊어먹지 말고 기억 좀 하세요."

"소검 네 차례냐?"

"전 저번에 갔다 왔는데. 그 뒤로 강주도? 맞다, 갔다 왔고…… 그럼 박검 차례네. 박검 검시 갈 때마다 온갖 소란 다 피우는데 우리 못 들었잖아? 그럼 안 간 것 맞네."

소 검사의 완벽한 추리에 모두의 시선이 혜수에게로 향했다.

"전 안 가요."

저번이랑 태도가 똑같다. 아인은 반사적으로 도진을 보았다. 또 혜수에게 약점 잡혀서 대신 가주기로 한 건가?

"왜 안 가? 임신했어? 임신한 거 아니면 안 빼준다고 했지?"

혜수는 도도한 표정으로 물컵을 들며 부장님에게서 은근히 시선을 거두었다. 그러면서 넌지시 뱉었다.

"임신했어요."

순간 푹, 하고 강주가 물을 뿜는 소리 외에 정적이 흘렀다. 모두의 놀란 얼굴이 강주에게 꽂혔다가 다시 혜수에게 박혔다.

"뭐?"

부장님이 한참 만에 믿을 수 없다는 목소리를 뱉었다. 혜수는 모두의 시선을 모르는 척 야금야금 물만 삼켰다.

"저 처녀가! 아무리 검시 가기 싫어도 그렇지, 고로코롬 못된 거짓말을 하면 써, 못 써?"

"제가 언제 거짓말하는 거 보셨어요?"

아무래도 거짓말이 아닌 것 같다.

맞아! 그리고 보면 요즘 박 선배님 커피도 전혀 안 드시고, 지난번에 술자리에선 우유 드셨지!

헉! 그렇구나…… 진짜 임신하신 거였어!

"아이구야, 요샌 뭐, 그래, 그런 거 흉도 아니다만, 저래 당당하게 나오니까 내가 손에 땀이 다 나네. 애 아버지가 누군데!"

당연히 또 몰라요, 알아서 찾아보세요, 그럴 줄 알았건만.

"김강주요."

부장님이 입을 딱 벌리고 소 검사는 숟가락을 탁 떨어뜨렸다. 본래라면 그들에게 어색한 미소를 지어 보였어야 할 강주는 멍한 표정으로 혜수를 보느라 정신이 없었다.

그 와중에 정 수석이 주섬주섬 지갑을 꺼내 들었다. 그러더니 소 검사를 향해 환하게 웃어 보였다.

"오만 원."

충격에서 벗어난 아인은 잠시 후 선배들을 둘러보고 어색한 미소와 함께 진땀을 흘렸다.

하하하, 나 왠지 난감해.

얼음이 되어버린 부장검사와 소 검사, 돈 달라며 웃는 정 수석, 새침한 표정의 혜수와 그녀에게서 시선을 뗄 줄 모르는 강주, 그리고 무엇보다도 왠지 모르게 인상을 쓰고 있는 도진.

그 후로 며칠 동안 검찰청엔 재미있는 풍경이 벌어졌다.

"내가 준비 다 할 수 있다니까. 선배는 그냥 구경만 해요. 진짜 카리브 해, 선상, 석양, 다 해준다니까."

"싫어."

"왜? 뭐가 마음에 안 드는데?"

"이번 사건 끝내면 한다니까?"

"결혼하고 끝내면 되잖아."

"끝내고 결혼할래."

"선배. 박 선배! 야, 박혜수!"

"어? 강주 지금 나한테 화내는 거야? 나 놀라라고? 나 놀라면 어떻게 될까?"

　"어어, 미안해요. 내가 잘못했어."

　"빨리 우리 아기한테 빌어."

　"미안해. 아빠가 잘못했어."

　혜수의 배를 만지는 강주를 보면서 도진이 한껏 인상을 썼다.

　"알았어. 내가 도와줄게요."

　"뭘?"

　"그 사건 내가 해결해준다고. 내가 오늘부터 밤새워서라도 해결해줄게. 내가 해결하면 진짜 다른 말 하지 마요."

　"와, 우리 강주 믿음직해."

　두 사람이 함께 휴게실을 빠져나갔다. 아인은 강주가 어찌 청혼했는지 자랑하며, 앞으로 한 달은 강주를 실컷 놀려먹을 거라고 씨익 웃던 혜수의 모습을 떠올리곤 쿡쿡 웃었다. 그러다 도진의 따가운 시선을 느껴 웃기를 멈췄다.

　"왜 그러세요?"

　"아니다."

　종이컵을 구겨서 버리더니 제 방으로 사라져 버렸다. 아인도 곧 제 방으로 돌아갔다.

　증거 조사 차원에서 사건 현장 주변의 감시카메라 녹화 내용을 살펴봐야 했다. 어렵지는 않지만 꽤 시간이 걸리고 지루한 일이라 차일피일 미루다가 이번 주말에 도진의 집에서 함께 확인하기로 했다. 그럼 데이트도 되고 일도 해결이니 일석이조라 생각하면서, 아인은 즐거운 발걸음을 옮겼다.

도진의 집에 도착해 함께 녹화 내용을 확인하던 중, 초인종이 울렸다. 누가 왔나 살펴보니 혜수였다. 도진은 못마땅한 표정으로 문을 열어주었다.

혜수는 도진을 향해 후후훗 사악하게 웃었다. 강주가 제 사건을 대신 해결하느라 바빠서 자기네들은 전화할 시간도 없는 마당에, 다른 커플이 알콩달콩 노는 꼴은 가만히 눈 뜨고 못 보겠다며 오늘 막내가 여기 온단 소리 듣고는 굳이 찾아왔단다. 그러면서 아인과 도진의 사이에 당당하게 자리를 잡고 앉았다.

"확인한다는 CCTV가 이거구나. 나 이런 거 잘하는데. 내가 도와줄게."

"네 거나 스스로 하지."

도진이 누가 봐도 시비 거는 게 분명한 말투로 말했다. 혜수는 간단하게 무시하고 리모컨을 꾹꾹 눌렀다. 그러면서 아인을 향해 나만 믿으라며 씩 웃어 보였다.

"배고프다."

아인이 지친 목소리로 말했다. 그러자 혜수가 도진을 휙 쳐다보았다.

"뭐 해? 배고프시다잖아."

도진은 자리에서 일어섰다. 그러면서 주방으로 걸어갔다.

"먹고 싶은 거 있냐?"

아인을 향해 물었건만.

"간장으로 양념한 닭요리 부탁해요. 맵게 하지 마시고요. 간도 너무 진하면 안 돼요. 야채 많이 넣으시고요. 당근은 꽃 모양으로 잘라주세요. 꽃 모양은 중요해요. 알겠죠?"

혜수가 냉큼 대답하곤 아인을 향해 어떠냐고 물었다.

"꽃 모양은 중요해요."

아인이 놀리듯 맞장구를 쳤다. 그러곤 혜수를 향해 웃어 보였다. 도진은 만족한 듯 서로를 향해 웃는 두 여자를 보다가 지갑을 챙겨 주머니에 넣었다. 그러고는 집 밖으로 빠져나갔다.

혜수는 밥 먹을 때까지는 쉬자고 말하며 화면을 정지시켰다. 그러고는 몸을 뒤로 쭉 늘어뜨리며 배에 양손을 올렸다.

"몸이 힘들다거나 그러진 않으세요?"

"괜찮아. 그나저나 심심하다."

"녹화된 거나 다시 볼까요?"

"내가 권도진도 아니고 심심하다고 일하고 싶진 않아. 그나저나 권도진, 막내가 배고프다니까 벌떡 일어서네?"

아인이 뿌듯한 표정을 지었다.

"다른 것도 시켜 보자. 하나 안 하나. 뭘 시키지?"

혜수는 옆에 놓인 깨끗한 종이와 펜을 끌어오더니 진지하게 고민하기 시작했다.

"평소에 권도진한테 시켜보고 싶은 거라던가 그런 거 없어?"

"네? 음……."

"웃는 거? 웃었으면 좋겠어?"

혜수가 장난스런 표정으로 물었다. 아인은 지난번 술자리에서 제가 했던 행동을 떠올리며 창피한 표정을 지었다.

"잘됐다. 이참에 이놈한테 원하는 거 다 적자. 그런 거 있지, 눈 쭉쭉 찢고 나가, 이러는 거. 이런 거 하지 말라고 해. 오, 좋다.

적어."

"아! 뭐 먹고 싶으시냐고 물으면 그냥 밥, 이러는 거요. 그거 진짜 메뉴 정하기 힘들거든요!"

"맞아. 그놈 그래. 강주도 그거 때문에 밥 총무 할 때 얼마나 고생했는데. 보자, 어떤 밥인지 정확하게 말한다……. 그건 어때? 권도진 만날 막내한테 야, 야, 이렇게 부르잖아."

"어? 맞아요. 아시네요."

"애칭으로 부르라고 그래."

애칭이라니 순간 예전에 도진이 무심한 표정 그대로 저를 공주님이라 부르던 때가 떠올랐다. 순간 우스우면서도 얼굴이 화끈거려 아인은 저도 모르게 손으로 얼굴을 마구 식혔다.

"애칭은 됐어요. 애칭은 됐어요!"

"아니야! 있어야 돼."

"제가 싫어요! 창피해요."

"에이, 그래도 애인 사이에 애칭은 기본이지."

"그럼 애칭 말고 이름……."

"이름?"

"음, 선배님이 제 이름 잘 안 불러주시거든요. 항상은 아니지만 가끔은 이름 불러주셨으면 좋겠는데."

이인이 설렘이 담긴 표정으로 말했다. 그러자 혜수가 재미있다는 듯 웃으며 정리해서 적었다.

"그럼 적어도 일주에 한 번은 성명, 괄호 치고 혹은 애칭으로 불러준다."

"애칭은 지우세요!"

"볼펜이라 못 지우지롱."

혜수는 장난스럽게 말하고는 애칭 위에 동그라미와 별표까지 마구 그렸다.

그 후 한참이나 더 수다를 떨며 시간을 보내다가 혜수가 갑자기 휴대폰을 꺼내 전화를 받았다.

"여보세요? 응. 응. 어? 정말? 진짜 다 끝냈어? 우와, 김강주 대단하다. 최고야!"

전화를 끊더니 아인을 향해 못 믿겠다는 표정을 지어 보였다.

"일 다 했나 봐. 진짜 밤새워서 일했나 보네."

마침 도진이 돌아왔다.

"권도진! 나 간다! 막내한테 요리 맛있게 해줘!"

혜수는 신 나는 목소리로 말하더니 순식간에 밖으로 나가 버렸다. 아인은 바람 같은 그녀를 보면서 허허 웃다가 도진에게로 시선을 옮겼다.

"식사도 안 하고 그냥 가셨네."

아무래도 사람이 들어차 있다가 갑자기 비어버리니 허무한 느낌이 들었다. 아인은 식탁 위에 짐을 풀어놓는 도진을 보다가 슬금슬금 다가갔다.

"그냥 우리 둘이서만 먹을까요? 제가 야채 씻을게요!"

아인은 도진의 손에서 양파를 집어 들고선 싱크대로 향했다. 그리고 양파의 껍질을 손으로 한 겹씩 벗겨냈다.

아인은 흐르는 물에 양파를 뽀독뽀독 소리가 나게 씻은 후 양파를 이리저리 둘러보았다. 껍질을 벗겨놓으니 매끈매끈 보기 좋다. 매번 느끼는 거지만 양파는 참 귀엽게 생겼다.

양파를 보며 생글생글 웃는 중에 뒤에서 도진이 다가와 허리를 껴안는 걸 느꼈다. 아인은 순간 당황했다가 따뜻한 느낌이 좋아 빙그레 미소를 지었다.

편안하고 부드럽다. 이대로라면 서서 잠들 수도 있을 것 같아. 아인이 도진에게 살짝 기대듯 몸에 힘을 빼자 도진은 아인의 어깨에 얼굴을 묻으며 조금 더 밀착해왔다. 한층 더 따뜻해졌다. 아인은 스르르 눈을 감았다.

나 이대로 녹아내리는 건 아닐까.

그리 생각할 때.

할짝.

감기던 아인의 눈이 순식간에 휘둥그레졌다. 도진은 굳은 아인의 몸을 조금 더 세게 끌어안으며 제 입과 그녀의 목 사이를 가로막은 머리카락을 입술로 쓸어냈다. 그러면서 또 한 번 그녀의 목을 살짝 핥았다.

"저, 선배님……."

도진의 입술이 귀 아래부터 턱을 타고 점점 앞으로 다가왔다. 어느새 도진의 얼굴이 눈앞에 있었다. 그가 돌아온 건지, 제가 돌아선 건지도 모르겠다.

그의 숨결이 지나간 살결이 온통 곤두서며 묘한 감각을 일으켰다.

기분이 이상하다. 어깨를 움찔거리자 도진의 입술이 입술에 와 닿았다. 아인은 오히려 키스가 편하다고 느끼며 슬며시 긴장을 늦추었다.

그러자마자 도진이 손가락으로 귀를 건드렸다. 아인은 좀 전과 똑같은 묘한 느낌에 몸을 잔뜩 웅크렸다.

편하다고 생각했던 키스조차 점차 불편해진다. 그가 닿아 있는 모든 곳, 귀와 입술, 허리, 다리, 그리고 눈빛, 모든 게 강하고 찌릿하게 저를 찔러 왔다. 아인은 눈을 감지 못하고 떨리는 눈동자로 그를 마주 보았다.

지금 이 사람, 평소와 달라. 다르다.

평소보다 굶주린 느낌. 아니, 언제나 굶주린 느낌이긴 했다.

다만.

평소엔 조금 더 단정한 느낌이라면 지금은 단추를 모두 풀어버린 느낌.

조금 더 깊게, 강하게 다가온다. 아인은 어느새 제 등이 바닥에 닿아 있다는 걸 깨닫고는 눈을 질끈 감았다. 그러다 허리를 잡고 있던 도진의 손이 옷을 들어 올려 맨살을 건드리는 순간 저도 모르게 소리쳤다.

"저는 적어도! 여기서는 안 된다고 생각해요!"

도진이 살짝 떨어져 저를 내려다보았다. 아인은 뜨거운 얼굴로 그를 마주하며 두서없이 변명하기 시작했다.

"그, 그러니까…… 주방에서 그러는 건! 아무래도 첫…… 그러니까 첫키스도 노래방이라고 하면 왠지……. 하여튼 그게, 그런 건데……!"

도진이 아인을 번쩍 안아 들었다. 아인은 말하던 것도 잊고 깜짝 놀라 그에게 매달렸다. 선배님! 하고 외칠 여력조차 없었다.

그녀는 이미 도진의 방 안에 들어와 있었다. 문밖에서 훔쳐보듯 볼 수밖에 없었던 그의 침실 안, 그것도 가장 눈길 주기 힘들었던 침대 위에 자신이 누워 있었다.

발끝에 감겨오는 이불조차 감각을 곤두서게 한다. 제 위에서 저를 내려다보는 도진의 진지한 표정을 보면서 아인은 마른침을 계속해서 삼켰다.

저에게로 뻗은 도진의 머리카락이 점차 다가왔다. 머리카락의 끝이 결국 얼굴을 건드렸다. 아인은 마음의 준비를 하듯 눈을 꾹 감았다.

도진의 입술에서 입술로, 옅은 열기가 전해져 왔다. 침착하게 그 열기를 받아내고 있을 때, 곧 도진의 몸이 제 몸을 지그시 누르는 게 느껴졌다. 그와 함께 간신히 유지하던 침착함이 사라지기 시작했다.

분명 포근하다고 여겼던 침대인데 이제 포근함 따윈 느껴지지도 않는다. 온통 도진의 전신이 저에게 닿아 있다는 것만 의식되어 호흡조차 뻣뻣했다.

그가 조금만 움직여도, 그에 조금만 건드려도, 세차게 들끓고 부푼다. 아인은 점점 새하얗게 질려가며 언뜻 두려움마저 느꼈다.

어떻게 하지, 나 어떻게 해야 하지?

나 할 수 있는 걸까? 나, 마음의 준비가 된 걸까?

곧 도진의 입술이 떨어졌다. 아인이 자유로워진 입술 밖으로 부푼 가슴을 조금씩 뱉어내고 있을 때, 도진의 젖은 입술이 그녀의 턱을 타고 올라가 그녀의 귓불에 닿았다.

귓속에 그의 고르지 못한 숨결이 스민다. 그에 머릿속이 온통 새하얘, 안 되겠다며 결국 입술을 달싹거리는 순간이었다.

"사랑해……."

도진의 숨결을 타고 귀를 찌른 목소리에 달싹이던 아인의 입술
이 멈춰버렸다. 저도 모르게 반달을 그리며 웃어버렸다. 아인은
행복감이 치솟는 걸 느끼며 도진에게 폭 안겨 들었다.

아찔하고, 설레고, 무섭지만, 무엇보다도…… 따뜻하다.

"저도 사랑해요……."

따뜻한걸. 좋은걸.

내가 뭘 해내야 하는 게 아니잖아.

그냥 이 사람이랑 이렇게, 같이 있는 거잖아.

"세상에서 네가 제일 예뻐."

귀에서 입술로 돌아온 그가 머금은 말. 아인은 받아 마시듯 그
의 입술에 제 입술을 가져다 댔다.

"선배님은 두 번째로 예뻐요."

도진은 두 눈에 따스함을 가득 담아 그녀의 온 얼굴을 어루만
졌다. 그에 달궈진 듯 아인의 얼굴이 장밋빛으로 물들자, 도진은
눈동자를 살짝 흔들며 다시 그녀의 입술을 품었다.

그녀의 턱을 쪼면서, 그녀의 목덜미에 제 얼굴을 파묻으면서,
언제나 닿고 싶었던 그녀의 쇄골 아래 하얀 피부에 자국을 남기면
서, 그는 그녀를 감춘 셔츠의 단추를 뜯듯이 모조리 열었다.

"벗겨줘."

그러면서 은밀히 요구하자 아인이 감고 있던 눈을 슬며시 열었
다. 그녀는 좀 전보다 얼굴을 더욱 붉히더니 결심한 듯 도진에게
로 팔을 뻗었다.

상의를 벗겨내자 그의 단단한 맨몸이 드러났다. 아인은 심장이

끓는 기분을 느끼며 숨을 삼키다가 문득 도진의 옆구리에 새겨진 이질적인 피부 결을 발견하곤 눈꼬리를 아래로 떨어뜨렸다.

아직도 육종호에게 맞은 칼자국이 남아 있었다. 아인은 흉터로 손을 가져가 손가락으로 그 위를 섬세하게 쓸었다.

"아프겠다……."

아프진 않지만 그녀의 손길이 자신의 맨몸에 와 닿는 느낌이 좋다. 도진은 일부러 대답하지 않고 그녀가 조금 더 자신을 어루만지도록 내버려두었다.

아인은 흉터를 제 손바닥으로 감싸면서 도진을 처연하게 올려다보았다.

늘 강하고 단단한 사람 같지만.

그 속엔 이런 흉터가 많겠지.

보듬어주고 싶어.

그녀는 용기를 내어 그의 벨트에도 손을 가져갔다. 긴장과 함께 버클을 풀고 지퍼까지 내려준 후, 도진을 안아주겠다는 듯 팔을 뻗었다.

도진은 화답하듯 그녀에게 다가가 자신을 파묻었다.

조심스럽게, 소중하게, 천천히.

가슴을 태우는 뜨거운 불길이 밖으로 일시에 새어 나오지 못하도록 자제하며, 다부진 손을 움직였다.

"아."

그러다 속옷 안에 감추어두었던 봉긋한 여성의 상징을 밖으로 터트리자 아인의 입에서 기어이 탄성 섞인 신음이 흘렀다. 그녀는 부끄러운 듯 어깨를 잔뜩 움츠리며 허리를 뒤틀었다.

그 모습에 순식간에 불기둥이 치솟는 걸 느끼면서, 도진은 이제껏 의식적으로 붙들고 있던 자제력을 일시에 놓아버렸다.

도진의 따스함이 뜨거움으로 변해 아인을 자욱하게 덮었다.

아인의 머리칼을 다정하게 쓸던 손길이 어느덧 거친 남자의 손아귀가 되어 그녀의 뒷머리를 움켜쥐었다.

부드럽던 입술이 이젠 물어뜯을 듯 삼킬 듯 그녀의 전신을 드러내 헤집었다.

흔들리던 눈동자는 더는 없이, 단호한 의욕을 담은 그의 깊은 눈이 그녀의 온 신체를 제 것으로 만들었다.

도진에게 덩달아 뜨거워지며 아인은 여린 숨소리를 뱉어냈다.

"하아."

그의 손가락이 만들어내는 길을 따라 또 한 번 그녀의 등줄기에 불꽃이 작열했다. 아인은 여리게만 뱉던 숨소리에 저도 모르게 신음을 섞어 뱉다가 창피함에 입술을 깨물었다. 그러자 도진이 다시 그녀에게 입술을 맞붙여 키스를 갈구해왔다.

수없이 반복되는 키스에 정신이 아득했다.

지나치게 뜨거운 도진이 낯설다. 지나치게 뜨거운 자신도 낯설다.

지금이라도 도망치고 싶은 마음이 샘솟지만, 남들은 절대 모를 낯선 도진을 완벽하게 소유하고 싶다는 욕구가 그녀를 오히려 그에게 매달리게 했다. 아인은 자신의 젖가슴 근처에서 아슬아슬하게 맴도는 그의 머리 뒤로 바들바들 떨리는 팔을 뻗어, 그를 당기듯 감쌌다.

도진은 기쁜 듯이 그녀의 허리를 꽉 끌어안으며 주변을 맴돌던 제 입술을 목적지로 보냈다. 그녀의 가슴 위에 볼록하게 솟은 작은 돌기가 그의 입술을 치고 들어와, 마치 그의 입안을 다 채울 듯 그의 혀에 어울렸다.

이제껏 느껴본 적 없는 자극에 아인의 팔이 더 크게 떨렸다. 그녀는 부끄러운 기쁨을 느끼며 그의 머리를 쥔 손에 힘을 강하게 주었다.

도진은 마치 아이처럼 그녀에게 파묻혀 그녀의 젖가슴을 아플 정도로 빨아들이며 그녀의 숨소리를 짜냈다. 그러면서 손으론 그녀의 등허리에서 엉덩이로 떨어지는 굴곡을 쓸며 도톰하게 솟은 둔부를 움켜쥐었다.

"귀엽다."

웃음기 없는 목소리가 진지하게 아인의 귀에 닿았다. 그에 아인은 용기를 내어 눈을 떠보았다.

"서, 선배님도……."

도진의 촉촉하게 젖은 입술이 눈에 들어왔다. 아인은 더 용기를 내며 그의 입술에 쪽 소리 나게 입을 맞추고 돌아왔다.

"선배님도 귀여워요. 하아!"

아인의 말이 채 떨어질 틈도 없이 도진의 입술이 그녀의 가슴 아래 명치를 따라 기었다. 그의 머리칼이 그녀의 상체를 온통 간질이며 어지럽혔다.

그는 그녀의 온몸에 제 손길과 입술이 지나도록 만들었다. 그녀의 전신에 지칠 정도로 자신을 새긴 후 도진은 그녀의 깊은 살갗에 손을 가져갔다.

아인의 심장이 미친 듯이 뛰었다.

이보다 더 뛸 순 없을 거라 생각했던 걸 비웃기라도 하듯 터질 듯이 뛰었다. 아인은 호흡을 마구 흩트리며 허벅지 안쪽을 달리는 도진의 손을 느꼈다.

"아!"

조심스럽게 움직이던 그의 손가락이 순식간에 여린 살갗 안으로 파고들면서 그녀의 고통을 자아냈다. 아인은 어쩔 줄을 모르고 도진에게 굳은 채 매달려 있다가, 그의 달래는 듯한 손길을 따라 몸을 이완시켰다.

"아플 거야."

도진의 다정한 경고에 아인은 각오하듯 눈을 감았다.

도진은 그녀의 허리를 자신의 가까이 밀착시키며 질리지 않는 키스를 연신 퍼부었다.

"아!"

아인의 낮은 비명과 함께 그가 그녀의 가장 여린 곳으로 들어섰다.

들어설 땐 그나마 조심스럽던 도진이 곧 모든 자제심을 풀고 아인의 안에서 난폭할 정도로 움직이기 시작했다. 아인은 그의 움직임에 따라 몸을 들썩거리며 아픈 듯 눈물을 짜냈다.

도진은 그 눈물 위에 모조리 입술을 떨어뜨리며 그녀에게 속삭였다.

"미안."

그러면서도 그녀를 놓아주지 않고 오히려 더더욱 억압하여 세게 끌어안았다. 부술 듯이 품고는 그녀의 가장 깊은 곳에 자신을 각인시켰다.

"아아."

아프다.

하지만 발톱 끝까지 전율이 인다. 정체 모를 달콤함이 그녀의 심장을 온통 지배해 그녀를 예외 없이 도진에게 구속시켰다.

"미안. 그래도 버텨."

도진의 강압적인 말이 아인의 가슴을 저릿하게 훑었다. 아인은 아찔함에 눈을 질끈 감으며 그의 말에 긍정하듯 그를 꼭 잡았다.

자신의 안에 들어온 이질적인 도진이 무섭다, 아프다.

하지만 무섭도록 달콤하다.

도진의 입술이 그녀의 가슴에 빨간 자국을 냈다.

그의 숨결이 그녀의 심장까지도 파고들어 자신을 새긴다.

자신에게 더 깊게 새겨달라고, 더 진하게 새겨달라고.

아인은 심장 세포의 온 떨림과 쿵쾅거림을 도진에게 온전히 내맡긴다.

아인은 천천히 눈을 뜨며 아직도 열기가 맴도는 제 가슴 아래쪽 배 위를 손으로 쓸었다. 그러다 도진이 저를 빤히 내려다보고 있다는 걸 깨닫고는 얼굴을 붉혔다.

"왜, 왜요…… 보지 마세요."

필사적으로 이불을 끌어다 몸을 덮었다. 도진은 피식 웃더니 그녀의 몸 아래로 내려와 옆자리에 누웠다. 아인은 어색하고 부끄러운 기분에 이불로 제 몸을 꽉 가린 채 천장만 보다가, 눈동자만 또르르 돌려 도진의 얼굴을 보았다. 도진이 옆에 누워서도 저를 빤히 보고 있었다.

아인은 흠흠, 하고 헛기침을 하며 이불을 더 많이 당겨왔다.

으으, 너무 긴장해서 그런가, 고작 이불 당기는 힘을 줬을 뿐인데도 허리와 다리가 아픈 느낌이다. 아인은 그래도 포기하지 않고 계속해서 이불을 당기고 또 당겨 제 몸을 자꾸만 숨겼다.

"으악!"

그러다 또 도진을 힐끗 보고선 기겁하며 눈을 치웠다. 이불을 제가 다 끌어오는 바람에 도진이 그야말로 실오라기 하나 없이 맨몸이었기 때문이다.

"선배님 옷 입으세요, 빨리! 빨리요!"

"내 이불 다 가져갈 땐 언제고."

"빨리요! 빨리 옷 입으세요, 빨리요!"

눈을 질끈 감고 떼를 썼다. 그러다 도진이 슬금슬금 일어나 움직이는 걸 느끼고는 숨을 죽였다.

지퍼 올라가는 소리가 들려오고 나서야 눈을 떠보았다. 도진이 벗어두었던 청바지를 몸에 걸친 상태였다. 아인은 안도하며 그제야 편안한 눈길로 그를 보았다.

음, 근데 상의는 안 입으시나, 그리 생각하는데 도진이 갑자기 방 밖으로 걸어 나갔다.

"어어?"

한데 그냥 나가질 않고 침대 밑에 널브러져 있던 아인의 옷가지들을 발로 슬슬 끌며 간다.

"서, 선배님!"

아인이 처절하게 불러봐도 못 들은 척하며 문 바깥까지 옷을 치워버렸다. 아인은 팔을 내밀어 발발 떨다가 도진이 저를 보고 씩 웃자 얼른 팔을 다시 이불 속으로 숨기며 울상을 지었다.

옷은 주고 가! 하고 소리쳐보고 싶지만 도진은 이미 사라진 이후였다. 아인은 이불 속에 꼭꼭 숨은 채 갈등하기 시작했다.

어쩌지…… 가서 옷을 가져올까?

지금 도진이 방 안에 없으니 기회는 지금뿐이었다. 그가 돌아오기 전에 옷을 입어야 하는데, 그렇다고 저기까지 갔다가 도진한테 들키면?

어이쿠. 아인은 고개를 휙휙 내젓고는 초조한 눈빛을 띠었다. 어쩌지, 어쩌지, 한참 고민하던 그녀는 이불이 있다는 걸 깨닫고는 이불로 몸을 둘둘 만 채 침대 아래로 내려섰다.

"아으……."

바닥을 딛고 섰더니 통증이 저릿하게 올라온다. 아인은 허리를 짚은 채 입술을 깨물었다가 살금살금 움직이기 시작했다.

"이게 뭐냐?"

"엄마!"

그러다 예기치 못한 순간에 돌아온 도진에게 놀라 아인은 이불에 걸려 넘어지고 말았다. 요즘 들어 더 잘 넘어지는 것 같다. 이불이 거추장스러워 걸으면서 내심 불안하긴 했었지만.

그래도 이불을 감은 채 무너져서 다행이다. 아인은 굼벵이처럼 누운 상태에서 도진을 올려다보았다.

도진의 손에 흰 종이가 들려 있었다. 저게 뭐지, 하고 고개를 갸웃거리던 그녀는 한참 후에야 그게 조금 전 혜수와 함께 낙서한 종이란 걸 깨닫고는 화들짝 놀랐다.

"선배님, 그거 주세요! 얼른 주세요!"

"밥 메뉴 정하는 건 힘든데."

당장 일어나서 뺏고 싶은데 여기서 잘못 움직였다간 스트립쇼다. 아인은 고개만 마구 내저었다.

"얼른 주세요. 보지 마세요!"

"애칭…… 흠, 뭐라고 부르면 되는데?"

"됐어요!"

도진은 잠시 거실로 가 종이와 펜을 챙기더니 꿈틀거리는 아인에게로 다가갔다. 그러더니 바닥에 엎어진 그녀의 옆에 저도 똑같이 엎드렸다.

"하려면 제대로 해야지."

"네?"

"바라는 거 다 말해."

"말하면 들어주시는 거예요?"

"보고."

"음, 그러면……."

잠깐 눈치를 살피다가 과감하게 입을 열었다.

"자주 웃어주세요."

도진은 아인을 물끄러미 보더니 종이에 숫자 1을 적었다. 그러더니 그 옆에 '자주 웃어주기'라고 썼다.

"자주의 기준은?"

"음, 평균으로……."

언제나 항상 1초 단위로! 하고 외치고 싶지만 씨알도 안 먹힐 것 같고……. 하루에 한 번도 무리겠지? 사나흘에 한 번…… 너무 욕심이겠지?

"일주일에 한 번?"

떨리는 마음으로 조심스럽게 뱉었다. 사실 열흘 정도에서 흥정 볼 줄 알고 일부러 세게 일주일을 불렀건만! 도진이 순순히 일주일이라 받아 적는다.

"아니! 닷새에 한 번!"

"이미 일주일이라고 했잖아."

아, 이럴 줄 알았으면 진작 닷새 부를걸.

"대신 크게 웃어주셔야 돼요. 알겠죠?"

"어떻게? 이렇게?"

도진이 아인을 빤히 쳐다보더니 입꼬리를 쓱 올렸다. 아인은 한숨을 뱉었다.

"모르시나 봐요…… 사람들은 그런 걸 썩은 미소라고 해요. 그렇게 웃으실 거면 그냥 웃지 마세요."

썩은 미소는 안 된다, 그리 받아 적더니 아인을 보았다.

"다른 건?"

"아, 이건 좀 부끄러운데."

아인이 제 말을 증명이라도 하듯 얼굴을 발그레하게 붉히더니 도진에게서 시선을 거두었다.

"이름으로 불러주세요. 야, 하지 마시고……."

이, 떨린다. 너무 떨린다.

"아인아…… 이렇게."

기대가 가득 담긴 눈빛으로 눈꺼풀을 살짝 들어 올려 도진을 바라보았다. 도진은 아인을 빤히 바라보더니 일순간 입을 벙긋거렸다.

"아인아."

두근두근. 아인은 순식간에 홀린 표정으로 도진을 보았다.

"아인아."

이번에는 도진이 미소까지 곁들여 이름을 불러주었다. 아인은 아, 하는 탄성마저 뱉으며 그를 지그시 바라보았다.

"별로 안 어렵네."

종이에 적는다. 아인은 행복이 목 끝까지 차오르는 걸 느끼며 이불 속에서 데구르르 굴렀다.

"다른 건?"

설렘에 가득 물들어 그에게 바라는 걸 고르고 또 골랐다. 진심을 담아 그에게 진심으로 바라는 것들을 말하면, 도진은 받아 적는다.

한참 후, 아인은 도진의 깔끔한 글씨체로 가득 찬 종이를 들어보고는 배시시 웃었다.

"무슨 계약서 같다. 그렇죠?"

살포시 웃던 그녀는 일순간 인상을 썼다. 그러더니 끄응 하는 신음을 흘렸다. 도진이 의아하게 쳐다보자 아인은 심각한 표정으로 입을 열었다.

"계약은 말이에요, 한쪽이 파기하면 끝이잖아요. 계약보다 조금 더 강하고, 무조건 지킬 수밖에 없는 그런 게 좋은데."

아인은 손가락으로 바닥을 딱딱 치며 고민을 하기 시작했다. 도진은 턱을 괴고 그녀의 행동을 지켜보았다. 그러다가 아인이 갑자기 눈을 번쩍 떴다.

"법!"

"법?"

"법만큼 강제적인 게 어디 있어요! 선배님, 이거 법이에요! 무조건 지켜야 돼요? 검사가 법 안 지키면 진짜 안 되는 거 아시죠?"

"음, 법⋯⋯."

아인은 도진의 손에서 만년필을 빼앗아 들었다. 그러더니 한층 더 뺨을 붉게 물들이며 종이의 맨 윗부분에 만년필을 가져갔다.

도진의 눈치를 살살 보더니 푸흣, 하고 웃으며 글씨를 쓰기 시작했다. 도진은 그녀가 무어라 쓰나 살펴보았다.

⟨사랑에 관한 특별법⟩

"이건 법. 선배님은 법을 수호하는 검사. 좋다."

정말 좋은가 보다. 얼굴에서 웃음이 떠나질 않는다.

"사랑에 관한 특별법, 제1조, 자주 웃어주기⋯⋯. 어? 안 되겠다. 1조는 다른 걸로 바꿔야겠다."

"뭘로?"

"제1조, 권도진은 평생 김아인의 것이다."

"으음."

"싫으세요?"

내가 너무 오버했나, 그리 생각하며 은근히 민망해할 때 도진의 차분한 목소리가 들려왔다.

"김아인도 권도진 것이다 적어. 공평하게 해."

아인은 입술을 깨물어 웃으며 1조의 내용을 수정했다.

"나머지는 숫자 하나씩 다 미뤄야겠다. 저한테 바라는 건 없으세요?"

"있어."

"뭔데요?"

"다른 남자랑 놀지 마."

뭐, 그 정도야.

"동료랑 어울리는 건 봐주실 거죠?"

"얼마나 어울릴 건데?"

"그냥 강주 선배님 정도."

"안 돼."

세부 항목이 한참 따라온다.

이 양반, 은근히 치사한 데가 있는 양반이었군?

그래도 뭐, 저 정도는 할 수 있다. 아인은 씩 웃으며 자신만만한 표정으로 도진을 보았다.

"이게 다예요? 다른 건 없으세요?"

"있어."

"뭔데요?"

"알몸으로 나 유혹해라."

정적.

북극과 같은 한파.

얼음이 되어버린 그녀를 무시하고 도진은 이미 항목으로 적고 있었다.

"그걸 어떻게 해요!"

"왜 못 해."

"전 못 해요!"

"난 다 해주는데."

말문이 막혔다. 아인은 당황해 입만 벙긋거리다가 다시 고개를 저었다.

"제가 할머니 되면 어쩔 거예요! 제가 나이 구십 먹고 그럴 순 없잖아요!"

"뭐, 어때."

"진짜 할머니 돼서는 못 해요!"

"그럼 젊을 때는 된다는 말이네. 좋아. 칠순까지로 하자."

"선배님!"

"팔순?"

"화, 환갑!"

"그래. 환갑 때까지 내가 원할 때마다."

"예? 그건 너무 불공평해요."

"그럼 일주일에 한 번 내가 원할 때마다."

"무슨 일주일은…… 뭔 일주일마다!"

"그럼 이 주."

"이 주도 좀."

"삼 주. 더는 안 돼."

"한 달! 한 달……."

도진이 군말 없이 한 달이라 적는다.

나 왜 이렇게 자꾸 낚이는 기분이지?

그래도 뭐…… 내가 원하는 건 다 들어줬으니까. 유혹은 뭐…… 닥치면 고민하자. 안 시킬 수도 있으니까. 월차도 쓰기 싫은 사람은 안 쓰잖아.

아인은 도진을 쿡쿡 찔렀다. 새 종이 좀 가져오라 요구하고선, 깨끗한 흰 종이에 최종적으로 깔끔하게 법령을 정리해서 적었다.

"와, 다 됐다. 이거 지금부터 시행하는 거예요!"

행복한 표정으로 종이에 입김을 후 불자마자 이불 속으로 손이 쓱 들어왔다. 아인은 화들짝 놀라며 눈을 키웠다.

"그럼 지금 해봐."

"예?"

"유혹. 해보라고."

"그런 게 어디 있어요? 저 못 해요. 저 못 해요! 아직 마음의 준비가!"

"그럼 이번만 특별히 내가 해줄게."

으악!

"선배님…… 선배님! 제가 싫다는데 이러시면 범죄예요!"

도진이 아인의 위에 올라탄 채 피식 웃었다.

"신고해. 난 어차피 강제추행범으로 조사받은 전력도 있는데."

하하하, 이 사람, 이렇게 손에 힘 빠지게 만드나…….

이불…… 내 이불!

"우리도 애 하나 낳자."

"으앗!"

이불이 펄럭이며 두 사람을 덮었다. 그와 함께 날린 깔끔한 종이가 바람에 하늘하늘 날리다 내려앉았다.

〈사랑에 관한 특별법〉

-제1장 총강
  제1조 권도진과 김아인은 평생 서로의 것이다.
-제2장 권도진
  제2조 일주일에 한 번은 꼭 웃어준다. 썩은 미소는 안 된다.
  제3조 김아인을 이름으로 불러준다.
-제3장 김아인
  제4조
  ① 동료 외에 남자와 어울리지 않는다.
  ② 다른 남자와 손도 스치지 않는다.
  ③ 다른 남자 칭찬하지 않는다.
  ④ 다른 남자 앞에서 취할 정도로 술 마시지 않는다.
  제5조 환갑이 될 때까지 한 달에 한 번 권도진이 원할 때 알몸
으로 유혹을 한다.
-제4장 서로에게
  제6조 하루에 한 번은 꼭 연락하기
  제7조 기념일은 잊지 않고 챙기기
  제8조 혼자 아파하지 않기
  제9조 비밀 없기

-부칙
  이 법은 죽을 때까지 시행한다.

9부_ 제1장 제1조

　"아유, 요샌 결혼식장들이 너무 예쁘다."

　엄마가 남녀 주인공의 결혼식이 한창인 드라마를 보며 감탄을
했다.

　"우리 때랑 별로 다를 것도 없는데?"

　"남자들이 저렇다."

　아빠가 말하자 엄마가 아인의 동의를 구하듯 혀를 차 보였다.
아인은 귤을 까며 배시시 웃기만 했다.

　"다를 게 없긴 뭐가 없어? 저거 꽃 장식 해놓은 거 좀 봐봐. 우
리 때 저런 게 어디 있었어?"

　"꽃이 무슨 소용인가. 신부만 이쁘면 됐지. 우리 마나님이 꽃
보다 이뻤으니 그걸로 됐네요."

　"아이구, 또 할 말 없으니까 낯간지러운 소리 하는 거봐."

"거 괜히 싫은 척하지 말고 가서 귤이나 더 가져와."

"그만 먹어. 당신이 다 먹어서 아인인 몇 개 쥐어 보지도 못했잖아."

"쟤가 안 먹는 것처럼 보여도 몰래몰래 잘 먹어. 딸내미만 챙기지 말고 더 가져와 봐. 요거 귤이 참 말랑말랑하니 달고 좋네."

"으이그! 당신이 갖다 자셔."

결국 엄마의 허락이 떨어졌다. 아빠는 그럼 그럴까 하며 신이 나는 몸짓으로 움직였다.

잠시 후 아빠가 귤을 박스째 가지고 돌아왔지만 엄마는 드라마에 빠져서 눈치채지 못했다. 아빠는 아인을 향해 검지를 입에 가져가 보였다. 아인은 아빠의 편이 되어 몰래 쿡쿡 웃으며 아빠의 범행에 동참했다.

"이 양반이!"

엄마는 드라마가 끝나고 나서야 박스를 발견하고 발끈했다. 박스 안에는 동그랗게 생존한 귤보다 장렬하게 전사하여 껍질만 남은 귤들이 훨씬 더 많았다. 엄마는 결국 체념하고 그냥 다 먹어버리라며 자신도 박스째 먹기에 동참했다.

"우리 아인이도 이제 슬슬 결혼준비 해야 하지 않나?"

세 식구가 귤 박스 주변에 도란도란 둘러앉아 수다를 떨던 중, 엄마가 아인의 결혼을 화제로 꺼냈다.

"나? 에이, 내가 무슨 결혼이야?"

아인은 귀가 쫑긋 서면서도 왠지 쑥스러운 기분이 들어 엄마의 말에 손사래를 쳤다.

"왜? 나이 찼겠다, 남자 있겠다. 결혼해야지."

"아니야. 결혼 안 해."

"결혼 안 해? 야, 너 그러는 거 아니야. 결혼도 안 할 거면서 왜 혼기 다 찬 남자를 잡고 있어? 너 남자 하나 갖고 노는 거야, 뭐야?"

"응? 그, 그런 게 아니라⋯⋯."

"여보! 당신 딸 나쁜 년이네."

"그러네."

"그게 아니고!"

"그게 아니면 뭐? 권 서방이 너랑은 결혼 안 한대? 야! 권 서방이 너 갖고 노는 거야? 여보! 권 서방 나쁜 놈이네."

"그렇지. 그건 내가 진작 알고 있었지."

엄마랑 아빠는 도무지 아인의 말을 들어주지 않고 놀려댔다.

"우리 아직 사귄 지 얼마 안 됐잖아! 결혼 얘기 나올 단계 아니야!"

"엄머, 쟤 화낸다. 자식 키워봐야 소용없어. 그지, 여보오?"

"그러엄, 여보오."

내가 말을 말아야지. 그냥 포기하고 귤 먹기에만 집중했다. 엄마는 뿔난 듯한 아인의 얼굴을 보다가 쿡쿡거리며 장난기를 접었다.

"그래도 권 서방 나이가 있으니까 그쪽 집에선 서두르자고 할 텐데? 그런 눈치 없어?"

"모르겠어. 권 선배님은 워낙 그런 말 안 하는 사람이니까."

"너 놀래주려고 몰래 프러포즈 준비하고 있는 거 아니야?"

"권 서방 성격에? 아서. 내 귀한 딸내미한테 허튼 희망 주지 마."

아빠가 손을 흔들며 부정했다. 그 이후로 엄마와 아빠는 도진의 프러포즈 여부를 두고 몇 차례나 더 투덕거렸다.

결국 귤을 하나도 남김없이 다 까먹은 후, 아인은 제 방에 들어와 침대에 누웠다. 아직 입안에 상큼하게 돌고 있는 귤 맛을 느끼며 아인은 내심 설레는 기분으로 몸을 살짝살짝 흔들었다.

막연하게 평생 도진과 함께 행복하게 살았으면 좋겠다고 소망했었지, 구체적으로 결혼을 생각해본 적은 없었다. 아직 사귄 지 얼마 안 됐는데 결혼을 고려하는 건 너무 이르지 않은가 싶으면서도, 한편으로는 만난 지 두 달 만에 결혼하는 사람들도 있는데 세 달 넘었으면 괜찮지 않나 싶었다.

게다가 따져보면 도진과 저는 정식으로 교제한 게 세 달 좀 넘었다는 거지, 처음 만나서 동고동락한 지는 1년이 다 되어가는 거다!

그러니 크게 이른 건 아니라는 결론하에 마음껏 상상의 나래를 펼치기 시작했다.

신혼집은 도진의 집에 차리면 되려나. 애기는 셋 정도? 같이 자랄 수 있게 나이 터울 많이 나지 않도록 낳는 게 좋겠다.

도진을 똑 닮은 아기도, 자신을 똑 닮은 아기도 두루 섞였으면 좋겠다. 하지만 그렇게 되면 자신을 닮은 아기가 도진을 닮은 아기에게 주눅 들어 육아에 문제가 생기진 않을까 하는 현실적인 문제까지 고민하면서, 아인은 머릿속에 꼼꼼하게 도진과의 결혼생활을 그려보았다.

달구도 꼭 데려가야지! 달구를 차지하려면 아빠와 꽤 다툴지도 모르겠다는 각오를 하던 그녀는, 갑자기 상상을 멈추고 침대에서 일어나 앉았다.

도진은 이런 생각을 하는지 모르겠다.

아마도…… 안 할 듯하다.

혼자서 들떴다는 사실에 머쓱함과 서운한 기분이 함께 들었다. 그녀는 머리를 긁적이다가 다시 침대에 누웠다.

아무래도 아직 이른 감이 있지?

도진은 저와 다를 거란 생각을 해버리니 혼자서 더 상상하기가 겸연쩍어졌다.

"양치질이나 해야지!"

괜히 혼잣말을 뱉으며 상상의 남은 잔재를 흩어버렸다. 그녀는 평소보다 치약을 듬뿍 짜서 힘차게 이를 닦은 후 꿋꿋이 잠을 청했다.

절간처럼 고요한 실내에 장기 말 움직이는 소리만 울렸다.

엄밀하게 말해 장기 말끼리 부딪치는 소리였다.

"할아버지는……."

도진이 나직이 침묵을 깼다.

"그냥 장기를 두지 그러십니까?"

할아버지는 무시하며 손가락의 위치를 살짝 바꿨다. 그리고 신중하게 장기 알을 쳤다. 장기 알은 그 어느 친구도 때리지 못하고 맥없이 혼자 달려 장기판 변두리에 아슬아슬하게 섰다. 할아버지는 기대에 못 미치는 못난 장기 알을 보며 살포시 인상을 찌푸렸다.

"네놈과 앉아 바둑장기 둔 지 이십 년이 넘었다."

저놈을 칠 것을.

할아버지는 후회하며 아쉬운 손길을 거두어들였다.

"질릴 법하지 않으냐?"

"……재미없어지신 거예요?"

"네 차례다."

할아버지의 닦달에 도진은 손을 내밀었다. 그의 손길을 받은 장기 알이 힘껏 날아가 방금 맥없이 변두리에 선 할아버지의 장기 알을 쉽사리 쳐냈다.

"그래도 지는 것보다는 차라리 재미없는 게 낫지 않습니까?"

"지는 게 낫다."

"지는 거 싫어하시잖아요."

"져도 된다, 네놈한텐."

이번에야말로. 할아버지는 신중을 기해 장기 알을 쳤다. 드디어 도진의 알을 하나 내보냈다. 표정 변화는 없었지만 할아버지가 만족스러워하고 있다는 게 눈빛에 훤히 드러났다. 도진은 방금 할아버지의 입을 통해 나온 말과 저 눈빛이 잘 매치가 되지 않는다고 느끼며 다시 손을 뻗었다.

다시 말없이 순서를 교환하다가, 도진의 차례가 되어 도진이 진지하게 장기 알을 고르고 있을 때였다.

"검사 처자한테 말은 했냐?"

할아버지가 도진의 집중을 흩었다. 도진은 의아한 눈길로 할아버지를 바라보았다.

"혼사 얘기 꺼냈느냔 말이다."

"아니요."

"왜? 네놈이 아직 나이가 덜 차서? 아니면 검사 처자가 어디 모자라서? 그것도 아니면 네 할아비가 아직 손자며느리를 덜 기다려서?"

도진은 장기 알을 조준하는 척, 대꾸하지 않았다.

당장에라도 그녀를 잡아와 제 옆에 살게 하고픈 마음은 이미 차고 넘치는 중이었다. 다른 이들 모두 알 수 있게 내 여자라고 이름 붙이고 싶은 마음은 도진이 가장 컸다. 혜수와 강주가 결혼 준비로 바쁜 모습을 보일 때마다 어떻게 해야 그들보다 먼저 골인할 수 있을까 계산해본 게 한두 번이 아니었다.

하지만 객관적으로 아직 이르다는 걸 알고 있었다.

"혹 시간 차길 기다리는 중이더냐?"

할아버지가 도진의 마음을 정확히 꿰뚫었다. 도진이 달리 대답이 없자, 할아버지가 쯧쯧 혀를 찼다.

"못난 놈."

"여자한테 결혼은 단지 좋아하는 남자랑 같이 산다는 의미가 아니래요. 만난 지 얼마 안 됐는데 부담 주고 싶진 않습니다."

진솔한 도진의 말에 할아버지도 더는 혀를 차지 않았다. 대신 진지하게 대화에 임해주었다.

"단지 부담 주기 싫어 그러더냐? 네가 꺼리는 건 아니고?"

"예."

"너 검사 처자 예 올 때 다른 데 간다 하고 속여서 데려온 것이더냐?"

"아니요."

"허면 네 할아비 할미 뵈는 줄 뻔히 알면서 온 게 아니더냐? 그 처자가 어려 아무것도 모른다 하면 모를까, 혼기 꽉 찬 몸으로 사내 조부모 뵈러 왔을 땐 그만한 각오를 안 했겠느냐?"

듣고 보니 그렇다.

"너처럼 나이 차든 말든 혼사의 혼자도 생각 안 하고 멋대로 사는 인생이라면 또 모를까. 너보단 어리다 해도 곧 있으면 저도 한 살 더 먹는 처지에 허투루 좋다고 아무 남자나 만날까."

"음."

"검사 처자가 이미 너를 낭군감으로 점찍어두었는데 네가 지체하는 거라면 어쩔 테냐?"

할아버지 말에 설득당해본 게 참 오랜만이었다.

확실히 아인과 자신 사이에 시간 부족으로 아직 서로를 파악하지 못한 부분은 없는 것 같다. 이대로 무작정 시간이 더 흐른다 한들 서로에 대한 생각이라든지 판단이 달라질 것 같진 않았다.

즉, 지금 시기가 딱히 이른 것 같지도 않다.

"긴말 말고 내일 해 뜨거든 곧장 검사 처자 통해 그 댁이랑 상견례 날짜부터 잡거라."

그렇다면 말을 꺼내볼 때가 된 건가, 갈등하고 있을 때 할아버지가 말했다. 도진이 대답 없이 계속 갈등만 하자 할아버지는 인상을 쓰며 재촉했다.

"싫으면 내가 말하리?"

"아니요. 제가 할게요."

갈등을 끝내고 할아버지 말에 순응했다. 그 이후로 도진과 할아버지는 장기 알을 몇 차례 더 튕기다가 예외 없이 할아버지의 말들이 모두 전사하자 판을 접었다.

내일 거사를 치러야 하니 오늘은 일찍 돌아가란 말에, 도진은 할아버지 방에서 나왔다. 그러자 할머니가 조심스럽게 도진에게 다가왔다.

"할미랑 차 한잔할래?"

늘 '밥 먹고 가지 그래.'라든가 '좀 더 있지 않고.' 등등의 아쉬운 목소리로 도진을 붙잡던 게 다였던 할머니가 오늘은 미련이 아니라 의지를 보였다. 도진은 낯선 할머니의 모습을 신기하게 느끼면서 천천히 주방으로 따라갔다.

할머니가 미리 준비해두셨는지 식탁엔 이미 찻잔이 놓여 있었다. 도진은 할머니가 찻잔에 뜨거운 물을 붓는 걸 보곤 맞은편으로 가 앉았다.

"많이 바빠? 할미가 시간 많이 빼앗으면 안 되려나?"

"아니요. 오늘은 한가해요."

할머니가 빙그레 웃어 보였다.

"할아버지 아시면 역정 내실 텐데. 실은 아까 할아버지가 하시는 말씀 밖에서 다 들었어. 내일 아인이 처자한테 결혼 얘기 꺼낼 거니?"

"그러려고요."

"도진아, 할미는 네가 그러면 안 될 것 같아."

도진의 표정이 심각해졌다.

"아인이가 마음에 안 드세요?"

"응? 아니. 그런 게 아니야. 할미는 아인이 처자가 참 예뻐. 마음 같아선 당장에라도 우리 도진이한테 짝지어주고 싶지."

할머니가 예전보다 작아진 손으로 따듯한 찻잔을 꼭 쥐었다 폈다 했다.

"그래도 내 욕심 채우자고 남의 귀한 딸 마음을 서운하게 해선 안 되는 거잖니? 요샌 결혼하기 전에 신랑이 각시한테 어떻게 청혼을 했는지 참 중요하게 여기는 것 같던데. 아니니?"

생각지 못했던 부분이었다. 도진은 할머니의 손을 물끄러미 보며 진지하게 경청했다.

"혼담 다 오간 후에 식장까지 잡고 뒤늦게 청혼하는 신랑도 있더라만, 그보단 처음부터 정성을 담아서 말하는 게 좋지 않을까 해. 요즘 아가씨들은 그런 걸 평생 담고 간다니 조금 더 준비를 하는 게 어떻겠니? 사실 할미는 신랑 얼굴도 못 보고 시집온 옛날 사람이라서 잘 몰라. 너랑 할아버지랑 상의해서 어련히 알아서 잘하겠지마는…… 이건 할미 생각이니까 싫으면 할아버지 말씀대로 해도 돼."

할머니가 약간 자신 없는 기색으로 말을 마무리하며 차를 마셨다. 도진은 할머니를 보다가 조심스럽게 입을 열었다.

"할머니 말씀이 옳다고 생각해요."

도진의 말에 할머니가 옅게 웃어 보이셨다. 그 웃음에서 숨길 수 없는 안도감이 묻어 나오는 걸 보고, 도진은 다시금 입을 열었다.

"할머니."

"응?"

"때론 할머니가 할아버지보다 옳아요."

할머니의 눈이 살짝 놀랐다. 도진은 그 눈을 보며 또렷이 말을 이어 나갔다.

"실은 할머니가 옳을 때가 더 많아요. 그러니까 늘 할아버지 하잔 대로 하실 필요는 없어요."

살아오면서 이런 이야기는 처음 들어봤다. 할머니는 약간의 감격마저 느끼며 찻잔을 감싸 쥐었다.

"……고맙습니다."

도진은 이 집에 온 후 처음으로 할머니에게 인사란 걸 건넸다. 할머니는 둥그런 눈으로 도진을 보시다가 곧 얼굴 가득 환하게 미소를 머금었다.

그날 저녁.

"저녁으론 닭개장이 좋겠어."

할머니가 방의 물건을 치우고 나가려 할 때 할아버지가 책에 시선을 박은 채 말했다.

평소라면 '시간이 많이 걸릴 텐데 괜찮으세요?'라고 대답했을 할머니가 오늘은 대답을 달리했다.

"대구댁이 고등어 절여둔 거 있으니, 오늘은 그걸로 하세요."

뜻밖의 상황에 할아버지가 할 말을 잃고 할머니를 바라보았다.

"앞으로 잡숫고 싶은 거 있으면 다른 거 준비하기 전에 말씀하시고요."

할머니가 단호하게 말했다. 할아버지는 충격 받은 표정으로 할머니를 멀뚱히 바라보다가 할머니가 끝까지 자세를 바꾸지 않자 슬며시 고개를 되돌렸다.

"알겠네."

할머니가 웃어 보이곤 밖으로 나가셨다. 할아버지는 책장을 넘기며 눈살을 찌푸렸다.

낮에 화장실 가는 길에 도진이 주방에 있는 걸 보곤, 도진과 할머니가 대화하는 걸 몰래 엿들은 할아버지였다.

낮난 놈이 일찍 가랬더니 가진 않고 허튼소리나 하는 바람에 심신이 고달파졌다.

"……고맙습니다."

그래도 얼핏 스쳐 본 할머니의 진심 어린 미소가 떠오르자 할아버지 얼굴에도 미소가 폈다. 할아버지는 자신도 도진에게 고맙단 소리를 들으려면 얼마나 지나야 할까, 하는 계산을 하며 또 한 번 책장을 넘겼다.

점심을 위해 부서의 검사들이 다 같이 식당으로 향하는 길이었다.

도진의 옆에서 걷던 아인은 예사롭지 않은 추위에 살포시 떨면서 무심결에 손을 주머니에 넣었다. 그러다가 양쪽 주머니 속에 들어 있는 두 개의 귤을 깨닫고는 아, 하는 탄성과 함께 밖으로 끼내 들었다.

그녀는 생글생글 웃으며 도진의 손에 그 귤들을 쥐여주었다.

"이거 엄청 달아요. 어제 아빠가 다 잡숫기 전에 선배님 주려고 몰래 챙겨놨어요."

은밀하게 속삭이고는 뿌듯하게 웃어 보였다.

"조물조물해서 드세요. 귤은 조물조물 만지면 스트레스 받아서 더 달콤해진대요."

"해줘."

도진이 귤을 양쪽으로 나눠 쥐더니 오른손에 귤과 아인의 손을 동시에 잡았다. 아인은 누가 볼까 봐 움찔거리다가, 곧 킥킥 웃음을 삼키며 도진의 손바닥 안 제 손을 꼼질꼼질 움직여 귤을 주물럭거렸다. 도진은 그런 그녀의 손도 귤을 따라 달콤하게 만들 참인지, 조물조물 쥐었다 폈다 했다.

선배들이 볼까 봐 슬며시 손을 빼려 했지만 도진은 도무지 놓아주지 않았다. 아인은 어차피 들켜봐야 놀림 좀 더 받을 뿐이라고 생각하며 따뜻한 도진의 손안에 얌전히 파묻혀 있었다.

최근엔 혜수도 강주도 늘 점심시간을 함께하지 못하고 있었다. 곧 있을 결혼식 때문에 준비할 거리가 많은지 틈이 날 때마다 둘이 함께 어디론가 사라졌다.

"박혜수랑 김강주 결혼식이 벌써 다음 주죠?"

식사를 하던 중 소 검사가 말했다.

"다다음주 아니야?"

"크리스마스가 다다음주니까 다음 주가 맞죠."

정 수석이 정정했다.

"그러네. 이야 벌써 시간이 이렇게 됐네."

크리스마스 바로 직전의 토요일이 강주와 혜수의 결혼식 날이었다. 신혼여행지에서 둘이서 크리스마스를 맞을 거라며 자랑하던 혜수의 얼굴을 떠올리면서, 아인은 슬며시 얼굴 가득 미소를 머금었다.

신혼여행지에서 단둘이서 맞는 크리스마스라.

달밤 아래 낭만적인 조명. 캐롤이 우아하게 흐르고, 촛불이 춤을 추고.

그 촛불 너머엔 자신의 평생을 걸고 약속한 이가 앉아 미소를 시어줄 거다.

다른 이들의 행복한 시간을 상상하는 것만으로도 기분이 달콤해졌다. 마치 영화 속 주인공 같은 강주와 혜수의 모습을 떠올리며 배시시 웃던 그녀는 어느 순간부터인가 자연스럽게 상상 속 주인공을 자신과 도진으로 바꿔놓고 있었다.

약간은 차가운 듯한 공기 속에서 바깥의 이국적인 풍경을 내려다보고 있으면, 도진이 다가와 담요를 걸쳐주며 뒤에서 껴안는다.

그의 가슴에 머리를 기대며 안기듯 서면 도진이 잔잔한 허밍을 읊고, 아인은 춤을 추듯 몸을 좌우로 살살 흔든다. 그럼 도진은 그녀를 더 세게 안아주며 그녀를 따라서 리듬을 타겠지.

둘이 서로 행복에 겨운 미소를 나누면서, 함께 맹세한 미래를 보듯 같은 방향으로 풍경을 함께 본다.

"아."

저도 모르게 탄성을 뱉다가 번뜩 정신을 차렸다. 혹시 본 사람은 없겠지, 하는 마음으로 눈길을 살짝 옮기자마자 아까부터 계속 이쪽을 지켜보고 있었던 듯한 도진과 눈이 딱 마주쳤다. 그의 얼굴에 약간의 장난기와 흥미가 깃들어 있는 걸 보고, 아인은 민망해져 괜히 시키지도 않은 변명을 했다.

"어, 어제 TV에서 재밌는 걸 봤거든요. 되게 웃겼어요. 하하."

그러면서 급히 수저질을 했다. 그녀는 왠지 도둑질하다 들킨 기분을 느끼며 도진의 얼굴을 잘 쳐다보지도 못하고 평소보다 급히 숟가락을 입으로 밀어 넣었다.

그러다 도진이 손을 뻗자 소스라치게 놀라며 움찔거렸다. 도진은 잠깐 멈췄다가 조금 전보다 더 즐거워 보이는 눈빛을 지으며 다시 손을 움직였다. 그의 손은 그녀의 입가에 묻은 밥풀을 뜯어 가주었다. 아인은 창피해지는 걸 느끼며 밥풀 묻어 있던 자리를 손가락으로 건드렸다.

"쟤들 또 여기서 연애 걸고 있네. 막내! 자꾸 직장에서 그럴 거야?"

부장님이 매의 눈을 빛내며 또 놀리기에 발동을 걸었다.

"아니요! 그러려고 그런 게 아니라!"

"아니기는! 권도진이 너 인마, 자꾸 우리 보는 앞에 연애질하면 언제 한번 날 잡아서 확 패는 수가 있어?"

도진은 아랑곳하지 않고 화장지를 뽑아 보란 듯이 좀 전에 밥풀 묻었던 자리를 손수 닦아주었다. 아인이 피할 새도 없었다. 그녀는 야유를 보내는 선배들을 향해 난감한 듯 웃어 보였다.

"권도진이 놈 저럴 때마다 참 박혜수한테 고마워. 강주랑 사귀는 거 비밀로 안 했으면 걔들도 딱 저러고 놀았을 거 아니야?"

"박 검사라면 더했겠죠."

"하기사. 세상 오래 살고 볼 일이지. 권도진이가 저러고 놀 줄 누가 알았겠어?"

"사랑의 힘이지, 사랑의 힘. 말이 나와서 말인데 얼마 전에 그 사건 있죠?"

선배들의 화제가 곧 다른 걸로 바뀌었다. 아인은 안도의 한숨을 내쉬다가 좀 전에 도진이 닦아준 입가의 뺨을 만지며 몰래 헤실헤실 웃었다.

선배들이 합세해 놀리거나 하면 난감하고 부끄럽긴 하지만, 도진이 남들 앞에서 둘 사이를 일부러 드러내는 듯한 행동을 해줄 때마다 은근히 즐겁고 행복한 아인이었다.

내 거라고 꽉 도장 박는 기분이랄까.

그러고 보면 결혼이란 게 사람들 앞에서 정말 서로는 서로의 것이라고 도장 쾅쾅 찍는 행동인 것 같다.

단순히 장난만 쳐줘도 기쁜데, 모두의 앞에서 도진이 자신을 제 거라고 공고히 맹세해준다면.

아.

또 감탄할 뻔했다. 아인은 이번엔 소리를 뱉지 않았음에 안도하다가 슬며시 시선을 옮겨보았다.

평소의 모습 그대로인 도진이 눈에 들어왔다. 아인은 그를 보다가 왠지 모를 허탈함을 느끼며 물컵을 쥐었다.

엄밀히 말해 사귄 지 얼마 안 된 여자 친구일 뿐인데.

이런 생각 하고 있는 줄 알면 괜히 부담스러워할 거다.

딱히 결혼에 큰 관심이 있었던 것도 아닌데 내가 왜 자꾸 왜 이런담.

어쩌다 어제 결혼 이야기가 나와서 잠깐 이러는 걸 테지. 아인은 대수롭지 않게 넘기려 애쓰며 물컵에 있던 물을 한 번에 비워 마셨다.

"으아, 추워."

식사를 마친 후 식당 밖으로 나오자 눈이 내리고 있었다. 식당으로 올 때까지만 해도 내리지 않던 눈이었다.

아인은 내리는 눈이 반가워 함박웃음을 짓다가, 식당으로 오기 전보다 더한 추위를 느끼곤 오들오들 떨었다. 그러자 도진이 슬며시 제 외투를 벗어 덮어주었다.

"괜찮아요!"

도진은 별다른 대꾸 없이 그 상태로 아인의 어깨를 감싸 안아주었다. 아인은 감격이 묻어나는 눈길로 도진을 올려다보다가, 실내에 있을 때보다도 더 따뜻하다는 생각을 하며 연신 방긋방긋 웃었다.

"권도진이 저놈 잡아. 저놈 묶어다 놓고 패야 되겠어!"

물론 그 꼴을 본 부장님에게 한 소리 듣는 건 당연했다. 아인은 부끄러워하면서도 도진에게서 벗어나지 않고 따스함을 만끽했다.

검찰청에 들어선 이후엔 도진에게서 슬며시 떨어져 딱히 커플티를 내진 않았지만, 도진의 외투를 그대로 걸친 채로 제 검사실 안에 들어와버렸다. 권 검사님의 옷이냐고 물으며 알겠다는 웃음을 짓는 미영을 보면서, 아인은 소리 내어 어설프게 아하하 하고 웃었다.

아인은 도진에게 돌려줄 참으로 도진의 외투를 벗었다. 행여 눈 때문에 옷이 상하진 않았을지 손으로 털어주다 보니 양쪽 주머니에서 좀 전에 아인이 준 귤이 만져졌다. 피식 웃으며 다시 옷을 만지던 중 안쪽 주머니 뭔가 다른 게 만져졌다.

귤과 달리 딱딱했다. 큰 눈이 아니라 젖지는 않았을 테지만 혹시 눈 때문에 고장이 나는 물건이면 곤란하다 싶어 얼른 꺼내 보았다.

그와 동시에 눈을 크게 키웠다.

잘못 본 게 아니라면 분명 반지케이스였다. 아인은 혹시 누가 보진 않을까 주변을 휘휘 살펴보곤 긴장되는 마음으로 남몰래 슬며시 안을 열어보았다.

반지다.

정말 반지다!

몇 초간이나 뚫어져라 쳐다보다가 얼른 뚜껑을 닫고 얼른 제자리에 다시 넣었다.

심장이 두근두근 뛰기 시작했다.

식사 중에 했던 상상이 다시금 그녀를 지배했다. 모두의 앞에서 평생을 맹세하고 둘만의 여행을 가고 행복하게 사는 건 아직은 너무 일러 부담스러워할 거라고만 생각했는데.

절로 웃음이 지어지는 걸 멈출 수가 없었다.

이렇게 되고 보니 자신의 마음도 확실해졌다.

도진과 함께하고 싶다. 단지 엄마의 말에 의한 충동이 아니라…… 진심으로 그와 결혼이 하고 싶다.

권도진과 결혼하고 싶다!

"으아."

아찔한 마음에 작은 탄성을 뱉어버렸다. 그러자 미영과 신 계장이 동시에 돌아보았다. 아인은 웃음소리인 척 위장하며 그들의 시선을 제자리에 돌려보냈다.

열뜬 뺨을 식히고, 뛰는 가슴을 진정시키고, 자꾸만 벌어지는 입가를 자제한 후 아인은 도진의 외투를 들고 그의 검사실로 향했다.

전화하느라 바빠 보이는 그의 옆에 옷을 조심스레 놓고선, 흐뭇하게 보다가 살금살금 빠져나왔다. 문밖에서 벽을 등지고 서서 또 좋은 듯 웃던 그녀는, 날아갈 듯한 기분으로 자신의 검사실로 들어왔다.

그날 퇴근해 집에 도착하자 엄마와 아빠가 또 귤 박스를 사이에 두고 앉아 TV를 보고 있었다.

"어제 귤 다 먹었잖아?"

"또 샀다. 네 아빠가 좀 성화를 부려야 말이지."

"말랑말랑하니 달고 좋더라고."

우리 부모님 못 말린다고 생각하면서도, 씻고 나오자마자 부모님 곁에 가 앉는 아인이었다. 아빠에게 뒤지지 않는 속도로 열심히 귤껍질을 까던 그녀는 휴대폰 진동을 느끼곤 메시지를 확인해 보았다.

[귤 맛있어]

도진이 보낸 메시지였다. 아인은 도진과 똑같이 귤을 먹고 있단 사실에 즐거움을 느끼며 얼른 답장을 했다.

[제가 드린 거요? 왜 이렇게 늦게 먹었어요? 지금 먹으면 맛없

을 텐데]

　[김아인이 조물조물해줘서 괜찮아]

　도진이 답변과 함께 보낸 메신저 이모티콘을 보며 저도 모르게 킥킥 웃었다.

　처음엔 휴대폰으로 메시지를 받아도 용건이 없으면 답장을 해야 한다는 인식조차 없는 도진이었지만, 아인을 통해 점차 소통하는 법을 배워서는 이젠 이런 애교도 부린다. 아인은 얼굴을 씩 쪼갠 채 도진에게 여러 개의 메신저 이모티콘을 따발총처럼 날린 후, 엄마 아빠 몰래 어제처럼 귤 두 개를 주머니 속에 쏙 챙겨 넣었다.

　"아빠, 있잖아……."

　그러면서 넌지시 말문을 열자 아빠는 물론 엄마도 같이 고개를 돌렸다.

　"나 혹시라도 정말 결혼하게 되면 달구 데려가도 돼?"

　엄마는 귤 까던 걸 멈추고 아빠는 귤을 씹던 걸 멈췄다.

　"권 서방이 결혼하재?"

　"웅? 아니아니, 그런 건 아니야. 그냥 생각을 하다 보니까."

　"기집애야! 결혼할 것도 아니면서 왜 사람을 들었다 놔?"

　아빠가 안도의 한숨을 내쉬며 다시 턱을 움직였다.

　"아니. 혹시나 해서. 어쩌면 정말 생각보다 빨리 그럴 수도 있겠다…… 는 생각이 들어서."

　엄마의 눈초리가 날카로워지고 아빠는 또다시 귤 먹던 걸 멈췄다.

　"호오, 이 기집애 봐라? 네들 사이에 그런 기색이 있구나?"

"아니야! 딱히 그런 건 아니야!"

"엄머, 얌전한 고양이 부뚜막에 먼저 올라간다더니. 여보, 당신 딸 시집간대."

아빠는 체념한 듯 눈을 감았다 뜨고는 귤 먹기에 집중했다. 입에 든 귤을 다 삼키고 나서야 조용히 의견을 표했다.

"혼수는 네 돈으로 해라."

"으이그으이그, 또 저 소리."

"내 돈 쓰면 복리로 이자 쳐서 다 받아낼 거야."

"아이구, 참 어른답다, 어른다워."

"아니! 결혼한다는 게 아니야. 그럴 수도 있겠다는 거지."

"결혼하면 권 서방이 달구 같이 키우재?"

"아니! 그런 게 아니라니까! 그냥 가정이야, 가정. 가설!"

"달구는 내 새끼야. 권달구가 아니라 김달구야. 데려가지 마."

"신혼여행은 어디로 가기로 했어?"

"나 잘래. 안녕히 주무세요."

아무리 손을 내저어도 듣지 않는 부모님을 둔 채 제 방으로 들어와버렸다. 아인은 어쩔 수 없다는 듯 고개를 절레절레 젓다가 침대로 다이빙했다.

침대에 눕자 낮에 본 반지가 또렷하게 떠올랐다. 아인은 천장을 향해 방실방실 웃다가, 도진이 자신을 향해 청혼하는 모습을 상상하곤, 아찔해져 이불을 입에 꽉 물고 데굴데굴 굴러버렸다.

청혼을 받는 상상만으로 이토록 심장이 콩닥거리는데 실제로 그 순간이 오면 심장이 터질 것 같아서 망치는 게 아닐까?

그러지 않도록 연습하겠다는 핑계로 도진이 반지를 끼워주는 장면을 상상하며 허공에 긴장된 손을 슬그머니 내밀었다. 그녀는 그 이후로 몇 차례나 더 이불을 입에 물고 구르느라 그날 자는 시간을 한참이나 놓쳐버렸다.

다음 날 아인은 하루 종일 긴장과 설렘 속에서 업무를 보며 틈 날 때마다 눈으로 도진을 좇았다. 그가 눈에 보이지 않을 땐 메신 저를 뚫을 듯이 봤다.

도진이 무슨 말을 하지 않을까 하는 기대감에서였다. 설마 벌 써 청혼을 하겠어? 그냥 느긋하게 기다리자, 그렇게 자신을 달래 면서도 자꾸만 도진의 일거수일투족에 귀가 쫑긋 섰다.

그러던 중 드디어 반가운 순간이 찾아왔다.

"토요일에 데이트하자."

함께 퇴근하는 길에 도진이 운전을 하며 말했다.

"데이트요?"

둘 다 딱히 외출을 즐기는 스타일은 아니라, 웬만해선 데이트 를 따로 하진 않는 편이었다. 주로 검찰청에서 업무 중에 보고, 지 금처럼 퇴근을 함께하고, 휴일엔 도진의 집에서 함께 쉬는 게 두 사람이 만나는 시간의 대부분이었다.

데이트를 하는 경우는 아인이 가끔 외출하고 싶은 기미를 풍길 때가 다였다. 도진이 먼저 요구한 건 예전에 사귀는지 안 사귀는 지도 모호할 때 놀이동산에 가자고 한 게 처음이자 마지막이었 다.

그런 도진이 먼저 데이트 이야기를 꺼냈다.

용건이 있는 거다!

그 용건이 뭘까!

하루 종일 의식했으면서도 새삼스러운 척, 자신의 추측에 일부러 더 근거를 만들면서 심장의 두근거림을 촉진했다.

정말 때가 온 거다. 아인은 가슴의 콩닥거림을 즐기며 도진을 향해 환하게 고개를 끄덕여 보였다.

그 어느 때보다도 설레고 행복한 금요일 밤.

아인은 이불 속에서 자꾸만 혼자서 웃음을 흘리며 쿡쿡거렸다. 그러다 괜히 혼자 민망해져 이불을 치우고 진정하려 애쓰더니 갑자기 허공에다 대고 혼잣말을 뱉기 시작했다.

"네. 네, 좋아요. 네, 할게요."

도진의 청혼을 받아주는 연습이었다. 아인은 금세 다시 얼굴을 붉히며 배시시 웃다가 또다시 이불을 머리끝까지 뒤집어썼다.

그리 설레는 밤을 겨우 보낸 후 토요일을 맞았다.

아인은 거울 속의 자신을 보며 떨리는 가슴을 꾹 누른 후 평소보다 오랜 시간을 들여 화장을 했다.

아이라인을 조금 더 섬세하게, 마스카라를 조금 더 꼼꼼하게, 조금이라도 더 예뻐질 수 있도록 입술도 몇 번이고 새로이 치장했다.

도진과 데이트를 할 때마다 느끼는 거지만 화장법을 제대로 공부해둘 걸 그랬다. 아쉬워하면서도 평소보다는 확실히 예쁜 듯해 만족하며 옷장을 열었다.

바깥 날씨가 예사롭지 않았다. 확실히 추울 것 같지만 그렇다고 두툼하게 입긴 싫었다. 아인은 과감하게 스타킹을 챙기며, 화사한 아이보리색 원피스를 꺼내 들었다.

오늘은 특별한 날이라고 인식하면서 긴장하다 보니 자연히 말이 없어졌다. 도진의 차에 탄 아인은 유달리 다소곳한 자세로, 쫑알거리거나 방실방실 웃지 않고 과묵하게 차 앞 유리만 바라보았다.

평소답지 않은 아인의 모습을 곁눈질하던 도진은, 걱정스러움을 느끼며 슬며시 입을 열었다.

"어디 아파?"

아인이 역시나 다소곳한 모습으로 도진을 돌아보았다.

"아니요. 건강해요."

"그럼 기분이 안 좋아?"

"아니요. 좋아요."

아인이 화사하게 웃어 보였다. 그 미소를 보니 확실히 기분이 나쁜 건 아닌 듯했다.

오늘 아인의 기분 나빠선 곤란했다. 도진은 일단은 다행이라고 생각하며 운전에 집중했다.

도진이 준비한 데이트는 전반적으로 굉장히 감격스러웠다.

지나가는 말로 보고 싶다고 했던 연극을 기억해 소극장에 데려가 준 것부터 시작해, 도진이 준비한 모든 것들이 아인이 한 번쯤 해보고 싶다고 말했던 것들로 이루어져 있었다. 아인은 자신은 말한 것도 잊고 있었는데 도진은 세심하게 신경 써주었다는 사실에 벅찬 감동을 느끼며 더없이 행복에 겨워했다.

"와, 이렇게 보니까 서울 야경도 참 예뻐요. 저 어릴 때만 해도 이렇게까지 높고 반짝이진 않았던 것 같은데."

해가 지고 별이 총총 뜬 후, 저녁 식사를 위해 들어온 레스토랑에서 아인이 야경을 보며 흐뭇하게 말했다.

오늘 하루 종일 자신이 준비한 걸 아인에게 선보일 때마다 긴장을 안은 채 그녀의 기분을 살펴왔던 도진이었다. 그는 이번에도 똑같이 그녀의 옆모습을 찬찬히 뜯어보다가 그녀의 눈빛이 반짝이는 걸 보곤 은근히 미소를 지었다.

이 정도면 성공인 것 같다.

이 정도라면 자신의 청혼을 받아줄 것 같다.

이제 준비한 케이크만 오면 된다. 도진은 긴장의 강도를 높이며 연습했던 말을 머릿속에 되뇌었다.

"은영아! 나랑 결혼해줘!"

그러다 근처의 테이블에서 우렁찬 목소리가 들려왔다. 아인도 도진도 일시에 돌아보았다.

젊은 남자가 자신의 애인인 듯한 여자에게 무릎을 꿇은 채 반지를 내밀고 있었다. 반지에 생크림이 묻어 있는 걸로 봐선 케이크 속에 들어 있던 게 분명했다. 도진은 순식간에 표정을 탐탁지 않게 굳히며 그들을 빤히 쳐다보았다.

"은영아!"

남자가 다시 한 번 당당하게 고함을 쳤다. 은영이라고 불린 여자는 주변을 의식하듯 휘 둘러보더니 포크를 놓았다.

"아, 정말……."

"은영아?"

"시끄러워! 이건 너무 촌스럽잖아! 지금이 90년대야? 케이크 속에 반지? 너 장난해? 이러고 나한테 결혼하자고? 됐어! 나 너랑 결혼 안 해!"

"은영아!"

"아우, 쪽팔려."

여자는 바리바리 가방을 싸더니 손으로 얼굴을 가리며 총총히 레스토랑 밖으로 빠져나가버렸다. 남자는 여자의 이름을 부르며 허겁지겁 뒤따라 나갔다.

도진은 충격이 담긴 눈으로 빈 테이블을 응시했다.

그러다 저 멀리 점원이 이쪽으로 자신이 주문한 케이크를 가지고 오는 걸 발견했다. 도진은 생각할 겨를도 없이 자리를 박차고 일어섰다.

"어디 가세요?"

"잠시. 전화."

아인은 도진의 간단한 대답에 수긍하곤 커플이 사라진 빈 테이블을 먹먹히 바라보았다.

오늘의 데이트는 다 만족스러웠지만 단 하나, 도진이 결혼하잔 말을 꺼내지 않는다는 사실이 허전했다.

그가 청혼할 거라 혼자서 속단했을 뿐이고 도진에게도 준비할 시간이 필요할 거라며 아쉬운 마음을 잘 재우고 있던 참이었는데, 눈앞에서 청혼하는 이를 보게 되니 재워놓은 마음이 다시 깨어났다.

결과가 어쨌건 청혼을 받은 여자가 부럽다는 생각을 하며 처연한 눈빛을 짓던 그녀는 도진이 돌아오는 걸 보곤 급히 표정관리를 했다.

"디저트가 늦네요. 사람도 별로 안 많은 것 같은데."

"그러게."

도진은 모르는 척 동의해주었다.

얼마 지나지 않아 두 사람분의 디저트가 나왔다. 아인은 혹시나 하는 마음에 안에 뭐 걸리는 게 없나 포크로 케이크 안을 쿡쿡 쑤셔보다가 도진이 아무런 기색도 없이 조용히 창밖만 보는 걸 보곤 기대를 접었다.

"우리 이거 먹고 이제 집에 가는 거죠?"

아인이 아쉬움이 가득 묻어나는 말투로 물었다.

"어. 그래야지."

도진 또한 아쉬움을 숨기며 대답했다.

"그렇구나. 이게 마지막이구나."

아인이 포크로 크림을 긁으며 읊조렸다. 결국 오늘 청혼은 받지 못했다. 아인은 실망감이 차오르는 걸 느끼며 몰래 한숨을 삼켰다.

"아까 그 여자 나빴어요. 그죠?"

청혼에 관련된 화제는 가급적이면 꺼내기 싫은데, 자꾸만 그쪽으로만 신경이 쓰이다 보니 결국 입에 물어버렸다.

"애인이 신경 써서 준비한 걸 텐데."

착잡한 마음으로 야경을 보던 도진은 아인의 목소리에 고개를 돌렸다.

"그렇게까지 말할 필요는 없었잖아. 난 케이크에 반지 넣는 거 좋은데."

실망감에 휩쓸려 무의식적으로 본심의 일부를 뱉어버렸다. 아인은 더 중얼거렸다간 도진에게 왜 빨리 청혼 안 하느냐는 말까지 할 것 같아, 그 이후론 입을 꾹 다물어버렸다.

조용히 케이크만 먹는 아인을 보면서 도진은 인상을 찌푸렸다.

아까…… 주문 바꾸지 말았어야 하나.

오늘 어떻게든 말하고 싶었는데.

케이크에서 뽑아 주머니에 대충 넣어둔 반지를 만지작거리면서, 지금이라도 저 케이크에 박아버릴까 하는 충동을 느꼈지만 참기로 했다.

나중을 기약하면서 인내심을 발휘했다. 둘은 그 이후로 거의 말없이 디저트 접시를 비운 후 예외 없이 각자의 집으로 귀가했다.

"휴."

아인은 침대에 누운 채 천장에다 대고 연신 한숨을 뱉었다.

어제 잠들 때와는 영 딴판이다.

"아직 준비하고 있겠지! 나도 준비할 시간 벌어서 좋아!"

스스로 위로하듯 혼잣말을 뱉고는 일부러 의욕 넘치게 반지 받는 연습을 했다. 낙담하지 않기 위해 도진이 반지를 준비한 건 분명하다는 사실을 상기하면서, 지칠 때까지 연습했다.

2

최근 원체 업무량이 많은 데다가 부장님이 결혼식 준비로 바쁜 강주와 혜수의 배당을 줄이는 대신 다른 검사들의 배당을 늘렸다.

게다가 다음 주 크리스마스 당일엔 어떻게든 꼭 시간을 비워 도진과 함께 놀기로 약속했으므로 아인은 평일엔 쉴 틈 없이 업무에만 집중해야 했다. 도진이 언제쯤 청혼할지 계산할 짬을 내기도 쉽지 않을 정도로 정신이 없었다.

"휴."

그러다 토요일이 되니 살 만해졌다. 아인은 도진의 차에 올라 안전벨트를 매며 방긋 웃어 보였다.

"그래도 다행이죠? 오늘은 일 안 해도 돼서. 하마터면 선배님들 결혼식도 못 갈 뻔했다. 아, 기대된다. 오늘 박 선배님 엄청 예

뿔 거예요. 그죠?"

"글쎄."

"왜요, 원래도 예쁜데 신부화장까지 하면 얼마나 예쁘겠어요?"

"네가 더 예뻐."

도진이 간단하게 응수하곤 차를 출발시켰다.

"큰일이다. 신부보다 더 예쁘면 안 되는데."

제가 스스로 말하곤 킥킥 웃어댔다. 도진도 그런 그녀를 보며 피식 웃었다.

혜수와 강주의 결혼 예식은 독특하게도 저녁에 열렸다. 새벽부터 일어나 움직이면 혜수가 힘들 거라는 강주의 배려였다. 아인은 저녁에 하는 결혼식은 처음 가본다며 연신 즐거워하다가 노래까지 흥얼거렸다.

웨딩홀이라 하면 화사하고 아름다운 게 당연한 거겠지만, 고급 호텔의 결혼식장은 그 정도가 남달랐다. 볼륨 넘치게 장식된 꽃들이며, 세세한 조명들이며, 먼지 한 톨 없이 투명한 크리스털 장식 따위들이 쉼 없이 아인의 눈을 즐겁게 했다. 아인은 딱히 화려한 미를 추구하는 성격이 아님에도 홀린 기분을 느끼며 도진에게 이것 보세요, 저것 보세요, 하며 끝없이 감탄을 쏟아냈다.

신랑신부를 느긋하게 보려고 일부러 일찍 나선 덕분에, 비교적 여유로운 강주를 바로 만날 수 있었다. 아인은 연락을 받고 뛰어나오는 강주를 보곤 반가운 표정을 지으며 얼른 다가갔다.

"강주 선배님! 와, 엄청 멋있어요!"

아인이 목소리를 높여 강주를 칭찬했다.

"제4조 제3항."

한발 늦게 당도한 도진이 무뚝뚝하게 뱉어냈다.

〈사랑에 관한 특별법〉 제4조 제3항 '다른 남자 칭찬하지 않는다.'

그 구절을 지키란 뜻이었다. 아인은 오늘 같은 날은 좀 봐줘도 될 텐데, 하고 생각하면서 강주를 향해 어색하게 하하 웃었다. 몇 번 겪어본 적 있는 상황이라 강주는 이제 의아해하지도 않았다.

"결혼 축하드려요."

"와줘서 고마워."

"당연히 와야죠! 결혼하는 거 더 도와드리고 싶었는데 아시다시피 너무 바빴어요."

"미안해지네. 우리 때문에 고생해서."

"아니에요! 두 분 정말 잘 사실 거예요. 정말 잘 어울려요."

늘 보던 사이이건만 이렇게 마주하니 생소하기도 하고 신기하기도 하다. 아인은 왠지 뿌듯한 느낌이 들어 웃다가, 도진을 어깨로 툭툭 쳤다. 얼른 축하의 말을 하라는 듯 눈짓으로 재촉하자 도진은 마지못해 손을 내밀며 강주에게 악수를 청했다.

"축하해."

"선배 그거 진심으로 하는 말 아니죠?"

"어, 박혜수랑 평생 살게 돼서 유감이다."

"와, 대사 좋은데요? 나중에 선배랑 결혼하면 아인이한테 그 대사 그대로 해줘도 돼요?"

강주의 말에 아인이 입을 가리고 풋, 웃었다. 그러다 도진의 눈치를 보며 강주에게 슬며시 물었다.

"지금 신부대기실 가면 박 선배님 볼 수 있어요?"

"응, 지금 있어. 가서 보고 놀라지 마."

"왜요?"

"천사인 줄 알고 놀라면 안 돼."

"안 놀라."

1초의 망설임도 없이 단호하게 대답하는 도진을 이끌며, 아인은 강주에게 인사를 전하고 신부대기실로 향했다.

결혼식의 꽃은 역시 신부다.

신부대기실 앞은 왠지 향기부터 다르다. 물론 결혼식장 전체에 은은한 향기가 감돈다지만, 이 구역부터는 급이 다르다. 아인은 그런 생각을 하며 신부대기실 안으로 살며시 다가가 보았다.

"막내야!"

독사진을 촬영하던 혜수가 아인을 반가이 맞았다. 아인은 얼굴을 활짝 펴며, 심드렁한 도진을 이끌고 혜수의 곁에 다가갔다.

"와, 선배님. 너무 예뻐요. 정말 예뻐요. 연예인 같아요. 아니! 강주 선배님 말처럼 천사 같아요!"

강주를 칭찬하지 못한 것까지 더해 혜수를 마음껏 칭찬했다.

"응, 알아. 거울을 못 보겠는 거 있지? 나한테 반할까 봐."

"진짜 너무 예쁘다. 원래도 예쁘신 줄은 알고 있었지만 정말 예뻐요. 드레스도 너무 잘 어울린다, 와."

"이런 반응 좋네. 야, 권도진. 너도 한마디쯤 하지? 내 빼어난 미모를 칭찬할 미사여구 하나쯤은 꼭 준비해오랬지?"

아인이 칭찬해주라는 듯 또 눈빛을 쏘았다. 그에 도진은 조금 전 마지못해 강주에게 축하를 전할 때와 똑같은 표정을 지으며 입을 열었다.

"예쁘네."

"그게 다야?"

"잘 살아."

"오냐. 마지막 하나 더."

"태교 잘해라."

역시 혜수 말은 잘 듣는다. 혜수는 쿡쿡거리며 웃다가 도진에게 손짓을 했다.

"이리 와. 사진 찍자."

"됐다."

"있지, 막내야, 얼마 전에 권도진이 나한테 전화해서⋯⋯."

도진이 흠칫거리다 혜수의 곁으로 다가갔다. 혜수는 말을 멈추며 끌끌 웃었다.

"권 선배님이 뭐요?"

아인이 궁금한 듯 물었다.

"아니. 그냥 아동사건 얘기하더라고."

청혼에 관해 물어보더라는 걸 숨겨주며, 혜수가 아인을 잡아끌었다.

"자, 막내도 같이 사진 찍자."

혜수의 세심하고 까다로운 요청 아래 사진 기자가 열심히 셔터를 눌러댔다.

찰칵. 세 사람이 함께 프레임에 잡혔다.

아인과 혜수는 머리를 살짝 맞대며 웃고 도진은 따분한 표정을 짓는다.

찰칵. 아인과 혜수 두 사람이 프레임에 잡혔다.

화보처럼 설정을 해보기도 하고, 담소를 나누다 자연스럽게 폭소를 터트리기도 한다.

찰칵. 혜수와 도진 두 사람이 프레임에 잡혔다.

혜수 혼자 즐겁고 도진은 심드렁하다가, 나중엔 결국 도진이 픽 웃는다.

찰칵. 도진과 아인 두 사람이 프레임에 들어갔다.

아인은 혜수가 잠깐 잡아보라며 굳이 빌려준 부케를 숨죽인 채 바라보고, 도진은 그런 아인을 그윽하게 내려다본다.

"막내야."

이제 슬슬 하객들도 늘어나는 듯해 신부대기실에서 나오려고 할 때, 혜수가 아인만 살짝 붙들었다.

"먼저 나가 있을게."

도진이 밖으로 나가고 아인이 혜수를 향해 의아한 눈을 떴다. 혜수는 도진이 완전히 사라질 때까지 기다렸다가 아인에게 슬그머니 물었다.

"부케, 막내가 받을래?"

"예?"

화들짝 놀랐다가 사람들의 시선을 의식하곤 목소리를 낮췄다.

"제, 제가요? 받을 분 정해져 있는 거 아니에요?"

"응. 근데 굳이 꼭 걔가 안 받아도 돼. 지금이라도 바꿀 수 있는데 받을래?"

아인은 부케를 물끄러미 보았다. 꽤나 오래도록 바라보다가 만약 자신이 부케를 받게 되면 그 모습을 도진이 볼 거란 생각을 하고선 급히 고개를 저었다.

"아니…… 아니요! 전 필요 없어요. 저한텐 필요 없어요!"

한참 망설이는 걸 보니 필요 없는 게 아닌데 뭘.

권도진 혼자 결혼하고 싶은 건 아닌가 보다. 혜수는 은근한 미소를 지으며 권유를 중단했다.

"그래? 필요 없으면 됐어. 권도진 기다리겠다."

아인은 혜수에게 생긋 웃어 보이곤 밖으로 빠져나갔다. 그녀의 뒷모습을 보며 혜수는 속으로 도진의 청혼을 응원해주었다.

"아따, 김강주 좋아 죽대. 그렇게 좋으면서 어떻게 숨기면서 연애했나 몰라? 권도진이만 해도 저러고 싶어서 정신을 못 차리는데."

결혼식이 끝난 후, 아인을 담듯이 폭 안고 서 있는 도진을 보며 부장님이 말했다. 검찰청이 아니니 거리낄 게 없었다. 도진은 아인이 사람들에게 치인다는 명분으로 부장님이 뭐라 하건 말건 아인이 놔달라고 하건 말건 팔에 힘을 주었다.

"어떻게, 다들 시간 괜찮으면 뒤풀이 겸 한잔하러 갈까?"

"아니오."

도진이 일말의 망설임도 없이 대답했다.

"저희는 데이트할 겁니다."

도진의 말에 아인의 귀가 쫑긋 섰다.

데이트! 드디어 그 순간이 온 건가! 도진이 드디어 마음의 준비를 한 걸까!

하지만 지난번처럼 또 단순한 데이트일지도 모른다.

섣불리 판단하지 못하고 갈팡질팡 불안해하던 그녀는 도진을 떠보듯 조용히 속삭였다.

"데이트 꼭 오늘 해야 해요? 내일 하고 오늘은 선배님들이 랑……."

"안 돼."

단칼에 거절당했다. 아인은 기대감이 불안감보다 커지는 걸 느끼며 귀를 한껏 열었다.

"할 말 있어."

할 말 있어!

하고 싶은 말은 돌릴 줄도 모르고 늘 직설적으로 사람 간장 떨리게 바로바로 꽂아버리는 사람이 자리를 마련해 따로 할 말이 있다고 한다.

그 할 말이란 게 뭘까!

도대체 뭘까!

도진이 덧붙인 말에 불안감이 저만치 달아나고 기대감만 머리 끝까지 솟구쳤다. 아인은 심장 세포들이 저마다 살아 움직이기 시작하는 걸 느끼며 마른침을 삼켰다.

"고놈의 데이트 하다가 사랑싸움이나 해버려라. 정 검사, 소 검사, 우리끼리 가자고. 쟤들 빼놓고 우리끼리 송년회 해버려!"

"부장님, 콜!"

부장님은 헤어지는 마지막 순간까지도 데이트 망하라며 저주를 내리곤 양쪽에 부원들을 하나씩 끼고 근처의 술집으로 향했다.

아인은 그들의 뒷모습을 향해 미안한 표정을 짓고 있다가 도진의 옆얼굴을 훔쳐보곤 금세 미안한 마음을 접고 들뜨는 마음을 품었다.

도진도 살짝 긴장한 듯 보인다면 착각일까.

착각이라도 좋다. 아인은 쿡쿡쿡 소리 내어 웃고 싶은 걸 참는 대신 좋알거렸다.

"데이트할 줄 알았으면 오늘 좀 늦게 들어간다고 말할 걸 그랬다!"

잠깐. 이렇게 말하면 도진이 집에 빨리 들여보내야 된다고 생각해서 부담스러울지 모른다. 아인은 급히 다음 말을 이었다.

"그래도 오늘 저 혼자 맛있는 거 먹는 거 부럽다고 엄마 아빠 둘이 외식한다고 했으니까 늦게 가도 괜찮을 거예요."

오늘 집에 늦게 가도 된다는 걸 은근히 흘려주었다.

"그냥 안 들어가면 안 돼?"

평소였다면 안 돼요! 하고 소리쳤을 테지만 오늘은 한번 안 들어가 볼까, 하는 과감한 생각마저 들었다.

결혼하기로 약속한 사이인데 부모님도 이해하시겠지!

제 발상이 스스로 우스워 킥킥 웃자 도진이 왜 그러느냐는 듯 보았다. 아인은 일부러 못 본 체하며 딴청을 피웠다.

크리스마스가 다가온다는 걸 티라도 내듯 온 거리가 반짝거리고 있었다. 차창 밖 여기저기 축제의 분위기를 자아내는 풍경을 보면서 아인은 촉촉한 눈을 떴다.

오늘은 하루 종일 화려하다.

결혼식의 여운이 아직도 남아 있는 상태에서 크리스마스의 기운까지 뻗쳐오니 마음이 구름 위에 둥실둥실 뜬 듯했다.

사람들이 축제를 좋아하는 이유를 알겠다.

삶이 아름다워지는구나.

"결혼식 너무 좋았어요. 박 선배님 정말 천사처럼 예뻤고."

아인이 창밖을 내다보며 흘리듯 말을 뱉었다.

"나도 결혼할 땐 그만큼 예쁘려나……."

그녀의 말에 도진은 핸들을 쥔 손에 살짝 힘을 주며 그녀를 훔쳐보았다. 정작 아인은 제가 뭔 말을 한 줄도 모르고 창밖을 내다보기에만 여념이 없었다.

남의 결혼식에 자신의 모습을 대입해보고 있다는 건 긍정의 뜻으로 받아들여도 될 테지.

지난번 레스토랑에서의 사건이 있고 난 후, 어쩌면 청혼을 했다가 거절당할지도 모른다는 불안에 내내 휩싸여 있던 도진으로선 굉장히 다행스러운 신호였다. 그는 차분하게 품고 있던 기대심을 한 단계 높였다.

오늘은 꼭.

누구의 방해가 있더라도 꼭 말을 꺼내고야 만다.

그래서 승낙을 얻게 된다면, 결혼 약속을 하고야 만다면.

오늘 그녀를 집에 보내지 않는다.

육종호를 잡을 때만큼이나 필승을 다짐하면서, 핸들을 더더욱 세게 붙잡았다.

그들이 도착한 곳은 산책로가 예쁜 한적한 공원이었다. 이렇게 도진과 나란히 산책을 하는 것도 오랜만이었다.

겨울다운 차가운 날씨도, 그와 대조되는 도진의 따뜻한 손도,

어느덧 깊게 깔린 밤도, 어둠을 밝히는 가로등도 하나같이 좋다.

"상쾌하다."

아인이 감상을 뱉으며 도진의 손을 꼭 쥐었다. 그러자 도진도 꽉 맞잡아주었다.

"선배님, 저는요."

도진이 경청할 자세를 잡으며 그녀를 돌아보았다. 아인은 마주 보진 못하고 고개를 아래로 살짝 떨어뜨리며 입을 달싹거렸다.

"누군가를 이렇게 좋아하게 될 줄 몰랐어요."

얼굴을 붉힌 채 수줍은 듯 계속 도진의 시선을 피하다가 눈을 질끈 감았다. 도진은 그 모습을 뚫을 듯이 보며 아인의 손이 아프리만큼 세게 잡아버렸다.

"제가 검사가 되고 싶었던 건 사실…… 선배님을 만나기 위해서였나?"

아인이 장난기를 담아 말하곤 생글생글 웃었다.

아.

소름 돋도록 사랑스럽다.

"별로 말한 적 없는 것 같아서요."

아인이 잠깐 말을 멈췄다가 더 이을 말이 있는 듯 입술을 달싹였다. 하지만 소리는 나오지 않고 입김만 그녀의 입술을 스쳤다. 도진은 입김에 젖은 듯한 그녀의 입술을 보며 약간의 초조함을 가슴에 안았다.

입김이 멈췄다. 그와 함께 아인의 눈이 이쪽으로 돌아왔다.

"사랑해요."

당장 입 맞추고 싶다. 도진은 그녀를 끌어당기고 싶은 걸 간신히 참았다.

입맞춤을 비롯한 그녀에 대한 모든 사랑의 행위는, 청혼을 한 후에 할 거다. 그 의지 하나로 꾹 참았다.

"끄하, 오바했다."

아인은 민망한 듯 시선을 거두며 손부채질을 시작했다. 도진은 아무래도 청혼을 빨리 끝내야겠다고 생각하며 그녀의 손을 다시 고쳐 잡았다. 그리고 걸음에 속도를 붙였다.

"와!"

그러다 아인의 입에서 탄성이 흘렀다.

촛불길이 열려 있었다. 수없이 많이 총총히 모인 촛불들이 길가에 나란히 늘어서 그들이 가는 길을 은은히 밝히고 있었다.

권 선배님이 준비한 걸까?

나를 위해서?

청혼하려고?

소리 지르고 싶은 걸 참으면서 도진을 보았다. 도진은 모르는 척 앞만 보고 걷고 있었다.

콩닥콩닥. 간질간질.

심장이 여러 가지 소리와 모양을 내며 그녀의 정신을 아찔하게 조았다.

어떻게 하지? 최근 바빠서 반지 받는 연습을 못 했는데.

설마 내가 망치진 않겠지? 목소리 예쁘게 잘 내야 할 텐데. 표정도 바보같이 짓지 말고 예쁘게 잘 꾸며야 하는데.

아! 이럴 줄 알았으면 사랑 고백을 미리 하는 게 아니었는데!

분위기에 취해서 괜히 저질러버렸어!

오만가지 생각을 하며 차분히 촛불 길을 따라 걸었다. 중간중간 감격스런 시선으로 도진을 보는 것도 잊지 않았다.

도진은 그녀의 시선이 와 닿는 걸 느끼면서도 모르는 척 꿋꿋이 직진만 했다.

그로서도 평소답지 않게 떨리는 순간이었다. 아인에게 무슨 말을 해야 하나, 어떻게 말을 해야 하나 확인하느라 돌아볼 여력 따윈 없었다.

제대로 해야 한다. 그녀가 거절할 수 없도록.

무조건 승낙할 수 있도록.

그녀가 승낙하면 참았던 키스를 하고, 사랑을 속삭이고, 그녀를 으스러지게 꼭 안아줄 것이다.

그녀를 오늘 집에 보내지 않을 것이다.

몰래 주먹을 쥐었다.

"촛불 예쁘다……."

아인이 긴장을 흩으려 뱉은 말 외에는 아무 말도 오가지 않았다. 두 사람은 각자의 긴장을 달래며, 각오를 다지며 조용히 촛불 길의 끝에 거의 다다랐다.

"와아."

촛불 길만 해도 충분했는데. 촛불과 장미꽃으로 커다랗게 수놓인 하트를 보자 감격이 극에 달했다.

이렇게까지는 기대하지도 않았었는데.

고마운 눈길을 도진에게 들어 올릴 때였다. 하트 뒤에 준비된 전광판에 짠하고 불빛이 들어왔다.

그와 동시에 도진도 아인도 순식간에 넋을 놓았다.

[순욱 민자 허니문베이비 100일♥]

─빰빠람빰빰 축하합니다 축하합니다 당신의 임신을 축하합니다.

경쾌하게 흘러나오는 음악이 두 사람의 따귀를 사정없이 휘갈겼다. 두 사람은 몇 초간 얼음이 되어 제자리에 우뚝 서 있었다.

전광판은 눈치 없이 깜빡거렸다가 글씨를 키웠다가 사진을 띄웠다가 하며 난리법석을 떨었다. 주인공들이 오길 기다렸다가 전광판을 켠 이벤트회사 직원은 새 생명을 축복하며 어둠 속에서 햇살같이 환한 미소를 지어 보였다.

"……유치하네."

도진이 나직하게 뱉은 말이 얼어 있던 아인을 깨웠다. 도진은 전광판을 무뚝뚝하게 바라보다가 관심 없다는 듯 미련 없이 돌아서 걷기 시작했다.

또 착각이었다.

또 혼자 기대했다가 실망해버렸다.

맥이 빠지면서 순식간에 지쳤다. 아름다운 결혼식의 여운도, 크리스마스의 기운도, 어느 하나 그녀를 들뜨게 하지 못했다.

"할 말이 뭐예요?"

아인이 땅을 보고 걸으며 무겁게 물었다.

"무슨 말?"

"아까 할 말 있다고 하셨잖아요. 결혼식장에서."

그래. 그랬었다.

할 말이 있었다.

순욱 민자만 아니었으면 지금쯤 그 말을 했을 거다.

그 말을 끝내고 참았던 키스를 하고, 사랑을 속삭이고, 그녀를 으스러지게 꽉 안아주고 있었겠지.

그리고 그녀를 집에 보내지 않았겠지.

도진은 치밀어 오르는 짜증을 꾹 눌렀다.

김순욱, 봉민자. 착하게 살아라. 나쁜 짓 하다 내 손에 걸리면…… 참작 사유 따윈 없으니까.

"어, 사건."

"사건요?"

"어제 물어봤던 사건. 가르쳐주려고."

한숨이 절로 새어 나왔다.

"괜찮아요. 혼자 할 수 있어요."

둘 사이에 어색한 침묵이 흘렀다.

"저는요, 유치하다고 생각 안 해요."

혼자서 아무리 마음을 달래보려고 해도 달래지지가 않아서, 결국 도진에게 대꾸하듯 입을 열어버렸다.

"사랑하는 사람한테 축하 이벤트 열어주는 게 뭐가 유치해요? 엄청 멋있거든요."

누구는 청혼도 그렇게 못 받아보는데.

"저 집에 갈래요. 피곤해요."

속상한 마음을 달래느라 그 뒤론 도진의 얼굴도 제대로 보지 못했다.

집으로 돌아와서는 울적한 기분으로 발아래 놓인 휴대폰만 내려다보았다. 피곤해서 일찍 잘 테니까 전화하거나 메시지 보내지 말라고 했더니 정말 연락을 안 한다.

나쁘다. 사람 마음도 모르는 멍청이.

아무리 가르쳐도 모자란 모질이.

청혼도 할 줄 모르면서 다른 사람 비웃기나 하고.

바보, 바보, 바보!

한편.

-죄송합니다. 정말 죄송합니다. 추첨 이벤트 고객님이랑 데이터가 바뀌어서…… 죄송합니다. 환불 처리 꼭 해드리겠습니다. 정말 죄송합니다. 김순욱, 아니 권도진 고객님, 죄송합니다.

도진은 이벤트 업체 관리자가 죄송하다는 소리를 하다가 지칠 때까지 전화를 끊지도, 대꾸도 없이 한참이나 전화기를 들고 앉아 있었다.

연락하지 말랬다고 진짜 연락 안 한 게 괘씸해서 일요일 아침엔 휴대폰을 완전히 꺼버렸다. 바빠서 꺼진 줄 몰랐다는 변명까지 준비한 그녀이지만, 반나절도 채 못 돼 마음이 풀어졌다.

"연락하지 말랬다고 정말 안 하는 건…… 안 돼요. 알겠죠? 받기 싫으면 안 받을 테니까 제가 앞으로 또 그러면 그땐 연락해주세요."

-어.

"연락하지 말라고 해서 죄송해요."

-아니야.

목소리를 들으니 그나마 남아 있던 앙금도 모조리 녹았다.

"촛불 유치하다고 했던 말은 취소하는 거 맞죠?"

-어. 취소.

이젠 웃음도 난다. 아인은 전화기 너머 도진에게 어제 오늘 있었던 사소한 일상에 대해 쏟아내다가 내일 보자며 전화를 끊었다.

엄밀히 따져보면 도진에게 기분 상할 일이 아니다.

원래 신중한 사람인걸. 뭐든 치밀하게 준비하고 철저하게 조사하는 성미인걸.

조금만 더 기다리면 원하는 말을 해줄 거다. 남들처럼 케이크에 반지를 넣진 않더라도, 촛불로 길을 만들진 않더라도, 분명 해줄 거다.

본래 웬만해선 희망을 잃지 않는 성격이었다. 아인은 다시금 기운을 되찾으며 책상 위의 달력을 끌어왔다.

느긋하게 기다리자고 아무리 마음먹어도 도진이 언제쯤 말을 꺼낼까 계산해보는 건 도무지 멈춰지지가 않았다.

반지까지 사놓은 걸 보면 분명 오래 끌 참은 아닐 텐데. 올해가 가기 전엔 말하지 않을까? 곰곰이 따져보던 중 달력 위의 빨간 숫자가 눈에 오롯이 들어왔다.

크리스마스였다.

"음, 크리스마스."

확실히 크리스마스가 유력하긴 하다.

빨간 숫자를 바라보는 아인의 입가에 절로 미소가 그려졌다. 그녀는 이번에 또 실망할지 모르니 너무 기대하지 말자고 생각하면서도, 볼펜으로 25일 숫자 위에 별표를 마구 그렸다.

드디어 잠을 줄이고 일을 몰아 하며 고대해왔던 크리스마스가 되었다. 아인은 어린 날 생일을 맞았을 때만큼 설레어하며 특별히 도진이 좋아하는 분홍색으로 코디를 해보았다. 얼마 전에 새로 산 옷이라 어색하진 않을까 걱정하면서, 거울에 몇 번이나 제 모습을 비춰보았다.

"크리스마스는 가족과 함께! 모르냐?"

그리고 방 밖으로 나오자 아빠가 뚱한 표정으로 말했다.

"저 나이 먹도록 크리스마스는 가족과 함께 잘해왔네요. 그냥 좀 보내줘. 당신 요즘 아인이만 보면 구박하더라?"

"딸자식 키워봐야 다 소용없어."

"아들자식도 똑같았네요."

"자식은 다 소용없어. 무자식이 상팔자야. 나한텐 당신밖에 없어, 여보."

"허이구? 또 불리하면 낯간지럽게 굴지. 저리 가. 아유, 귀찮아. 설거지해야 돼."

"하하, 다녀올게요."

투덕거리는 부모님에게 인사를 한 후 아인은 밖으로 나섰다.

화이트크리스마스가 아닌 건 아쉽지만 날씨가 상쾌해서 좋았다. 아인은 삼림욕을 하듯 심호흡을 한 후 도진에게 출발했다는 간단한 메시지 하나를 보내곤 약속한 장소로 향했다.

아인의 메시지를 받자 도진의 마음이 한층 더 긴장됐다. 그는 추운 날씨에도 불구하고 손에 땀이 나는 걸 느끼며 기타를 고쳐 잡았다.

"여기 다시 한 번 해보죠."

피아노 반주를 해주는 사람이 고개를 끄덕였다. 둘이 하나 둘

셋 세고 연주를 맞춰보려던 찰나 도진의 휴대폰이 울렸다. 도진은 반주자에게 양해를 구하곤 전화를 받았다. 그리고 곧 심각한 표정을 지었다.

─지금도 검사님 안 오면 죽어버리겠다고 난리예요! 야 인마! 칼 놔. 놔! 아, 이 자식 전에도 자해한 적 있지 않았어요? 어떡하죠, 검사님?

다급한 걸 증명이라도 하듯 쿵쿵 찍는 소리며 비명 소리 따위가 끝없이 들려왔다.

"알았어. 기다려."

─저도 기다리고 싶은데…… 지금 오시는 건 무리예요? 인마! 가만있어! 움직이지 마!

손목의 시계로 시간을 확인했다. 아무리 빨리 해결한다 해도 아인이 올 때까진 무리다. 갈등하던 도진은 결국 휴대폰 너머로 말소리를 넣었다.

"갈게. 일단 전화 바꿔봐."

외투를 챙긴 후, 전화를 바꾸는 틈을 타 피아노 반주자에게 말했다.

"좀 늦을지도 모릅니다."

"전 언제든 괜찮아요. 그래도 애인분 위해서 빨리 오세요."

도진이 고개를 끄덕이곤 카페에서 뛰어나갔다. 홀로 남은 피아노 반주자는 노래를 흥얼거리며 몇 차례 더 연습을 했다.

한 시간쯤 후 아인이 카페에 도착했다. 그녀는 소담하고 아기자기한 실내 공간을 훑어보다가 카운터로 다가갔다.

도진의 이름을 대자 직원이 예약된 자리로 안내해주었다. 그녀는 도진이 이런 곳도 알고 있었구나, 내심 감탄하며 절묘하게 장식된 천장이며 벽 따위를 계속해서 구경했다.

그러던 그녀의 시야에 피아노가 놓인 작은 무대가 들어왔다. 그와 함께 그녀의 눈이 동그랗게 커졌다.

이런 곳에서 보자고 한 건 혹시 노래를 해줄 생각인 걸까? 드라마에서 본 것처럼, 나에게 노래를 바치려는 걸까?

그녀의 심장은 학습능력도 없는지, 그토록 기대했다가 실망하길 반복해놓고서도 또 지칠 줄 모르고 두근거렸다.

늘 데리러 오겠다던 사람이 굳이 약속 장소를 정했을 땐 평소랑 뭔가 다른 걸 준비했다는 게 아닐까?

오늘 같은 날, 반지까지 갖춘 사람이 준비한 거라면…… 역시 하나뿐이잖아.

심장이 자꾸만 머리를 설득했다. 아인은 입이 타는 걸 느끼며 물을 한 잔 다 비워버렸다.

도진이 빨리 왔으면 좋겠다는 생각을 하고 있을 때, 웬 남자가 무대로 나가 피아노에 앉았다. 아인은 절로 시선이 잡히는 걸 느끼며 피아노를 응시했다.

남자는 자신의 연인을 힐끗거리며 피아노를 연주했다. 아인은 부럽지 않다고 세뇌하며, 음료에 꽂힌 빨대를 입에 물었다.

한 잔, 두 잔, 세 잔…….

그녀가 비워가는 컵이 계속해서 늘어났다. 아인은 이젠 지겨움이 아닌 어둠이 내려앉은 표정으로 도진에게 전화를 걸었다.

"선배님……."

-미안해. 곧 갈게.

한 시간 전과 똑같다. 두 시간 전과 똑같다. 아인은 무거운 눈빛을 들어, 함께 연주하고 노래하는 커플을 바라보았다.

네 잔, 다섯 잔······.

그녀를 주시하고 있던 피아노 반주자는, 시간이 지나면 지날수록 그녀를 에워싼 공기가 점차 더 탁해진다는 걸 발견하곤 도진에게 연락을 취해보았다.

하지만 아인과도 겨우 되는 연락이 그와 쉽게 될 리 없었다. 피아노 반주자는 결국 연락을 포기하고 아인을 안쓰럽게 쳐다보기만 했다.

누군가 또 무대에 올랐다. 아인은 이제 힐끔거리지 않고, 손으로 이마를 짚은 채 탁자에 놓인 휴대폰만 보았다.

다섯 시간째다. 해는 이미 저물었고, 카페 안의 손님은 수차례나 바뀌었다. 아인은 이마를 짚고 있던 손을 아래로 떨어뜨렸다.

그냥 일 때문에 늦는 것뿐이잖아.

나도 같은 검사니까, 그 정도는 이해할 수 있어.

여섯 시간을 채운 후 아인은 자리에서 일어섰다.

"너무 오래 있어서 죄송해요."

그녀는 억지웃음을 지어 보인 후, 계산을 하고 밖으로 빠져나갔다. 카운터 직원과 피아노 반주자는 난감한 표정을 교환했다.

30분쯤 후 도진이 카페 안으로 미친 듯이 달려 들어왔다. 피아노 반주자는 흐트러진 채 숨을 몰아쉬는 그를 향해 조심스레 입을 열었다.

"너무 늦으셨어요. 여자분 정말 오래 기다리다가 조금 전에 가셨어요."

"하아."

"프러포즈 못 해서 어떻게 해요?"

숨을 고르며 아인이 앉아 있었을 자리를 보았다.

저곳에 앉아 제 청혼을 받아주는 아인의 모습을 상상했었는데.

또다시 망쳐버렸다. 도진은 한 번 더 숨을 고르는 척 한숨을 뱉고는 몸을 돌려 카페 밖으로 빠져나와버렸다.

이해할 수 있다.

일 때문에 어쩔 수 없었던 거니까 이해할 수 있다.

―미안해.

"아니에요. 그냥 뒀다가 정말 심각하게 다쳤으면 어떻게 해요. 중요한 참고인이라면서요. 잘하셨어요."

―그렇게 오래 걸릴 줄은 몰랐어.

"괜찮아요. 제가 선택해서 기다린 거잖아요."

―미안.

거짓말이 아니다. 다급해서 제대로 통화할 틈조차 없었다는 것도, 그래서 늦은 것도 다 이해한다. 도진의 모든 행동과 선택이 옳았음에 동의한다.

그저, 그토록 무슨 일이 있어도 꼭 함께 시간을 보내자고 약속했던 크리스마스에 저보다도 일이 더 중요해 가버린 애인을 여섯 시간이나 기다리자고 선택한 내가 바보일 뿐이다.

진심이다.

"와, TV에서 특선영화 해주나 보다. 저 저거 볼래요. 오늘 수

고했으니까 일찍 자요."

통화를 종료하곤 휴대폰을 손에서 놓았다. 그러곤 TV가 있는 거실로 나갈 생각은 않고 휴대폰만 물끄러미 보았다.

아빠 말을 들을 걸 그랬다. 크리스마스는 가족과 함께 보내야 하는 건데.

그 와중에…… 오늘도 청혼을 못 받았다는 계산을 하고 있는 자신이 한심하다.

동시에 어쩌면 그가 청혼을 안 한 게 아니라 못 한 것일 뿐이라고 안도하고 있는 자신이 바보 같다.

김아인, 너 그렇게 결혼하고 싶어?

제 머리를 콩콩 때리다가 무릎에 얼굴을 파묻었다.

박 선배님이 부케 준달 때 받을 걸 그랬나…….

권도진이 보든 말든 대충 둘러대고 받을걸.

뒤늦은 후회를 하며 무릎에다 대고 한숨을 퍽퍽 내쉰다.

어제 바람맞힌 게 확실히 크다.

부서의 다른 검사들이 막내한테 무슨 잘못이라도 했느냐고 물어볼 정도로, 아인의 주변 공기는 시베리아 한파처럼 차가웠다.

차라리 화를 내면 사과를 할 텐데, 마주 보면 웃으면서 아무렇지도 않은 척하니 난감하다.

"아인아."

"네."

아주 미묘하게…… 쳐다보지 않고 대답한 후 몇 초 지나서야 이쪽을 보고 안심시키듯 웃어 보인다거나, 그렇게 웃어 보이고 나서는 곧바로 입꼬리를 내리며 조용해진다거나, 평소답지 않은 소소한 차이점이 도진의 마음을 바짝 졸아들게 했다.

"아니야."

보통 말을 하다 말면 무슨 말을 하려고 했던 건지 궁금해하며, 묻진 않더라도 호기심 어린 눈으로 끝까지 쫓아오게 마련인데 그 어떤 관심도 없이 그러려니 해버리는 것도 그녀답지 않다.

기분이 상한 거다. 몹시 좋지 않은 거다.

어떻게 해야 아인을 원래대로 되돌릴 수 있을까 고심하며 그녀를 지켜보았다. 그녀는 종이컵 안에 뭐가 있다고, 눈동자를 그 안에만 박은 채 이쪽은 보지도 않았다.

"통닭 사줄까?"

도진이 조심스레 말을 꺼냈다. 그러자 아인이 이쪽으로 눈동자를 굴렸다.

"하하, 되게 생뚱맞다."

한파다. 또 한파가 몰아쳤다. 분명 입은 웃고 있는데 눈이 웃고 있질 않는다.

"수고하세요."

이제껏 단 한 번도 들어본 적 없던, 어느 한계선 이상의 완벽한 타인에게나 건넬 법한 생소한 인사가 도진의 귀를 푹 찔렀다.

날 사랑한다고 말했던 그 여자가 저 여자가 맞는가.

아인의 뒷모습을 보면서, 도진은 심도 있는 고민에 휩싸인다.

자신의 검사실로 돌아온 아인은 거울을 보면서 제 표정을 확인했다.

확실히 좀 굳은 것 같기는 하다. 도진은 물론이고 다른 사람들

286

까지 제 눈치를 살피는 게 미안해 얼른 기분을 풀고 싶은데 좀처럼 뜻대로 되질 않았다.

어제의 사건을 이해 못 하는 바도 아닌데 왜 이토록 기분이 나쁜지 모르겠다. 자신을 위해서라도 다른 이들을 위해서라도 얼른 기분을 풀어야 할 텐데 어떻게 하는 게 좋을까.

진짜 오늘 집에 가는 길에 통닭이라도 사 갈까.

"실무관님, 아까 불기소처분 건 기록 다 됐어요?"

"아니요. 지금 쓰고 있어요."

"그래요? 미안한데 조금만 서둘러주고, 오늘 배당된 사문서위조건 있잖아요? 아무래도 말이 좀 안 맞는 것 같아서 고소인 소환해야 될 것 같거든요?"

"네, 알겠습니다."

"그리고 김준희 씨 합의서 오면 바로 알려줘요. 이달 미제에서 바로 뺄 수 있게요."

잡념을 흩으며 업무에 몰두했다. 다른 이들 불편하게 만들지 않도록 웬만해선 제자리에서 움직이지 않고 꼼짝없이 일만 했다.

화장실도 안 가고 일에 골몰하다가, 해질녘쯤 바깥으로 나왔다. 완전히 건물 밖으로 나와 찬바람을 쐬다가, 아직도 기분이 나쁜 자기 자신에게 실망하며 제 방으로 돌아왔다.

그러다 제 책상 위의 이질적인 무언가를 발견하곤 가던 걸음을 멈췄다.

"권 검사님이 두고 가셨어요."

새빨간 사과가 보란 듯이 빛을 발했다. 아인은 숨을 죽이며 사과를 집어 들었다.

[방금 씻었다 – 권도진]

이 모질이. 한 번 튕겼다고 얼굴 한 번 안 내비치더니.

크기도 엄청 큰 걸로 사 왔어. 색만 노랗게 칠하면 사과가 아니라 배인 줄 알겠네.

양손으로 감싸 쥐며 입술 끝을 올렸다. 오늘 처음 진심으로 웃음이 나는 걸 느끼며 사과에게 인사하듯 손가락 마디로 통통 쳤다.

밖으로 나가니 도진이 휴게실에 앉아 있었다. 그녀는 목을 가다듬으며 그에게 가까이 다가갔다. 도진은 그녀를 관찰하듯 집요하게 눈으로 좇았다.

"오늘 집에 갈 때 통닭 사주실 거예요?"

도진이 고개를 끄덕였다.

"두 마리 사줘야 돼요."

그제야 도진이 안도의 한숨을 뱉으며 웃었다.

자기도 어쩔 수 없었을 텐데. 온종일 찬바람 뿜었으니 같이 화낼 법도 한데 그러지 않아줘서 고맙다.

아인은 꼼질거리는 손을 내밀어 도진의 손을 먼저 잡았다. 도진의 큰 손 또한 자동으로 그녀의 손을 꼭 감싸 쥐었다.

3

　도진은 이번 주말 내내 일을 해야 했다. 아인은 그 정도는 아니라 토요일 하루는 일을 하고 일요일엔 그나마 몸을 쉬게 할 수 있었다.

　"아인아."

　그래도 아인은 일하는데 혼자 노는 게 미안해 검찰청에서 가져온 사건 기록을 간단히 읽고 있을 때 아빠가 방문을 열고 들어왔다.

　"오늘은 권 검사랑 데이트 안 하냐?"

　"응. 오늘은 선배님이 바빠."

　"싸운 건 아니고?"

　"응."

　아빠는 다행이네, 하고 말끝을 흐리면서 아인의 눈치를 살폈다. 아인이 고개를 갸웃거리자 아빠는 다시 입을 열었다.

"크리스마스엔 싸우고 들어온 거 맞지?"

"싸운 게 아니라…… 그냥 일이 좀 있었어."

"왜? 무슨 일?"

"그냥. 에이, 별일 아니야."

"혹시 결혼 문제 상의하다가 싸운 건 아니고?"

"에이! 아니야. 우리 결혼 약속한 거 아니야! 진짜 아니야!"

"저번에 했다고 했잖누."

아인이 고개를 털썩 떨어뜨렸다.

"했다고 한 게 아니라 할지도 모른다고……. 하여튼 그런 걸로 싸운 건 아니야."

"그럼 다행이고. 아빠는 또 혹시 네들이 혼수 같은 걸로 다퉜나, 그 생각했다."

아인이 픽 웃었다.

"왜 웃어? 그런 걸로 싸우는 사람들이 얼마나 많은데."

"알아. 혼수 때문에 싸우다가 일이 커져서 입건된 것도 봤거든."

"그렇다니까!"

맞장구에 신 나는지 무릎을 탁 치던 아빠는 목을 가다듬고는 은근히 다시 입을 열었다.

"하여간 혼수 네 돈으로 하라고 했다고 아빠 원망하고 그랬던 건 아니지?"

"걱정 마. 그런 걸로 원망 안 해."

"그럼 됐다, 그럼 됐어. 난 또 나 때문에 네들 싸운 줄 알고 십

년감수했네. 아무쪼록 싸우지 말고 결혼 준비 잘해!"

"아니! 결혼 약속 안 했어! 할지도 모른다는 거야!"

"그게 그거지, 뭐."

아빠는 간단하게 마무리하고 방 밖으로 나갔다. 아인은 어떻게 해야 부모님에게 제대로 설명할 수 있을까 고민해보다가, 부모님에게 설명하는 것보다 차라리 결혼 약속을 하는 게 더 빠르겠다는 판단을 하곤 펜을 쥔 손으로 턱을 괬다.

다시 생각해도 확실히…… 크리스마스엔 도진이 청혼을 하려고 했던 게 맞는 것 같다. 바빠서 오지 못해 그렇지, 정황상 아무리 따져봐도 도진이 청혼을 준비했다고 볼 수밖에 없다.

씨익.

그렇다면 가까운 시일 내에 다시 도전하겠지?

아마도 그럴 거다.

왼손을 네 번째 손가락을 물끄러미 보았다. 그러다 휴대폰이 울렸다. 아인은 낯선 발신번호에 의아해하며 손가락에 눈을 박은 채 전화를 받아보았다. 그러다 상대방의 정체를 파악하곤 저도 모르게 자리에서 벌떡 일어섰다.

"네! 괜찮아요! 바쁘지 않아요. 그간 안녕하셨어요?"

ㅡ덕분에 안녕했네. 새해 초일에 쉬는가?

"네, 1월 1일엔 쉬어요."

ㅡ그럼 그날 오게. 새해 인사 받을 테니.

"네."

뜻밖의 상황에 얼떨떨하지만 일단 대답은 꼬박꼬박 예의 바르게 잘하고 봤다.

−전에 입고 온 옷은 잘 세탁해두었나?

"네!"

−잘했군. 도진이 녀석 안 온다 하면 혼자라도 오게. 닭요리 해줄 터이니.

도진과 사귄 덕분일까. 멋대로 말씀하시는 것 같아도 그 속에 약간의 긴장이 녹아 있다는 걸 직감적으로 알 수 있었다. 아인은 마음이 편안해지는 걸 느끼며 또 '네' 하고 대답했다.

절을 하는 기분으로 살펴 들어가시라는 인사를 한 후 통화를 종료했다.

"어…⁚… 음."

얼떨떨하게 휴대폰을 만지작거리다가 다급하게 움직여 옷장을 열었다.

도진이 사준 퓨전한복을 꺼냈다. 혹시라도 그새 무슨 냄새라도 배었을까 봐 섬유탈취제를 뿌리고, 자잘한 주름을 편답시고 수선을 떨었다.

아인은 한층 더 말끔해진 옷을 벽에 걸어둔 채 흐뭇하게 바라보았다. 그러곤 이번엔 절대 넘어지지 말겠다고 각오를 다지며 절하는 연습을 몇 번이고 했다.

아인이 올 테니 닭고기를 준비하라고 담담하게 이르시기에, 할머니는 그저 도진이 먼저 연락을 한 줄로만 알았다.

"아니, 얼마나 어려운 사이인데…… 얼마나 불편했겠어요?"

남의 귀한 딸한테 부담을 줘도 유분수지.

무례도 이런 무례가 없다.

아인이가 얼마나 부담스러웠을지 생각하면 할머니는 미안해서 애꿎은 손만 맞잡아 비비게 된다.

"대체 전화번호는 어떻게 아셨대요? 도진이가 알려드린 적이 없다는데."

도진이 화장실 간 사이 몰래 휴대폰을 봐서 전화번호를 빼났다는 말 따위 제 입으론 죽어도 못한다.

"그래도 경우는 바른 분인 줄 알았더니."

할머니답지 않게 이어지는 잔소리에도 할아버지는 그저 모르는 척 책장만 넘겼다. 할머니는 이미 엎질러진 물이니 어쩔 수 없다고 생각하며 닭요리를 뭘 해야 좋을지 고심했다.

그리 아인이 오기로 한 날 아침까지도 미안한 마음에 다른 감정은 낄 여지조차 없던 할머니이지만, 막상 올 때가 가까워져 오니 은근히 기다려졌다. 몰래몰래 밖을 살피며 도진의 차가 행여 일찍 오진 않을까, 하고 바라는 할머니를 보면서, 할아버지는 그제야 요 며칠 움츠렸던 어깨를 펴고 목 가다듬는 소리를 크게 냈다.

"안녕하세요, 할머니."

그러다 아인의 인사 소리가 크게 울리자 할머니는 숨기지 못하고 활짝 웃었다.

"그렇게 입고 왔어요? 추워서 어떻게 한대."

"괜찮습니다!"

주름지는 게 무서워서 코트도 걸치지 않고 한복만 입고 나선 아인이었다. 계속 차를 타고 이동할 거니 괜찮을 거라고만 생각했지, 차에서 내려 집 안까지 들어오는 그 짧은 순간 동안 이토록 얼어붙을 줄은 몰랐다. 팔에 닭살이 오돌오돌 돋는 느낌이지만 아인은 내색하지 않고 씩씩하게 즐거움을 흩뿌렸다.

"할머니, 절 받으셔야죠."

자신 있게 절하겠다고 나서는 것도 잊지 않았다.

"어유, 또 무슨 절을. 그냥 앉지."

할머니는 미안쩍어하면서도, 그래도 두 번째라 처음 절을 받을 때보단 여유가 있었다. 이번엔 맞절을 하지도 않으시고 그저 흐뭇하게 아인이 내려앉는 모양을 지켜보았다.

아인은 절대 실수하지 않겠다는 일념으로 이까지 악물며 절하기에 집중했다.

시선은 손등, 손등…… 차분하게 마음 급하게 먹지 말고, 숨 몰아쉬지 말고……!

성공했다! 이번엔 안 넘어졌다!

연습한 보람이 있다. 아인은 뽐내듯 도진을 본 후 할아버지의 권유 아래 자리에 앉았다.

그녀는 다소곳한 자세로 어른들을 향해 연습한 말을 조심스럽게 뱉었다.

"할아버지, 할머니, 올해에도 건강하세요. 새해 복……."

"복 많이 받으란 말은 말게."

할아버지가 아인의 말을 뭉툭 잘랐다. 뭔가 실수한 걸까란 생각에 뜨끔한 찰나 할아버지가 다시 말을 이었다.

"그 인사는 설에 제대로 받을 터이니."

설에 또 부르시려고!

할아버지의 말에 할머니가 아찔한 눈으로 할아버지를 보았다.

도진은 눈을 가느다랗게 찢었다.

"이번 한 번으로 끝내지 그러십니까?"

"왜? 네놈 설에 검사 처자 이리로 데려올 능력 못 되더냐?"

도진의 말문이 막혔다. 그가 대답 없이 할아버지를 물끄러미 보는 걸 보면서, 아인은 얼른 나서서 상황을 정리했다.

"불러만 주시면 저야 너무 감사하죠. 고맙습니다."

만족스러운 대답을 얻은 후, 할아버지는 도진의 눈길을 무시하고 장기판으로 손을 뻗었다.

하지만 도진이 더 빨랐다.

"할아버지."

"왜."

"고스톱 칠 줄 아십니까?"

원래는 청혼을 계획하고 있던 휴일을 빼앗긴 것에 대한 응징을 위해 준비한 화투이지만, 조금 전 자신의 말문을 막았던 것에 대한 복수의 의미가 더 강해졌다. 도진은 이곳에 오는 길에 편의점에 들러 직접 구매한 화투를 품에서 꺼내 펼쳤다.

"내 이날 이때껏 살면서 화투 한 번 안 쳐봤을 법싶으냐?"

"칠 줄 아신다니 다행입니다."

"돈 잃고 울지나 말아라."

"할아버지도요."

새삼 두 사람이 참 닮았다는 게 확 와 닿았다. 아인은 장기를 둘 때나 고스톱을 칠 때나 똑같은 자세로 임하는 조손을 보면서 이러지도 저러지도 못하고 엉거주춤하게 앉아 있었다.

"점당 백 원인데 괜찮으시겠습니까?"

"천 원은 어떠냐?"

"만 원······."

"백 원! 백 원이 좋을 것 같아요!"

이러다 정말 도박이 될 것 같아 아인이 얼른 중재했다. 그런 직후 예의 없이 끼어들었다고 미움 받을까 봐 조마조마해했다가, 할아버지가 별 기색 없이 그럼 그러자고 대답하시는 걸 보곤 가슴을 쓸었다.

과묵하게 패를 나누면서 두 사람의 고스톱이 시작되었다. 아인은 얼떨떨하기도 하고 웃기기도 한 기분을 안고서 두 사람과 화투판을 번갈아 보았다.

"네놈 손에 팔광이 든 게지."

"지금 할아버지 손엔 팔광이 없단 말씀을 해주시는 겁니까?"

흐르는 분위기만큼은 세계 챔피언전 같다.

두 분 다······ 딱히 그렇게 잘 치시는 건 아닌 것 같은데.

패를 이리저리 보며 양쪽 모두에게 이거 내세요, 그거 내지 마세요, 하고 몇 번이나 가르쳐주고 싶었는지 모른다. 하지만 지난번 도진이 훈수 두다가 할아버지에게 꾸중 들은 걸 기억하고 있는 아인은 입술을 꾹 깨물며 말하고 싶은 걸 참았다.

확실히 지난번에 도진이 아빠를 이긴 건 초심자의 행운이 따랐던 게 맞다. 아니면 그간 감을 잃어서 제대로 치는 법을 잊어버린 걸지도 모르고.

그러나 감을 잃은 걸로 치면 할아버지 쪽이 더 심했다. 할아버지는 도진이 처음 화투를 잡았을 때처럼 헤맸다.

그에 도진은 허투루 화투짝을 던지면서도 야금야금 돈을 땄다. 그는 실력에 비해 과한 승리감을 만끽하면서 할아버지의 돈을 거슬러주었다.

"새로 사온 거라 손에 영 안 익는군."

할아버지가 전혀 상관없어 보이는 이야기를 하며 신음을 삼켰다. 그러자 뜻밖의 목소리가 방 안에 울렸다.

"저도 같이 칠까요?"

솔직히 말하면 할머니가 계신다는 걸 잊고 있었다. 아인은 찰나 동안 미안한 마음을 먹었다가, 곧 할머니의 화투짝 만지는 손놀림을 보곤 놀람을 금치 못했다. 놀란 건 도진과 할아버지 또한 마찬가지였다.

"너무 놀라지 마세요. 적적하면 대구댁이랑 앉아서 자주 치곤 했어요."

할머니가 곱게 웃으며 화투짝을 할아버지와 도진에게 나누어주었다. 그리고 곧 기가 막히게 짝짝 소리를 내며 화투패를 모조리 자신의 앞으로 끌고 왔다.

"저런. 쌍피를 또 그리 버리면 쓰니?"

조곤조곤 도발을 하시면서 가지런하게 화투패를 정리하셨다.

"고를 하도록 할까요?"

맞고도 아니고 세 사람이 치는 고스톱에서 쓰리고가 나왔다. 아인은 왠지 모를 통쾌함을 느끼며 절로 주먹을 꾹 쥐었다.

"할머니."

"응?"

도진이 할머니에게 돈을 건네며 조용히 불렀다.

"잘 치시네요."

"으응, 한평생 눈치만 보고 살아서 그런가?"

확실히…… 요즘 들어 할머니가 많이 강해졌다. 할아버지는 지난번에 할머니에게 허튼소리를 하고 간 도진을 탐탁지 않게 보았다. 그러다 꺼내놓은 돈이 바닥을 드러낸 걸 보고선 조용히 지갑을 열어 천 원짜리를 몇 장 더 꺼냈다.

그 돈도 얼마 지나지 않아 할머니 앞으로 우르르 딸려갔다. 할아버지는 다시 지갑을 열었고, 도진 또한 지갑을 꺼냈다.

"시간이 잘 가네요. 이만 식사 준비를 해야 할 것 같아요. 아인이 처자, 여기 와서 나 대신 칠래요?"

할머니가 아인을 향해 다정하게 물었다.

"아니에요! 저도 식사 준비 같이 도울게요."

"괜찮아요. 손님은 앉아 있는 거예요."

"저를 손님으로 보지 마세요, 할머니. 말씀도 놓으시고요."

"그럼 그럴까? 도와주련?"

"네!"

할머니가 손안에 고이 다듬어 쌓은 화투 탑을 놓곤 자리에서 일어섰다. 아인도 냉큼 일어나 할머니를 따랐다.

"할머니 정말 잘하시던데요. 나중에 저도 같이해도 될까요?"

"그럼 나야 좋지."

두 사람이 화기애애하게 방을 빠져나가는 목소리를 들으면서, 할아버지가 먼저 지갑을 닫았다. 도진도 지갑을 품속에 도로 넣었다.

"얼마 잃었느냐?"

"말씀드려야 합니까?"

"꽤 잃은 모양이지?"

"할아버지보단 덜 잃었습니다."

할아버지가 얌전히 탑을 이루고 앉아 있는 화투를 챙겨 화투 통에 넣어버렸다. 그걸 도진에게 건네자 도진도 군말 없이 받아 한쪽으로 물러두었다.

"청혼은 했느냐?"

"아니요, 아직."

"뭐 하느라?"

도진은 입을 다물었다. 말하기 싫단 뜻이었다.

"언제 하려고?"

"원래는 오늘 하려고 했습니다."

이 녀석, 처음 들어설 때부터 뚱해 보이던 게 이 때문이었군.

"하면 되잖느냐?"

도진이 처음 올 때와 똑같은 눈빛으로 할아버지를 보았다. 왠 지 미안하기도 해서, 할아버지는 슬며시 시선을 거두어버렸다.

"식사하고 일찍 일어서거라."

"그래도 됩니까?"

"손자 장가가는 길 막았단 소린 듣기 싫으니."

도진은 슬며시 표정을 풀며 할아버지의 말을 고려해보았다.

"결혼 약속 받아낼 자신 없거든 그냥 예 계속 있고. 그리되면 어차피 설에도 못 데려올 거, 지금이라도 오래 앉혀놓고 봐야 지."

도진은 잠시간 더 고려하다 휴대폰을 꺼냈다. 그리고 어디론가 전화를 걸었다.

상대는 지난번에 촛불이벤트를 형편없이 망쳐먹은 이벤트 업체였다. 전화를 받은 이는 연신 굽실거리며 도진의 말에 모두 예스라고 대답했다.

-예! 말씀해주신 주소로 지금 바로 가서 준비하겠습니다!

"케이크도 꼭 하나 준비해주십시오."

-예! 알겠습니다!

"기타도 하나 준비해주십시오."

-통기타 말씀이시죠? 알겠습니다!

"실수하면 고소할 겁니다."

장난기 하나도 없는 진담으로 통화를 마무리한 후 전화를 끊었다. 지켜보고 있던 할아버지는 슬며시 입을 열었다.

"유치한 녀석. 별짓을 다 하는구나."

도진은 못 들은 척 휴대폰을 챙겨 넣기만 했다.

"꽃은 왜 빼느냐?"

챙겨 넣던 휴대폰을 다시 꺼냈다. 다시 전화를 걸어 꽃까지 주문한 후, 휴대폰을 제자리로 돌려놓았다.

한편, 아인은 감동하고 있었다.

아인에게 대접하는 거라 일하는 사람의 손을 빌리지 않고 하나부터 끝까지 손수 다 요리했다는 할머니의 말씀 때문이었다.

"장 보는 것까지요?"

"응. 바람도 쐴 겸 살살 갔다 왔지."

"추운데 괜히 저 때문에……."

"아니야. 내가 좋아서 한걸."

아인은 감격 어린 눈길로 할머니를 도와 요리의 마무리를 했다. 이미 할머니가 다 끝내놓고 데우거나 접시에 담기만 하면 되는 거라 사실상 별로 할 일도 없었다.

"할머니, 잠깐 앉아보세요."

아인이 할머니의 손을 잡아끌며 말했다. 할머니는 냄비의 불을 낮추며 못 이기는 척 아인을 따라 움직였다.

"선배님 사진 보여드리려고요."

아인은 휴대폰 사진첩에 저장된 사진을 할머니에게 하나하나 보여드렸다.

"아유, 도진이가 이렇게도 웃을 줄 아네. 이건 아인이가 참 예쁘게 찍혔다."

"하하, 앗! 이건 아니에요!"

"왜? 보기 좋은데."

도진과 뽀뽀하는 사진이 등장해버려 당황했지만 할머니는 눈썹을 휘며 오래 보셨다. 그 이후로도 몇 차례나 비슷한 사진이 등장했다. 아인은 내가 왜 저 사진들을 미리 정리해두지 않았을까 후회를 하면서 머리 위로 김을 푹푹 뿜었다.

할머니는 그저 좋은지 한눈에도 행복해하며 영화를 보듯 사진을 보았다. 사진을 한 장 한 장 넘기는 손길에서 도진에 대한 정이 물씬 묻어났다. 아인은 왠지 짠해지는 걸 느끼다 자리에서 조용히 일어섰다. 그녀는 할머니가 사진을 더 보는 동안 음식을 보기 좋게 접시에 담았다.

잠시 후 도진이 주방에 들어섰다. 아인은 불현듯 좋은 생각을 떠올리곤 도진을 할머니 옆에 가 앉혔다.

"왜?"

"두 분 같이 사진 한 장 찍어드리려고요."

"식전에 요란 피우는 거 알면 할아버지가 역정 내실 텐데."

할머니가 꺼리는 눈치로 말했다. 아인은 머쓱해져 사진 찍을 준비를 하던 휴대폰을 내렸다. 그러자 할머니는 자기 휴대폰을 꺼내 내밀었다.

"할아버지 오시기 전에 얼른 찍어."

"네! 선배님 웃어요."

다급한 마음으로 도진이 웃자마자 바로 휴대폰을 꾹 눌렀다. 할머니와 도진이 화목하게 한 그림에 잡혀 들었다.

할머니가 사진을 확인한 후 휴대폰을 소중하게 갈무리했다. 곧이어 할아버지가 주방에 들어오고 식사가 시작되었다.

"할아버지, 많이 드세요. 제가 좋아한다고 닭고기 챙겨주셔서 고맙습니다."

조금 전에 할머니만 사진을 찍어드린 게 내심 미안해, 일부러 할아버지에게 인사를 한 번 더 건넸다.

"처자도 많이 들게. 많이 들고."

할아버지가 은근히 도진을 보았다.

"설에도 꼭 오게."

아인이 배시시 웃었다. 도진은 아직도 눈길을 거두지 않고 부담을 주는 할아버지를 마주하다가 눈을 쓱 치워버렸다.

오늘은 절하다가 휘청거리지도 않은 데다 할아버지도 전보다 더 편안하게 대해주시는 것 같아 기분이 좋다. 그에 아인이 생글

생글 웃으며 닭고기를 한 점 입에 넣을 때였다.

도진의 품에서 그의 손을 따라 나온 물체가 그녀의 시선을 사로잡았다.

저게 왜 이 시점에 여기에서 나오지?

이번엔 전혀 예상치 못했기에 그 어떤 마음의 준비도 못 했다. 아인은 급격히 당황하며 손을 입으로 가린 채 입안의 닭고기부터 얼른 씹었다.

설마하니 할아버지 할머니 앞에서 말을 하려고 할 줄은 몰랐다. 거절 못 하게 하려는 작전인가? 아무리 그래도 그렇지, 이렇게 당황시키면 어떻게 해.

그래도 미소가 오르는 걸 참지 못하고 얼른 음식을 삼켰다. 그리고 긴장으로 인해 굳는 손가락을 식탁 아래로 내려 쥐었다 폈다 했다.

"나한테 주는 거니?"

식탁 아래 아인의 손이 움직임을 멈췄다. 아인은 할머니의 앞으로 내밀어진 반지케이스를 보며 순식간에 눈빛을 굳혔다.

"예."

뜻밖의 선물에 할머니의 눈이 더없이 커졌다. 할머니는 조심스럽게 반지케이스를 집어 안을 열어보고는 감격과 고마움이 물씬 묻어나는 눈길로 도진을 보았다.

"세상에."

할머니의 감격 어린 눈길이 도진을 스쳐 아인에게도 닿았다. 아인은 어색하게 입꼬리를 올려 웃어 보이다가, 할머니의 눈길이 떨어지자 진정되지 않는 손길로 젓가락질에 몰두했다.

내가 닭요리를 앞에 두고 뭐하는 거람. 맛있게 먹어야지. 할머니가 정성 들여서 해주신 건데.

정말 먹음직스럽다. 꼭꼭 씹어 맛있게 먹어야지.

생각과는 달리 손의 속도가 자꾸만 떨어졌다. 아인은 저도 모르게 잠시간 허공에 손을 든 채 멈춰버렸다.

맛이 없다.

분명 처음 맛볼 땐 감탄할 정도로 맛있었는데, 음식의 맛이 느껴지질 않는다.

웃고 싶은데 자꾸만 입술 끝이 내려앉았다. 의식적으로 볼에 힘을 주며 아랫입술을 깨물어야만 했다.

"하하, 정말 맛있어요."

아인은 괜스레 더 과장되게 배까지 쓸며 본래 감정을 숨겼다.

"할머니 혹시 드라마 보세요?"

일부러 더 종알거리며 식사에 임했다. 너무 수다스러우면 할아버지가 싫어하지 않으실지 계산할 여력도 없었다. 제가 정확히 무슨 소리를 하는지도 모르고 열심히 이야기하면서 열심히 먹었다.

"벌써 가게?"

식사를 마친 후 적당히 일어서려 하자 할머니가 아쉬움을 드러냈다. 아인도 생각보다 귀가 시간이 빠르다고 느끼긴 했지만, 그렇다고 여기서 더 버티긴 힘들어 모르는 척 도진을 따라나섰다.

"어쩌나. 제대로 대접도 못 하고 일만 시켰네."

"하하, 아니에요."

할머니의 손에 끼워진 반지가 아인의 눈에 들어왔다. 그녀는 잠시간 보다가 허리를 꾸벅 숙였다.

"안녕히 계세요."

인사말을 다 뱉었음에도 허리를 들지 못했다. 그녀는 자꾸만 굳어가는 얼굴로 땅바닥을 보다가, 볼에 힘을 있는 힘껏 주어 입술을 펴곤 다시 허리를 들었다.

"설에 보세."

할아버지는 간단하게 말한 후 안으로 들어갔다. 할머니는 춥다며 아인의 팔을 쓰다듬느라 차를 타는 데까지도 함께 걸었다.

"집에 가면 따뜻한 옷으로 갈아입어."

"네, 할머니. 들어가세요."

마지막까지도 웃어냈다. 그녀는 떠나는 차를 배웅하는 할머니를 미소 지은 얼굴로 돌아보다가 천천히 몸을 앞으로 돌렸다.

"아아, 너무 많이 먹었나 봐. 갑자기 졸리네. 선배님, 저 좀 잘게요."

도진에게도 웃어주고 싶지만 도저히 무리다. 아인은 일방적으로 고하곤 눈을 감아버렸다.

그런 그녀의 모습을 물끄러미 보면서 도진은 인상을 썼다.

어째서일까.

왜 갑자기 우울해진 걸까.

아무리 오늘을 되짚어봐도 알 수 없다. 도진은 답답한 마음을 품으며 오늘의 계획을 접어야 할지 갈등했다.

하지만 더는 미루고 싶지 않다. 그가 최선이라 선택했던 순간엔 항상 변수가 일었다. 또 그러지 않으리란 보장은 없다.

더 이상은 참기도 힘들다. 도진은 일단 부딪쳐보자고 생각하며 자동차의 속도를 높였다.

자동차가 빨라진 걸 느끼면서 아인은 입술을 지그시 깨물었다.

눈을 감으면 좀 편해질 줄 알았더니 오히려 반대다.

할머니 손에 고이 자리 잡은 반지는 물론이며, 이제껏 그녀의 뇌리에 인상적으로 박힌 모든 장면들이 끝없이 그녀를 괴롭혔다.

레스토랑에서 청혼하던 커플도, 임신을 축하하던 촛불 이벤트도, 그리고 크리스마스를 함께 보내던 카페 안 연인들도.

차라리 눈을 뜨는 게 낫겠다 싶은데 이제 와선 뜰 수가 없게 되었다.

아인은 안간힘으로 뜨거운 눈에 힘을 주며 주먹을 꾹 쥐었다.

반지를 받겠다고 연습한 저 자신의 모습이 떠올랐다. 일일이 설레었던 제 모습이 떠올랐다.

……바보 같아.

한심해.

도대체 무슨 착각을 한 거야, 김아인.

"아인아."

도진의 나지막한 목소리가 들려왔다. 아인은 품에 안고 있던 차 쿠션을 집어 들어 얼굴을 가렸다.

도진은 한 손을 뻗어 그녀의 쿠션을 잡았다. 아인이 빼앗기지 않으려고 쿠션을 움켜쥐는 게 느껴졌다. 하지만 도진의 힘을 이기진 못했다. 도진이 쿠션을 아래로 내리자마자, 아인은 참았던 흐느낌을 쏟아냈다.

"흐윽."

팔목을 뻗어 입을 가려보지만 소용없었다. 나머지 손으로 눈을 덮어보지만 소용없었다.

그간 기대하고 실망하면서 쌓였던 모든 낙담이 일시에 몰려들었다.

"왜."

아인이 눈물을 보이는 건 전혀 뜻밖이었다. 도진은 당혹스러워하며, 차도를 빠르게 달리는 차를 세우지도 못하고 아인의 팔을 붙들었다.

"내가 뭐 잘못했어?"

"아니요…… 선배님은 잘못 없어요. 진짜로, 흐윽, 진짜 선배님 잘못 아닌데……."

아인이 주먹으로 제 가슴을 꾹 눌렀다. 진정하려고 애쓰듯 어깨를 들썩이다가 결국 모든 걸 놓아버렸다.

"어떻게 해. 난 진짜 바본가 봐! 그렇게 알 굵은 건 부모님 선물용인데…… 엄마한테 선물할 때 검색해서 다 알아봐놓곤 진짜 바본가 봐. 프러포즈용 반지는 그렇게 알 안 굵은데…… 알 굵은 건 부모님한테 드리는 건데…… 다 알고 있으면서!"

아인의 입에서 나온 프러포즈란 단어가 도진의 귀를 번뜻 붙잡았다.

"끄흑…… 저는요, 선배님이 저한테 프러포즈하는 줄 알았어요. 촛불…… 끄어, 순욱 민자, 끄어, 나한테 해주는 건 줄 알았는데…… 그럴 리가 없는데, 선배님은 그냥 할머니 선물 산 건데!"

도진이 눈을 가늘게 떴다.

"크리스마스에도 프러포즈하는 건 줄 알고 계속 기다리고……
기다리면 프러포즈 받겠지, 그러면서 기다렸어……. 선배님은 그
냥 일만 하는 바보 멍청이인데 멍청이같이 나 혼자 기대하고……
선배님은 멍청이 아닌 거 아는데, 선배님이 잘못한 거 아닌데……
그때 부케 받을 걸 그랬어요. 박 선배님 부케 내가 받았어야
해."

모든 게 파악되었다. 꽤 우스운 상황인 것 같은데, 아인이 워낙
서럽게 통곡을 해서 그런지 웃음이 나질 않았다. 도진은 그저 그
녀를 지켜볼 뿐이었다.

"……내려줘요."

울음이 잦아든 후 아인이 무리한 요구를 했다. 도진은 무시하
고 시간을 확인했다.

집엔 모든 게 준비되어 있다. 도착하면 그녀에게 준비한 모든
걸 주면서 프러포즈를 할 수 있다.

하지만 집까진 아직 한참 멀었다. 그때까지 그녀를 기다리게
할 수 있을까.

곧 청혼할 테니 조금만 참으란 말이 목 끝까지 차올랐지만 뱉
을 순 없었다.

"내려줘요."

이젠 울음기도 없이 싸늘한 목소리로 아인이 말했다.

"선배님 싫으니까 당장 내려달라고요."

집까진 무리다. 도진은 교차로의 황색 신호등을 보곤 차를 멈
췄다.

하지만 대로의 한가운데인지라 아인은 내릴 수 없었다. 멈칫거리는데 갑자기 도진이 차에서 내렸다. 아인은 이해할 수 없다는 눈빛으로 그의 움직임을 좇았다.

그는 차 앞쪽을 돌아오더니 조수석의 차 문을 열었다.

설마 여기에서 내리란 건가? 기세 좋게 내려달라고 했던 건 잊고 움찔 겁먹을 때였다.

아인의 눈이 한없이 커졌다. 그녀는 눈물이 그렁그렁한 눈을 키운 채 양손으로 입을 틀어막았다.

"김아인."

주변에 정차한 차에 타고 있는 모든 사람들과, 횡단보도의 신호를 대기하는 사람들의 시선이 모조리 이들에게 꽂혔다.

"결혼해줘."

도진이 한쪽 무릎을 꿇은 채 반지케이스를 열어 내밀고 있었다. 아인이 본, 도진이 할머니에게 내민 그 반지가 아니었다.

알이 굵지 않다. 프러포즈용이다!

말랐던 눈물이 다시 샘솟았다. 그녀는 눈을 몇 번이나 감았다 뜨며 고인 눈물을 꾹꾹 짜 흘려보냈다.

막 횡단보도를 건너기 시작한 무리 중 누군가 손가락 휘슬을 불자, 다른 쪽에선 받아줘라! 하는 소리가 들려왔다. 여기저기 휴대폰을 꺼내 촬영을 하는 사람들도 보였다. 아인은 그제야 창피함을 느끼며 손등으로 눈물을 쓱쓱 훔쳐냈다.

"신호 바뀌기 전에 선택해야 해."

신호 바뀌기 전까지 기다릴 마음 없다. 아인은 일말의 망설임도 없이 고개를 끄덕거렸다. 그러자 도진은 웃음기 어린 눈빛을 지으며 반지를 케이스에서 꺼내 들었다.

프러포즈 승낙 대사는 연습한 대로 못 읊었지만, 손가락 내미는 건 훈련한 대로 우아하게 잘 뻗었다. 도진은 그녀의 약지에 반지를 꽂아준 후 기습적으로 그녀의 입술을 훔쳤다.

그러다 횡단보도의 보행 시간이 얼마 남지 않았음을 알리는 신호음이 들려오자 그녀에게서 떨어졌다. 그는 감고 있는 그녀의 입술을 엄지로 닦아준 후, 그녀의 귀에 재빨리 속삭였다.

"오늘 집에 가지 마."

깜짝 놀란 아인에게 대답할 틈도 주지 않고 조수석의 문을 닫아버렸다. 웃는 얼굴로 그녀에게 시선을 꽂은 채 운전석으로 돌아와서는, 빠르게 시동을 걸고 자신의 집으로 달린다.

그날 저녁, 할아버지는 심각한 표정을 지으며 고심했다. 그러다 겨우 하나를 골라 손을 뻗었다.

"그리 내시면 광박은 어쩌시려구요?"

할머니가 친절하게 알려주며 할아버지가 방금 낸 화투짝을 가져갔다. 할아버지는 더더욱 심각한 표정을 짓다가 다시 고심해서 한 장을 더 골랐다.

"설에 도진이 오면……."

그러면서 은근히 입을 열었다. 할머니는 화투패를 보던 눈길을 할아버지에게로 옮겼다.

"사진 나도 같이 찍지."

할아버지는 할머니를 보지 않고 말하며 화투짝을 뒤집었다. 또 패를 깔아주기만 하는 할아버지를 보면서 할머니는 웃으며 대답했다.

"예, 같이 찍어드릴게요. 저런, 홍단도 뺏기시겠네."

화투짝끼리 착착 달라붙는 소리가 밤늦도록 울려 퍼졌다.

4

　고즈넉한 납골당 안. 도진은 아버지의 사진을 말없이 가만히
바라보았다.

　"인마, 뭐한다고 이때까지 좋아하는 여학생 하나 안 만들어놨
어? 아버지 아들 맞아? 아, 자식 이상하네. 아버지 아들이면 그럴
리가 없는데."
　"왜?"
　"아버지 아들이면 아버지 닮아서 딱 사랑에 눈먼 바보가 돼야
지. 이 자식 이거 수상한데? 내 아들 아닌 거 아니야? 권도진, 너
똑바로 말해라. 너 내 아들 아니지?"

　아무래도 아버지 아들 확실한 것 같아.

아버지의 조용한 미소가 도진의 온몸을 어루만졌다. 도진은 아버지의 시선에서 눈을 떼지 못하며 옆에 선 아인의 손을 꼭 붙들었다.

"아버지, 내가 사랑하는 여자."

고하듯이 담담히 말하면, 묵념 후 도진의 눈치를 살피며 엉거주춤하게 서 있던 아인이 고개를 꾸벅 숙였다.

"안녕하세요?"

납골당에서 인사를 이렇게 해도 되는 건가 갸웃거리며 다시 고개를 들었다. 그러면서 도진을 보자 도진 또한 이쪽을 보며 픽 웃었다.

"엄마한테는 안 하냐?"

그러면서 옆에 놓인 한창 젊은 여자 사진을 눈짓으로 가리켰다. 아인은 다시 한 번 고개를 꾸벅 숙였다.

"안녕하세요, 어머니."

사진 속 어머니가 반겨주는 듯했다. 아인은 도진의 조부모님들을 뵐 때보다 훨씬 더 긴장된다는 걸 느끼며 몰래 가슴을 쓸었다.

"아버지한텐 미안한데 엄마보다 예쁜 것 같아."

'인마, 엄마가 키가 조막만 해서 그렇지, 얼굴은 아무한테도 안 져.' 하는 아버지의 목소리가 귀에 들려오는 것만 같았다. 도진은 미소를 지으면서 아인의 손을 쥔 손에 조금 더 힘을 주었다.

"요즘 한창 바보짓을 하고 있어. 가끔은 아버지보다 더 바보 같기도 해. 앞으로 더 심해질지도 몰라."

흔치 않게 도진이 아인보다 말이 많은 순간이었다. 그렇다 하더라도 입 밖으로 꺼내는 말보단 안으로 숨겨 절제하는 그리움이 더 클 거다. 도진의 눈빛에 녹아 있는 많은 말들이 보이는 것만 같아서, 이번엔 아인이 그의 손을 꾹 잡아주었다.

"아버지 잘 부탁해, 엄마."

그게 마지막 인사였는지 그 뒤론 도진이 입을 다물고 열지 않았다. 오래도록 침묵을 지키는 그를 보면서, 아인이 넌지시 입을 열었다.

"저도 한마디 해도 돼요?"

도진이 해보라는 듯 슬쩍 자리를 내주었다. 아인은 두 분의 정중앙에 서서 흠흠, 하고 목을 가다듬었다.

"아버님, 어머님, 아드님이 좀…… 많이 부족하지만, 제가 잘 가르치도록 하겠습니다. 그렇다고 제가 안 부족하다는 건 아니고요. 제가 부족한 건 선배님이 또 잘 가르쳐주니까. 하하. 음…… 노력하는 건 자신 있으니까, 많이 노력해서 아드님 행복하게 해드릴게요. 믿어주세요. 아! 좀 전에 어머님보다 제가 더 예쁘다고 한 말은 아드님이 뭘 몰라서 한 말일 거예요."

급히 마무리 말을 뱉곤 다 됐다는 듯 도진을 보았다. 도진은 재미있다는 듯 웃고는 놓았던 손을 다시 내밀었다.

"이제 갈까?"

도진의 부모님 뵙기를 마친 후, 두 사람은 근처의 고즈넉한 산책로에 함께 올랐다. 아인은 다시금 말이 없어진 도진을 힐끗힐끗 보다가 밝게 입을 열었다.

"아버님은 좋겠다. 이렇게 존경해주는 아들도 있고. 되게 홀

룽한 검사셨나 봐."

"글세, 훌륭한가? 일 못 해서 지방 한직만 돌던 검사였는데."

"뭐, 어때요? 검사가 전국 방방곡곡으로 부임되는 거야 당연한 거지. 아, 선배님은 그럼 어릴 때 이사 자주 다녔겠네요?"

"어."

"여기저기 살아본 곳 중에 어디가 제일 좋았어요?"

"다 똑같았는데."

"그래도 여긴 정말 기억에 남는다! 이런 데 없어요?"

도진은 한 군데를 고르듯 가만히 생각을 해보았다. 아인은 은근히 기대하며 그의 말을 기다렸다.

"제주도?"

"와, 제주도에서도 살아봤어요? 신기하다."

제주도도 사람 사는 동네인데 신기해하는 게 더 신기하다. 도진은 입까지 벌리고 놀라는 아인을 보다가 피식 웃었다.

"선배님!"

혼자서 감탄하길 잠시 아인이 갑자기 눈을 크게 뜨며 도진을 불렀다.

"우리 신혼여행 있잖아요, 전국 일주로 할까요?"

"해외로 안 가?"

"생각해보니까 저 제주도도 제대로 가 본 적이 없어요. 고등학교 수학여행 때 잠깐 갔다 온 게 다인데 그때 우르르 몰려다니면서 사진만 찍어서 뭘 봤는지 기억도 안 나요. 그 뒤론 어디 여행 제대로 다녀온 적도 없고."

"박혜수가 해외로 가랬잖아."

"박 선배님은 국내는 다 다녀봤으니까 그렇게 말씀하신 거 아닐까요? 선배님도 여행 많이 안 가봤다면서요? 그럼 우린 이참에 우리나라나 한 바퀴 돌아요. 저 공부하느라 설악산도 못 가봤는데. 네? 네? 안 돼요?"

아인이 도진의 팔을 붙들고 떼를 쓰듯 몸을 흔들었다. 도진은 그 모습이 귀여워, 딱히 갈등하지 않음에도 일부러 대답을 늦췄다.

"그래, 원하는 대로 해."

한참 후 허락해주자 아인은 어린애처럼 즐거워했다.

"어릴 때 서해 쪽은 여기저기 부모님이랑 가봤거든요? 그러니까 이번엔 남해랑 동해 중심으로! 우리 남원 가요! 춘향이 동네!"

이후 그녀는 가보고 싶은 곳을 죄다 손으로 꼽아가며 도진에게 여기도 가자, 저기도 가자 설레발을 쳤다. 도진은 그녀의 모든 제안을 수락해주며, 방방 뛰는 그녀의 걸음을 느긋하게 따라주었다.

본격적으로 혼담이 오간 지도 몇 주째. 드디어 기대하던 웨딩 촬영 CD가 나왔다.

"아이구, 세상에. 너무 눈이 부셔서 아빠는 못 보겠다."

아빠가 호들갑을 떨며 노트북에서 눈을 치웠다. 하지만 말과는 다르게 금방 돌아와 아인과 함께 옹기종기 앨범에 들어갈 사진을 다시 골랐다.

"대체 누가 낳아서 이렇게 이쁘다냐? 너희 엄마는 젊었을 적에 이렇게 안 이뻤는데 네가 아빠를 닮았나 보다, 아인아."

"하이구! 달구가 듣고 웃겠다."

"당신이 그 말 딱 하니까 여기 달구 나온다. 이 사진은 달구가 너무 이쁘게 나온 거 아니냐?"

"그치? 우리보다 더 주인공 같지?"

"그러게. 우리 달구를 영화배우 시켰어야 하는 건데. 지금이라도 시킬까?"

"어디 비켜봐봐. 나도 좀 보게."

빨래 정리를 다 한 엄마도 엉덩이를 밀며 들어왔다.

"방금 고거. 고게 참하네. 그걸 커다랗게 확대해서 앨범에 탁 박아버려."

"그럴까?"

"내 눈엔 그것보다 요게 더 나은데?"

"당신이 뭘 알아?"

"내가 왜 몰라?"

"몰라. 궁뎅이 좀 치워봐. 좁아 죽겠어. 그런데 이렇게 보니 권 서방 영화배우 같다, 야."

"영화배우는 우리 달구가 한다니까."

"아니, 정말로. 요 콧날이랑 눈매 좀 봐봐. 참 우리 사위 잘났네."

"이 마누라야. 당신이 낳은 딸부터 좀 봐라."

"내 딸 고운 거야 당신이 워낙 수선을 떠니까 내가 더 보태기가 민망해서 그래. 그런데 용케도 권 서방이 요런 표정으로 사진을 찍었다?"

"엄마도 신기하지? 나도 엄청 신기했어. 하긴 사람이 안 그런 것 같은데 은근히 능청스러운 면이 있긴 해."

"내 딸 데려가려면 그 정도는 돼야지. 이래 보니 잘나긴 했네. 내 젊을 때 같네."

"딸내미 기겁할 소리 하지 마. 아유, 저리 가서 먹어. 컴퓨터에 흘릴라."

엄마가 간식거리를 들고 움직이는 아빠의 손을 저리 밀며 말했다. 아빠는 반항하듯 일부러 보란 듯이 손을 이리저리 자판 위에 움직였다. 엄마는 그 손을 찰싹찰싹 때려 멀리 물리쳐버리곤 아빠를 가까이 오지도 못하게 했다.

"사진도 그렇고 요샌 결혼식이 다들 너무 예쁘다. 엄마도 딱 삼십 년만 늦게 태어날걸."

"삼십 년 더 지나면 딱 육십 년만 늦게 태어날 걸 그러겠지."

"예식장도 그렇고 드레스도 그렇고 이렇게 반짝반짝하니 좋은데, 너 정말 전통혼례 해도 괜찮아?"

아빠가 심통을 부렸지만 엄마에겐 들리지 않는 듯했다. 엄마는 그저 사진에 눈을 박은 채 아인에게 묻기만 했다.

"응. 어차피 드레스 사진은 이렇게 남았잖아. 결혼식 날 굳이 또 입을 필요는 못 느끼겠어. 전통혼례복도 예쁘잖아. 그리고 가마 타고 싶단 말이야. 가마 탈 거야. 히히, 족두리도 할 거야. 족두리이이."

"신기한 기집애. 여보, 애 별난 건 확실히 당신 닮았어."

"전통혼례 한다는데 기특한 거지 별나긴 뭐가 별나? 우리 딸 기특하기도 하지."

아인과 아빠가 서로를 향해 '그지, 그지?' 하는 말을 연발하며 먹여주고 닦아주고 난리를 피웠다. 엄마는 그 모습을 보며 기가 차다는 듯 웃다가 아인과 눈이 마주치자 그녀의 머리를 쓰다듬었다.

"이게 벌써 이만치 커서 시집을 다 가네."

"크기야 옛날에 다 컸지, 뭘."

아인이 쑥스러운 기색을 숨기며 말했다.

"몸만 컸지, 속엔 세상 물정 하나도 모르는 애가 앉아 있으니 언제 크나 했지. 저런 게 뭔 검사를 한다고 저러나 싶어서 걱정했던 게 엊그제 같은데. 검사 안 한다고 방 안에만 처박혀 있을 때 내가 무슨 수를 써서라도 저 기집애 법대 가는 걸 막을걸, 그냥 지 오빠처럼 사대 보낼걸, 그랬는데."

엄마를 향해 미안한 눈길을 떴다.

"그게 이제 커서 의젓하게 검사 태도 나고 시집도 가네. 에구, 막상 보내려니 왜 이렇게 아까워?"

"요즘 누가 시집가? 장가오는 거지."

"기집애! 눈치 없이 시조부모 앞에서 그런 소리 해라?"

"걱정 마. 할아버지 할머니 나 엄청 예뻐하시는 거 상견례 때 봤잖아."

"그게 끝까지 가야지. 아무쪼록 잘해. 알겠지?"

"응."

"잘 살아, 우리 딸."

아인이 배시시 웃고는 엄마의 손을 잡아주었다. 옆에 앉아 있던 아빠도 슬그머니 손을 뻗어 같이 잡고는, 셋이서 뭉친 손을 흔들흔들 오래도록 흔들었다.

창밖 담장 너머로 벚꽃이 막 피어날 준비들을 하고 있었다. 이제 결혼식까진 일주일밖에 남지 않았다. 아마 결혼식을 올릴 때쯤엔 만개한 벚꽃이 흩날리며 꽃눈이 내리겠지.

생각만 해도 기분 좋다. 황의홍상을 곱게 차려입은 아인은 창밖을 향해 흐뭇하게 웃다가 뒤돌아보았다.

"왜 아직 안 갈아입었어요?"

도진에게 한복으로 갈아입으라고 하고 뒤돌아 기다려주던 참이었다. 한데 도진은 갈아입는 흉내도 안 내고 그대로였다.

"너 보는 게 웃겨서."

침대 위에 양갓집 규수라도 되는 듯 얌전하게 앉아서는 창밖을 보며 혼자 웃었다가 심각했다가 다시 웃었다가 표정이 시시각각 변하는 게 재미있어, 그걸 구경하느라 아직 넥타이도 풀지 않았다. 아인은 밉지 않게 눈을 흘기며 도진을 닦달했다.

"얼른 갈아입으세요. 곧 함 올 텐데."

"갈아입혀 줘."

"예? 왜요, 싫어요."

아인이 당황하더니 금세 얼굴이 붉어졌다.

"그럼 안 갈아입는다."

"안 돼요!"

도진이 그럼 자기 말대로 하라는 듯 양팔을 양옆으로 슬쩍 들어 보였다. 아인은 도진과 함께 한복을 나란히 입고 싶다는 욕심에 어쩔 수 없이 도진에게 슬그머니 다가갔다.

"애도 아니고 억지나 부리고."

믿지 않게 눈을 흘기며 흠흠 목을 가다듬었다. 그러면서 도진의 넥타이를 살살 풀어냈다.

넥타이를 벗겨내자 도진이 제 손에 받아 갔다. 아인은 이젠 민망함은 잊은 표정으로 도진의 셔츠 첫 단추부터 신중하게 풀기 시작했다.

한데 왠지 잘 안 벗겨진다. 아인은 진지하게 단추와 씨름하다가 시선을 느껴 위를 흘깃 보았다. 도진이 눈을 내리깐 채 미소 지은 얼굴로 자신을 내려다보고 있었다. 아인은 잊었던 민망함이 다시 차오르는 걸 느끼며 다시 목을 흠흠, 가다듬었다.

단추를 다 풀고 셔츠를 그의 어깨 뒤로 넘겼다. 그의 크게 각진 어깨가 굉장히 도드라져 보이면서 아인의 얼굴을 더 붉게 만들었다. 아인은 내색하지 않으려 애쓰며 그의 셔츠를 모두 벗겨주었다.

그리고 물러나 한복 저고리를 집다가 바지를 먼저 입어야 한다는 걸 깨달았다. 아인은 다시 도진을 향해 돌아선 후 그의 벨트를 뚫어져라 보았다.

결심한 듯 다가가 그의 버클을 손에 쥐었다. 그의 단단한 맨몸이 아인의 바로 눈 옆에 버티고 서서 그녀를 자꾸만 긴장시켰다. 아인은 의식하지 않으려 애쓰며 그의 벨트를 풀기 위해 손을 꼼지락거렸다.

좀 전에 단추를 풀 때보다 더 어렵다고 느끼며 겨우 벨트를 풀어낸 순간이었다.

"흥분된다."

도진이 그녀의 귀에 숨을 불어넣듯 속삭였다.

"으아!"

그와 동시에 아인이 기겁을 하며 도진을 밀쳤다. 도진은 밀리기는커녕 끄떡없이 서서, 오히려 아인이 반작용으로 밀리지 않도록 꽉 붙들어 안았다.

"바보! 또 이래! 제가 결혼식 올릴 때까진 안 된다고 했죠! 밖에 우리 부모님도 계신데!"

"난 그냥 한복 입는 게 흥분된다고 한 건데."

"거짓말."

"왜? 무슨 뜻이라고 생각했는데?"

"몰라요! 안 입혀줄 거야. 혼자 입어요! 놔주세요! 엄마!"

아인은 즐거운 듯 괴로운 듯 소리를 지르며 도진의 품에서 벗어나기 위해 발버둥을 쳤다. 도진은 놓아주지 않고 계속 무슨 뜻이냐고 물어댔다.

"아빠 부를 거예요!"

그제야 도진이 놓아주고 순순히 저고리를 집어 들었다. 아인은 홈그라운드라 다행이라 생각하면서 흐트러진 한복의 매무새를 매만졌다.

그리 두 사람이 다정하게 한복을 차려입고 나서 얼마 지나지 않아 온 동네가 들썩거리기 시작했다.

"함 사세요!"

엄마가 미리 집집이 떡을 돌리며 양해를 구해놓은 덕분인지,

아니면 동네 사람들 인심이 좋아서인지 시끄럽다고 화내는 이는 없었다.

오히려 요즘 들어 뜸해진 풍경이 흥미로운지 집 밖으로 나와 구경하는 이목이 많았다.

"함 사쇼!"

자기는 아파트라 어쩔 수 없이 함을 조용히 들였지만 할 수 있으면 시끌벅적하게 하라는 혜수의 말에 홀라당 넘어간 아인 때문에, 자기가 직접 함을 메겠다고 몇 차례나 주장한 도진의 의견은 사뿐하게 묻혀버렸다. 부장님부터 부서의 모든 검사들, 심지어 정기인사이동으로 인해 다른 청으로 전출을 간 강주까지도 죄다 합세하여 도진의 함을 실어 나르고 있었다.

"하하하, 강주 선배님 좀 봐요."

아인이 노트북 화면을 가리키며 도진에게 말했다. 함이 올 때까지 꼼짝없이 방에 갇혀 있어야 하는 아인을 위해 정 수석이 휴대폰으로 생중계를 해주는 중이었다. 아인은 동영상 속 마른오징어 대신 우스꽝스러운 말 가면을 뒤집어쓴 강주를 보며 깔깔깔 계속 웃었다.

"이 동네 김 처자! 권가 놈이랑 혼인한다는데 얼른 함 사가쇼."

"여물이 다 떨어졌다! 여물이 없어서 우리 말이 앞으로 더 못 나간다!"

청사초롱을 든 부장과 소 검사가 크게 목청을 높였다. 그러자 대기하고 있던 아인의 친구들이 부랴부랴 술상을 들고 총총걸음 디뎠다.

"요만큼만 오세요. 딱 요만큼만 오시면 요거 다 드릴게요."

친구 중 하나가 적당한 거리에 서서 거래를 걸었다.

"거기까지 갈 힘이 도저히 없네. 아이고, 나는 여기서 좀 쉬다 갈란다. 다들 여기서 좀 쉬지. 소 검사, 김 검사, 누워. 한숨 자고 가자고."

"그럼 딱 요만큼만요."

친구가 몇 걸음 더 앞으로 가주었건만 일행은 요지부동이었다. 소 검사가 일부러 챙겨 옆구리에 끼고 온 돗자리를 보란 듯이 착 펼치자 부장님이 신발까지 벗고 그 위에 누웠다. 소 검사도 누워 버렸다. 함을 바닥에 내려놓으면 안 되니까, 강주는 엎드려 누웠다. 절묘하게 자리를 잘 잡아 누운 세 사람을 보면서 촬영하던 정 수석이 큭큭, 웃음을 터트렸다.

"여물 없어 못 가겠네. 여물이 있어야 요만큼만 가든 저만큼만 가든 하지."

부장님이 바람을 잡으며 끙끙 앓았다. 친구들은 결국 맥없이 술상을 갖다 바쳐야 했다.

"갈비 같은 거 없나, 갈비?"

원하는 대로 갈비며 전이며 다 갖다 나르고, 시키는 대로 노래도 한 곡 하고, 가위바위보로 하자고 꼬시기도 하면서, 열 걸음씩 열 걸음씩 겨우 함을 앞으로 당겼다. 아인은 친구들에게 미안하기도 하고 고맙기도 한마음으로 즐거이 동영상을 감상했다.

소 검사가 또 자리를 깔았다. 이번엔 쉽게 일어설 생각이 없어 보였다. 갖은 말로 꾀며 여러 수를 써보던 친구들은 이들이 꿈쩍도 않자 결국 품에서 하얀 봉투를 꺼냈다.

"이것 보세요."

친구들이 봉투의 입구를 열어 안에 만 원짜리가 한 장씩 들어 있음을 보여준 후, 그걸로 길을 만들어 곱게 깔기 시작했다.

"아따, 길에 누가 이렇게 쓰레기를 버리고 그러나? 종이는 종이끼리 분리수거를 해야지."

부장님이 못 이기는 척 또 움직여주었다.

"에이, 나이 든 어른이 혼자 청소하고 그러는 거 아니에요. 한 살이라도 젊은 내가 해야지."

소 검사도 능청스럽게 뒤따랐다. 친구들은 보란 듯이 열심히 봉투를 깔았다.

"에잇, 더는 힘들어서 청소 못 하겠네. 소 검사, 자리 까소."

하지만 봉투를 예닐곱 개씩 줍더니 더 줍지 않고 멈춰버렸다. 부장님은 이제 봉투엔 관심도 없다는 듯 술을 한 잔 마시고는 흥에 겨워 한 곡조 뽑기 시작했다.

"날 좀 보소오, 날 좀 보소오, 날 조오옴 보오오소오오."

그러자 강주가 일어나 어깨춤을 추기 시작했다.

"아따, 잘 추네. 우리 말보다 춤 잘 추는 양반 있으면 그 양반한테 함 팔란다."

개중 숫기 있는 친구가 어설픈 춤사위를 펼쳤지만 부장님에 의해 가차 없이 기각당했다. 춤을 추던 친구는 '에라, 모르겠다.' 하며 기회를 틈타 강주를 집 쪽으로 밀어보려 했다. 하지만 반대쪽에서 소 검사가 밀며 버티는 바람에 무리였다.

"누가 우리 말 훔쳐갈라 하나! 도둑놈이네! 함 팔러 왔다가 도둑맞게 생겼네!"

실랑이를 하며 부장님이 수선을 떨 때였다.

"오라버니들, 그 함 내가 사겠소."

혜수가 짠 하고 나타나 의기양양하게 섰다. 그녀는 임신 7개월
의 배를 자신만만하게 내밀며 그녀만의 에스라인을 잔뜩 뽐냈
다.

"에헤이, 이건 아니지!"

"떽! 절루 안 가?"

소 검사와 부장님의 박대에도 불구하고 혜수는 자신만만하게
제자리에서 웨이브를 추기 시작했다.

"이보오, 함진아비 오라버니. 요기까지 오면 내 어디 치마만
벗어주갔소?"

강주가 미련 없이 뚜벅뚜벅 전진하기 시작했다. 부장님과 소
검사가 부랴부랴 말려도 소용없었다. 혜수가 춤을 추며 조금씩 뒤
로 갔다. 강주는 뒤에서 미는 이들의 힘을 벗 삼아 성큼성큼 다가
갔다.

"아이고, 우리 말이 미쳤네. 우리 말한테 뭘 먹인 거야? 여물
에 뭘 탄 거야?"

정 수석까지 가세해 겨우 말렸다. 하지만 이미 대문 앞까지 당
도한 이후였다.

"여기까지만 와. 여기까지. 뽀뽀."

혜수가 이번엔 아양을 떨며 강주를 꾀었다. 한데 강주가 팔짱
을 끼더니 단호하게 우뚝 멈췄다. 그러더니 대문 앞에 스스로 자
리를 깔았다.

그리고 다시 술판이 벌어졌다.

"강주야. 강주 씨? 강주 오빠아아아아."

혜수가 아무리 애써도 무리였다. 강주는 못 들은 척하며 정 수석에게 술을 권하기만 했다.

큰일이다! 최후의 비장 카드였던 혜수가 여기까지라니.

"우리 함 못 받는 거 아니에요?"

아인이 도진을 보며 말했다.

"내가 들고 오는 게 좋았겠지?"

"선배님답지 않게 되게 집착하시네요? 함 메고 싶었어요?"

"어."

"왜요?"

"함 메고 가면 문 입구에서 박 깨고 들어간다며. 박 내가 깨고 싶었어."

담담하게 말하는 모습이 귀여워 괜히 도진을 툭 칠 때였다.

"형님이다."

"음?"

도진이 가리키는 대로 화면을 보니 아인의 오빠가 나서고 있었다. 아인은 오빠가 무슨 수를 쓸까 기대하며 눈동자를 빛냈다.

"이보오, 함진아비 오라버니. 얼른 집에 안 들어오면 내 어디 치마만 벗어주갔소?"

오빠는 좀 전에 혜수가 했던 대사를 응용하며 허리에 두르고 있던 보자기를 풀어 헤쳐 던졌다. 그러더니 걸 그룹들이 출 법한 섹시댄스를 추기 시작했다.

"으아! 우리 오빠 또 저래!"

아인이 부끄러워하며 두 손으로 얼굴을 가렸다. 오빠는 능청스럽게 춤을 추며 모두의 혼을 빼, 결국 함 들이기의 1등 공신이 되었다.

강주가 도진이 탐내던 박을 시원하게 깨고 집 안으로 들어섰다. 검사들은 아인의 부모님과 함을 사이에 두고 맞절을 하는 순간에도 봉투 더 안 주시면 안 일어나겠다며 끝까지 장난을 쳤다.

"하하, 이번에 교내 합창대회 때 선생님들끼리 공연이 있어서 연습했던 건데, 이렇게 유용하게 쓰게 될 줄 몰랐네요. 부끄럽습니다."

"예사 실력이 아니시던데. 선생님으로 남기엔 너무 아까운 인재네."

"당연한 말씀 감사합니다."

함들이기를 모두 마친 후 아인의 가족들이며, 그녀의 친구들이며, 함을 지고 온 검사들이며 모두가 큰 상에 둥그러니 둘러앉았다. 익살꾼들이 여럿이 모이니 웃음이 끊이질 않았다. 아인은 함 들이기를 거하게 하길 잘했다고 생각하며 연신 빵빵 웃음을 터트렸다.

"권도진이! 각오 한마디 해야지."

아빠, 오빠와 죽이 척척 맞아 신 나게 대화를 하던 부장님이 갑자기 도진에게 제의했다. 아인이 먹여주는 대로 음식 먹기에 열중하고 있던 도진은 모두의 부담스러운 시선을 느끼곤 아인의 눈을 보았다. 아인도 은근히 기대하는 눈치로 도진을 보며 눈을 빛내고 있었다.

도진은 자리에서 일어섰다. 그러곤 바로 입을 열었다.

"허니문베이비. 파이팅."

모두의 환호가 터졌다. 아인은 오빠의 섹시댄스를 봤을 때보다 더한 부끄러움을 느끼며 두 손으로 얼굴을 가린 채 한참이나 손을 치우질 못했다.

4월 중순의 포근한 날씨가 아인의 기분까지 보드랍게 만들었다. 노렸던 대로 벚꽃이 온통 만개해온 세상이 뽀얗게 아름다웠다. 아인은 하늘하늘 내리는 꽃눈을 보며 작년 이맘때쯤의 자신을 돌이켜 보았다.

그때 홀로 벚꽃 핀 거리를 걸으며 도진과 함께 걷는 상상을 했었는데. 아인은 아련한 눈길을 들어 도진을 올려다보았다.

"선배님 저 말 타면 장원급제한 사람 같겠다."

아인의 말에 도진이 웃었다. 그는 미소를 띤 채 아인을 내려다보았다.

"족두리 귀엽다."

"그죠?"

"빨리 벗기고 싶어."

도진이 아인의 귓가에 입을 가져가며 몰래 속삭였다. 아인은 밉지 않게 흘겨보며 그의 팔에 들린 사모를 집어 들었다.

팔을 번쩍 들어 도진의 머리에 씌워주고 싶은데 예복의 매무새가 망가질까 봐 높게 들진 못하고 끙끙거렸다. 그러자 도진이 허리를 숙여 머리를 내려주었다. 아인은 만족스럽게 그의 머리에 모자를 씌워주었다.

"자, 선배님도 족두리."

둘이 마주 보고 웃었다. 아인은 새삼 감격하며 눈썹을 둥글게 휘었다.

예전 상상 속의 도진은 웃지도 않고 말도 없었건만 지금의 도진은 자신을 사랑스럽다는 듯 바라봐주기도 하고, 부끄러운 밀어를 속삭여주기도 한다.

간혹 전혀 예상치 못했던 의외의 모습을 보여주기도 하고, 또 반대로 너무도 예상한 대로 행동해 허탈한 웃음을 자아내기도 한다.

앞으로 그런 모습을 더 보게 되겠지.

싸우고 서운해하는 경우도 많겠지.

서로의 생각을 이해 못 해 답답해하는 경우도 있겠지.

그래도 이 사람이라면 괜찮을 거란 확신이 든다.

가끔 수석만 하고 산 사람 맞아? 하고 생각될 만큼 모질이이지만 가르쳐주면 그대로 하려고 애써주니까. 수석만 했다는 거 거짓말 맞아!라고 확신할 만큼 유치한 면도 있지만, 놀라울 정도로 존경스러운 면도 많으니까.

앞으로 잘 부탁해요.

아인은 햇살을 담아 도진에게 환하게 웃었다.

곧 말과 가마가 준비되었다. 아인은 언제 점잖게 날씨를 감상했냐는 듯 어린아이처럼 좋아하며 가마에 올랐다. 도진은 그런 아인을 구경하듯 지켜보다가 아인이 특별히 고른 백마에 보기 좋게 올라탔다.

풍악과 함께 박수와 환호성이 크게 울리며 신랑신부의 입장을 알렸다.

끊이지 않고 하늘하늘 내려앉는 벚꽃이 두 사람을 축복하듯 바람에 살랑거렸다.

Epilogue_ 밀월

　예식이 끝난 후, 아인과 도진은 도진의 취향이 적극적으로 반영된 분홍색 커플 티 차림으로 갈아입고선 바로 신혼여행길에 오를 준비를 했다. 어차피 비행기 편이 예약된 것도 아닌데 해 다 질 때 출발하지 말고 내일 가라는 아빠의 말을 아인은 갈 데가 많아서 안 된다며 단호하게 거절했다.

　"우리 아인이만 신 나서 어떻게 해? 권 서방은 운전하느라 고생만 할 텐데."

　도진의 조부모를 의식한 엄마가, 평소답지 않은 우아하고 고상한 말투로 염려를 전했다.

　"괜찮아!"

　"권 서방이 괜찮아야지, 네가 괜찮아서 어디 쓰니?"

　"괜찮습니다."

도진이 말했다. 엄마는 미안한 표정을 지으며 도진의 손을 잡아주었다.

"운전 조심하고. 건강하고 알차게 놀다 와."

역시나 고상하게 인사를 건네는 엄마였다. 그 외에 다른 가족들도 모두 한마디씩 하며 이들을 배웅해주었다.

"다녀오겠습니다!"

신 나게 출발했다. 그녀는 모두에게 손을 흔들어주며 연신 방긋방긋 웃었다.

"와아, 선배님이랑 고속도로 타보는 건 처음이에요."

"그러게."

"그러고 보면 선배님이랑 여행 한 번 제대로 못 가보고 결혼부터 했네, 아쉽다. 괜찮아요! 앞으로 두고두고 자주 다니면 되지. 아니다, 이제까지도 바빴는데 앞으론 더 바쁘겠죠? 여행 갈 기회 잘 없으니까 이번에 재밌게 놀다 와요!"

아인은 설렘을 감추지 못하고 계속 종알거렸다. 휴게소에 들러선 이것도 먹자, 저것도 사자, 성화를 부렸다. 자동차 안에서도 도진에게 쉼 없이 이야기를 하고, 지도를 검색하고, 노래를 틀어 리듬을 타더니 나중엔 율동까지 했다.

진짜 즐거운가 보다. 도진은 갓 잡아 올린 생선 같은 그녀를 신기한 듯 지켜보다가 어쩔 수 없다는 듯 웃어버렸다.

휴게소에서 시간을 지체해서인지 목적지에 도착했을 땐 이미 저녁식사시간도 훌쩍 넘긴 밤중이었다. 간단하게 요기를 하고 숙소를 정하니 시간은 더 늦어졌건만, 아인은 여전히 충전된 모습으로 힘차게 밤 나들이에 나섰다.

리조트 근처에 오밀조밀 모여 있는 주변의 명소를 일일이 다 찾아간 후, 아인은 마지막으로 춘향과 이몽룡이 만났다는 누각으로 향했다.

원래 야경을 보려고 점찍어둔 곳이었다. 아인은 춘향은 어땠다더라, 몽룡은 어땠다더라, 하며 자신이 아는 바 지식을 도진에게 야금야금 흘려준 후, 고요한 밤중에 조명을 밝히고 있는 누각을 흐뭇하게 보았다.

"전 아마 춘향이로 태어났어도 이몽룡 못 만났을 거예요."

"왜?"

"그네 무섭잖아요. TV에서 보니까 춘향이가 탄 그네는 그냥 놀이터 그네가 아니던데요? 생각만 해도 무섭다."

아인이 실없는 소리를 했다.

"김아인 귀엽다."

도진이 그녀의 볼을 살짝 꼬집으며 말했다. 그러자 아인이 부끄러운 표정을 지으며 도진의 손이 닿은 부분을 제 손으로 괜히 건드렸다.

밤중인데도 그녀의 얼굴이 발그레하게 변한 게 눈에 보였다. 도진은 사랑스럽다고 느끼며 이번엔 그녀의 뺨에 입을 살짝 맞추었다. 아무렇지도 않은 척하는 걸 보곤 입을 한 번 더 맞췄다. 그러자 아인이 결국 좋은 듯 웃으며 제 손으로 뺨을 모두 가렸다. 그러곤 도진을 힐끔힐끔 보았다.

"이제 뺨 없지롱."

아인이 놀리듯 말했다. 도진은 입꼬리를 올리며 이번엔 그녀의 입술에 제 입술을 갖다 대며 쪽 소리를 냈다.

별 뜻 없이 귀엽다고만 생각하며 맞춘 입술이었건만 닿고 나니 생각이 변했다. 도진은 입술에 감도는 여운을 느끼며 아인을 지그시 바라보았다.

결혼 준비를 하던 어느 날, 아인이 갑자기 결혼하기 전엔 안 된다는 밑도 끝도 없는 선언을 하더니 그 이후론 키스도 잘 허락해 주질 않았었다.

"소중한 날을 위해 아껴놔요."

도진으로선 감당하기 힘든 말을 쉽게 던지며 다가가는 제 입술을 검지로 밀던 아인이, 이젠 거부하지 않고 제 입맞춤에 얼굴을 붉히고 있었다. 도진은 그제야 결혼했다는 걸 실감하며 눌러두었던 욕구를 슬그머니 꺼내 들었다.

밤이 내려앉은 가운데 오묘한 조명을 받고 수줍게 앉아 있는 그녀의 모습은, 좀 전에 잠깐 맛보고 온 그녀의 달콤한 입술 맛을 더더욱 상기시켰다. 도진은 입안에 남은 잔향을 혀로 쓸어 담아 삼킨 후 그녀에게 다시 천천히 얼굴을 내밀었다.

아인이 거부하지 않고 눈을 감았다. 도진은 더없는 만족감을 느끼며 그녀의 입술 위에 제 입술을 포갰다.

통통하게 부드러운 입술이 도진의 입술을 섬세하게 자극했다. 도진은 몇 차례 입술만을 닫았다 열었다 움직이며 그녀의 입술을 튕기듯 건드렸다.

재미있는 듯 애가 타는 기분을 느끼며 입술끼리의 스침을 즐기던 그는 일순간 혀를 내밀어 그녀의 입술을 적셨다. 그리고 반항

없이 매달려오는 그녀를 품에 안으며 강하게 그녀를 빨아들이기 시작했다.

오래도록 절제한 탓인지 인내를 풀자마자 욕구가 밀물처럼 밀려들었다. 아인의 몸을 기억하고 있는 손이 자연스럽게 그녀의 허리라든지 허벅지 따위로 옮겨가려 했다. 하지만 야외라는 걸 잊지 않은 덕분에 간신히 자제하며, 대신 그 손을 그녀의 손에 얽었다.

그녀의 손가락을 하나하나 만지며, 으스러뜨릴 듯 움켜쥐었다가 애타는 듯 깍지를 꼈다. 그는 제 손의 모든 세포를 이용하여 그녀의 손등에서부터 손가락 사이, 손바닥에 이르기까지의 피부를 마음껏 유린했다. 갈증이 해소되는 듯 더 짙어진다. 도진은 반대쪽 손으로 그녀의 뒷머리를 거칠게 움켜쥐었다가, 아쉬움을 남기며 아인의 입술에서 떨어졌다.

손에 남은 느낌이 아슬아슬하게 짜릿했다. 아인은 도진의 느낌이 남아 있는 손을 주먹으로 뭉치며 도진의 눈을 바라보았다.

"이만 갈까?"

도진이 은근히 유혹을 하듯 물었다. 아인은 못 이기는 척 고개를 끄덕이며 그를 따라나서 주었다.

숙소로 돌아오자 도진이 또 부끄러운 소릴 했다. 아인은 얼굴을 빨갛게 물들인 채 도진을 향해 고개를 저었다.

"왜 안 돼?"

"안 돼요!"

"왜."

"안 되니까 안 되는 거죠!"

"우리 이제 부부인데?"

"그래도 안 돼요!"

"그럼 난 안 씻는다."

"마음대로 하세요."

아인은 같이 씻자는 도진의 말을 여지없이 거절하고 욕실로 들어가버렸다.

보통 도진이 떼를 쓰면 웬만해선 고집을 꺾어주는 아인이건만 같이 씻는 것만큼은 아직 한 번도 허락받질 못했다. 도진은 언젠가 한 번은 아인이 씻고 있을 때 쳐들어가 보리라 다짐하며 그녀가 나오길 기다렸다.

아인이 샤워가운을 걸친 채 밖으로 나왔다. 도진은 보송보송한 천에 둘러싸인 그녀에게 다가가 슬며시 감싸 안았다.

샴푸 향이 기분 좋게 그의 후각을 자극했다. 도진은 조금 더 깊숙이 그녀를 안아 당긴 후, 곧 그녀를 놓아주며 의미심장하게 말을 뱉었다.

"침대에서 기다려."

아인이 알겠다는 듯 고개를 끄덕였다. 그러곤 말 잘 듣는 학생처럼 바로 침대로 향했다. 도진은 만족스럽게 웃으며 욕실로 들어갔다.

조금 전 아인에게서 맡았던 향이 아직 욕실에 남아 일렁이고 있었다. 도진은 그 향에 기분 좋게 취하며 물을 틀었다. 뜨거운 물이 그의 피부에 닿아 근육을 이완시켰다. 그는 결혼식을 치르고 오랜 시간 운전을 하면서 쌓았던 피로를 물에 녹여 흘려보냈다.

물살 속에 가만히 서서, 제 손을 쥐었다 펴길 반복했다. 아인의 손을 마음껏 주무르며 유린하던 감각이 아직 그의 손에 살아 있었다. 도진은 손을 한 번씩 쥐었다 펼 때마다 아랫배가 무거워지는 걸 느끼며 약간은 초조한 기분으로 샤워를 끝냈다.

밖으로 나오자 아인이 침대에 누워 있는 모습이 보였다. 엎드린 듯 옆으로 누워 다리를 살짝 위로 들어 올린 바람에 샤워가운 차림이 아슬아슬하게 흐트러져 있었다. 도진은 위험하게 가린, 아니, 열린 그녀의 허벅지에 시선을 박은 채 그녀에게로 가까이 다가갔다.

하루 종일 어린아이처럼 기운차게 다니더니 마지막 에너지까지 다 짜내서 논 것일까. 맥 빠질 만큼 쉽게 잠들어 있었다. 도진은 새근새근 소리를 내며 깊게 잠든 그녀를 내려다보다가, 그녀의 등 뒤에 그녀와 같은 방향으로 조심스레 누웠다.

"아인아."

깨울 심산으로 그녀의 귓가에 숨결과 함께 목소리를 밀어 넣었다. 하지만 아인은 끄떡도 없었다.

이러면 곤란한데.

도진이 탐탁지 않은 표정을 지으며 그녀의 어깨를 잡아 자기 쪽으로 슬며시 당겼다. 그러자 그녀의 몸체가 위로 향하며 가슴께의 샤워가운이 살짝 벌어졌다.

샤워가운 뒤에 숨어 있던 그녀의 앙가슴이 슬며시 모습을 드러냈다. 하지만 보이는 건 꼬리일 뿐, 가운 속엔 더 깊은 골이 숨어 있을 터였다.

도진은 여전히 감고 있는 그녀의 눈꺼풀을 흘낏 본 후, 손가락을 뻗어 그녀의 가슴께를 자기 쪽으로 천천히 헤쳤다.

숨어 있던 앙가슴의 허리가 공기 중으로 모습을 드러냈다. 도진이 손가락을 조금 더 움직이자 가슴골이 더 깊게 드러났다.

도진은 옆으로 옷을 젖히던 손을 멈추고 손가락을 그녀의 목 아래로 가져갔다. 그리고 그녀의 살결을 쓸며 수직으로 내려가기 시작했다.

그의 손가락이 골짜기의 입구를 지나 점차 아래로, 가슴의 정중앙까지 닿았다. 도진은 그곳에서 접고 있던 손가락을 펼쳐 옷을 넓게 열었다.

동그스름하게 모인 예쁜 살집이 도진의 시야를 침범했다. 유두를 간신히 숨긴 채 도진을 애태우듯 부풀어 있었다. 도진은 배 아래쪽이 난리를 치는 걸 느끼면서 아인의 귀로 다시금 입술을 가져갔다.

"안 일어나?"

새근거리는 소리만 더 거세게 들려왔다. 도진은 그녀의 귀를 살짝 깨물며 혀로 핥아 올렸다.

"아야……."

아인의 입에서 들려온 소리에 도진이 귀를 바짝 세웠다. 하지만 귀를 깨물긴 것에 대한 반사적인 반응일 뿐이었는지, 또다시 색색 고른 숨결 소리만 들려왔다.

"흐음."

입까지 살짝 벌린 채 정신 놓고 자는 걸 보니 깨우기가 미안해졌다.

하지만 깨우지 않으면 도진의 하반신이 다 익어버릴지도 모를 일이었다. 도진은 어쩔까 고민하며 그녀에게서 살짝 멀어졌다.

채 마르지 않고 물기를 머금은 머리카락이 베개를 적시고 있는 게 눈에 들어왔다. 도진은 저 상태로 잘도 잔다고 생각하며 눈길을 더 아래쪽으로 내렸다.

쇄골 아래 그가 키스마크를 남기길 좋아하는 위치를 지나, 그가 위태롭게 열어놓은 가슴을 지난다. 그 아래론 단호하게 가려져 있는 그녀의 배가 보이며, 좀 더 내려가니 샤워가운이 착 감겨 있는 허벅지가 눈에 들어왔다.

당장에라도 그녀의 다리 사이에 제 다리를 걸어 양쪽으로 펼쳐 버리고 싶지만, 아무것도 모르고 자는 이에게 행하기엔 죄의식이 들어 참았다. 대신 손가락으로 샤워가운의 끝자락을 만지작거리며, 언뜻언뜻 닿는 그녀의 허벅지 피부로만 만족할 뿐이었다.

"김아인, 일어나."

참는 게 힘들어 다시금 그녀를 깨우길 시도했다. 묵묵부답이라 이번엔 좀 과격하게 흔들어보았다.

"어어, 일어날게, 일어날게……."

누구한테 말하는지 모르게끔 중얼거리더니 다시 꿈나라로 빠져버렸다.

"하."

이럴 거라면 아까의 키스도 받아주지 말지.

그냥 덮칠까.

그냥 올라타서 그녀의 허리를 다리 사이에 가둔 채, 저 붉은 입술 안에 혀를 밀어 넣어버릴까.

그냥 이 샤워가운을 다 풀어내 버리고 원하는 대로, 이것저것 마음대로 해버릴까!

"아흐……."

잠꼬대인지 아인이 고통스러운 소리를 내며 인상을 썼다. 오늘 하루 무리한 후유증을 톡톡히 앓고 있는 게 분명했다. 도진은 한숨과 함께 고개를 떨어뜨리며 그냥 자신이 다시 인내하는 쪽을 선택했다.

"너 내일 보자."

도진이 뼈를 담아 말하곤 아인의 몸을 샤워가운으로 꽁꽁 가려주었다. 그러곤 제 품에 폭 파묻어 끌어안고선, 이불까지 꼭꼭 덮고 억지로 눈을 감았다.

건강하기만 한 열기를 식히는 데는 시간이 꽤 필요해서 도진이 잠들기까진 오래 걸렸다. 자연히 일어나는 시간도 늦어졌다.

"으아, 늦었다!"

호들갑을 떠는 아인의 목소리가 그의 잠을 깨웠다. 도진은 눈꺼풀을 게슴츠레하게 떠 올리며 본능적으로 아인의 모습을 찾았다. 아인은 입을 옷을 찾는지 가방을 뒤지고 있었다.

"선배님, 지금 일어나야 해요."

그러면서 등 뒤에다 대고 도진에게 말했다. 하지만 도진이 대답이 없자 뒤를 돌아보았다.

도진은 팔을 직각으로 꺾어 머리를 받친 채 비스듬히 누워 있었다. 그는 아인의 시선이 자신에게로 향하자 이불을 들어 보이며 제 옆자리에 누우라는 듯 고갯짓을 했다.

"안 돼요. 곧 체크아웃 시간이에요."

"어제 먼저 잠들기나 하고. 첫날밤이었는데. 피곤할까 봐 안 깨웠는데."

그에 대해선 아인도 미안한 바였다. 그녀는 기세를 죽이며 도진에게 슬그머니 다가갔다.

"정말로 시간 없으니까 이상한 짓은 안 돼요. 잠깐 눕기만 하는 거예요. 알겠죠?"

도진이 고개를 끄덕였다. 아인은 곧이곧대로 믿으며 그의 이불 속으로 들어가 그에게 폭삭 안겼다.

그러자 도진이 기다렸다는 듯 달려들어 그녀의 입술을 삼켰다. 그러면서 어젯밤 상상했던 대로 그녀의 위에 올라타 그녀를 꼼짝 못 하게 만들었다.

"아우으읍!"

아인이 버둥거리며 도진을 퍽퍽 때렸다. 도진은 아랑곳하지 않고 그녀의 샤워가운 아래로 손을 넣었다. 그는 엄지를 그녀의 허벅다리 안쪽을 기게 하며 점차 위로 침범해갔다.

그러다 아인이 도진의 입술을 콱 깨물었다. 도진은 아인에게서 떨어지며 입술을 만졌다. 아인은 속상한 표정으로 도진의 얼굴 앞에 그의 시계를 들이댔다.

"거짓말이 아니라 정말 곧 나가야 한단 말이에요!"

아인은 씩씩거리며 침대 밖으로 내려왔다. 그리고 욕실 안으로 쿵쿵거리며 들어가버렸다.

순간적으로 버럭 화를 내긴 했지만 따져보니 미안하다.

결혼 준비하는 동안 참고 기다려준 거 다 아는데. 게다가 어제 먼저 잠들어버린 건 엄연한 내 책임이고.

달리 수가 없어 그랬다지만 소리까지 지른 건 역시 미안하다.

아인은 기분이 상한 듯한 도진의 눈치를 살피다가 운전하는 그에게 조심스레 말을 걸었다.

"입술 많이 아파요?"

"아니."

"차 세워보세요."

토라진 티가 역력하긴 하지만, 그래도 시키는 대로 고분고분 말은 잘 듣는다. 아인은 도진이 차를 세우자 미안함에 고마움까지 잔뜩 머금은 손길로 그의 양 뺨을 맞잡았다.

"호 해줄게요. 호오."

아인이 입을 오므리고 호호 입김을 불기 시작했다.

도진의 표정에 변화가 없었다. 아인은 기죽지 않고 더 힘을 짜내 입김을 쏟다가, 그래도 효과가 없자 그의 입술 가까이 제 입술을 가져갔다.

고양이같이 혀를 내밀어 자신이 깨문 위치를 핥아주었다. 서너 차례 반복하자 도진이 어느 정도 기분이 풀렸는지 그녀가 내민 혀를 제 입술로 잡아 가만히 머금었다.

"오늘 밤엔 절대 먼저 잠들지 않을 테니까."

도진이 놓아준 후, 아인이 배시시 웃으며 말했다. 도진은 이젠 더 이상 화가 남아 있지 않은 눈길로 그녀를 보았다.

"저 재우지 말아봐요."

도진의 입꼬리가 슬쩍 올라갔다. 아인은 뒤늦게 제가 무슨 소릴 했는지 깨닫곤 얼굴을 붉혔다.

끄아, 미쳤나 봐! 이상한 소릴 했다.

김아인, 아줌마 된 티 내는 거야? 너무 과감했잖아.

손발이 다 닳을 것 같은 민망함을 느끼면서 도진의 시선을 회피했다.

　"그 말 꼭 책임져라."

　도진이 기분 좋은 듯한 목소리로 말하곤 다시 차를 출발시켰다. 아인은 터질 듯한 얼굴을 들키지 않으려 애쓰며 도진을 곁눈질로 훔쳐보았다.

　몸서리쳐지지는 민망함을 버텨내긴 힘들지만, 그래도 도진의 기분이 풀리니 좋다. 아인은 다행이라고 생각하며 붉은 얼굴로 환하게 웃었다.

　"선배님! 저 드라마 여주인공 같죠?"

　아인이 갈대밭 사이로 난 길 위에 몸을 던지며 도진에게 물었다. 그녀는 이 갈대밭을 위해 일부러 산 커다란 모자를 머리에 예쁘게 고쳐 쓰며 불어오는 바람을 맞았다.

　"드라마 안 봐서 몰라."

　도진이 그녀의 곁으로 천천히 다가가며 말했다.

　"그럼 영화 주인공!"

　"글쎄."

　영 비협조적이다.

　"선배님도 못생겼어요."

　아인이 뽀로통하게 말했다.

　"난 못생겼다고 한 적은 없는데."

　"와, 되게 안 져준다."

　아인이 얄밉다는 듯 눈을 흘겼다. 하지만 금세 생글거리며 제 모자를 벗어 도진에게 내밀었다. 도진은 이제 습관이 된 듯 자연스럽게 고개를 숙여 그녀에게 머리를 내어주었다.

"와아, 요조숙녀다."

아인이 칭찬인지 놀리는 말인지 모르게끔 감탄을 쏟았다. 그러곤 도진의 옆에 찰싹 달라붙어 함께 사진을 찍었다.

도진이 모자를 쓴 채 한 번, 아인이 쓴 채 한 번, 하늘거리는 모자로 둘의 얼굴을 가린 채 입을 맞추며 한 번.

신혼여행 왔다는 걸 티라도 내듯 서로를 향한 애정을 가득 담아 사진을 찍어댔다.

"헉! 맛있다!"

꼬막정식이 유명하다고 해, 점심으론 그걸 선택했다. 꼬막을 한 입 먹어본 후, 아인은 놀람을 금치 못하며 눈을 휘둥그레 떴다. 도진은 그런 그녀의 입안에 직접 쫄깃한 조갯살을 발라 하나 더 넣어주었다. 아인은 날아갈 것 같은 표정으로 꼭꼭 씹어 맛있게도 먹었다.

"멋있다. 삼나무가 이렇게 멋있는 줄 몰랐어요."

오후엔 보성의 차밭으로 향했다. 차밭으로 가는 길, 울창하게 우거진 삼나무 숲길을 보며 아인이 홀린 듯 입을 살짝 벌렸다. 그녀는 삼나무의 곧음에 매료당한 채 쫑알거리기도 잊고 목을 꺾어 하늘에 어우러진 나무의 끝자락들을 구경했다.

"전 이때까지 선배님이 대나무 같다고 생각했거든요? 대쪽 같은 검사."

아인이 하늘 구경을 관두고 도진을 보았다.

"그런데 오늘 보니까 선배님은 대나무보단 삼나무 같아요. 대나무는 잘 부러지게 생겼는데, 선배님은 부러지지도 않을 것 같으니까. 선배님은 삼나무처럼 굵고 곧고 단단해요."

아인이 스스로의 비유에 만족한 듯 미소를 지었다.

"넌 소나무."

"왜요?"

"소 같더라. 아까 꼬막 먹는 모습이."

"사람이 진지하게 칭찬하는데 놀릴 거예요?"

"차밭 보인다."

도진이 손가락으로 앞을 가리키며 화제를 돌렸다. 아인은 그에게 쉽게 낚이며 기대 어린 눈빛을 앞으로 돌렸다.

비스듬한 산지에 녹차 나무들이 가지런히 줄을 서서 마치 등고선을 그리듯 자라나고 있었다. 아인은 도진이 소 같다고 했던 말은 깡그리 잊고, 다원의 매력에 흠뻑 빠졌다.

"여기서 보니까 녹차 나무가 베개 같지 않아요? 보송보송해 보여. 눕고 싶다."

계단을 한참 올라온 후, 아인이 아래를 내려다보며 말했다.

"그럼 여기서 굴러떨어져도 안 다치겠네."

"그럴 것 같죠?"

"굴려볼까?"

"끄아! 안 돼요! 사람들 있잖아요! 아앗, 놔요!"

끝없이 깨소금 같은 장난을 치면서 녹차아이스크림도 사서 나눠 먹었다. 둘은 서로 자기 아이스크림은 두고 상대방의 것을 탐하며, 코에도 묻히고 뺨에도 묻히고 정답게 웃음을 나눴다.

"하아."

다음 장소로 이동하는 차 안에서, 아인은 왜인지 기운이 축 처지는 걸 느끼며 탄식을 뱉다가 도진을 의식하곤 자세를 고쳐 잡았다.

조금 전부터 몸이 이상했다.

처음엔 그냥 몸이 뻐근하다고만 느껴 대수롭지 않게 여겼는데, 잠깐 자고 깼더니 옅은 어지럼증과 오한까지 일었다.

몸살이 났다는 걸 바로 알아챘지만 내색할 순 없었다. 어제 도진을 그리 내버려두고 자버린 데다 오늘 아침에 약속까지 한 게 있으니, 오늘은 절대 도진을 실망시킬 수 없었다.

그녀는 크게 힘든 건 아니니 조금만 버텨보자 생각하며 자연스럽게 외투를 몸에 걸쳐 입었다. 도진이 눈치채지 못하도록 일부러 열심히 떠드는 것도 잊지 않았다.

해질녘쯤 다음 목적지에 도착했다.

"도착했다!"

아인은 과장된 어투와 몸짓을 하며 차에서 내렸다. 그리해야 지친 기색이 상쇄돼 평소처럼 보일 거란 생각에서였다.

"으음, 하."

바다 내음이 묻어나는 공기를 잔뜩 들이마셨다. 그러곤 차 안에서 차마 뱉지 못했던 통증 어린 신음을 같이 섞어 날숨으로 크게 뱉어냈다.

어지럽고 답답한 몸이 살짝이나마 가벼워지는 기분이 들었다. 아인은 아프지 않다고 세뇌를 걸며 도진을 재촉해 바다로 점점 더 가까이 발걸음을 옮겼다.

"짠! 요렇게 하세요."

모래사장을 밟기 전에 신발과 양말을 벗어 양쪽에 들곤 도진의 앞에 흔들어 보였다. 주머니에 손을 찔러 넣은 채 지켜보던 도진은 군말 없이 그녀의 행동을 똑같이 흉내 냈다.

아인은 맨발로 모래사장을 밟아 파도의 경계로 다가갔다. 몸이 무겁고 추운 기운이 감돌지만 그렇다고 바다를 외면할 순 없었다. 모험심도 모험심이지만, 그토록 방방 날뛰다가 정작 노래를 부르던 바다를 앞두고 몸을 사리면 도진이 이상함을 느껴버릴 테니까.

그녀는 도진에게 더는 미안함을 쌓지 않겠다는 일념으로 무장하며 다가오는 파도를 향해 조심스럽게 발을 내밀었다.

"앗! 차가워!"

깜짝 놀라며 도진을 향해 머쓱하게 웃어 보였다. 도진도 그녀의 옆에 나란히 와서 서서는 그녀와 똑같이 발을 내밀었다.

"차갑죠?"

"어."

"감기 안 걸리게 조심하세요."

몸 상태 때문에 약간은 꺼리는 마음으로 맞닿은 바다이지만, 그래도 일단 닿고 나니 기분은 좋다. 아인은 조금 더 과감하게 앞으로 가 발목까지 잠근 후 그 위치에서 바닷물을 참방참방 밟으며 산보를 시작했다.

"옛날에 남자 친구 생기면 바다엔 꼭 같이 와봐야지, 하고 생각했었는데."

도진은 모래사장을 밟으며 그녀의 옆에서 나란히 걸었다.

"남자 친구랑은 못 오고 남편이랑 와버렸네요."

아인이 도진을 보며 생글생글 웃었다.

"선배님!"

도진이 말하라는 듯 눈썹을 들었다.

"꼭 해보고 싶은 거 있는데 해주실 거예요?"

"뭔데?"

"해주실 거예요?"

"들어보고."

"꼭 해주실 거예요?"

아인의 눈빛이 간절했다. 도진은 뭘 시키려고 이러나 경계하다가 조심스럽게 입을 열었다.

"해줄게."

"정말이죠?"

"어."

"그럼 선배님!"

아인이 양손의 신발을 고쳐 쥐었다.

"나 잡아봐라!"

명랑하게 웃으며 뛰기 시작했다. 도진은 그 자리에서 그 속도 그대로 걸으며 그녀의 우스꽝스러운 모습을 지켜보았다.

"뭐 해요? 잡아야죠!"

"해보고 싶은 게 그거야?"

"네! 부부들의 필수 코스잖아요! 영화처럼 잡아줘야 해요!"

도진이 따분하다는 듯 시선을 멀리 수평선으로 던졌다. 하기 싫은가, 하는 생각에 아인이 슬그머니 멈춰 선 순간.

"으악!"

도진이 불시에 속도를 붙여 아인을 향해 무섭게 달리기 시작했다. 멀뚱멀뚱하게 서 있던 아인은 부랴부랴 도망치며 소리를 꺅꺅 질러댔다.

체감상 몇 걸음 만에 잡혀버린 기분이었다. 도진은 그녀를 무섭게 낚아채 품에 안으며 일부러 모래밭 위로 쓰러졌다. 그는 깔깔거리느라 정신없는 그녀를 꽉 끌어안은 채 두어 바퀴 정도 함께 굴렀다.

"영화 같냐?"

"아, 하하, 재미있다."

아인은 도진에게 안긴 채 온몸을 들썩이며 즐거이 웃었다.

"한 번 더 해요!"

"안 돼."

"왜요!"

도진이 대답 대신 그녀를 다시 감싸 안으며 모래밭 위를 데굴데굴 더 굴렀다. 아인은 다시 깔깔 웃다가 겨우 웃음을 멈추고 숨을 고른 후, 허리를 일으켜 세워 앉았다.

그녀는 작은 조약돌을 하나 주워 바닥에 홈을 파기 시작했다. 곧 그녀의 손길을 따라 낙서가 완성되었다.

하트에 화살이 박혀 있는 그림이었다. 화살촉의 방향이 정확히 도진을 가리키고 있었다. 아인은 그림을 모두 완성한 후 뿌듯한 표정으로 도진을 보았다.

"그림도 제대로 못 그리냐?"

한데 기대했던 칭찬은 나오질 않고 타박이 나왔다. 뜻밖의 상황에 아인이 그림으로 다시 시선을 옮기자, 도진은 그녀가 버렸던 돌멩이를 다시 주웠다. 그러면서 그녀가 그린 화살촉을 손바닥으로 쓱쓱 지워 없앴다.

반대쪽 끝에다 화살촉을 새로이 그려 화살의 방향이 아인에게 향하도록 바꿔버렸다. 아인은 절로 미소가 피어오르는 걸 느끼며 제 어깨로 도진의 어깨를 툭 쳤다. 그러고는 도진에게 머리를 기대며 안겨들었다.

"솔직히 말하면 조금 무섭기도 해요."

"뭐가?"

"이렇게 같이 있기만 해도 좋은 거. 다른 거 다 필요 없이 둘만 있으면 좋겠다고 생각하는 기분이 언제까지 갈까…… 혹시 나중에 남보다도 나쁜 사이로 변하진 않을까."

어스름이 깔린 바다의 분위기에 취한 까닭일까, 아님 점점 심해지는 몸살기운 때문일까.

도진의 앞에선 결코 내보이지 않으리라 다짐했던 연약한 부분이 가감 없이 입을 통해 나와버렸다. 아인은 괜한 소리를 했다며 한발 늦게 후회한 후 무마해볼 참으로 다시금 입을 뗐다.

"아, 그러니까, 하하, 괜찮아요. 사람은 누구나 변할 수 있는 거니까……."

"검사가 되기로 한 후, 한 번도 그 마음 변한 적 없어."

도진의 입이 열렸다. 아인은 벙긋거리던 입을 멈추고 그의 옆얼굴을 바라보았다.

"너와 함께하는 건 나한테 검사로 사는 것보다 더 중요한 일이니까."

도진이 멀리 수평선을 보며 담담하게 말했다. 아인은 집중하며 조용히 그의 말을 들었다.

"더 변하지 않을 거라고 자부하는데."

마음이 훈훈하게 데워졌다. 아인은 도진을 지그시 올려다보며 편안한 표정을 지었다.

변하지 않는다고 100% 장담할 수 있는 사람은 없다.

그 사람을 사랑하고 싶어 사랑한 게 아닌 것처럼, 미워하고 싶어 미워하는 것도 아니다.

자신의 의지와 상관없이 자연스럽게 사랑하는 이와 멀어질지 모른다.

익숙해져 무뎌지고 삶에 지쳐 실망할지 모른다.

의무감만이 남아 겨우 버티게 될지도 모른다.

하지만 설령 그렇다 하더라도.

수평선을 바라보던 도진의 시선이 이쪽으로 돌아왔다. 그를 바라보고 있던 아인은 기다렸다는 눈을 둥글게 휘며 진심을 가득 담아 미소를 보냈다.

사과가 썩는다 해서 썩기 전의 모습이 거짓이 되는 건 아니다. 비록 훗날 변한다 해도 지금 서로를 사랑하고 있었음은 변하지 않는 진실로 계속 남을 거다.

한순간이나마 모든 전심을 다해 사랑할 수 있는 상대를 만났다는 것만으로도 충분히 축복이다.

그런 상대가 되어줘서, 저를 그런 상대로 만들어줘서 고맙다.

아인은 따뜻한 마음을 안은 채 이번엔 자신이 수평선으로 시선을 던졌다. 그러면서 기지개를 쭉 켰다.

"아아, 남편이랑은 바다 와봤으니까 다음번엔 남자 친구랑 같이 와야지!"

들으란 듯이 목소리를 높여 말했다.

"창창한 연하로 사귀어야지! 곰국 끓여놓고 3박 4일로 와버려야지."

도진이 아인의 어깨를 잡은 손아귀에 힘을 주었다.

"내가 애 업고 쫓아다닐 거야."

"우와, 볼만하겠다!"

"우는 애한테 식은 곰국 먹이면서 쫓아다닐 거야."

"안 돼요! 데워서 먹여야죠!"

"애기의 건강이 걱정되면 당장 취소해."

도진이 아인의 어깨를 으스러지게 안으며 취소를 강요했다.

"자기 애를 미끼로 협박을 하다니. 못됐다!"

"햄이랑 소시지만 먹일 거다. 머리도 안 감겨서 학교 보낼 거야."

"알았어요, 취소, 취소!"

한순간으로도 충분한데, 어쩐지 도진이라면 정말 변치 않을 것만 같아서 더더욱 눈물겹게 행복하다. 아인은 도진의 사랑을 새처럼 받아먹느라 자신이 아프다는 사실마저도 잊어버렸다.

그리 잊었던 통증이 자동차에 오르자 새록새록 살아났다. 바다에 막 도착했을 무렵보다 약간 심해진 듯했다.

그래도 못 버틸 정도는 아니라 꾹 참았건만, 시간이 지남에 따라 이제까지와는 비교도 안 되는 속도로 증세가 심해졌다.

숙소에 들어선 순간엔 핑, 하고 천장이 한 번 돌았다. 아인은 더 이상은 웃기 힘든 걸 느끼면서 도진의 눈치를 살폈다.

"저 먼저 씻을게요."

최대한 목소리를 키워 말하곤 욕실 안으로 들어갔다.

"휴우."

혼자가 되자 밀렸던 한숨이 일시에 터져 나오며 그와 함께 온몸이 저릿하게 아팠다. 이젠 아픈 티를 내도 된다고 생각해서인지 숨어 있던 어지럼증도 마구 쏟아져 나와 그녀를 괴롭혔다.

그녀는 잠시간 무릎을 굽혀 앉았다가 비틀거리며 일어섰다. 그리고 힘겹게 옷을 벗어낸 후 욕조 안으로 들어갔다.

샤워기를 끌어오며 뜨거운 물을 틀었다. 쏴아 하고 쏟아져 나오는 물살에 몸을 맡기면서, 그녀는 욕조 바닥에 천천히 몸을 낮춰 어깨를 늘어뜨리고 앉았다.

"으으, 괜찮아. 괜찮아."

아까도 그랬던 것처럼 또 아프지 않다고 세뇌를 하며 샤워기를 꼭 쥐었다. 더운물의 일시적인 마사지 효과가 그녀에게 살 것 같은 기분을 주었지만, 반대로 몸이 노곤해지는 바람에 움직이긴 더 힘들어졌다.

"아."

분명 아까까지만 해도 괜찮았는데 갑자기 왜 이렇게까지 심해졌는지 모르겠다. 아인은 힘없는 손을 들어 이마를 짚었다.

열이 있는지 없는지도 모르겠다. 팔을 움직임에 따라 어깨에서부터 등까지 누군가에게 맞은 것처럼 아프기만 할 뿐이었다. 아인은 다시 조심조심 팔을 내려놓고는 샤워기를 마이크처럼 꼭 쥔 채 물 고인 욕조 안에 몸을 펴고 누웠다.

이대로 잠들고 싶다. 힘들다.

하지만 그럴 순 없다.

절대 먼저 잠들지 않겠다고 도진과 약속했으니까 지켜야 한다.

"하아."

그러고 보니 물이 고이질 않는다. 아인은 그제야 수챗구멍을 막지 않았다는 걸 깨달았다. 이제라도 막아야 할 텐데, 마개가 놓인 위치를 보니 일어나지 않고는 무리다. 하염없이 멀기만 한 마개를 보면서 아인은 한숨을 뱉었다.

이러면 안 되는데…… 더운물은 비싸니까 아껴 써야 하는데.

안타까움을 느끼며 몸을 일으키려 했지만, 정신이 아득해져 무리였다.

이렇게 따듯한 물 낭비하면 엄마한테 혼날 텐데.

아, 맞다. 여긴 집 아니지…… 어차피 물 많이 쓴다고 요금 더 나오는 것도 아니지.

숙소 측엔 미안하지만 도무지 일어날 기력도, 그렇다고 수도꼭지를 잠글 의지도 생기질 않았다. 아인은 샤워기를 배 위에 놓은 채 그 손마저 놓아버렸다.

"샴푸…… 해야 하는데."

힘없는 목소리를 짜내면서 게슴츠레한 눈을 들어 올렸다. 세제들은 멀리 세면대 근처에 놀리듯이 예쁘게 정렬되어 있었다. 아인은 왜 진즉 저것들을 이리로 가지고 오지 않았을까 후회하며 욕실의 품격을 올려주는 세련된 조명등을 멍하니 바라보았다.

갑갑하다. 어지럽다.

몸이 너무 아파.

괴로움에 눈을 질끈 감을 때였다.

찰칵 소리와 함께 문이 열렸다. 아인은 다시 눈을 떴다가, 눈을 감기 전보다 한층 더 가까워진 천장에 혼란스럽길 잠시, 문 쪽으로 어렵사리 고개를 돌려보았다.

"선배님……."

도진은 그녀의 얼굴을 빤히 바라보다가 안쪽으로 들어왔다. 그러면서 자신이 입고 있던 셔츠의 단추를 풀기 시작했다.

"저…… 저 아직 씻고 있는데……."

도진은 대꾸 않고 욕실 내부를 휘둘러보더니 세면대 근처로 갔다. 그는 그곳에 얄밉게 정돈된 세면도구들을 모조리 쓸어 욕조 근처로 가져온 후, 셔츠의 단추를 마저 풀었다. 셔츠를 대충 벗어 아무 데나 던지더니 하의까지 탈의했다.

그 와중에도 알몸이 된 도진을 보니 부끄러운 기분이 기어올랐다. 아인은 이제껏 움직이지 않던 다리에 힘을 줘 슬며시 오므렸다.

도진이 욕조에 함께 들어와 아인의 뒤쪽에 자리를 잡고 앉았다. 그는 아인을 제 다리 사이에 조심스럽게 앉혀, 그녀의 머리를 제 가슴에 기대게 했다.

"불편해?"

"아니요."

불편하기는커녕 혼자 있을 때에 비해 안락하기까지 하다. 아인은 고마움을 느끼며 도진이 하는 대로 가만히 제 몸을 맡겼다.

도진은 세제를 스펀지에 짜 거품을 냈다. 그리고 그 스펀지로 아인의 어깨에서부터 팔에 이르기까지의 살결을 부드럽게 닦아 주었다.

귀 아래에서부터 앞 뒤 옆 목, 쇄골에 이르기까지, 곳곳에 그의 섬세한 손길이 스쳐 지나갔다. 등에 거품 칠을 한 후엔 옆구리를 돌아 가슴 아래쪽 명치까지 그의 손이 닿았다. 도진은 약손을 해주듯 그녀의 배를 둥글게 문지르면서 반대쪽 손으로는 그녀의 머릿결을 정리했다.

"하."

아인이 괴로운지 한숨에 가까운 신음을 흘렸다. 도진은 머리를 정리하던 손으로 그녀의 이마를 짚어보았다.

계속해서 뜨거운 물살을 맞고 있었기 때문인지, 아니면 스스로 발열하는 건지 확실히 이마가 뜨거웠다. 도진은 샤워기로 가장 차가운 물을 틀어 자신의 팔에 뿌렸다.

그리 온도를 낮춘 팔을 아인의 이마에 갖다 붙여주었다.

"시원하다."

아인은 그러면서도 몸은 추운지 으슬으슬 떨었다. 도진은 그녀를 좀 더 직각에 가깝게 앉혀, 자신에게 닿는 그녀의 신체 부위를 넓혔다. 그러면서 그녀의 다리에 제 다리를 얽어 체온을 나눠주었다.

그녀를 등 뒤에서 꼭 감싸 안은 채, 최대한 이상한 생각은 하지 않으려 애쓰면서 스펀지를 그녀의 가슴 위에 문질렀다.

"하아, 진짜 창피하다."

아인이 허탈한 듯 뱉었다. 그 뒤에 따라오는 거친 숨소리가 묘하게 색을 띠어 도진을 자극했지만, 단지 아파서 그런 거란 걸 아는 이상 도진으로서도 자제할 수밖에 없었다. 그는 아인의 목덜미에 슬며시 입을 맞추는 걸로 만족하며 그녀의 겨드랑이 속으로 스펀지를 집어넣었다.

그녀의 상체를 모두 닦아준 후엔 하체를 닦기 위해 그녀의 몸을 유리 인형처럼 조심스럽게 돌려 마주 앉혔다.

아인은 부끄러운지 다리를 접어 모은 채 눈을 꾹 감고 있었다. 순간적으로 놀리고 싶은 충동이 들었지만 아픈 몸이니 봐주기로 했다. 도진은 그녀의 나머지 몸도 모두 소중하게 씻겨준 후, 머리까지 손수 다 감겨주었다.

모든 거품 칠을 끝낸 후엔, 그녀가 생명줄처럼 쥐고 있는 샤워기를 앗아 들었다. 샤워기에선 아직도 온수가 뿜어져 나오고 있었다.

도진은 그녀의 몸에 묻은 거품을 모두 다 헹궈주었다. 스펀지 없는 맨손으로 하얗게 드러난 그녀의 살갗을 정성스레 문질러 쓰다듬었다.

그러다 그의 손이 그녀가 끝끝내 가리고 싶어 한 깊숙한 부위에 닿으려 하자, 아인이 기적 같은 힘을 짜내 도진의 손을 다급히 잡았다.

"거긴 제가!"

도진은 순순히 샤워기를 내어주었다. 하지만 아인은 미약한 힘으로 샤워기를 꼭 쥐곤 도진을 의식하는 듯 움직이질 않았다.

"나 씻고 올게."

도진은 슬며시 몸을 일으켜 욕조에서 빠져나왔다. 그는 샤워부

스 안으로 들어간 뒤 아인을 배려해 그 사이의 문을 닫아주었다.

아인과 떨어지니 스스로 내고 있는 열을 바로 감지할 수 있었다. 도진은 가슴 속에 이는 불길을 차가운 물로 식히며 그녀를 씻기던 정성은 찾아볼 수 없게끔 빠르게 자신의 샤워를 끝냈다.

밖으로 나오니 아인이 샤워기를 붙든 채 괴로운 숨소리를 내고 있었다. 도진은 제 몸을 닦을 틈 없이 빠르게 샤워가운 하나만 걸치곤 그녀에게 다가가 수건을 몇 장 덮어주었다. 그리고 그대로 안아 올려 침대까지 향했다.

그녀를 침대에 고이 눕힌 채 그녀를 덮고 있던 수건으로 물기를 닦아주었다.

"하아, 나도 그냥 샤워가운 입고 자면 되는데……."

아인이 미안한지 입을 뗐다.

"젖은 거 입고 자면 더 아플 거다."

하긴 더 아프면 도진에게 민폐다. 아인은 제 손가락 마디까지도 닦아주는 도진을 보며 다시 입을 벙긋거렸다.

"미안해요."

"아니다."

"하, 조금 쉬면 괜찮을 줄 알았는데……. 제가 선배님의 신혼여행을 다 망쳐서 미안해요."

도진은 새 수건으로 그녀의 머리를 닦아주며 그녀의 눈을 빤히 내려다보았다.

당장 울고 싶은 주제에 허세를 부리면서 눈물을 붙잡고 있는 모습이 안쓰럽다. 도진은 따뜻한 손가락을 그녀의 눈에 갖다 대며 눈물이 나오도록 유도했다.

"그렇게 미안하면 나중에 내 소원 하나 들어줘."

아인이 눈물을 흘리며 알겠다는 듯 고개를 끄덕였다. 그러면서 머리가 흔들려 괴로운지 인상을 썼다.

"병원 갈래?"

"아니요. 지금은 못 움직일 것 같아⋯⋯."

도진은 비상약으로 챙겨온 해열제를 꺼내 아인에게 먹였다. 어쩌면 아인이 신 나서 제 나이도 잊고 놀다가 몸살에 걸릴지도 모른다며 아인의 엄마가 챙겨준 약이었다. 새삼 어머니는 대단하네, 라는 전혀 상관없는 감탄을 하면서, 도진은 잠을 청하는 아인의 머리를 계속해서 수건으로 닦아주었다.

"으, 추워."

공기는 따듯한 편인데 떠는 걸 보니 안타깝다. 도진은 대충 마른 듯한 머리를 건조한 수건으로 감싸 아인의 피부에 닿지 않게 한 후 제 몸에 걸린 젖은 샤워가운을 벗어냈다. 그리고 그녀의 등 뒤에 누워 그녀를 끌어안았다.

실오라기 하나 걸치지 않은 그녀의 맨몸이 그의 맨몸에 맞닿았다.

그에 당장에 배 아래쪽에 열기부터 모이지만, 아픈 아인을 상대로 짐승 같은 짓을 할 순 없었다.

이럴 줄 알았으면 차라리 어제 깨울 걸 그랬나.

뒤늦은 후회를 하면서 제 손이 그녀의 몸을 탐하지 못하도록 그녀의 손등을 겹쳐 꽉 잡았다.

민감한 그의 근육이 아플 정도로 뻐근하다.

아, 김아인 참⋯⋯ 사람 시험에 자주 들게 하네.

픽 웃으며 등을 새우등처럼 휘었다.

열이 나는 그녀의 몸을 안으니 도진의 마음도 뜨거워졌다.

그녀를 향한 욕정과는 또 다른 방향의 뜨거움이었다.

"미안해."

그냥 지쳐 힘들어한다고만 생각했지, 아픈 줄은 몰랐다. 그것 하나 눈치채주지 못해서 미안하다.

바보같이 눈치 못 채고 있었다는 걸 굳이 말하고 싶진 않아서 숨겼던 말을 몰래 아인의 귀에 흘리며, 도진은 열덩어리 그 자체 인 아인을 제 가슴 쪽으로 더 가까이 끌어당겼다.

2

　"선배님, 물."

　컵이 따라왔다.

　"죽."

　숟갈에 담긴 죽이 따라왔다.

　"물."

　다시 컵이 따라왔다. 아인은 힘든 와중에도 생글거리고 웃으며 도진을 향해 입을 아 벌렸다.

　"죽."

　도진의 간호를 마음껏 즐기며 호사를 누리고 있는 아인이었다. 어제 먹은 해열제 때문인지, 병원에서 수액을 맞은 덕분인지, 아니면 도진의 지극한 간호 덕분인지 확실히 어젯밤보단 생기가 돌았다.

물론 아직은 어지러워 침대의 신세를 더 져야 하지만.

"뽀뽀."

"안 돼."

말 잘 듣던 도진이 단칼에 거절했다.

"왜요?"

"아프니까."

"뽀뽀 정도는 해도 되는데."

"내가 지금 뽀뽀 정도는에서 멈출 수 있을 것 같아?"

도진의 말에서 흔치 않게 진한 감정이 느껴졌다. 아인은 미안한 마음보다 장난기가 더 샘솟는 걸 느끼며 도진을 향해 입을 열었다.

"이왕 이렇게 된 거 신혼여행 끝날 때까지 플라토닉러브를 실현해보는 건 어때요?"

도진이 무표정한 얼굴로 아인을 뚫어져라 보았다. 아인은 잠시간 마주하다가 다시 힘차게 외쳤다.

"죽!"

도진이 손수 떠다 주는 죽을 다 먹은 후, 그가 까 주는 약도 날름 삼켰다. 도진은 아인의 코끝까지 이불을 덮어준 후 의자에 편안하게 앉아 그녀의 곁을 지켰다.

"선배님."

이불 밖으로 눈만 내밀고 있던 아인이 슬그머니 턱을 빼며 도진을 불렀다.

"왜."

"지금 뭐 봐요?"

휴대폰으로 뭔가를 유심히 읽는 걸 보곤 물었다. 도진은 여전히 시선을 박은 채 툭 던지듯 대답해주었다.

"카마수트라."

아인은 얼음이 되는 걸 느끼면서 말문을 잃었다.

"빨리 나아."

도진이 휴대폰에서 아인에게로 시선을 옮겼다.

"안 재울 테니까."

그러곤 다시 휴대폰으로 눈길을 옮겨갔다. 아인은 굉장한 집중력을 발휘해 휴대폰을 보고 있는 도진을 보면서, 내가 큰 실수를 했구나, 뒤늦은 후회를 했다.

아침이 되자 아인은 개운한 기분을 느끼며 햇살 속에 기지개를 켰다. 그러다 강렬한 시선을 느끼고는 모든 동작을 일시에 멈추었다.

"아, 아직 아프다."

상당히 부자연스러운 대사를 뱉으며 다시 침대 속으로 기어들어 갔다.

"지금 안 일어나면 제주도 가는 거 하루 밀려."

아인의 귀가 쫑긋 섰다.

그리고 보니 오늘은 제주도로 가는 날이다!

대부분의 숙소라든지 배편 따위를 미리 다 철저하게 계산을 해서 예약을 해놓은지라 혹시라도 놓치게 되면 일정을 하루씩 미루는 게 아니라 제주도에서의 하루를 버려야만 했다.

제주도에선 할 게 많다. 게다가 가장 기대되는 곳이다.

그 소중한 하루를 버려서 얻는 거라곤 도진과의 약속을 하루 미루는 효과밖엔 없다.

아인은 당장 일어나는 것과 버티는 것의 값어치를 단박에 파악하곤 미련 없이 이불 밖으로 허리를 세웠다.

두 사람은 곧 제주도로 향하는 쾌속선 위에 몸을 실었다.

"근사하다. 선배님, 저것 좀 봐요."

배가 힘차게 바닷길을 가로지르기 시작했다. 배가 달리는 길을 따라 하얀 파도 거품이 일며 꼬리처럼 자취를 남겼다. 아인은 하얀 흔적을 가리키며 눈을 동그랗게 뜨고 도진을 보았다.

"엄청 빠르다. 바다 위를 날아가는 거 같아요."

방방 뛰며 감상들을 토해내는 걸 보니 확실히 아픈 건 다 나은 모양이다.

애가 비실비실해 보여서 그렇지, 은근히 건강 체질이라 아무리 아파도 하룻밤만 자면 낫는다던 장모의 말을 떠올리면서 도진은 손에 턱을 괴고 그녀를 물끄러미 지켜보았다.

"안 추워?"

도진이 나직이 물었다.

"네!"

배의 속도만큼 빠르게 와 닿는 바닷바람이 차지 않느냐는 뜻인 줄 알고, 아인은 갈등 없이 냉큼 대답했다.

대답하고 나서 생각해보니 이제 더는 오한이 들지 않느냐는 뜻 같기도 하다. 그녀는 급급히 몸을 움츠리며 말을 바꿨다.

"조금 으슬으슬한 것 같기도 하네. 안에 들어갈까요?"

그러면서 객실 안으로 들어가자는 듯 몸을 돌렸다. 도진은 그녀의 속을 꿰뚫어보는 듯한 눈빛을 지으며 유유히 그녀를 따라주었다.

제주도에 도착한 이후 아인의 눈은, 마치 별을 따다 박은 것처럼 쉴 새 없이 반짝반짝 빛을 발했다. 그럴 거면 굳이 전국 일주가 아니라 제주도를 신혼여행지로 정하지 그랬냐고 물어보고 싶을 정도로 흥이 나 있었다.

"진짜 말이다! 어머, 저거 봐요. 진짜 말이 돌아다녀."

아인이 제 눈을 믿지 못하겠는지 차창의 유리까지 내리고 감탄했다.

"선배님은 좋겠다. 제주도 살아봐서. 결혼할 때 말도 타보고."

"너도 타."

"정말요?"

바보같이.

말 태워준다니까 아픈 척하던 것도 깡그리 잊어버렸다. 도진은 교관의 도움을 받아 말에 오르는 아인을 보면서 혼자서 척하니 말에 올라탔다.

"선배님 잘 타네요?"

"어릴 때 배웠어."

"승마를 배워요?"

"싫다는데 아버지가 굳이 가르쳤어."

"멋진 아버지다."

실은 자기가 배우고 싶어서 도진도 억지로 같이 배우게 한 아버지였다. 그러고 보면 함께 말 타는 걸 배울 땐 아버지가 그렇게까지 바쁘진 않았었구나, 하는 생각을 하면서 도진은 눈앞에 펼쳐진 풍경을 보았다.

"말발굽 소리 정말 좋아요. 또각또각거리는 게."

말과 함께 느긋하게 교감을 하며 또각또각 걷기도 하고, 자유를 느끼며 또각또각또각또각 씽씽 달려보기도 했다. 말이 속도를 내자 아인은 소리를 지르며 호들갑을 떨다가 깔깔 웃었다.

놀이기구는 그토록 무서워하더니 말은 안 무서운가 보다. 도진은 아쉬운 듯 말에게 인사를 건네는 아인을 보다가 자기가 탔던 말의 목을 쓱 쓰다듬어주었다.

"와."

승마체험을 끝낸 후엔, 그녀가 가장 가고 싶어 했던 성산 일출봉으로 곧장 향했다. 풍성하게 핀 들꽃 뒤에 고고하게 앉아 있는 절벽의 모습이 보이자, 아인은 늦췄던 속도를 다시금 끌어 올리며 열심히 다리를 움직였다.

"이것 봐요. 쓰레기통이 돌하르방이에요."

그녀는 쓰레기통이며, 중간에 핀 야생 꽃이며, 죄다 카메라에 담아 가며 의욕적으로 정상으로 향했다. 그러다 중간쯤 오르자 꼭대기에 빨리 가고 싶다며 안달을 내더니 어느 순간부터는 도진을 둔 채 먼저 성큼성큼 가버리는 짓도 서슴지 않았다. 계단을 따라 다다다다 뛰기까지 했다.

하지만 금세 헉헉거리며 현저히 속도를 떨어뜨리더니 결국 멈춰 섰다. 도진은 일정한 걸음걸이로 다가가 그녀를 추월하며 놀리듯이 슬며시 뱉었다.

"바보. 또 몸살 나려고?"

그러곤 먼저 올라가버렸다.

"또 아프면 버리고 간다."

그가 뒤돌아 말했다.

"같이…… 하, 같이 가요."

아인은 숨을 채 고르지도 못하고 도진에게로 달려 그에게 매달리듯 붙잡았다. 도진은 그녀를 잡아주며 그 후론 그녀를 끌어 올려 주다시피 정상까지 올라갔다.

"잠시만요!"

그 와중에도 사진을 찍는 건 잊지 않는 그녀였다. 그녀는 어이없다는 듯 웃는 도진의 얼굴도 찰칵, 사진에 저장했다.

"음, 좋다. 가슴이 탁 트이는 것 같아."

드디어 정상에 도착하자 바람결에 몸을 맡기며 감상을 토했다. 그녀는 하늘과 바다, 그리고 바다와 굴곡지어 맞닿은 육지를 보며 벅찬 감동을 느꼈다.

"설악산은 여기보다 더 멋질 거예요, 그죠?"

그땐 또 얼마나 힘들어하면서 올라가려고.

"우리 제주도 온 김에 한라산도 올라갈까요?"

"그냥 설악산으로 만족해."

간단하게 저지한 후 도진도 풍경을 감상했다.

"야호!"

아인이 갑자기 바다를 향해 소리를 질렀다.

"권도진 내 거다!"

그러곤 도진을 쿡 찔렀다. 도진에게도 외치란 뜻이었다.

"빨리요."

아인이 염원을 담아 눈을 빛냈다. 그녀의 눈이 빛 가루를 뿌려

놓은 것처럼 반짝거렸다. 도진은 그 눈을 바라보다가 바다 쪽으로 서며 손바닥을 입가에 댔다.

"이일은 이. 이이 사. 이삼은 육!"

아인은 아무리 머리를 써도 모르겠다는 표정으로 도진을 보았다. 도진은 그녀를 흘낏 본 후 절도 있게 구구단의 2단을 마저 외웠다.

궁금해서 물어보고 싶기도 하고, 한편으론 도진의 갑작스런 행동의 수수께끼를 혼자 풀어보고 싶기도 하고. 도진은 오묘한 표정을 짓고 있는 그녀의 사고를 흩어버릴 겸 넌지시 입을 열었다.

"배고프다."

"어? 그렇겠다. 우리 뭐 먹을까요?"

예상대로 아인은 호기심을 잊고 새로운 화제에 빠졌다. 도진은 귀엽다고 생각하며 간단하게 대답했다.

"밥."

"그러니까 무슨 밥."

"밥."

"빵 먹어요, 빵."

두 사람은 투덕거리며 내려가는 길을 밟았다. 그들의 뒷모습을 지켜보는 절벽 너머 파란 바다가, 아인의 눈처럼 빛 가루를 받아 반짝반짝 빛난다.

산호가 부서져 이룬 하얀 백사장과 그 백사장을 치고 달아나는 에메랄드빛 파도를 보며 여기가 우리나라 맞느냐고 물어보기도 하고, 드라마 촬영지로 유명한 해안 산책로를 따라 걸으며 도진에게 드라마 스토리를 좋알대기도 하고.

"이번엔 진짜 드라마 여주인공 같죠?"

유채꽃밭 안으로 들어가 지난번 갈대밭에서 썼던 모자를 다시 쓰며 묻기도 했다. 드라마 안 본다는 말은 몇 번이나 해도 잊어버리나 보다.

"어."

그래서 그냥 편하게 대답해줬더니 좋다고 생글생글 웃었다.

시원한 폭포를 내려다보며 '우와' 라는 감탄사를 연발하기도 하고, 폭포 아래 잔잔한 물가에 떠 있는 오리 무리를 보곤 귀엽다며 눈을 찡긋거리기도 했다.

"선배님, 저 사진 찍어주세요."

아인이 얌전하게 선 돌하르방을 발견하곤 그쪽으로 쪼르르 달려갔다. 그러더니 돌하르방의 코를 턱 하니 만지며 포즈를 잡았다.

"안 돼."

카메라 앵글을 맞추던 도진이 단호하게 말했다.

"왜요?"

"아들 낳지 마. 딸 낳아."

돌하르방의 코를 만지면 아들을 낳는다는 속설을 알고 있는 모양이었다. 도진이 딸을 더 좋아한다는 걸 알기에 모르는 척 만지고 가려고 했건만 딱 들켰다.

"전 아들부터 낳고 싶어요. 오빠 있으면 얼마나 좋은데요."

"안 돼. 딸만 낳아."

"알았어요."

아인이 순순히 수긍하더니 돌하르방 코에서 손을 뗐다. 그러다 도진이 카메라 셔터를 누르는 순간 냉큼 코로 다시 손을 가져가며 장난스럽게 씩 웃었다.

제주도에서 머물 숙소는 도진의 할아버지가 선물로 준비를 해주셨다.

"와."

그쪽 방면으로 아는 이가 있어 내가 예약을 해주마, 하시기에 그저 '네, 감사합니다.' 하고 가벼운 마음으로 받았건만 이 정도로 근사할 줄은 몰랐다. 마치 외국의 호화 별장에 와 있다는 착각이 들 정도로 압도적이었다. 아인은 발코니에 위치한 개인수영장 앞에 쪼그려 앉은 채 대체 여기 하루 숙박비가 얼마일까 하는 아찔한 계산을 했다.

"선배님."

그러다 도진이 다가오는 걸 느끼곤 고개를 들어 올렸다.

"할아버님 선물은 두 개로 살까요?"

도진이 픽 웃으며 그녀를 옆에 앉아 어깨를 걸쳤다.

그의 온기가 닿자 새삼 신혼여행이란 게 상기가 되면서 마음이 편안해졌다. 그녀는 신혼여행이니까 이런 데서 분위기를 즐겨보는 것도 나쁘진 않다고 생각하며 무거운 마음을 풀고 슬며시 웃었다.

"수영할래?"

도진이 제안했다.

"수영복 없잖아요."

아직 바다나 강에 들어가기엔 춥고, 그렇다고 딱히 수영장에

갈 예정은 없는지라 따로 준비하지 않은 터였다.

"괜찮아."

뭐가 괜찮으냐고 물으려는 순간, 도진이 그녀를 슬쩍 밀었다.

"엄마!"

눈이 커지는가 싶더니 이내 물속에 풍덩 하고 빠져 어푸푸 발버둥을 치기 시작했다. 허우적거리는 그녀를 보면서 도진은 재미있다는 듯 입꼬리를 올렸다.

아인은 간신히 바닥을 딛고 서서, 얼굴의 물기를 닦으며 머리를 넘겼다. 그녀는 십년감수했다는 듯 가슴을 쓸다가 도진에게로 첨벙첨벙 다가갔다.

하지만 도진이 자리에서 몸을 일으켜 뒤로 몇 발 물러나는 바람에 아인의 손에는 닿지 않았다. 아인은 수영장 밖으로 나가 도진에게 복수할까 하다가, 어차피 물 밖으로 나가도 도진을 잡긴 어려울 거라 판단하곤 쉽게 포기했다.

대신 이렇게 된 김에 수영이나 즐기자고 생각하며 팔을 위로 쭉 뻗었다. 이미 물에 들어와버렸으니 늦은 감이 있지만 안 하는 것보단 나을 거라고 생각하며 좌로 우로 몸을 꺾어가며 열심히 준비체조를 했다.

"하읍!"

그러다 일순간 숨을 들이마시곤 팔로 물살을 가르며 얼굴을 물속에 박았다. 그리고 유연하게 다리를 움직여 수영장의 반대편으로 유유히 헤엄을 쳤다.

도진은 의외라는 듯 그녀를 지켜보았다. 당연히 수영을 못하리라 여겼는데 뜻밖에도 상당한 실력이었다.

"와, 물이 따뜻하니까 기분 좋다."

아인이 물 밖으로 고개를 들며 말했다. 도진은 흥미로운 표정으로 그녀의 얼굴을 보았다. 아인은 그의 표정을 보며 놀리듯 손가락을 뻗었다.

"제가 수영 못할 줄 알았는데 잘하니까 놀란 거죠?"

"어."

"저도 잘하는 게 몇 가지는 있어요."

자랑스러운 말투로 말을 하고는 이번엔 물에 드러누웠다. 그녀는 팔을 쓰지도 않고 다리만 참방거려 느리게 배영을 했다.

도진은 그녀를 지켜보며 그녀의 움직임을 따라 차분히 걸었다.

처음엔 다분히 장난으로 시작한 짓이었건만 이제 와선 아인의 자태에서 눈을 뗄 수 없게 되었다.

얇은 티셔츠가 홀로 물에 뜨며 안에 가려져 있던 그녀의 배를 드러냈다. 그녀의 다리 쪽에서 보면 그녀의 속살이 훤히 눈에 와 닿았다. 물기를 먹은 채 살랑거리는 그녀의 맨다리도 자꾸만 그의 시선을 잡았다.

그러다 그녀가 수영을 멈추고 몸을 세우면, 젖은 티셔츠가 그녀의 몸에 밀착되며 몸매를 적나라하게 드러냈다.

완전히 벗은 모습이 안고 싶다는 충동을 주는 반면, 지금의 모습은 오래 두고 눈에 넣고 싶은 욕구를 불러일으켰다.

그에 사로잡혀 가만히 보고 있는데 아인이 풀 밖으로 나왔다. 그녀는 딴청을 피우며 도진의 곁으로 슬금슬금 다가왔다.

"잡았다!"

그러더니 도진을 꽉 붙들어 안았다. 그녀는 도진도 젖으라는 듯 물 묻은 제 몸을 도진에게 마구 비비적거렸다. 그것도 모자라는지 도진의 옷 위에다 대고 제 옷의 물기를 꾹꾹 짜기도 했다.

도진이 별 반응이 없자 이번엔 그를 이끌고 풀 쪽으로 당겼다. 도진은 두 다리를 단단하게 땅에 붙이고 있다가, 아인이 온 힘을 다해 끙끙거리는 걸 보곤 결국 이끌려가 주었다.

그러다 풀장 바로 앞까지 와서는 다시 두 다리를 고정했다.

"빠져요. 한 번만 빠져주세요."

아인이 오기인지 뭔지 모를 태도로 도진을 풀로 밀었다. 도진은 밀리지 않고 버티다가 그녀를 홱 낚아챘다.

"으악!"

그녀를 안은 채 물에 같이 입수했다. 도진은 버둥거리는 그녀를 놓아주지 않고 꽉 안고 있다가, 제가 먼저 중심을 잡고 나서야 아인을 물 위로 끌어올려 주었다.

아인은 콜록거리며 괴로워했다. 아무래도 물을 많이 먹은 듯했다. 너무 괴로워 정신을 못 차리는지 일으켜주었음에도 불구하고 허공에다 팔을 허우적거리다가 다시 미끄러져 버렸다.

도진이 잡아주지 않았다면 물을 또 먹을 뻔했다. 그녀는 한참 더 콜록거리다가 간신히 진정을 했다.

"진짜 못됐다."

아인이 눈에서 눈물인지 물인지 모를 액체를 닦아내며 한숨을 쉬었다. 그러자 도진이 숨 돌릴 틈도 주지 않고 그녀를 향해 물장구를 쳤다.

"잠깐…… 잠깐!"

이제껏 아인이 맞아왔던 여자애들의 간지러운 물세례가 아니었다. 남자의 팔 힘에서 비롯된 거대한 물 폭탄이 그녀를 눈도 못뜨게 했다. 물살을 피해 돌아서면 따라다니면서 물을 튀겼다. 반격을 해도 소용없었다.

그러다 잠잠해졌다. 아인은 정신을 차리자마자 그가 다신 물장구를 치지 못하도록 그의 팔부터 붙들었다.

손을 쓸 수 없으니 그저 눈꺼풀을 꾹꾹 감아 눈의 물을 뺀 후, 도진을 올려다보았다. 도진은 재미있는지 빙그레 웃고 있었다.

"항복. 항복할 테니까 물 튀기지 마요."

"알았어."

아인은 의심을 접지 못한 상태로 그를 잡은 손에 은근히 힘을 풀어보았다. 의외로 도진이 가만히 있자, 그녀는 모든 의심을 거두고 손에 완전히 힘을 뺐다.

그러다 그녀의 손이 떨어지자마자 도진의 팔이 움직였다.

역시 또 장난치려는 거다! 그렇게 파악한 찰나, 도진이 그녀의 턱과 뒷머리를 잡아챘다. 그는 그녀의 고개를 뒤로 젖히며 입술을 향해 빠르게 달려들었다.

갑작스러운 돌진에 아인은 살짝 몸의 균형을 잃으며 아슬아슬하게 도진을 받아주었다.

삼킬 듯 빨아 올리는 기세에 아인은 저도 모르게 바들 떨며 그의 옷자락을 붙잡았다.

물어뜯을 듯이 사나운 키스가 그녀의 심장을 저릿하게 만들었다. 벅차긴 하지만 그렇다고 도진이 물러나길 바라는 건 아니었다. 아인은 과감하게 그를 맞으며 그의 거친 입술을 쪼아 먹기 시작했다.

그러자 도진이 살짝 누그러졌다.

자신의 움직임에 도진이 진정하자 희열이 느껴졌다. 도진을 오롯이 제 손에 떨어뜨린 기분이다. 아인은 장난을 치고 싶다는 생각을 하며 과감하게 그를 빨아 당겨보았다. 그러자 도진은 자신을 수동적으로 아인에게 내맡긴 채 그녀의 입술을 머금기만 했다.

아인은 손을 뻗어 그의 뒷머리를 감싸 안았다. 그러면서 발로 바닥을 차 몸을 뒤로 기울였다.

서로를 끌어안아 입을 맞춘 채 두 사람이 함께 물속으로 들어갔다. 아인은 그를 조금 더 가까이 끌어당기며 제 입속의 공기를 그의 입속으로 후 불어넣었다.

잠시 후 도진도 똑같이 숨결을 넘겼다. 아인은 그 숨결을 입안에서 돌리다가 다시 그의 입안으로 넣어주었다.

몇 차례나 핑퐁을 하다가 간지러운 느낌에 아인이 그만 물속에서 웃어버렸다. 그와 함께 또 물을 마시면서 아인은 물 밖에 고개를 내밀고 콜록거렸다.

"물을 얼마나 먹는 거야. 누가 보면 하마인 줄 알겠어요."

아인이 채 숨도 고르지 못하고 말했다. 도진은 웃으며 손을 뻗어 그녀 얼굴에 묻은 물기를 닦아내어 주었다.

"오늘 밤에."

도진이 그녀의 눈을 그윽하게 내려다보며 입을 뗐다. 아인은 작게 숨을 고르며 그의 말에 귀를 기울였다.

"알몸으로 나 유혹해줘."

도진의 말이 떨어지자마자 순식간에 아인의 얼굴이 익었다.

"아, 안 돼요!"

"왜."

"못해요!"

"법으로 정했잖아."

도진의 말에 아인의 양심이 푸욱 찔렸다.

"검사가 법을 안 지키면 안 된다며."

"하하, 수영해야지이."

일부러 말꼬리를 길게 뽑으며 도진을 피해 도망쳤다.

"제4조 제3항 다른 남자 칭찬하지 않는다."

도진이 그녀의 등 뒤에 대고 넌지시 말을 던졌다.

"제8조 혼자 아파하지 않는다."

죄다 자신이 어긴 항목이었다. 아인의 마음이 뜨끔했다.

"김아인, 준법정신 엉망이네."

보통 이만하면 꼬리를 내리는데, 이번엔 아인이 끝끝내 뻔뻔하게 굴었다. 그녀는 그저 모르쇠로 일관하며 수영에 심취한 척 물속으로 들어가버렸다.

참 미꾸라지 같다.

"배 안 고프냐?"

화제가 달라졌다. 아인은 반가움을 느끼며 도진을 보았다.

"고파요."

"밥해줄게. 밥 먹자."

"뭐 해주실 거예요?"

"추어탕."

도진이 일말의 망설임도 없이 대답했다. 그는 재료 사 올 테니 기다리라고 말하곤 실내로 들어가버렸다.

"으음."

재료를 사러 멀리까지 간 건지 도진은 아직 돌아오지 않고 있었다. 아인은 샤워를 하면서 고민 어린 신음을 뱉어냈다.

좀 전엔 부끄러워 무조건 뻔뻔하게 굴었다지만 실상 그 속내까지 염치없이 태연한 건 아니었다.

해? 말어?

말마따나 도진과 함께 정한 법을 계속 어겨온 전과도 있고, 그의 신혼여행을 계속 망쳐온 책임도 있는데.

해버려?

하지만 대체 그건 어떻게 해야 하는 건데!

생각하는 것만으로도 뺨이 터질 것 같다.

얼결이긴 하지만 재우지 말란 말까지 한 마당에 무슨 상관이야! 더 과감하게 나가보는 거야!

주먹을 꾹 쥐었다가도 부끄러워 손에 힘이 빠져버린다.

진짜 해? 그냥 계속 모른 척해?

아아, 박 선배님이라면 이런 거 고민도 안 하고 잘하셨겠지.

새삼 혜수가 존경스러워지는 그녀였다.

"음."

문득 조금 전 수영장 안에서 도진의 거친 키스를 역전시킨 순간의 기억이 짜릿하게 떠올랐다.

이제껏 그녀가 도진에게 먼저 취한 스킨십 중 가장 강도가 센 건 그의 입술에 장난스럽게 뽀뽀를 쪽 하고 오는 정도였다.

도진이 먼저 다가오면 그가 이끄는 대로 순응하기만 했지, 적극적으로 그의 움직임에 리듬을 맞춘 적 또한 없었다.

오늘 처음으로 자신답지 않은 수를 둔 게다.

그런 것도 할 수 있는 걸 보면…… 이런 것도 할 수 있지 않을까.

갑자기 마음이 할 수 있다 쪽으로 급격히 기울었다. 아인은 거울 속 새빨간 제 얼굴을 보며 다짐하듯 고개를 한 번 끄덕여보았다.

떨리는 마음으로 작전 비슷하게 자신의 동선을 짜보았다. 생각하는 것만으로도 부끄럽지만 묘하게 설렘이 같이 차오른다는 게 신기하다. 아인은 혼자서 눈을 찡그렸다 소리를 질렀다 다시 진정했다 하며 여행 가방을 뒤졌다.

친구가 결혼 선물로 준 아찔한 디자인의 속옷이 있었다. 이런 걸 어떻게 입느냐고 부끄러워하다가 친구가 혹시 몰라 챙기라고 하기에 은근히 각오하며 챙겨 넣었던 기억이 새삼 떠올랐다.

그러고 보면 이런 걸 입을 각오까지도 했었던 거네.

그러니까 난 할 수 있어!

긍정적으로 해석하며 망사와 레이스 재질의 검은 속옷을 꺼내보았다.

"으아!"

참지 못하고 비명인지 환호성인지 모를 소리를 내지르다가 조심스럽게 거울 앞에 섰다. 그리고 샤워가운 위에 속옷을 대어보며 마음의 준비를 했다.

괜찮다. 부끄러움은 한순간이다.

어차피 도진이 원하고 있는 일이니 거절당하거나 이상한 눈초리 받을 위험도 없고, 그냥 학예회 한다고 생각하면 돼!

마음을 굳게 먹은 후 샤워가운을 털썩 떨어뜨렸다. 그리고 다리를 뻗어 조심조심 옷을 입어나갔다.

다 입고서 거울을 보니 의외로 괜찮은 것 같기도 하다. 드레스 같기도 하고, 원피스 같기도 하고.

그래도 자칫 잘못 움직였다간 엄청난 노출이 예상되는 무시무시한 옷이다. 아인은 절묘하게 리본으로 가린 부위를 물끄러미 보다가, 더는 거울을 보지 못하고 돌아섰다.

음악을 준비하고 조명도 이리저리 바꾸어 골랐다. 커튼을 친 후 부랴부랴 머리를 빗어 한쪽으로 보기 좋게 넘겼다.

마지막으로 거울 속의 자신에게 파이팅을 외친 후, 아인은 탁자를 한 손으로 짚은 채 골반을 빼며 비스듬히 섰다. 허리춤 위에 손을 올리고선 자세가 어색한 것 같아 몇 차례나 고쳐 잡으며 가장 자연스러워 보이는 걸로 골랐다.

그녀는 손에 음향 리모컨을 단단히 쥔 채 두근거리는 마음으로 도진을 기다렸다. 그가 이대로 오지 않길 바라는 마음이 자꾸 커지면서 그녀의 심장을 쫄깃하게 압박했다.

한참 지나자 드디어 아래층에 도진이 들어서는 소리가 들렸다.

머릿속에 북이 둥둥둥 울리고 가슴이 쾅쾅쾅 뛴다.

아인은 눈을 한 번 질끈 감았다가 뜨며 초조하게 입술을 깨물었다.

도진의 발소리가 점점 가까워졌다.

지금이라도 관둘까? 그냥 어디 숨을까!

하지만 그러기엔 또 너무 늦었다. 아인은 물러설 곳 없이 도진과 딱 맞닥뜨렸다.

도진과 시선이 딱 마주치는 순간 자기도 모르게 리모컨을 꽉 눌렀다. 그와 함께 은밀하고 요염한 음색이 도진과 아인의 사이로 미끄럽게 흘렀다.

아인은 제자리에서 리듬을 타듯 살랑살랑, 한 바퀴 돌았다. 그러고는 뻣뻣하게 웨이브를 했다.

도진의 눈을 볼 자신은 도무지 없었다. 그녀는 초점을 맞추기도 힘든 허공의 어딘가를 주시하면서 몇 차례 더 흐느적거리다가 다리 하나를 의자 위에 올렸다. 그리고 레이스의 치맛자락을 위로 들어 올려 가려져 있던 허벅지를 도진에게 보여주었다.

레이스 자락은 점차 더 위로 올라가 그녀의 골반과 허리라인의 경계에 아슬아슬하게 멈추었다.

그 상태에서 반대쪽 레이스 자락도 같이 부여잡았다. 그녀는 음악의 박자에 맞춰 다시 한 바퀴 돌면서 그 치맛자락을 점점 더 위로 올려 완전히 벗어버렸다.

벗은 옷을 쿨한 척 멀리 던져버리곤 다시 웨이브를 하며 손을 브래지어 끈으로 가져갔다. 눈으론 여전히 허공을 헤집으면서, 그녀는 브래지어의 끈을 어깨 아래로 슬며시 떨어뜨려 내렸다.

"잠깐."

갑자기 도진이 목소리를 냈다. 아인은 긴장하며 그에게로 시선을 던졌다.

도진은 무심한 표정으로 아인이 옷을 던진 위치로 천천히 걸어

가더니 바닥의 옷가지를 집어 들었다. 그러곤 그녀에게로 다가와 그녀의 브래지어 끈을 어깨로 되돌려 놓은 후, 집어온 옷 그녀의 목에 걸어 다시 입혀주었다.

그는 리모컨을 들어 음악도 껐다. 그러더니 그녀를 둔 채 계단을 내려가버렸다.

아인은 외면했던 창피함이 화산처럼 치솟는 걸 느끼며 그대로 굳어버렸다.

여기서 어떻게 해야 하지?

이런 상황은 계산에 없다.

패닉에 빠져 이러지도 저러지도 못하고 그대로 돌이 되어 있던 중, 성큼성큼 소리가 나며 도진이 다시 올라왔다. 아인은 굳은 그대로 도진을 바라보았다.

다시 등장한 도진의 손엔 안경 통이 들려 있었다. 최근 눈이 조금 좋지 않다며 새로 사놓고선, 불편하다며 한 번도 끼지 않은 안경이었다.

그 안경을 꺼내 쓴 후, 도진은 침대에 위에 올라가 편안하게 자세를 잡았다. 그러고는 아인을 향해 씩 웃어 보였다.

"처음부터 다시 해줘."

이, 이봐요…….

그게 그렇게 쉬운 게 아니거든요!

"싫어요! 안 해요!"

한 번 되돌아온 부끄러움은 절대 나갈 생각을 하지 않았다. 아인은 쥐구멍에 숨고 싶은 걸 느끼며 땅바닥에 쪼그려 앉았다.

손으로 눈도 막고 귀도 막고, 하지만 손이 부족해 왜 사람 손은 두 개뿐일까 원망하며 결국 눈만 가리는 쪽을 선택했다.

"다시 해줘. 내 소원 하나 들어주기로 했잖아."

열린 귀로 도진의 목소리가 들어왔다. 못 들은 걸로 하고 싶은데, 소원을 들어주기로 약속한 당시에 품었던 도진에 대한 고마움과 미안함이 새록새록 상기되어 무리였다.

이럴 거면 간호를 받지 말았어야 했어.

뒤늦게 후회해도 소용없었다.

"절대 웃지 마요."

"알았어."

"중간에 웃으면 안 할 거예요."

"안 웃어."

도진은 역시 자기가 말한 바는 지키는 남자였다.

새빨갛게 달궈진 아인의 스트립쇼가 끝날 때까지 그는 무표정한 얼굴로 웃음소리를 내지 않았다. 그러다 알몸이 된 그녀가 얼굴도 못 들고 이불 속으로 파고들었을 때, 그제야 미소를 걸며 쿡쿡 웃었다.

"웃지 마요. 웃지 마. 자꾸 웃으면 뛰어내릴 거예요."

웃지 말라며 꺼내는 말이 더 우스워, 도진은 참지 못하고 더 쿡쿡 웃었다. 아인은 숨구멍조차 남기지 않을 기세로 이불을 더 꽁꽁 싸맸다.

"으아!"

그러다 이불 속으로 쑥 들어오는 도진의 손을 느끼곤 기겁하며 소리를 질렀다. 도진은 그녀가 꽁꽁 싸매고 있던 이불을 간단하게도 벗겨내며 그녀의 어깨를 낚아챘다.

"김아인, 예쁘네."

도진이 무심한 말투로 진심을 담아 말을 건넸다. 아인은 도진의 손에서 몰래몰래 이불자락을 빼앗아와 몸을 가리며 도진의 시선을 회피했다.

"몰라요. 놀리려면 놀려요. 난 그래도 선배님 위해서 한 거니까 당당해요."

어쩜 이리 사랑스러운 생물이 존재할 수 있을까.

도진은 불가사의하단 생각을 하며 그녀의 얼굴 곁으로 제 얼굴을 바짝 가져갔다. 아인은 또 그의 시선을 피해 눈동자를 이리저리 굴리다가 결국 포기하고 도진의 눈을 마주했다.

이제 보니 안경 속 도진의 눈이 웃고 있질 않았다. 아인은 안경에 한 번 걸러짐에도 한없이 그윽한 그의 눈길에 가슴이 살짝 저려오는 걸 느끼면서 슬며시 입을 열었다.

"왜 안 놀려요?"

"놀릴 기분 아니야."

도진이 간단하게 대답한 후 다시 진지한 표정으로 그녀를 내려다보았다.

"아인아."

잠깐의 침묵이 흐른 후 도진의 입이 다시 열렸다. 아인은 내심 긴장하며 그의 눈을 올려다보았다.

"해도 돼?"

직설적인 그의 질문이 아인의 가슴을 짜릿하게 훑었다. 아인은 좀 전과는 비교도 할 수 없는 강렬한 가슴의 저림을 느끼면서 숨을 한 번 목 안으로 삼켰다.

어떤 말로 대답할까 하다가 말을 꺼내기 대신 그의 얼굴로 손을 뻗었다. 그를 한층 더 이지적으로 보이게 만드는 안경을 손으로 걷어내자, 냉철 대신 열정이 그의 눈 속에 자리 잡은 게 보였다. 아인은 안경을 침대 옆에 고이 놓고선 그의 뒷머리를 잡아 자신의 가슴 위로 끌어와 당겼다.

"해도 돼요…… 맘껏."

창피함을 무릅쓰며 부끄러운 말을 뱉자, 도진이 기다렸다는 듯 그녀의 살결을 정복해 나가기 시작했다.

오래 기다리게 하며 애태운 탓인지 평소보다도 도진의 입술에 힘이 서려 맹렬했다. 아인은 그의 움직임에 따라 거칠어지는 제 숨소리를 깨달으며 과감하게 그의 옷을 벗겨냈다.

아인의 손에 의해 도진이 걸치고 있던 마지막 옷이 나가떨어졌다. 순식간에 자신을 드러낸 그의 뜨거움이 그녀의 다리를 지그시 압박하며 고개를 쳐들었다.

그는 하아 하는 숨결을 뿜어내며 아인의 여린 입술을 먹었다. 아인은 도진이 입안으로 불어준 달콤함을 가슴께로 삼키며 그의 목에 팔을 둘렀다.

과감하게 그에게 화답하자, 그녀의 허벅지에 닿아 있던 그의 손이 옆구리를 미끄러지듯 타고 올라와 젖가슴을 움켜쥐었다. 그의 입술노 그의 손안에 담긴 가슴을 향해 함께 내달렸다.

도진의 손가락이 애태우듯 원을 그리며 돌다가 그녀의 유두를 짓눌러 눕혔다. 그에 아인의 입에서 사랑스러운 신음이 흐르자, 도진은 먹어 삼키듯 그녀의 유두를 입안에 머금어 혀로 마구 유린했다.

거친 숨소리와 다듬어지지 않은 교성이 도진의 청각을 마구 자극했다. 도진은 젖은 입술로 그녀의 맨가슴을 애무하며, 붉은빛이 도는 그녀의 몸 위에 자신의 손가락 끝으로 여기저기 길을 내었다.

아인은 흉부를 들어 올렸다 놨다 하며 호흡을 잃지 않으려 애썼다. 하지만 도진의 입술이 옆구리를 돌아 엉덩이 위 허리 아랫부분에 열기를 박기 시작하자 내밀었던 가슴을 거두어들이질 못하고 숨까지 멈췄다. 그의 입술이 엉덩이를 지나 허벅지 안쪽을 스쳐 다시 입술로 돌아오기까지, 아인은 벼락에 맞은 것처럼 아찔하게 숨을 죽여야만 했다.

도진은 그녀의 입술과 뺨을 오가며 제 입술을 비비듯 움직이다가 그녀를 인형처럼 가볍게 들어 제 허벅지 위에 앉혔다. 그러곤 그녀의 손가락을 입안에 넣어 사탕처럼 달콤하게 녹였다.

"기분 좋아요……."

아인의 솔직한 감상에 도진은 행복한 듯 웃었다. 그는 숨겼던 본성을 드러내듯 거칠게 그녀의 민감한 살결마다 도장을 찍었다.

언제나 느끼는 거지만 이렇듯 흐트러진 도진의 모습을 아는 건 자신뿐이다.

더없는 행복감과 더불어 몽롱한 쾌감이 아인의 몸을 달렸다. 아인은 속눈썹을 파르르 떨며 그를 놓치지 않겠다는 듯 꽉 끌어안았다.

"나 오늘 너 정말 안 재울 건데."

아인의 귀로 캐러멜 같은 도진의 목소리가 파고들었다.

보드랍고 달콤한.

"괜찮아?"

아인이 수줍은 고개를 끄덕임과 동시에 도진이 묵직하게 그녀의 안쪽으로 파고들었다. 아인은 몸서리쳐질 만큼의 포만감을 느끼며 자기도 모르게 양다리를 그의 허리에 둘렀다.

그에게 조금 더 밀착되고 싶다.

이렇게 맞닿아 있는 순간은 아무리 반복되어도 황홀하기만 하다.

떨리는 팔을 그의 목뒤로 두르며 절대 떨어지지 않겠다는 듯 최선을 다해 그에게 안겨들었다. 도진은 그녀를 받아주며 아인의 말대로 오늘을 위해 소중하게 아껴두었던 모든 열정을 그녀에게 아낌없이 쏟아부었다.

신혼여행에서 돌아온 후 달이 바뀐 어느 시점의 둘만의 공간.

"진짜 아무리 생각해도 저한테 너무 불리한 것 같아요."

아인이 코팅까지 한 종이를 든 채 끙끙 앓으며 말했다. 도진은 별 반응 없이 그녀가 들고 있는 종이를 함께 보았다.

"이건 잘못된 법이에요!"

아인이 누차 주장하며 도진의 동의를 구하듯 바라보았다. 도진은 어쩔 수 없다는 듯 드디어 입을 열어주었다.

"악법도 법이야."

"그런 게 어디 있어요! 그러지 말고 바꿔줘요. 바꿔요, 네?"

"싫어."

"아아, 이런 법 만드는 게 아니었어. 나 법 안 지켜. 이 법 안 지킬 거예요!"

우는 듯 웃는 듯 간지러운 소리가 둘 사이를 가득 채웠다.
밀월의 달콤함에 취해, 서로를 향해 끝없이 웃는다.

3

한적한 휴일 오후.

도진은 모처럼 휴일다운 휴일을 보내고 있었다. 지극히 한가한
시간 속에서, 그는 거실에 앉아 꼼질거리는 3살 난 남자애를 물끄
러미 보았다.

벌써 한참 전에도 들고 있던 노란색 블록을 아직도 어디 꽂을
지 정하지 못하고 들고 있었다. 도진은 신중하게 블록을 고르는
아들의 모습을 좀 더 지켜보다가 슬그머니 자리에서 일어났다.

방 안에 들어가니 아인이 책상에 앉아 사건 기록을 읽고 있었
다. 도진은 그녀의 뒤로 다가가 그녀를 감싸 안았다.

그러면서 그녀의 귀를 할짝 핥아 올렸다. 아인은 움찔거리며
그를 돌아보았다.

"자꾸 이럴 거예요?"

"어."

"안 돼요. 바쁘다고 했잖아요."

"금방 끝낼게."

그러면서 다시 그녀의 귀를 공략했다. 아인은 앞으로 뻗은 그의 손을 입으로 가져와 강아지처럼 콱 깨물었다.

"안 돼요."

"어차피 어제 본 거 또 보고 있잖아."

"직접 공판하는 거라 그래요. 볼 수 있는 만큼 봐두는 게 좋잖아요."

"그만큼 봤으면 됐어."

도진이 물러서지 않고 아인에게 깨물린 손을 그녀의 티셔츠 안쪽으로 쓱 밀어 넣었다. 아인은 화들짝 놀랐다가 급히 그 손을 막으며 다시 깨물려고 애썼다.

"아빠."

문밖에서 소리가 들려왔다. 아인은 반가운 눈빛을 띠며 도진을 돌아보았다.

"빨리요. 수원이가 부르잖아요."

도진은 인상을 쓰며 아인에게서 떨어졌다. 그러곤 방 안에 들어올 때보다 더 어슬렁거리며 본래의 위치로 원상 복귀했다.

"이거 떼줘."

수원이 잘못 붙인 블록을 내밀며 말했다. 도진은 군말 없이 건네받아서 딱 붙은 블록을 떼주었다.

"권수원."

"응."

누구한테 배웠는지 돌아보지도 않고 대답한다. 아인은 그것 역시 도진을 닮은 거라고 우기겠지만, 좀 전의 아인의 태도로 봐선 저것만큼은 분명 아인을 닮은 거다. 도진은 그런 생각을 하며 아들의 뒤통수에 대고 다시 입을 열었다.

"아빠가 지금 방에 들어갈 건데."

"응."

"아빠가 됐다고 하기 전까진 아빠 부르지 마."

"응."

수원은 대수롭지 않게 대답하며 이번엔 빨간색 블록을 잡고 고민을 시작했다. 도진은 열중하는 아들을 혼자 두곤 다시 침실로 향했다.

그는 문을 꼭 잠그고 들어와선 아인의 곁에 다가갔다.

"싫어요. 나 일할 거야."

언제 준비했는지 아인은 두툼한 이불로 몸을 말아 방어를 하고 있었다. 도진은 아랑곳하지 않고 다가가 그녀를 이불째로 번쩍 들어 올렸다.

"일 좀 할게요, 일 좀! 아니, 일을 열심히 하겠다는데 선배 되는 사람이 도와주지는 못할망정 방해를 하면 어떻게 해요?"

"도와주는 거다."

"이게요?"

"정기를 넣어줄게."

"엄마! 또 이상한 소리 해!"

아인이 손바닥으로 도진을 치며 앙탈을 부렸다. 도진은 그 손목을 붙잡으며 그녀의 위로 제 그림자를 드리웠다.

그러던 중 밖에서 문 두드리는 소리가 났다. 도진과 아인은 일시에 숨을 죽였다가, 아인이 먼저 풋, 하고 웃음을 터트렸다.

"아빠."

도진을 부르는 수원의 목소리가 들려왔다. 도진은 어쩔 수 없이 아인을 놓아주고 다시 밖으로 나왔다.

"떼줘."

블록을 받아 들곤 그 자리에서 떼주었다. 수원은 제자리로 쪼르르 달려가 조금 전과 똑같은 자세로 앉아서는 다시 블록을 만졌다.

"권수원."

"응."

"블록 말고 다른 거 해."

아무래도 블록을 계속 만지게 했다간 비극이 무한정 되풀이될 것 같다. 도진은 가정의 평화를 위해 아들에게 타협안을 제시했다.

"싫어."

한데 아들은 단칼에 거절한다.

"왜."

"엄마가 하랬어."

"아빠는 하지 말라고 했잖아. 왜 아빠 말은 안 듣고 엄마 말만 들어?"

세 살짜리의 얼굴에 귀찮음이 스친다. 도진은 물끄러미 보다가 다시 말을 이었다.

"엄마가 아빠보다 좋냐?"

"응."

생각도 안 해보고 대답하는 모습을 보니 은근히 기분 나쁘다. 도진은 탐탁지 않은 눈길로 아들을 보다가 아들의 겨드랑이를 번쩍 들어 제 팔 위에 앉히면서 몸을 일으켜 세웠다.

그대로 주방으로 가 냉장고 문을 열었다. 그러면서 아들을 힐긋 보았다. 아들은 관심도 없다는 듯 블록 만지기에만 열중할 뿐이었다.

도진은 냉장고에서 비엔나소시지를 꺼냈다. 그제야 아들이 관심을 보였다. 도진은 만족스러운 듯 입꼬리를 올리면서 소시지를 전자레인지에 돌렸다.

"엄마가 좋아, 아빠가 좋아?"

"엄마."

아직 소시지를 먹이기 전이라 그런가 보다. 도진은 조리 시간이 다 지나길 기다렸다가, 땡 소리가 나자 소시지를 꺼냈다.

그 소시지를 포크로 집자 수원이 자동적으로 고개를 내밀어 먹으려 했다. 도진은 행여나 델까 봐 포크를 멀리 치웠다가, 후, 하고 불어 식힌 후 아들의 입에 소시지를 넣어주었다. 아들은 냠냠 맛있게도 받아먹었다.

"엄마가 좋아, 아빠가 좋아?"

"엄마."

참 단호하다. 누굴 닮아 이렇게 단호할까.

역시나 아인은 도진을 닮아 그렇다고 말할 테지만 아무리 봐도 아인을 닮은 거다. 아인도 지금 저토록 단호하게 자신을 내치고 있으니.

"너 이거 소시지 다 먹어도 엄마가 좋아?"

"응."

더 먹일 필요는 없겠다. 도진은 딱 한 개만 더 먹여준 후, 접시를 대충 밀어놓고 주방에서 빠져나왔다.

"다 했다."

도진이 귀가 쫑긋 섰다. 수원이 블록을 완성한 모양이다. 이제 더는 블록 해체 노동을 위해 불리진 않아도 될 거다. 도진은 만족하며 다시 침실로 향했다.

하필이면 아인은 그 시점에 몸을 풀답시고 잠깐 체조를 하고 있었다. 그 바람에 의자에 앉아 있을 때와는 비교도 할 수 없이 쉽게 도진에게 붙들려 그대로 침대로 직행해버렸다.

"아, 잠깐 쉰 거예요! 다시 일할 거라고요!"

"조금만 더 쉬어."

도진이 그녀를 부드럽게 쓰다듬으며 그녀의 위에 지그시 제 무게를 실었다.

체념인지 아니면 아인도 그럴 마음이 든 건지, 더 이상의 반항은 없었다.

"수원이 깨어 있어서 좀 그런데."

대신 불안한 듯 목소리를 낮췄다. 도진은 꺼리는 그녀를 안심시키듯 등을 쓸어주었다. 그게 효과가 있었는지 아인은 더 이상 거부 않고 그의 목에 팔을 감싸 둘렀다. 그리고 마음의 준비를 하는 듯 눈을 살짝 감았다 뜬 후, 도진을 애태운 걸 보상이라도 하듯 그의 입술에 먼저 입을 맞춰왔다.

그간 업무에 지쳐 몇 주간이나 서로 엇갈리기만 한 터였다. 도진은 깊은 갈증을 해소하듯 젖은 그녀의 입술을 천천히 마셔 나갔다.

입술끼리 촉촉하게 마찰하는 소리가 온 방 안에 퍼졌다. 그 소리에 아인의 내뱉는 숨소리가 섞여들었다. 도진은 민감한 근육이 요동치는 걸 느끼며 그녀의 단추를 하나씩 풀었다.

하나, 둘, 세 번째의 단추를 풀 때였다.

탁, 하고 아인의 손이 와 닿아 그를 저지했다. 도진은 의아한 눈을 뜨며 그녀의 시선을 좇았다.

수원이 완성된 블록을 손에 고이 든 채 들어와 아인과 도진을 빤히 보고 있었다. 아인은 냉정하리만큼 쉽게 도진을 밀친 후 수원에게 다가가 아들을 번쩍 안아 올렸다.

"우리 수원이가 만들었어? 이거 다 우리 수원이 혼자 한 거야?"

"응."

"아유, 잘했어. 아이구, 예뻐."

"아들은 그렇게 예뻐하면서."

도진이 불만을 쏟아냈다. 아인은 혼내듯 눈을 찡긋해 보이고는 다시 수원을 향해 활짝 웃었다.

"우리 수원이, 엄마 조금만, 요만큼만 더 바쁘면 되는데 밖에 나가서 아빠랑 놀까?"

"응."

"아이구, 착해. 아빠랑 놀고 있어요."

아인이 도진에게 수원을 넘겨주었다.

"수원이 자기 전에 꿈도 꾸지 말아요."

그녀가 단호하게 말했다. 도진은 역시 수원이 단호한 건 아인을 닮은 거라고 생각하며 그녀에게 쫓겨났다.

일단은 이 녀석을 재워야겠다.

도진은 수원을 품에 안은 채 소파에 나란히 누웠다.

"아빠 잔다."

그러고선 최면술을 걸듯 나직하게 말했다.

"너도 자자."

"안 자."

"왜."

"엄마가 놀래. 아빠랑."

가장 합리적인 방법은 아인으로 하여금 수원에게 자라고 시키는 게 아닐까.

하지만 아인이 순순히 들어줄 리 없다. 도진은 오랜 경험에 의한 학습으로 간단하게 포기한 후 아들의 등을 무작정 토닥이기 시작했다.

그러던 중 수원이 도진의 손안에 제 손을 가져가 꼼질거렸다. 뭘 하나 했더니 도진의 손에 완성된 블록을 넘겨주고 있었다.

"아빠 해."

"아빠 주는 거야?"

"응."

도진은 손을 들어 아들의 선물을 구경했다.

참 조악하고 멋없다. 도진은 물끄러미 바라보다가 팔을 아래로 내렸다. 반대쪽 손은 여전히 수원을 토닥이는 중이었다.

수원은 안 잔다더니, 도진의 손길을 따라 눈꺼풀을 깜빡거렸다. 도진은 잠들지 않으려고 파르르 애쓰는 아들을 보다가 슬그머니 다시 물었다.

"엄마가 좋아, 아빠가 좋아?"

"엄마."

실패다.

"아빠도 좋아."

꽤나 듣기 좋은 말이 따라 나왔다. 도진은 그 한마디 남기고 잠에 완전히 빠져버린 듯한 아들을 끔뻑끔뻑 한참이나 바라보았다.

"수원아."

아인이 기지개를 켜며 밖으로 나왔다. 그러다 소파 위의 풍경을 발견했다.

도진이 수원을 꼭 껴안은 채 깊게 잠들어 있었다. 아인은 그들에게 다가가 담요를 덮어주었다.

그러다 도진의 손에 들린 수원이 만든 블록을 발견했다. 잠든 중에도 놓치지 않겠다는 듯 꽉 붙들고 있는 걸 보면서, 아인은 눈썹을 둥글게 휘어 흐뭇하게 웃었다.

애기랑 남편이랑 둘 다 해결돼서 다행이다.

아인은 둘의 잠을 깨우지 않도록 살금살금 움직이며 남은 휴일을 조용히 마무리한다.

−마침−